历史与现场丛书

孟繁华 贺绍俊 主编

当代文学散点透视

巫晓燕◎著

中国社会科学出版社

图书在版编目(CIP)数据

当代文学散点透视/巫晓燕著．—北京：中国社会科学出版社，2017.8
(历史与现场丛书)
ISBN 978-7-5203-0077-3

Ⅰ.①当… Ⅱ.①巫… Ⅲ.①中国文学—当代文学—文学研究
Ⅳ.①I206.7

中国版本图书馆 CIP 数据核字(2017)第 060671 号

出 版 人 赵剑英
责任编辑 郭晓鸿
特约编辑 席建海
责任校对 刘 娟
责任印制 戴 宽

出 版 中国社会科学出版社
社 址 北京鼓楼西大街甲 158 号
邮 编 100720
网 址 http://www.csspw.cn
发 行 部 010-84083685
门 市 部 010-84029450
经 销 新华书店及其他书店

印刷装订 北京君升印刷有限公司
版 次 2017 年 8 月第 1 版
印 次 2017 年 8 月第 1 次印刷

开 本 710×1000 1/16
印 张 22.5
插 页 2
字 数 286 千字
定 价 79.00 元

目　　录

第四编　作家情感与心态

第五编　阅读散记

第一编

回望20世纪70年代

叙事突围与声音变构

——20世纪70年代中末期小说研究

20世纪70年代中末期，是一个急遽变革的时代，这种变革不仅改变着沿袭已久的生产方式和生活方式，更改变着人们的思维方式。文学创作作为人们艺术地把握世界、探索现实的特殊方式，在这场变革中更是当仁不让。一个特殊时代造成了一个特殊的文学现象：从“文革文学”向“新时期文学”转型。这一转型历经的艰难、震荡、曲折，文艺思想的更迭、冲突、成长，以及与其相伴生的文艺形态的从内容到形式的嬗递演变、盛衰涨落，甚至可以用惊心动魄来形容。今天我们再回顾和反思这个“思考与冲突的时代”，[①] 这个当代文学重要的转型期，除了文学史中已经肯定的伤痕文学、反思文学这些文学主潮，叙事文学的其他样态是怎样的？是否存在着驳杂的文学声音？如果存在，他们在转型期又产生了怎样的影响？此外，伤痕文学、反思文学等文学潮流内部是否也存在着可待发掘的历史新意与文学价值？这都需要我们认真思考。

---

① 李洁非、张陵：《小说在此抛锚——对当代中篇小说所处位置的解说》，《当代作家评论》1986年第1期。

一　从“伤痕”到“反思”的观念嬗变

1976年“文化大革命”结束后，中国即处在历史大变革的年代，社会思潮陈杂纷纭，一方面是旧的思想和教条的固守，一方面是冲破“凡是”后的思想的解放。如果说1977年的文坛因《班主任》等作品的出现掀起了波澜，但文艺界面临的最紧迫的任务仍是批判“文艺黑线专政”论。随即而来的1978年在中国文学艺术发展史上则是具有重要意义的一年。这一年，文联、作协以及《文艺报》相继得以恢复工作。当我们重观复刊号《文艺报·致读者》一文时，我们可以从一连用了口号式的三个“斗争”的办刊纲领中，感受到文学界主流话语的急迫、焦虑与呼唤：“第一是要斗争！要积极参加全国人民揭批‘四人帮’的伟大斗争，特别是要积极参加全国文艺界揭批‘四人帮’的伟大斗争，特别是要积极参加全国文艺界揭批‘四人帮’的第三战役，彻底批判‘文艺黑线专政’论及其他种种谬论，批判阴谋文艺，在斗争中全面地贯彻执行毛主席的革命文艺路线和百花齐放，百家争鸣的方针。”“第二是要斗争！要为彻底粉碎‘四人帮’设置的重重精神枷锁，完全解放文学艺术的生产力，为繁荣社会主义的文艺创作而努力。”“第三还是要斗争！要为培养文学艺术的新生力量、发展壮大无产阶级的文艺队伍而斗争。”[①] 显然，这种文风和话语方式，与当时文艺界对“四人帮”的愤怒之情和揭批“四人帮”的第三战役的如火如荼的形势是合拍的。同时也显示了当年办刊者们的观点，即《文艺

① 刘锡诚：《文坛旧事》，武汉出版社2005年版，第106页。

报》还应是党在文艺界的“喉舌和哨兵”。作为“喉舌和哨兵”的主流话语急切寻找文学艺术的“新生力量”，这一“新生力量”很快被确认，“我们的文艺，已经出现了新的路子，它们的代表作就是《哥德巴赫猜想》《班主任》《丹心谱》等。……这些作品不仅揭露问题尖锐，而且能够给人以振奋的力量，我们应该支持”。① 作为评论家和《文艺报》主编的冯牧，对于文坛上这些破土而出的揭批“四人帮”罪行的新作是抱着热情欢呼的态度的。当然持这种欢呼态度的不止冯牧一人，可以说是那个时代的态度。

于是暴露文学、伤痕文学很快成为主潮，并执行了对现实与社会的政治批判职能，呼应了“斗争”的需要。然而伤痕文学对于“文化大革命”还仅仅是一种直观，即满足于表达作者从这段生活中直接得到的感受，而围绕着感受所做出的评价也没有超出现象本身的范围。是不是可以这样说，“伤痕文学”从主题意义层面来看，其承载的文学史的价值与意义在一定程度上是有限的，虽然它的确带有主流话语的历史选择性。但是从文学与历史的内在关联来看，“伤痕文学”对当代中国转型期的思想文化发展意义重大，其对历史的解释虽然带有意识形态性，然而它以集体的名义和文学的方式干预了历史的进程，也为新时期文学的展开提供了思路。孟繁华先生这样评价《班主任》：“《班主任》开启了一个新的话语时代，无论是它的内容设置还是叙事视点，都具有明确无误的启蒙意味。‘班主任’面对患有时代病的孩子们，他的身份使他自认要担负起启蒙的角色，他的疾呼和自我定位，也重新确定了知识分子在转型时代自我认定的社会角色。”② 事实上在“伤痕文学”时期，很难再有其他作品可以比肩《班主任》所承载的文学史意义，但是，“当它被确认为先驱或标示之后，它的意义

---

① 刘锡诚：《文坛旧事》，武汉出版社 2005 年版，第 108 页。

② 孟繁华：《1978 激情岁月》，山东教育出版社 2002 年版，第 43 页。

即已终结”[1]。

我们认为“文学是一种以艺术的语言形式具体化的表达方式，并且客观地反映了个人以及社会的，总之是为历史所特定的希望、梦幻、偏见和忧虑，只有从这一点出发，文学史才和一般的历史真正地融合在一起，并且为解释历史做出自己的贡献”[2]。在“伤痕文学”有限的历史叙事与文学呈现后，真正能够表现历史特定的“希望、梦幻、偏见和忧虑”，并为“解释历史做出自己的贡献”的是1979年前后兴起的“反思文学”。《大墙下的红玉兰》《永远是春天》《铺花的歧路》《第十个弹孔》《啊!》《被缚的普罗米修斯》等小说的出现，它表明文学发生了这样一次转折：叙事文学的旨趣已经从表现阶段性的现实上升到表现更为宽阔、更为整体的历史，已经从政治问题的解答上升到哲学问题的思考。这个转折同样可以表述为：“小说创作的意义已经超越了对生活的反映而试图形成某种具有思辨意义的观念成果。”[3] 而且反思文学也标志着叙事文学审美价值观的确立，改变了认识价值决定一切的文学观念。

从“伤痕文学”到“反思文学”的内在变化，表达了“群体声音”的一种求新、求变的渴望，渴望从以雄辩的、直接呼吁的方式传播政治或道德准则的文本，或者不考虑表现内在行为的文本，转向更富有思辨力、情感性和审美精神的文本，这是文学内在规律的体现。但在20世纪70年代末期的中国，也是社会意识形态的要求和反映，最终实现了文学参与历史进程的最大可能。

---

① 孟繁华：《1978激情岁月》，山东教育出版社2002年版，第45页。

② ［德］瑙曼等著，范大灿编：《作品、文学史与读者》，文化艺术出版社1997年版，第194页。

③ 李洁非、张陵：《小说在此抛锚——对当代中篇小说所处位置的解说》，《当代作家评论》1986年第1期。

二　集体叙述的超表述意义

通常我们在解释新时期初文学时，都会将其引向“现实主义”回归的路径上去，并以此来彰显新时期初文学同“十七年文学”与五四文学的内在联系。在回顾 20 世纪 70 年代末的小说创作时，《人民文学》主办的全国优秀短篇小说评奖活动提供了重要的参照，1977 年至 1978 年入选的作品被集结在人民文学出版社出版的《短篇小说选 1977—1978.9》中，该书由荒煤做序言《篇短意深　气象一新》，他写道：“这是打倒‘四人帮’之后，文学创作回到生活，回到毛主席革命文艺路线，回到革命现实主义和浪漫主义相结合的创作方法的重大成果!”① 这恐怕是对这一时期小说创作比较切实的理解，暴露文学、伤痕文学并未从容地踏上现实主义的旅途，而是回到了“革命现实主义和浪漫主义相结合的创作方法”，重视的仍是文学教化功能，“这些作品共同的特点，是把仇恨集中在林彪、四人帮身上，真实而深刻地揭露了四人帮令人发指的罪恶：他们怎样卑劣地迫害干部和群众，怎样践踏了党章和宪法，败坏了党的威信和传统，怎样破坏毛主席的革命路线，怎样制造了干部、群众、家庭之间的分裂，在广大人民群众心中留下深刻的‘伤痕’，更加令人难以容忍的，是他们肆无忌惮地腐蚀人们——特别是青年一代的灵魂!”② 文学的价值与意义仍局限在“作者总是要通过作品，通过艺术形象去揭示矛盾的。也必然

① 刘心武：《短篇小说选（1977—1978.9）》，人民文学出版社 1978 年版，第 1 页。

② 同上书，第 3 页。

要向读者提出问题，并且回答问题”[①]。“文学艺术的一个特殊功能，就是培养人的性格，要发挥艺术的思想感情与道德的教育作用，简言之就是塑造人的灵魂，培养人的新的道德观、革命精神”。[②] 在这种文学期待中，集体叙事的内在目的性被规约和封闭，文学叙事声音高度重合。历史惯性中的这些文学作品无法承担开启新时代的重任，《班主任》与《伤痕》等作品的真正意义不在于现实主义精神、悲剧意识的回归，而在于其作为历史中间物所带有的“过渡性”。

事实上，像《公开的情书》《晚霞消失的时候》《飞天》等作品的出现及其出现后所引发的争议，才是历史转折期最具有代表性与现实性的文学话题。因为我们理解“现实主义文学就是将个体的一个个进程、行为、态度、行动化成虚构文本中的鲜明的、具有代表性的形象，而这些形象又在特殊中表现出了对所有同类事情具有本质意义的一般。……换句话说，现实主义文学是要引起一种过程，以便使从生产的方面以及从接受的方面参与这一过程的社会个体对他们所面临的生活问题达成社会的理解”[③]。“《飞天》内在的语义系统与当代文学的传统发生了背离。作者放弃了既有的写作规范，不仅以极大的勇气刻画了特权人物的丑恶嘴脸，同时也写出了普通人或被害者可以理解的动摇和变化。它的艺术魅力源于作者对现实和人的理解及现实主义的叙述。”[④]

《晚霞消失的时候》却不能再被认为是一种直观，它已经成为一种思辨。这种思辨特征显示为，从外在意图上超越“文化大革命”本身——不仅仅叙述“文化大革命”期间的事状，并且刻画了“文化大

① 刘心武：《短篇小说选（1977—1978.9）》，人民文学出版社 1978 年版，第 16—17 页。

② 同上书，第 33 页。

③ ［德］瑙曼等著，范大灿编：《作品、文学史与读者》，文化艺术出版社 1997 年版，第 280 页。

④ 孟繁华：《1978 激情岁月》，山东教育出版社 2002 年版，第 134 页。

革命”前和“文化大革命”后人的心态，这种时空上的拓展表明小说也已觉悟到应该达到关于事物的更为宏观的把握。这些中篇小说创作上的哲学化倾向，表明新时期文学思想的一个重要收获——悲剧意识，开始发生和逐步展开。这里所说的“悲剧意识”是建立在严格的哲学和美学基础之上的；它在“伤痕文学”和“暴露文学”层次上既不可能并且事实上也没有构成过。

三　边缘叙述声音的渐起

在叙事学里，“声音”这一术语至关重要。它是指叙事中的讲述者，以区别于叙事中的作者和非叙述性人物。叙述声音和被叙述的外部世界是互构的关系：如果没有讲述者就没有故事，那么没有故事也就没有讲述者。这种相互依存的关系使叙述者处于一种难以最大发挥作用的境地。这也有它的好处：“叙述者不存在于文本之外，但却使文本得以存在；叙述语言行为与人物行为不一样，它不是纯粹的现实模仿，而正是这些叙述言语行为使得模仿成为可能。”[①] 如同叙事技巧不应仅被看成意识形态的产物，而且还是意识形态本身。叙述声音位于社会地位和文学实践的交界处，体现了社会、经济和文学的存在状况。

“文化大革命”结束后，文学领域中关于现实主义、人道主义的呼声不绝于耳，并以“集体”性叙事的方式使其成为主流话语。此外，20世纪70年代末期文学叙事者们身不由己地受到社会习俗和文本常规的推动，不断复制出他们本欲加以改造重构的结构。当不断松动的政治环

① 苏珊·S. 兰瑟：《虚构的权威》，黄必康译，北京大学出版社2002年版，第4页。

境开始更多地影响文学创作的时候，“虚构”就成了一种缓和对抗的策略，而“虚构”本身这个事实也成为文化压抑体制存在的证明，相对多元的叙事声音逐渐成为可能。在已有的文学史中，新时期初文学复苏的精神源头多被表述为“五四文学”“十七年文学”，并特别地指向了启蒙话语。这里某种程度上忽略了中国传统艺术所追寻的“气韵”“和谐”等精神气质。事实上，20世纪70年代末期叙事声音的多重奏之一恰恰是温润、恬淡、自然、质朴的浪漫情怀。以贾平凹1976年至1980年主要作品为例：《春女》（《人民文学》1977年第11期），《满月儿》（《上海文艺》1978年第3期），《进山》（《十月》1979年第2期），《林曲》（《人民文学》1979年第4期），《竹子和含羞草》（《收获》1979年第4期），《美》（《北方文学》1979年第7期），《麦收时节》（《人民文学》1979年第12期），没有浓墨重彩的艺术渲染，只是像一幅淡雅恬静、充溢着村俗乡情的水墨画，饶有田园牧歌式的生活情趣。正如作者所说的那样：“我喜欢诗，想以诗写小说，每一篇都有个诗的意境。给人一种美。”① 可以说把小说当作诗来写，让作品释出意境的美，这是贾平凹在艺术上进行的大胆尝试和探求。例如小说《春女》中的细节描写风采飘逸，和全文浪漫主义的氛围熔为一炉，意味隽永，充满诗意。打开小说《林曲》，读者马上会被那幅恬美的画面所吸引，画面层次分明，意境清幽，色调柔和，有着动人的生活情态。这一时期的贾平凹追求人物“姿”和“韵”的意境美，表现生活情趣的细节描写的诗意美，洋溢着一种中国传统艺术的浪漫、朗润、和美的气息。

作家对浪漫气质与古典艺术的倾心一方面彰显了中国古典哲学精神和艺术精神为主体的文化心理的制约。另一方面，作家在小说的艺术追求上共趋于心灵化（主观心理揭示）的过程，反映了作家对艺术

① 转引自丁帆《贾平凹的描写艺术》，《文学评论》1980年第4期。

向哲学靠拢融合的指向。这种意向和指向在20世纪70年代末显得弥足珍贵，它表明作家开始追随艺术女神的脚步，在现实世界和经验时空之上构筑“心理结构”，并在这一时空关系中烛照历史与现实，精神与物欲，理想与现状，从而升腾起艺术哲学的光芒。70年代末开始出现的“散文化”小说以多种角度、多种层次、多种方位的情感投射，使生活达到心灵化的目的，采用的是“情绪结构”，与“心理结构”是相通的。作家们将小说艺术转向对心灵奥秘的破解和美学境界的探求时，时空的有序状态就被破坏了。1978年张承志发表的《旗手为什么歌唱母亲》所创造出来的音乐旋律，实际上谱写出来的正是心灵之乐，已经没有“秩序”的规范了。作为叙事艺术的小说，它的叙述模式的表现实际上完全依赖于时空关系的建构，一定的时空组合便会呈现一定的叙述格局。新中国成立以来，事实上丢弃了五四小说的开放精神，反而加固了小说家时空意识的保守性。70年代末出现的浪漫抒情小说、笔记体小说、哲理化小说、散文化小说都表明小说再也不被作为一种客观事实的陈述，一种“故事”，而是作为艺术创造的一种，小说作家都把构造超越现实世界的第二种世界作为自己的美学目的。文学史中对这些作品的忽略与省写，某种程度上揭示了我们既有文学观念的意识形态性与片面性，也反映了我们对70年代文学研究的欠缺，历史性的遮蔽与惯性阻碍着我们重新审视文学的内在精神与意义。

四　个人叙述声音的可能

个人叙述声音是指那些有意讲述自己的故事的叙述者，它重在申明个人解释自己经历的权利及其有效性。在既不脱离他们各自所处的时代和环境中的叙事常规与社会习俗，又与这种常规和习俗格格不入的情况下创建了自己的作者声音。

《公开的情书》作者刘青峰、黄平在一次访谈中回忆起他们的另一部作品："《太阳岛的传说》是一部电影诗。这个作品写于1975年海城大地震后，1976年唐山大地震之前；当时，整个中国陷入一种焦急地等待和不知所措的状态。全中国的人都在等待大事变的来临，又不知这一巨变会以何种方式发生。长诗的情节在一个孤岛上的地震预报站展开，岛上存留着大量古代人留下的创制辉煌的巨大石像。三个人物是三代人，生活在石像巨大的阴影中，他们之间互不说话。因为那个年代，说话除了表态和说谎外，并没有真实的沟通意义。种种测试表明大地震随时会发生，但到了那一刻地震并没有发生，反而是新生命的诞生。有个朋友后来说，这是一个很好的政治预言：'文革'随着毛泽东病逝结束，中国并没有发生大动乱。我们有地震活跃期的生活体验，又对科学感兴趣，找到这样一种创作形式写作，至今难忘。写完这个作品后，我们就告别了文学写作。'文革'中的文学写作完全不同于1980年代或1990年代，那时是为自己创作，从没想到要发表什么的。"① 很明显，作家力求以个人化的方式思考与写作。这样一种思考成为20世纪70年代中末期文学创作最有意义的现象，并逐渐成为作家的自觉追求之一。1976年之后的小说技巧并非一开始就和题材、主题或人物并驾齐驱地同步前进。一批又一批的小说闯开了题材的禁区赢得了万众瞩目：各种主题振聋发聩的力量从多方面启蒙人们；一些难以忘怀的人物在小说中竟相出现。这时，小说技巧却仅仅处于恢复状态——传统技巧逐步开始复苏。当然，倘若考虑到一度强制推行的那些虚假的冲突程式和政治打气筒吹出来的人物，那么，

① 刘青峰、黄平：《〈公开的情书〉与70年代》，《上海文化》2009年第3期。

这种恢复本身也同样具有不凡的勇气。作家在这些人物中寓托了自己对于现实的种种情感与思索。“干预生活”的社会责任感时常敦促作家借助小说对此加以表达。艺术探索的蛛丝马迹也同时出现了，张洁《从森林里来的孩子》给人们带来的不仅是人物与事件，而且还有色彩、调子、氛围。流传于民间的《公开的情书》和《波动》则是更早自觉将独特的主题展示于独特的艺术形式之中。不过，当时人们更多的只是在作家个人风格的意义上估量这些现象，而不曾预见为小说艺术革命的先兆。茹志鹃的《剪辑错了的故事》，作家通过跨越时序的重新组合而做出了相形益彰的前后对比——小说的结构技巧本身就显示着作家对于素材的特殊思索方式。张洁的《爱，是不能忘记的》将人们引入主观体验，生活的碎片化在作品中展开。

20 世纪 70 年代末小说形态在不断裂变中，开始走向了开放化、多元化，小说艺术模式日益丰富：比如“诗化”小说、“散文化”小说、笔记体小说、“哲理化”小说等，这些小说形态不仅仅作为某些抽象的概念被提出，而是最终被接纳，并深刻影响了 20 世纪 80 年代的文学创作。这些具有重要价值与意义的小说艺术尝试，使得当代小说创作摆脱了过去单一的模式和狭窄的低层次“故事”格局以及意识形态的禁锢，充分显示了文学自身的力量与魅力，以及特殊时代中作家的勇气与责任感。

（原载《当代作家评论》2015 年第 2 期）

“70 年代文学”的民间化生存

——兼论 20 世纪 70 年代知识民间的意义

近年来，文学界十分关注“80 年代文学”研究，取得一系列非常有价值的研究成果，丰富了对当代文学发展史的理解，也提供了新的研究视角与理论命题。在诸多的研究问题中，20 世纪 80 年代文学的发生与源起为许多学者关注。很多学者认为，80 年代文学的精神资源从根本上说没有脱离同“十七年文学”与“文革文学”的内在联系。这里面存在着一个关于如何认识“70 年代文学”的问题。由于 70 年代的特殊性，通常将 1976 年“文化大革命”结束，作为这个时代的分水岭，因而言及“70 年代文学”就会包含 1976 年前的文学与 1976 年后的文学，前者又可纳入到“文革文学”当中去，后者则被引入到新时期文学的视野中去。70 年代的文学就在这样一种“划分”中被分裂了。本文无意于建构“70 年代文学”这样一种代际式研究块垒，只是将“70 年代”作为一个背景，去追寻在一个封闭时代里文学存在的方式及其这种方式同即将启幕的开放时代（80 年代）的关系。事实上，“70 年代”确有许多值得思考的文学话题。

首先，“70 年代”十年间的文学同常态而言的“文革文学”相比自有其特质。1971 年可以说是“文革”及“文革文学”发展的一个拐点，“林彪死后，文学创作的条件才确实开始改善”[①]，形势发生变化的一个信号是 1971 年 9 月 19 日的《人民日报》发表了郭沫若的诗歌。12 月 16 日的《人民日报》刊登了毛泽东的批示：“希望有更多更好的作品问世”，《人民日报》配发了《发展社会主义的文艺创作》的短评，强调要向革命样板戏学习，必须创作新的文艺作品，只要是内容革命、形式健康的作品要给予鼓励。最高政治权威的干预和舆论影响，表明严酷控制文学创作的态势有所松动，文艺界的活动范围可以适度扩大，表现样式可以稍加灵活。

其次，1971 年是期刊出版的分界线。文艺期刊在 1971 年底开始有限度地复刊。“1971 年 12 月，由北京文联主办的《北京文艺》以《北京新文艺》为名率先复刊，随后，《广西文艺》《广东文艺》和《革命文艺》（内蒙古）等文艺杂志相继复刊，到 1973 年夏季为止，全国大部分省市文联（或作协）的机关刊物都已复（创）刊。”[②] 1971 年出版业的解禁、发展和文艺期刊的恢复、增长为文学发展提供了逐渐开阔的空间。正是在这样的文学环境下，一大批在新时期后成为中坚力量的作家，在这一时期纷纷试笔写作，他们这个时候创作的作品尽管从思想主题上必须严格遵循“极左”路线所制定的条条框框，但他们尽量保留生活气息，保留人物性格的生动性，给僵死的文学带来一线生机。例如张抗抗的《分界线》、郑万隆的《响水湾》、刘心武的《睁大你的眼睛》、陈忠实的《无畏》、贾平凹的《队委员》、陈建功的《“铁扁担”上任》、韩少功的《红炉上山》等作品都不同程度地代表了这一时期作家的写作水平。

再次，20 世纪 70 年代这十年间的文学，很引人瞩目的是“地下文学”“潜在写作”这样一种文学存在的方式。从现有的史料来看，

① ［美］麦克法奈尔、［美］费正清编：《剑桥中华人民共和国史（1966—1982）》，李向前等译，海南出版社 1992 年版，第 629 页。

② 陈思和：《中国当代文学史教程》，复旦大学出版社 1999 年版，第 165 页。

民间性质的文艺活动与传播方式主要是在1971年后渐渐显著起来，虽然他们以一种“地下的方式”存在着，但是其所带来的文化影响与意义却是巨大的。因而，从1971年起至1976年间的文坛具有了主流与非主流、地上与地下、遵命与质疑的可能，文学的声音从干涩变得驳杂起来。此间的“地下文学”更是成为封闭时代的一道文化景观，其所具有的影响力在新时期文学到来后是显而易见的。

从以上的简单叙述中，我们发现20世纪70年代上半期的文坛在历史的夹缝中有一种异样的光彩，它引发了我们的诸多思考：在一个历史即将从“封闭”走向“开放”的特殊时空里，文学经历了怎样的悸动？作家在这个时期有无历史性前瞻或思考？特别是1974年，以“四五”群众性集会为契机的政治松动带给作家怎样的影响？1976年更是令人惶惑的一年，如同陈丹青所说“许多人都在暗暗等待终结的一刻，只是没有人知道此后中国将会上演什么剧情……”① 作家、知识者是否意识到“文革话语”与“文革思维”并不会因为“文化大革命”的终结而消亡？接下来1977年至1979年的文坛虽然时时刻刻都积蓄着迎接春雷洗礼的喜悦情绪，但是冲破坚冰的道路却充满坎坷，思想解放的洪流在汇聚中也历经阻隔……直至1979年10月召开文代会，文坛的和谐暖意才绽放出来，然而更大的分歧与矛盾也随之而来，其着眼点即是文学回春的道路究竟应该怎么走？新时期文学则是带着这样的疑问启幕了。

在这里，我们无法一一回答上面提出的问题，但是我们想将视野投注到“70年代文学”存在的一种方式——文学的民间化生存及其存在的根基“知识民间”，并且一探“70年代知识民间”对新时期文学的启蒙意义。

---

① 陈丹青：《幸亏年轻——回想七十年代》，北岛、李陀主编《七十年代》，生活·读书·新知三联书店2010年版，第60页。

一

20世纪70年代文学的生存方式之一就是隐形于民间，以一种类似于民间文学的生存与传承方式存在着，并以聚流成河的姿态在一个封闭时代中，使文学成为最有意义与价值的思想载体。某种程度上说，20世纪70年代散布于全国的自发的民间性的文学、文化与知识组织对新时期后中国文化与思想的传播、形成都有着重要影响。

70年代逐渐散布开来的地下文化沙龙可以追溯到“文化大革命”初期。按照杨健的说法，60年代初出现的这批沙龙，大致可以分为两类，一类是文化界知名人士的子弟，背景是延安知识分子和左翼文化人，另一类是社会关系复杂的平民子弟和“黑五类”子弟，有更多的民间背景。例如，以中央工艺美术学院院长、著名画家张仃之子张郎郎为核心的“太阳纵队”是一个诗歌团体，他们崇尚马雅可夫斯基的诗作，而且不定期地邀请艾青、海默和吴祖光等文艺名家到沙龙聚会。1971年“九一三”事件发生与中美之间对话的开始，为70年代的中国青年人思想精神的变化做了最重要的铺垫，可以说，一个新的时代开始了。因为此后，许多年轻的知识分子认识到在接受各种信息和分析信息时将不再有一个固定的解释系统了。在这样的背景下，全国各地的城市沙龙日益增加，在北京，徐浩渊沙龙、鲁燕生沙龙以及史康成沙龙等都较有影响，后者则是诗人北岛等人经常聚会的场所，并且这些沙龙间也以交换书籍的方式不断地交流、沟通，逐渐成为一股颇有影响力的地下文化潜流。此时，在上海有朱育琳、陈建华沙龙，重庆有陈本生、马星临等沙龙，南京有顾小虎沙龙，厦门有黄碧沛沙龙，贵州则有影响很大的黄翔和哑默为首的地下诗歌组织……这些地下的民间文化组织对很多当事人来说，意味着一个新世界在向他们敞开："我们是在时代的洪流之外，寻找另一番天地。……我们的幻想，就像石板下的草籽，是从石板的缝隙往外长，只等春天的来到。80 年代，很多东西，从地下变地上，全是从这种石头缝里长出来的。我说，革命的种子早晚要发芽。"① 地下沙龙不仅在都市生长，随着知青下乡大潮在 70 年代初走向高潮，乡村的知青文化群落也日益显示出了生命力，我们熟知的白洋淀诗人群体可以说是新诗歌运动的大力倡导者。

上面提及的活跃于 20 世纪 70 年代的地下文化沙龙，其主要的活动形式带有鲜明的民间活动特质，比如沙龙中的交流是以"讲述活动"为主，即使某些非沙龙性质的"聚会"，也都是以口耳相传为主。张郎郎曾回忆说，在他坐牢时的精神宴会就是讲故事，各人讲各人的拿手绝活，厨师讲"道道名菜的做法"，他则"侃故事""侃诗"，并且靠侃故事占据了一席之地。② 民间文学研究者认为民间文学亦可以称为口承文学，具有口头性、传承性和集体性，其传播的方式之一就是"讲述活动"。"讲述"是一种口耳相传的人际传播，在传统时代民间社会大为盛行，讲述时，说话人和听话人同时在场，因而讲述是最接近意识的自我在场，它因说话者和听着在场而充满生气。70 年代地下文化沙龙及一些带有文化色彩的聚会，精神产品的传播依赖的就是"讲述"与"口语"。张郎郎在谈及狱中"侃诗会"时，就提到文学的传播方式是：张郎郎教一位叫段铎的小伙子背诵了大量诗歌，段铎为加强记忆再把这些记忆中的诗歌背给王涛和其他伙伴，结果是王涛

---

① 李零：《七十年代：我心中的碎片》，北岛、李陀主编《七十年代》，生活·读书·新知三联书店 2010 年版，第 248 页。

② 张郎郎：《宁静的地平线》，北岛、李陀主编《七十年代》，生活·读书·新知三联书店 2010 年版，第 110 页。

“写了一首自由体新诗，题目就叫我们大为惊叹——《我是流氓!》。他生动热情地标榜自己就是一个流氓，谈到流氓的快乐，流氓的自由，流氓的流浪，流氓的超越。我们纷纷叫好，每个人都还和了一首——《可惜我不是个流氓!》《我心里就是个流氓!》《我也想当个真正的流氓!》”[①]。像这样充满民间文学传播与创造的文化活动，其实成为20世纪70年代知识分子精神传承与文化传承的一种极为重要的方式，这不仅是知识民间社会通过媒介选择确认自我文化身份的必然之举，也是民间性在语言上的“遗留”呈现。

沙龙中的传播品，也大都属于“内部”读物、限制性“读物”或“禁书”，其中产生广泛文化影响与思想启蒙意义的读物，是所谓的“皮书”。“在20世纪50年代至80年代初，为了配合当时国内国际意识形态斗争的需要，我国有关部门指定一些重要的出版社陆续翻译出版了一大批外国政治著作（也有不少历史、哲学和文学等方面的著述）。这些书籍装帧设计简单，一律以灰色、白色、蓝色、黄色、红色、绿色等单一色调做封皮，封面只有书名、作者名，都印上‘供批判用’‘供内部参考’‘内部发行’或‘只限国内发行’等字，时人咸称‘灰皮书’‘黄皮书’‘白皮书’‘蓝皮书’‘红皮书’……”[②]“皮书”作为一种特殊出版物，记载了一个时代的政治风云，“据有关资料，从20世纪60年代初至‘文革’结束，大约出版了两千种外国社会科学和文学方面的‘皮书’”[③]。其中文学类“皮书”出版主要有两个阶段，一个是“文化大革命”之前，一个是1972年至1978年间，“这个时期内部出版发行的‘苏修’文学和其他外国文学，约有数十

① 张郎郎：《宁静的地平线》，北岛、李陀主编《七十年代》，生活·读书·新知三联书店2010年版，第112页。

② 沈展云：《灰皮书，黄皮书》，花城出版社2007年版，第1页。

③ 同上书，第2页。

种”[1]。有论者谓，1976年发生的悼念周恩来的“四五”天安门事件，是有其思想渊源的。“这个渊源可以追溯到发生在红卫兵和知识青年中的地下读书活动。在公开发表的许多关于红卫兵和知青生活的回忆性文章中，人们不难发现这一代人的阅读史是惊人地相似。……他们只能偷偷阅读这些‘禁书’（皮书），在亲密朋友的小圈子内互相交换图书，也互相交换心得，形成一个广泛的‘地下读书活动’。在亲身经历了‘文革’的残酷和虚伪后，这些书籍成为他们思想启蒙的营养和精神食粮。……先后活跃于京城的秘密读书组织有‘赵一凡沙龙’‘徐浩渊沙龙’等。”[2] 葛岩在《七十年代：记忆中的西安地下读书活动》一文中说：“这种时为禁忌的（阅读）活动分布广泛，参与者众多，在某种程度上，是80年代思想解放运动在民间的序幕，是催生日后许多理想主义文化精英的摇篮。”[3]“皮书”的传阅带有鲜明的民间阅读的特征：隐秘的、个人化的、诗性的。这里的“诗性”不是通常在讨论民间时所阐释的那种田园诗意，而需要哲学思考的融注，就是说民间阅读的选择往往是其生命形式的一种显现，自由的、自在的精神是其阅读选择最核心的品质。“皮书”所带来的阅读意义恰恰在于其具有敞开文化想象、获得心灵慰藉的能力，这种意义是民间阅读诗意存在的本质。

此外，“70年代文学”的重要承载方式——民刊与手抄本小说，也是带有民间性质的文化活动。手抄本小说是与主流文学相疏离甚至对立的文学样式。“手抄本”小说一般先由某人匿名写作，然后由喜好它的人抄写传阅，传抄过程中抄写人有时还根据自己的经验和好恶加工或修改。20世纪70年代存在过的好多手抄本，今天已少有人阅

① 张福生：《我了解的“黄皮书”出版始末》，《中华读书报》2006年8月23日第4版。

② 魏承恩：《中国知识分子的沉浮》，香港牛津大学出版社2004年版，第112页。

③ 葛岩：《七十年代：记忆中的西安地下读书活动》，《万象》2007年第3期。

读或记得它们，因为在文化进化的过程中，它们几近灭绝了，不再出现于构成当今文学文化的阅读书目中。我们也没有能力按照进化的路径回溯，以便发现过去实际经历的文化。然而20世纪70年代存留下来的手抄本小说与民刊可以多少使我们瞥见文学真实的存在——最具爆发力的、在其真实的环境中的存在，那是一个努力挣脱文化禁锢与主流文学经验的世界，是一个知识者运用民间语言与思维建构的世界，同时又是一个民间情感通过知识化想象与虚构被呈现出来的世界。如果从历史和意识形态角度研究手抄本小说，有一点需要我们引起注意：我们应对的是每个故事的叙事结构中多元的表现和声音。因为在手抄本小说中，参与写作的民众充当了民间文化的“主体”、代言人，其思想与情感是极为复杂的，这在某种程度上决定了它的自由气质，决定了其具有的私人状态的手稿性质，这些都是70年代知识者极为渴望的文学存在方式。

除了上面提到的这些民间知识群落，从1971年到1976年，各类民间艺术活动及群众普及性活动也颇具规模，这时期“一方面是上层对阶级斗争的不断推动，一方面是底层工人群众的自娱自乐，而且一切都以革命的名义”。而且“民众民间言论的禁忌开始打破，这是对后来改革开放的形式具有重大影响的一个社会变化”①。1976年后中国“拨乱反正”，走向“改革开放”，文学的春天到来了，但是很多有魅力、有影响的文学艺术活动仍潜隐在民间，比如在新时期被称为“朦胧诗”的诗作及其作者，“文化大革命”后很长一段时期还是处于“地下状态”，直至20世纪80年代初才浮出水面。

无论是地下沙龙、禁书的传阅与内部读物的影响，还是民刊与手抄本的存在都表明20世纪70年代的知识者一个共同的、潜在的动机

---

① 鲍昆：《黎明前的跃动——我看到的七十年代》，北岛、李陀主编《七十年代》，生活·读书·新知三联书店2010年版，第195页。

是要重新寻找自身文化的源头。这实际上也是启蒙者寻求本真性的一种表现形式。因为在70年代政治、文化集权出现缝隙的时期，一部分知识者要想获得某种精神的慰藉、解脱或者说关于“向何处去”的哲学答案，就只有到富有超越性的启蒙思想中寻找，然而70年代中国社会的隔绝状态，使得先进思想难以注入，启蒙者的追寻变得异常艰难，那么，可否在民间资源中寻找本真性呢？这或许是一条可行之路。此时，知识者就必须要融入民间，同民间文化与精神共同生成了一个特有的空间——“知识民间”，在这个空间中，“一个匿名的民众或知识群体正可以充当世俗的自我与终极精神的隔阂之间的一个能够被普遍接受的中介”①。

二

20世纪90年代以来，民间几乎成为一个包罗万象的词语。陈思和认为民间是“与国家相对的一个概念，民间文化形态是指在国家权力中心控制范围内的边缘区域形成的文化空间”，因此，陈思和强调民间和国家权力在政治、经济上的相对性，提倡一种与政治、知识分子文化相鼎立的民间社会和文化空间。② 邓正来等具有社会学背景的学人，则强调民间和西方市民社会之间的“家族相似性”，把民间描绘成与国家权力形成“良性互动”关系的“公共空间”。这些民间都是一些思想性的“话语”视角，充满话语主体鲜明的立场选择性。正

① ［美］罗伯特·达恩顿：《旧制度时期的地下文学》，刘军译，中国人民大学出版社2012年版，第139页。

② 陈思和：《中国新文学整体观》，上海文艺出版社2001年版，第112—131页。

是因为民间这一概念外延与内涵的巨大，才使得被阐释和运用的角度难以统一。在研究“70年代文学”的生存形态问题时，以往文学史论及的“遵命文学”与“地下文学”似乎很难描摹出70年代文学的全景，特别是对于“地下文学”的梳理，没能揭示出其存在的本真状态。我们认为在文化与社会相对“封闭”的70年代，文学以民间化的姿态存在着，在这样的生存方式下，文学获得了一种生命力，并形成一个特殊的场域“知识民间”。有必要说明的是，这里关于知识民间的想象，是基于“‘民间’指谓的是某种文化空间。民间不是一个固定的结构，一个边缘明晰的版图；这个文化空间毋宁说是一系列文化因素复杂运作的历史产物。换言之，民间的范围具有历史的相对性”①。事实上如前述，“70年代文学”在文化集权的巨大黑洞里生存并成长起来，依靠的就是“民间”的力量，但是这种力量不是一种与政治、知识分子文化相鼎立的民间力量，而恰恰是借由知识分子参与构建的文化空间。

在中国现代知识分子与民间的关系问题上，大多研究者认为，启蒙就是在和民间对立的基础上吁求民间，两者始终是一种启蒙与被启蒙、拯救与被拯救的关系，因这种关系两者似乎无法在“同一时空”中并存，而是在错时空中遥相呼应。但是在启蒙的后续话语——现代中国革命的话语体系中，大张旗鼓地改变了革命启蒙与民间的关系。毛泽东领导的中国革命重新评价、确认了民间的力量。知识分子被要求植根于民间、在民间中改造，这使得知识分子与民间产生了前所未有的紧张。在“文化革命”领域，毛泽东则将民间作为发展当代文化意识形态的核心因素。然而，革命作为启蒙的后续，它也有力图改造民间的启蒙意图，其主要表现在对民风、民俗的“移”与“易”中。

① 南帆：《民间的意义》，《文艺争鸣》1999年第2期。

就当代中国的文化发展态势来看，由于文化集权现象越来越严重，民间在革命启蒙的过程中，最终未能获得重建或成为文化构成的一极，而是为革命意识形态空间同化，消失在当代中国的文化视野中。在这一过程中，有一个问题特别值得我们思考，被革命话语吸纳、认可的民间文化在一段时间内曾获得了生长的空间与可能，也为新民间文化、新民间精神的发展提供了契机，那么，当文化集权与专政的黑幕慢慢褪去的 20 世纪 70 年代，曾经可能存在的新民间文化空间是否会重新生长？又生长成了什么样子？就 70 年代文化的实绩来看，这是个非常有意味的话题。首先，由于民间天然的生命力，使得民间的文化空间与文化力量在夹缝中开始生长，成为一种弱势存在。这一弱势存在却积蓄着巨大的精神能量，为即将到来的“新时期”做着最充分的准备。其次，70 年代民间文化空间最主要的组成部分演变为“知识民间”，在这个十年里，知识分子与民间的关系发生了悄然的变化，那种紧张的改造与被改造的关系仍然存在，但在某些都市群落中也衍生出一种新的知识分子与民间的关系，一部分知识分子，特别是成长于 70 年代的知识群体在民间的空间与土壤中获得了新的契机，意识形态薄弱的民间容纳、促生了他们的反思心态与批判精神，并且民间文化的一些根性快速地“移植”到知识者建构新知的视野中去。

首先，民间式主体意识与身份的构建。民间式的主体身份是一种“交互式的主体性”，它是主体和主体在交往中形成的关系，它是在主体—客体关系模式之后产生出来的，民间主体的交互主体性表明，民间是一个主体彼此尊重、认可的空间存在，这样一个空间里启蒙与被启蒙的关系已经不复存在。20 世纪 70 年代的文化沙龙或某些文艺组织中，主体身份获得了某种解放，迥然不同于主流意识形态空间中的主体关系——对立、排斥甚或压迫，在这些民间性组织中，主体可以抛开那个时代形成的同质化人格，以相对独立和自由的方式表达自我的存在，并且，在主体间也形成了一种较为平等的交流关系。当事人陈建华从1969年起参加了一个在上海的法语班，当他回忆这个外语学习班时说道：“那是一种奇特的集合，说‘家族’有点夸张，‘来自五湖四海，为了个共同的目标’，却和‘文化大革命’不一个路向，或许也分享了它的无私，拜赐于它的闲暇，回想起来骤生缅怀。八个样板戏毕竟填不满空闲，没有别的娱乐，倒催生了特别的私人空间……学外语也是一种消闲，却含自救的意味，好像在同一条船上，互相勉励，不计利害……”[①] 这是一个来之不易的私人空间，是一个跨越了那个时代诸多樊篱与桎梏的空间，它借用了民间组织的形式，民间式主体身份的构建方式，表达的是未被主流意识形态空间认可的民间心态和文化语言。但这个民间组织的构成又有其特殊性，“不可忽视学员们的家庭背景，大多是知识分子或资产阶层，这一代父母历经政治运动，被改造得相当成熟，学外语像打擦边球，某种意义上凝聚着中产阶级的梦想……”[②] 这个由知识者构成的民间“组织”，彻底打破了革命意识形态的空间壁垒，“与其说是与‘文革’对着干，不如说属于‘和平演变’的策略，说起来还源自晚清‘洋务运动’的改良精神呢”[③]。这话看起来不无调侃，但是道出了这类知识民间“组织”的真谛：从主流文化忽视和遗忘的边缘突进，以一种自发的力量抵抗权威。

其次，民间游戏精神的融注。民间活动、民间文学、民间仪式在很大程度上都是游戏的延伸，事实上，民间精神的核心也正是游戏精神，民间的魅力即在于获得一种自由的心性与生存方式，而游戏则是达到自由之境的途径之一。游戏者在游戏时，获得冲破围困的快感并感知主体的存在。在20世纪70年代知识民间的构成中，游戏精神隐秘地存在

① 陈建华：《梦想与回忆》，北岛、李陀主编《七十年代》，生活·读书·新知三联书店2010年版，第447页。

② 同上。

③ 同上。

着，或是作为行为方式，或是作为精神动力，或是作为活动形式，虽然，在知识民间内部它也无法成为共识，毕竟获得游戏心态的可能性是不具有普遍性的，但是，游戏精神改变了封闭时代里某些灵魂的人生经验，成为某种成长方式。经历20世纪70年代知识民间文化熏染的唐晓峰回忆道："我1971年在冬天北京城里被震动的还有一种东西，那是更普遍性的青年人的一种精神涌动。我们院的刘羽家，原来也是个文化青年窝……在刘羽的小屋，我碰到不少人，有绘画、音乐、文学各路人马，有时一屋子人，煤炉子再加抽烟，乌烟瘴气。他们谈的都是艺术……在那个年代，是一种唤醒灵魂的强大力量。""那时的聚会是一种享受，与现在的'派对'完全不同。聚会的夜晚无比美好……"[①] 这些充满情感的回忆，再现的不就是一场场艺术游戏的魅力吗？在这些唤醒灵魂的艺术聚会中，主体以游戏时才有的自由精神逃离规训、原则、霸权，最终获得的是人性瞬间的觉醒与认同。

民间文化力量同知识启蒙精神的融合促生了70年代知识民间的生成，正是在这样一个独特的公共空间中，酝酿与积蓄着新的文化力量与精神，并逐渐成为一种重要的新民间文化资源，等待着黎明时分的到来。

三

70年代知识民间的文化密码似乎很难破译，它看似充满荒芜感，又潜隐着觉醒者的秘密，它既让人感到压抑，又让人感到悸动，它在

① 唐晓峰：《难忘的1971》，北岛、李陀主编《七十年代》，生活·读书·新知三联书店2010年版，第273页。

逆流中奔突，又在顺流中搁浅，无论是跨越它到达的80年代，还是飞速而至的新世纪，我们都没能用心思考它的存在。这里我们引用一段亲历者的话，来作为我们开启20世纪70年代研究的起点。

“无疑，八十年代是一个激情澎湃的时代，因为变革的快感几乎覆盖了那十年的每一天。但八十年代毕竟是从七十年代走来的，对于那个前十年，人们往往简单地把其归纳进‘文革’的历史，色彩自然是黑暗的，好像那只是一个政治权力争斗的年代。但是，在我的回忆里，那个年代要复杂得多。还在1967年‘破四旧’的暴力运动未完结之时，‘文革’前出版的那些抒情流行歌曲，已经开始在‘老兵’（老红卫兵）们的室内悠扬地飘荡了；‘文革’前的印刷读物，虽然受到‘焚书’的命运，但一直在民间被大量地保持和大规模地流传——无数的碎片重新汇集起来变成一条波涛滚滚的心灵暗河，在千万的青年人心中演绎着文学光辉中的爱情和命运，同时也映照着黑暗却并非虚无的生活。‘罗亭’‘安娜卡列尼娜’‘奥勃洛摩夫’‘于连’这些人物形象，仍然像鲜血一样在那一带年轻人身体里涓涓流淌和活跃，积蓄着他们迟早一定会爆发的青春力量。也正是这些能量的积蓄，才让1976年伟大的‘四五运动’在广场上悲壮地演出，才导致八十年代初的思想启蒙运动井喷式的爆发，让八十年代初那场关于人道主义的讨论有历史的依托。所以，我们回望令人动情的八十年代，不能不回溯七十年代黎明前暗流涌动的阵痛。因为，一切历史都有其成因。历史也从未间断。”①

（原载《文艺争鸣》2012年第12期）

---

① 鲍昆：《黎明前的跃动——我看到的七十年代》，北岛、李陀主编《七十年代》，生活·读书·新知三联书店2010年版，第201页。

文学新空间的生长与建构

——1976年至1979年《人民文学》的编辑理念

“文化大革命”之后的中国百废待兴，全国上下开展了一系列轰轰烈烈的“拨乱反正”运动，作为“国刊”的《人民文学》一方面要坚持国家主流意识形态的表达，强调其政治性，而另一方面，又力求实现文学刊物的文艺特征，这使编者们深感任务的艰巨。此时，极“左”思潮控制仍未松动，人们不可能彻底摆脱“四人帮”的精神枷锁，作家进行文学创作只能是“戴着枷锁跳舞”（张光年语）。即便如此，一批反映社会现实与问题的小说也艰难地诞生了，诸如伤痕文学“发轫之作”的《班主任》（《人民文学》1977年第11期），“文化大革命”之后第一次描写公检法体系的《神圣的使者》（《人民文学》1978年第9期），第一篇以“天安门事件”为背景的《弦上的梦》（《人民文学》1978年第12期），第一篇写“四人帮”极“左”路线对农民迫害的《月兰》（《人民文学》1979年第4期）等。在1978年和1979年全国优秀短篇小说评奖中这些佳作基本都榜上有名，它们兼具着推动社会生活进步和文学创作发展的两种功效。这些在新时期文学初产生重大社会反响的作品，不仅是作家们思考生活、思考历史的结果，也是《人民文学》编辑冲破精神禁锢，坚守文学立场的结果。在这样一个时代的转折点上，文学将向何处去成为一个重要的命题，而《人民文学》将担负起这一使命。

一 艰难中坚守的编者

《人民文学》自1949年创刊之后，纵观历任编辑，基本可将他们分为两类，一类是兼具有作家身份的编者，比如茅盾、艾青、丁玲、王蒙、刘心武等人，而另一类基本是文学理论家身份的编者，如邵荃麟、秦兆阳、张光年等人。不管他们的身份是作家、理论家，还是《人民文学》的编者，他们始终秉承了《人民文学》的基本编辑理念："强调内容的'主旋律'同时鼓励艺术的'多样化'，力推新人新作，是《人民文学》创刊至今的基本编辑理路。"[①] 但是，这对于1976年1月刚刚复刊的《人民文学》却并不是那么简单，当时"四人帮"还未垮台，《人民文学》实际被"四人帮"掌控，而选任的编者也基本是"四人帮"可以"信得过"的人选，主编是时任文化部副部长的袁水拍，副主编是原《朝霞》负责人施燕平。1976年10月，在"四人帮"粉碎之后的特殊时期，急需一位经验丰富的编者来执掌《人民文学》，张光年则成为候选人。

张光年于1977年初出任《人民文学》主编一职，而编辑部的日常工作由副编辑刘剑青负责，[②] 当时的编辑部设有小说、散文、评论三个小组，编辑有涂光群、周明、刘锡诚、崔道怡、严纲、吴泰昌等人。后因张光年患病，由李季于1978年9月接任《人民文学》主编。不幸的是，1980年李季由于心脏病突发去世，《人民文学》在无人"照料"的情况下继续由张光年兼任主编，直至1983年8月王蒙接

① 施战军：《〈人民文学〉：编者的文心和史识》，《文艺争鸣》2009年第10期。

② 刘锡诚：《文坛旧事》，武汉出版社2005年版，第45—47页。

任。张光年对于《人民文学》来说，是至关重要的人物，甚至可以说"张光年是新时期《人民文学》的灵魂"①。这主要体现在他对"文化大革命"后一些有争议的文学作品的肯定上。

作为新时期文学"开山之作"——《班主任》的发表过程可以说困难重重。1977 年夏天，当时还在中学教书的刘心武将作品《班主任》投稿到《人民文学》编辑部，编辑部内部立即引起了轰动，并产生了两种意见：一种认为虽然作品提出的问题深刻尖锐，揭示了极"左"思想对孩子们的毒害，具有强烈的现实意义，但所揭露的社会真实问题过于"暴露"，小说发表后不免会产生政治运动，不宜发表；而另一种意见认为，小说不仅塑造了"张俊石"这一典型的正面人物，而且还描绘了像宋宝琦、谢慧敏这样受"四人帮"毒害的孩子们，发出了"救救孩子"的呼声，"它符合当前文教战线'拨乱反正'、恢复实事求是优良传统的精神，可以发表"②。这篇小说由于争议过大，终审依旧没有把握，便交给了张光年定夺，他在听取多方意见后，认为"这篇小说很有修改的基础：题材抓得好，不仅是教育问题，而且是社会问题，抓到了有普遍意义的东西……我的意见是：写矛盾尖锐好，不痛不痒不好。不要怕尖锐，但是要准确。这篇其实还不够尖锐，抓住了有普遍意义的社会问题，但没有通过故事情节尖锐地展开，没有把造成这个矛盾的背景、原因充分写出来。写现象多，深入开掘不够"③。张光年的建议消除了编者们"怕尖锐"的思想顾虑，最终小说在 1977 年第 11 期的头条发表。小说发表之后，在全国取得了空前反响，好评如潮，"编辑部收到各界读者来信不下数千封，来自祖国东西南北二十几个省"，可以"用'一石激起千层浪'这句

---

① 郑纳新：《新时期〈人民文学〉与"人民文学"》，东方出版中心 2011 年版，第 206 页。

② 涂光群：《五十年文坛亲历记（1949—1999）》，辽宁教育出版社 2005 年版，第 244 页。

③ 崔怡道：《早春的记忆——复刊时期的〈人民文学〉》，《生机——新时期著名人文期刊素描》，中国文联出版社 2003 年版，第 9 页。

话来形容再恰当不过"[1]。张光年为当时乍暖还寒、料峭春日的文坛送上了第一朵报春花。

另一篇小说《神圣的使命》亦是如此。在 1978 年的春夏之交，当时还是解放军某部战士的王亚平根据身边故事写成的《神圣的使命》同样遭遇了被退稿两次的命运，缘由是小说涉及了当时文艺创作的禁忌题材——关于公、检、法等专政机关，并且作者是没有写作经验的新手，小说文笔幼稚造成编辑的退稿。王亚平在屡次退稿后依然没有放弃，再次投稿，编辑涂光群、刘剑青审稿之后交给新上任不久的主编李季，李季审阅之后建议送至评论家冯牧以及陆石审阅，后者在公安部研究室任职，熟知公安部门政策及工作，他们给作者提出了"在行的"建设性意见。但李季不放心，又送给至张光年审阅，张光年结合多方意见，提出了一条修改方案，认为文中的"共产党形象已被'四人帮'在社会上糟害的够苦了，一些青年人产生信仰危机，笔下留点情吧"[2]。这样，小说的反面人物徐润成的身份由省委书记兼省革委会主任改为省革委会副主任。这篇历尽磨难的小说最终发表在《人民文学》1978 年第 9 期。小说发表后，反响不亚于《班主任》，文章中善良的老公安干部王公伯顶着"四人帮"政权的强大压力，为了平反错、假、冤案，不惜牺牲自己生命的形象，给人们的心灵以强烈震撼。

佳作的"出世"始终离不开编者们对于文学传统的坚守，如果没有编者"敢为天下先"的精神，也许这些佳作早已尘封在那段灰暗历史的某个角落。而张光年作为"养花、育花、护花的热心家"，心怀"惜春"的心态，为新时期初期的文艺界留下了宝贵财富。

《人民文学》除了主编、副主编之外，还有责任编辑以及各小组

---

① 涂光群：《五十年文坛亲历记（1949—1999）》，辽宁教育出版社 2005 年版，第 245 页。

② 同上书，第 250 页。

负责人。各级编辑都会有负责的片区，并“对自己所负责区的作者情况都了如指掌，如果一段时间内没有好作品面世，编辑会自我谴责”[①]。同时，编者也会向作家主动约稿，与作家共同协商修改意见，编者的自主和创新精神在讨论和商定作品时得到了充分的展现。涂光群在《五十年文坛亲历记》中记录了作为普通编者审稿过程的谨慎，“对稿件的评价发生分歧，有不同意见的情况下，该如何处理呢？……我的做法是对上司是据理力争，方式委婉，接受必要的妥协，以争取作品出世；对下，仍是方式委婉，采取平等讨论，商量说服的办法。他们对稿件的估计错了，我指出来，我该坚持的还得坚持；如果是我错了，我也公开检讨、改正，不掩饰自己的失误。总之，不断为佳作的出世，开通道路，而不是将它扼杀于未面试之时，这对刊物，对作者、读者是至关重要的。也是一个有作为的编辑义不容辞的神圣职责”[②]。在社会大变革过程中，编者们选取文章难免会有思想矛盾和顾虑，但可贵的是他们心怀那份“神圣职责”并始终坚持着《人民文学》的“先行者”形象，为佳作出世不断开辟着道路。1977 年 11 月之后刊发的“重量级”作品，如宗璞的《弦上的梦》、莫伸的《窗口》、张弦的《记忆》、茹志鹃的《剪辑错了的故事》、陆文夫的《献身》、叶蔚林的《蓝蓝的木兰溪》、张有德的《辣椒》、刘富道的《眼睛》、蒋子龙的《乔厂长上任记》，作品表现出了作者们特殊的敏锐眼光、过人胆识，以及在文学艺术上的探索精神，但如果没有编者们的“慧眼”与坚持，没有编者提出宝贵的修改意见，作品将很难与读者见面。编者们努力突破政治思想“牢笼”，勇于解放思想的精神，源于他们承载着发展中国文学的责任。

---

① 杨春兰：《〈人民文学〉：以文学的方式记录中国》，《传媒》2009 年第 10 期。

② 涂光群：《五十年文坛亲历记（1949—1999）》，辽宁教育出版社 2005 年版，第 691—692 页。

二　引导文学方向的评论专栏

文学批评在复刊之后的《人民文学》中，一直占有重要的一席之地。它与小说、诗歌等文学作品一样具有推动新时期文学进程的积极作用。同时，它又是一种具有针对性的策略安排，因为编者“编辑文学评论与编辑创作稿件有所不同，更多的体现着编者的文艺思想”①。

在“十七年”以及“文化大革命”时期，文学刊物中经常会为迎合国家政治运动、形势、最高领袖的讲话或者大政方针等方面出现一系列专论、报道、转载等理论性文字，刚刚复刊后的《人民文学》表现得尤为突出。有时，为了强化理论批评的目的，开设理论专栏，深入探讨创作和理论问题，但实际上这些专栏“往往是迎合政治大形势的特定时期，而非缘于刊物自身的文学规划”②。例如 1976 年第 2 期开设了专栏《认真学习毛主席〈延安文艺座谈会上的讲话〉》，虽然三篇文章旨在纪念毛泽东《在延安文艺座谈会上的讲话》发表三十四周年，并学习这一无产阶级文艺革命纲领，但文中的矛头指向了批判邓小平的反革命修正主义和反击右倾翻案风。这种“结合文学实际”表明政治立场和态度的文学批评实际上沦为了政治的附庸工具，这是一种泛政治化的言说方式，其文学特性全然丧失，这种类似的文学评论在 1976 年的《人民文学》屡见不鲜。

1977 年之后的《人民文学》在评论专栏中出现了颇多的改变，一

---

① 刘锡诚：《在文坛边缘上——编辑手记》，河南大学出版社 2004 年版，第 7 页。

② 吴俊：《〈人民文学〉的政治性格和“文学政治”的策略》，《文艺争鸣》2009 年第 10 期。

方面，专栏继续围绕国家政治生活，以积极跟进的政治姿态来履行意识形态的责任，配合党和国家拨乱反正的各项工作。而另一方面，《人民文学》也试图遵循文学自身的发展规律，展现出文学自身的特性，在文学评论中逐渐淡化政治。自1977年第7期开始，《人民文学》设立了“学点文学”的专栏，这是“文化大革命”十年文化断裂之后，给青年读者以及文学初学者们开辟的一个“文学园地”，专栏意在“介绍一些有关文学创作和文学理论方面的基本知识。……认真学习、实践马列和毛主席的文艺思想，澄清被‘四人帮’搞乱了的理论问题，肃清他们推行的反革命修正主义文艺路线的影响和流毒”[①]。如刘梦溪的《文学是战斗的》、秋耕的《关于文学特点的通信》、孙犁的《关于短篇小说》《关于中篇小说》以及《关于长篇小说》、王朝闻的《凤姐的个性和共性》、楼栖的《漫谈细节的真实》、黄毓璜的《关于细节》等，这些评论性文章大都具有理论结合实际、深入浅出、形式多样的特点，探讨关于文学的形式、特点、作用等问题，力图使文学从“四人帮”的文化桎梏中解放出来。

1978年《人民文学》第2期发表了马列主义者以及高尔基、鲁迅等人关于文学的经典论述，其选取的论著范围较广，涉及了文学理论的各个领域。主要从“题材”方面进行论述，“文学的任务是反映和描绘劳动生活的图画，把真理化为形象——人物的性格和典型”[②]。“文学作品的题材来源于现实生活。现实生活有多丰富，题材也就有多么丰富。伟大的革命，从政治、经济、文化上解放了广大人民，使亿万过去被踏在生活底层的工农大众，现在成为社会和国家的主人，也成为艺术描写的主要对象。”[③] 文章把矛头直指“四人帮”的阴谋文

① 《学点文学》编者按，《人民文学》1977年第7期，第91页。

② 《高尔基鲁迅论题材》，《人民文学》1978年第2期，第10页。

③ 林默涵：《关于题材》，《人民文学》1978年第2期，第16页。

艺理论基础——“题材决定”论，倡导用无产阶级的世界观指导文艺创作。第2期刊发《现实和理想的辩证》中，用革命现实主义和革命浪漫主义相结合的无产阶级文艺的创作方法对文学创作规律予以概括和总结，在清算“四人帮”反革命修正主义文学路线的同时，恢复和发展了马克思主义文艺理论。

1978年第2期《人民文学》文学评论板块增设了“文艺随笔”，刊发文章有黄秋耘的《文章不是无情物》、夏衍的《杂谈解放思想》、沙汀的《发挥文学创作“轻骑兵”的作用》、孙犁的《奋进前进、战斗》等。在社会各界掀起“实践是检验真理的唯一标准”讨论的高潮时，文艺界同样也展开轰轰烈烈的讨论，这“不仅是一个重大理论问题，也是关系到我国为实现四个现代化的问题，也就是说，如何正确运用马列主义、毛泽东思想为实现四个现代化而斗争的问题。在文艺界，也就是能否真正贯彻双百方针，繁荣创作，为实现四个现代化而斗争的问题。这个问题的讨论有重大的现实意义和历史意义”①。

1979年《人民文学》增设了“文艺短论”以及“文艺笔谈”专栏，刊发了汤毓强的《平凡而伟大的形象》、齐戈的《时代、生活和人民》、张莘如的《文艺工作者也应当学点自然科学》、童恩正的《谈谈我对科学文艺的认识》、楼栖的《应当幻想》、顾骧的《真实·人民·社会主义文学》等文章，文章基本从文学创作的人物形象、题材以及重建社会主义文学经验方面进行论述，指出经过“文化大革命”的十年动乱，“人们终于认识了文学诚实之可贵，虚假之可耻。作家置身于人民行列里，细心倾听他们的呼声、要求和愿望，坚持文艺创作从生活出发，面对生活的真实”，“文学终于从半空中落到了地上，扎根于现实的土壤，投身于人民之间”。② 明确指出人民性和真实性是

① 荒煤：《解放思想相信群众》，《人民文学》第1978年第11期，第7页。

② 顾骧：《真实·人民·社会主义文学》，《人民文学》1979年第10期，第68页。

社会主义文艺的两个基本特质，它为社会主义文艺的繁荣时代的到来提出了经验教训，文学的真正面貌开始显现。

《人民文学》中还有一类短小精悍的评论性文字“编者按”、“编后记”以及“编者的话”等。这类文章所特指的对象是读者，它是一种引导读者阅读的批评性文章，是为了避免阅读对象的“误读”。这对当时的作家作品起到了广而告之的作用。可以说，“编者按”“编后记”“编者的话”体现着刊物编者们的文艺思想及观念。如果考察1976年至1980年《人民文学》“编者按”这类评论文字，我们也可以清晰地看到一个时代文艺思想的变化。

1976年第4期“编者的话”是关于在复刊号上刊发的《机电局长的一天》的一篇批判性文章。同期还发表了蒋子龙的一篇自我批评的文章——《努力反映无产阶级同走资派的斗争》。编者们对于一些文章进行批判和否定，表明的是《人民文学》的政治立场和思想趋向。文中指出，小说“客观上掩盖了工业战线上两个阶级、两条路线的激烈斗争，宣扬了‘唯生产力论’，这正是适应了邓小平以‘三项指示为纲’的修正主义路线的需要”[①]。编辑部主动将责任承担起来，明显感受到巨大的政治压力，这是编者们在重重矛盾和困惑中顺势转变，力求自身保护的一种形式，实际也是无奈之举。

一般的“编者按”是附加在具有特殊意义或者重量级的作品前面，为了介绍和宣传作品，起到推介的作用，但依旧是与政治政策相结合，体现主流意识形态，引导主流文学创作。例如1979年第3期开始连载老舍的遗作《正红旗下》，出现的“编者按”这样表述：“《正红旗下》是老舍先生未完成的一部自传体长篇小说。全部遗稿共十一章，八万余字，看来仅仅是一部巨著的开头部分。尽管如此，作

---

① 《编者的话》，《人民文学》1976年第4期，第96页。

者已围绕着对清朝末年北京的贵族——下层旗人的生活和命运的描述，为我们勾勒了上个世纪末、本世纪初（19 世纪末 20 世纪初。——笔者注）我国半封建、半殖民地社会的逼真画卷，触及了那个时代的基本矛盾，刻画了一系列栩栩如生的人物。林彪、‘四人帮’的残酷迫害，夺去了老舍先生的生命，致使这部有特殊价值的作品也遭夭折，令人感慨。”[①] 这类“编者按”在与时事政策结合的同时，也在倡导主流文艺发展的方向，对新时期文学产生的影响也是巨大的。

三《人民文学》编辑部参与重建文学场域的会议

“新时期之初，文学刊物及出版社编辑部是发挥组织文学知识生产作用的主要表现形式，即召开各种会议及评奖活动。”[②] 文学刊物编辑部的职责不仅要到各地与作家约稿、组稿，同时也积极组织各种形式的文学活动，例如：把作家、评论家组织到一起，进行相互交流讨论的座谈会与讨论会，召开文学会议成为文学刊物参与到文学实践的一个重要的方式。“文化大革命”之后，《人民文学》编辑部参与的重要会议有三个：短篇小说创作座谈会、在京文学工作者座谈会以及“三刊”编委会。这三个会议都是在 20 世纪 70 年代末召开的，这些会议对于推动文学创作的繁荣，重建文学场域都有积极意义，从另一方面也说明《人民文学》在国家文学中占据了独特地位。

1977 年 10 月 20 日，《人民文学》编辑部组织在北京召开了“短篇小说创作座谈会”。参加这次会议包括了老、中、青三代作家、评

---

① 《红旗渠》编者按，《人民文学》1979 年第 3 期，第 94 页。

② 王尧等：《文学与历史的双重见证》，中国华侨出版社 2008 年版，第 228 页。

论家、文学编辑和业余作家等20余人，如：茅盾、张光年、周立波、李准、马烽、刘白羽、沙汀、王愿坚、叶文玲等人，编辑部参与人员有刘锡诚、涂光群、崔怡道等小说组与评论组的编辑。同时在《人民文学》1977年第11期中以《促进短篇小说的百花齐放》为专栏，摘录了作家、评论家们在座谈会上的发言。会议召开目的很明确："为了贯彻落实华主席在党的十一大政治报告中向文艺展现提出了战斗任务。"会议重点讨论了"短篇小说怎样更好地实现工农兵方向下的百花齐放，反映当前抓纲治国的现实斗争？怎样清除'四人帮'的流毒和形象，提高短篇小说的思想艺术质量，逐步繁荣文学创作，活跃文学评论?"[①] 会议之后大家对短篇小说创作中的五个问题形成了较为一致的见解："一是短篇小说怎样更好地反映同'四人帮'的斗争问题；二是关于生活和创作的关系问题；三是关于革命的现实主义和革命的浪漫主义相结合的社会主义文学创作方法问题；四是关于短篇小说的题材问题；五是关于提高短篇小说的思想艺术质量。"[②] 这次会议是"文化大革命"之后，全国范围内的第一次文学集体会议，在新时期文学发展上起到了举足轻重的作用，表明了文学工作者们以短篇小说为突破口开始恢复文学创作，也为文学场域的建设提供了重要契机。

1977年12月28日，《人民文学》编辑部主办召开的"在京文学中作者座谈会"，这是《人民文学》主办的第二个大型会议，会议的主题是批判"四人帮炮制的'文艺黑线专政'论"，与会人员多达100余人，张光年主持会议。时任中宣部部长张化平出席会议，并带来华国锋给《人民文学》的题词，中国作家协会主席茅盾在会上讲话，全国文联主席郭沫若为座谈会写了书面讲话，中国文坛的前领导人周扬也出席会议并发表讲话。大会报道的相关文章发表在《人民文学》

① 《促进短篇小说的百花齐放》编者按，《人民文学》1977年第11期，第4页。

② 刘锡诚：《在文坛边缘上——编辑手记》，河南大学出版社2004年版，第29—34页。

1978年第1期。会议中对于“四人帮”篡改毛主席革命文艺路线进行了严厉的批判，对“十七年文学”以及“30年代文艺”问题进行了再评价，并呼吁尽快恢复在“文化大革命”中被迫解散的全国文联和作协组织。这次会议是“‘文革’大劫难后文艺界的第一次相聚，而且是名副其实的文艺界的一次劫后的团聚大会”①。这是被“四人帮”打散之后的作家们的首次会师，文学工作者在批判“四人帮”的阴谋文论的同时，逐步思考自主独立的文学问题，为文艺队伍的繁荣和发展做出了贡献。

《人民文学》编辑部参与的第三次重要会议是1978年10月20日至25日由《人民文学》《文艺报》《诗刊》三刊编委会举办的联席会议，会议由张光年主持。会议集中讨论三刊编刊方针和办刊方向的问题，这个会议是在真理标准大讨论之后召开的一次重要的文艺界会议。会议对于新时期文学面临的一些重要问题提出了宝贵意见，张光年、刘白羽、曹禺、冰心、草明、柯岩、李季等人在会上发言。张光年认为“没有民主的土壤，百花就开不起来。我们要靠自己的工作形成一个生动活泼的政治局面，只有这种政治局面形成了，文艺创作才能繁荣”。李季指出：“我们有信心创作出无愧于伟大时代的作品来，但必须斗争。”强调“讲思想要解放一点，胆子要再大一点”。②思想解放和实践精神是全面繁荣文学的重要条件，文学中的各种禁区逐渐被打破，会议使得真理标准大讨论在文艺领域深入人心。

《人民文学》编辑部参与的这些文学会议，有力地推动了新时期文学创作的繁荣，并建立了各种文学规范。这些“以文学期刊举办座谈会为名召集文学工作者，是新时期文学场域重建之初文艺界人士团

① 刘锡诚：《文坛旧事》，武汉出版社2005年版，第2页。
② 刘锡诚：《在文坛边缘上——编辑手记》，河南大学出版社2004年版，第128—138页。

结行动的重要策略”。[1]《人民文学》举办或参与的这一系列会议，可以说是标志新时期文学开启的第四届全国文代会的前奏。1979 年 10 月 30 日在人民大会堂召开的第四届全国文代会“标志着林彪、‘四人帮’实行封建法西斯专政、毁灭文艺的黑暗年代已经永远结束了，社会主义文学艺术新繁荣的时期已经开始，继往开来的任务落在我们肩上。我们应当把这次会议开成实事求是、总结和交流经验、既有批评又有自我批评的大会；开成一个发扬民主、心情舒畅、斗志昂扬、生动活泼的大会；开成一个同心同德、和衷共济、向社会主义现代化进军的大会”。[2] 新时期文学的帷幕就这样徐徐展开了。

［原载《沈阳师范大学学报》（社会科学版）2011 年第 4 期］

---

① 王尧等：《文学与历史的双重见证》，中国华侨出版社 2008 年版，第 240 页。
② 周扬：《继往开来，繁荣社会主义新时期文艺》，《文艺报》第 11、12 期合刊。

艰难的跨越与探寻

——论 1976 年至 1979 年间《人民文学》的审美诉求

20 世纪 70 年代后期中国最大的政治变化就是"文化大革命"的结束，"四人帮"的粉碎意味着中国极"左"主义路线的政治权力的崩溃。中国逐步开始在政治、思想、路线等各个领域拨乱反正，这一切看似是阳春天气已然来到，万物皆在复苏，实则酝酿着、涌动着更为复杂的矛盾与冲突，特别是文化领域的全面解冻是一个相当艰难的过程。在文学史上，人们通常把 1979 年 10 月第四次文艺代表大会的召开作为中国文艺领域全面解冻的标志，那么在 1976 年至 1979 年这看似短暂的四年间，文艺界或者说文学界在探寻新的文艺道路上做出了哪些努力？有哪些带有突破意味的尝试？其间又有哪些文艺路线上的迂回反复？哪些尖锐的论争发生，最终又是怎样突破的？都是值得探究的问题。在这里，我们仅从这一时期最具代表性的文学刊物《人民文学》所发表的作品，来一窥时代转型期文学突破坚冰的历程以及它在审美追求上的变化对整个时代文学的影响。

一　努力走向生活的真实

《人民文学》于 1976 年 1 月复刊，此时的"四人帮"还没有完全被粉碎，文学刊物作为政治工具的性质未曾改变，因而 1976 年初期

《人民文学》发表的作品仍表现为以“阶级斗争”为纲，坚持“三突出”的创作原则，语言上也保留了“文革话语”的特色。但是从1977年第4期后发表的作品，从主题到艺术手法上都有些隐在与显在的变化，开始突破“文化大革命”时期单一固定的文学模式，努力建立崭新的文学规范，《人民文学》作为国家意识形态在文学上的主阵地，起到了引领主流文学创作方向的重要作用，从审美追求上，则表现为追求真实，追求现实主义的精神。1977年之后，文艺界开展了对于“文化大革命”的“文艺黑线专政”论的猛烈抨击，开始恢复毛泽东文艺思想，十年“文化大革命”的压抑，让人们有着说真话的冲动。现实生活是创作的一切源泉，“现实的社会生活中，蕴蓄着最美的形象和发人深思的思想”。[①] 1977年第11期《人民文学》发表的刘心武的小说《班主任》是最好的说明。我们知道文学史上对新时期初的伤痕文学给予了充分肯定，刘心武的《班主任》则被认为是伤痕文学的发轫之作。然而，“文化大革命”后一段时间内，文学对极“左”政治的抨击，显见的还是写表浅的、抽象的、大而无当的套话，普通人在“文化大革命”中的人生遭际，特别是人性的被损害，很难成为公开发表的文学作品的主要内容。《班主任》能够在《人民文学》上发表并非“一帆风顺”，时为小说散文组负责人的涂光群说：“《班主任》这篇稿件来到编辑部后，责任编辑觉得它对‘四人帮’的揭批是深的，但问题提得太尖锐……稿件送到编辑部负责人那里，他也说没有把握，这才送到主编张光年那儿，请他拍板定夺。”[②]

这足以说明《班主任》这部作品在当时得以发表是一件多么不容易的事情，另外，我们也可感受到从主编到编辑都在努力把《人民文学》变成一个有利于思想解放、敢于说真话的平台。总之，《班主任》

---

① 王愿坚：《新一点、深一点》，《人民文学》1977年12月，第87页。

② 涂光群：《五十年文坛亲历记（1949—1999）》，辽宁教育出版社2005年版，第692页。

的发表对于“文化大革命”后文学的走向是具有启示意义的。

可以说，从此以后，《人民文学》虽然还有数量不少的意图小说，但开始更多刊发选取现实题材即有着较强生活实感和形象性的作品。比如陆星儿的《北大荒人物速写》（1977 年第 11 期）描写了两代人扎根于北大荒，文中对话较多，生活气息非常浓厚，表达了创业者要努力在富饶的土地上编织美丽的锦绣。1978 年兴起的一股报告文学的高潮，更是以文学的真实为原则，体现出高度的真实性和对生活的本真关照，作品塑造的为社会主义事业不断努力的众多新英雄，满足了读者关注现实、关注真实的需要，鼓舞人们树立信心，积极生产。如 1978 年第 3 期徐迟的《生命之树常绿》、第 4 期柯岩的《奇异的书简》、第 6 期李有刚和杨树帆的《蓓蕾》、第 7 期理由的《高山与平原》、第 8 期冰心的《颂“一团火”》与柯岩的《追赶太阳的人》、第 9 期郑颜和王政的《有这么一条“龙”……》等共计 11 篇，几乎每一期都会有报告文学刊发，作品中不仅塑造了像罗辽复、陆琰、华罗庚等科学家，同时还有“全心全意为人民服务”的食品店售货员、汽车厂司机等在本职工作中认真负责的普通工人，这些简单、真实的形象鼓舞着那个时代的中国人努力奋进。

二 集体主义精神的审美诉求

何谓集体主义？《辞海》给出的定义是：大公无私，一切从人民群众的集体利益为根本出发点。1977 年后的《人民文学》，除了开始求真、求实，努力发现那些以现实土壤为根基的作品，积极弘扬一种真实之美，同时，十分注重具有集体意识和参与意识的文学作品，以适应时代的前进与发展的需要，这类作品主要呈现出一种对集体主义精神的诉求。

刚刚复刊的《人民文学》不可能完全摆脱“文革”文学的影子，文学性和艺术性还在不断探索期间，作品其叙事技巧和抒情方式也相对单一。随着解放思想的浪潮不断推进，人们在“文化大革命”期间被压抑的情感逐渐释放，诗歌成了一种最方便最直接的宣泄方式，始终饱含了热烈、浓郁的情感，成为表现集体主义意识的一种文学形式。正如一些学者认为的那样，“打倒‘四人帮’之后，像是火山终于打破多年的沉默，人民的感情和诗歌，像火热的岩浆喷发出来。人民群众的情绪需要一种更直接的表达方式，诗充当了这一任务，在各种文学样式上，率先表现了它们的蓬勃发展的趋势”。[①] 1978 年第 12 期发表了《天安门诗抄》十四首，选取了 1976 年“四五运动”时缅怀悼念周总理的诗歌，在欢庆人民胜利的同时，痛斥着“四人帮”的罪恶行径。周恩来的去世让多年压抑的感情寻找到了突破口，人们用诗句表达了痛苦悲凉的思念之情。周总理成了正义的化身，承载了千亿同胞的感情和心愿。“滴不尽怀念总理悲咽泪，痛不尽顿足捶胸肝欲碎，望不尽浩气贯虹像生辉，怀不尽耿耿丹心鞠躬瘁，赞不尽兢兢业业功殊伟，学不尽沥血呕心德高贵，心往神追”（《不尽歌》）。简单的诗句承载了对于周总理的无限思念之情。“稗草妄自称乔木，腥风岂非出青苹。谣言千番难成理，八亿心红眼自明”（《八亿人民心自明》）。揭示了“四人帮”的真面目，是发自肺腑的战斗呐喊，鼓舞着广大人民群众与“四人帮”做殊死的斗争。这个时期的诗歌基本都透露出哀伤悲怨而又激愤硬朗的艺术风格，满足了广大人民群众狂热的精神需求。

---

① 洪子诚：《当代中国文学的艺术问题》，北京大学出版社 1986 年版，第 205 页。

《人民文学》还大量出现描写政治人物、革命先烈以及革命事迹的作品，在这四年中比重较大。这些作品大都运用诗歌、小说、散文等文学形式来书写革命历史，纪念政治风云人物。1976 年、1977 年，《人民文学》大多是以专题形式，如“敬爱周总理，我们深深怀念您”（1977 年第 1 期）、“华主席与人民心连心”（1977 年第 2 期）、“红太阳光辉照千秋”（1977 年第 4 期）等来表现领袖人物，1978 年之后则渐渐以单篇形式刊发，如散文《山连着山》（1978 年第 4 期）中，作者回忆毛主席在陕甘宁革命根据地对乡亲们的关怀，散文《满园樱花灿烂》（1978 年第 6 期）中，作者以介绍日本樱花这一中日友谊的象征，怀念周恩来在中日两国邦交正常化中所做出的努力。这些作品重在怀念老一辈革命家的伟大精神品格，激发人们为社会主义事业奋斗的情绪，建立社会主义国家，鼓舞人们树立坚定的信心，战胜困难。当时的人民急需这份坚定的信念，这是“对新时代热切的期盼，对新生活热情的讴歌，通过描绘一个更合理、美好、健康的社会图景，以报答无数志士仁人为新中国的建立而付出的鲜血和生命”。[①]对于战争年代、新中国成立岁月的深深回忆，凝聚着人们的积极进取、不忘根本的精神力量，坚定人们的社会主义信念。

集体主义精神作为一种传统的价值尺度，它标识了中华民族的人文传统和道德观念，典型形象的塑造无疑有利于集体主义精神的发扬。其典型的标准是在特定的历史环境下，浓缩时代的精华，体现出群体共有特点。1978 年第 1 期《人民日报》发表的徐迟的《哥德巴赫猜想》，为我们塑造了一位知识分子的典型形象——陈景润，他在“文化大革命”时期，面对诽谤和嘲讽忍辱负重，面对贫困依旧坚持不懈，最终攻克了哥德巴赫猜想这一世界级科学难题。徐迟对其加以

① 王晓明：《现代性与中国当代文学转型》，云南人民出版社 2003 年版，第 172 页。

浓墨重彩的讴歌和赞美，他塑造的这位典型人物完全打破了以往文学高大全式的形象，并让知识分子作为正面人物、作为新时代的英雄呈现在我们面前。之后，为响应中央“向科学进军”的口号，《人民文学》发表若干作品弘扬无私奉献、具有时代楷模意味的知识分子形象，如徐迟的《生命之树常绿》（1978 年第 3 期）中植物学学家蔡希陶，柯岩《奇异的书简》（1978 年第 4 期）中的物理学家罗辽复、陆埮，理由《高山与平原》（1978 年第 7 期）中的数学家华罗庚，这些知识分子都是生活在我们身边的可亲可敬的人物，他们为人民、为国家执着追求心中的理想，是非常具有集体主义精神的典型形象。

作为改革文学开山之作的《乔厂长上任记》（1979 年第 7 期）塑造了一位民族英雄乔光朴。面对“文化大革命”刚刚结束、工厂经营不善的局面，乔厂长为改变原厂落后面貌，勇于承担，不畏苦难，将满腔热血投身到社会主义建设中来，是一位为完成革命事业抛头颅洒热血的改革家。作为一位男人，在爱情生活方面也是果断坚决、敢爱敢恨。他是改革开放初期具有改革精神的一批带头人，而“乔光朴”也成了改革家的代名词，他的改革精神激励着一代人不断奋进。蒋子龙在 1979 年第 9 期发表的《血往心里流》中，塑造了另一位“乔光朴”。在车间改革中孤军奋战的胡友良，改革失败之后，独自一人去边远地方独自舔舐伤口，让血往心里流，但是他没有因改革失败而意志消沉颓废。这种精神深深感动了他的战友，接替他的位置继续战斗。虽然作品以悲剧结尾，但是我们从这个“血往心里流”的形象中看到了希望，受到了鼓舞。

不管是知识分子还是改革家，他们可以说都是建设社会主义事业的典型人物，时代的进步让他们可以全身心地投入到社会主义事业的建设中来，成了一代人心中的英雄，他们的爱国爱民、不畏艰险、坚毅进取的精神鼓舞了一代人的成长，成为那个时代集体主义的象征。

三 新的审美品质的探索

“文化大革命”后的文坛由于刚刚从噩梦中醒来，肩负着时代使命的《人民文学》在探索的道路上亦是步履蹒跚，但是，这份刚刚复活的文学杂志，还是在渐渐松绑的时代语境之中，努力脱离“文革话语”模式，探求新的文学语言、文学情感、文学形式与审美品质。这种转变无疑是艰难的，编辑、作家、读者都在探寻文学将向何处去，如何处理文学与政治的关系，如何处理文学与现实的关系，如何在文学中作品表现人情、人性等问题。虽然这些问题在1976年至1979年的文坛无法得到回答，但是文学终究会以自身的发展规律来给予回答。

自复刊起，《人民文学》在文学体裁上一直保留着小说、散文、诗歌、评论、报告文学以及文艺随笔等多种文学样式，1978年之后，文学样式又开始增多，出现了少量的童话、戏剧、寓言、寓言诗、相声、杂文、速写、科学小品、电视剧本等，体裁呈现出丰富多样的特征，这非常符合新时代到来后人们那种充满期待、令人激荡的思想情感，从艺术形式上满足人们阅读需要，为读者奉献出许多别具特色的作品，这些新的创作形式也为《人民文学》注入了新的血液，增添了活力。

这一时期《人民文学》不仅在体裁方面不断扩充，还特别注重选取在创作手法、审美趣味上有新意的作品。1979年第2期《人民文学》发表的茹志鹃《剪辑错了的故事》，就带有西方现代派的创作技巧，一度引起了文坛的关注。当然，这部作品首先是因其主题上具有反思性而成为“反思文学”的标志的，作者将笔触延伸到大跃进时代，表现了极“左”思想对于普通人的危害。值得一提的是，小说运用了“意识流”、蒙太奇的时空交错等手法来揭示作品蕴含的深刻社会问题，某种程度上可以说，小说具有探索意味的艺术尝试对文坛的影响当也不小。此后，刘心武的《我爱每一片绿叶》（1979 年第 6 期）中，将隐喻、戏剧性事件和复杂的时间结构，整合到人物描写当中，现代派的一些艺术技巧在文中得以展示。虽然这些手法的运用还不够成熟，但是在当时来说，这种创作手法可谓是一种创新，是“文化大革命”文学，乃至“十七年文学”时期都较少出现的，这充分说明《人民文学》也在努力引导和推介新的文学形式、文学技巧，包括新的文学观念。

此外，“文化大革命”之后，人情、人性等文学主题被再次重视，特别是从“十七年文学”始就被遮蔽的爱情题材开始回归，《人民文学》也及时刊载了这方面的作品。如《眼睛》（1978 年第 2 期）中的女工魏云对戴眼镜的知识分子有爱慕之情，但由于当时时局的不明朗，魏云无法表达真意，作品将人物微妙细致的心理较为细腻地呈现了出来，让我们看到生活中小人物的真实心理。《献身》（1978 年第 4 期）中，由于丈夫卢一民对于土壤研究的执着，“文化大革命”中遭到迫害，妻子唐林听从了别人“夫妻本是同林鸟，大难临头各自飞”的建议而离开了丈夫，而且文化大革命后唐林慎重考虑，做出自己的决定——没有回到丈夫的身边，这就同“文化大革命”后许多表现夫妻团圆的小说有了极大的不同。《青春插曲》（1979 年第 3 期）中知青护士张蓓蓓在农村插队期间爱上了农村青年陈志刚，返城之后，迫于家庭的压力不得不选择与自己家庭、地位相同的刘大义结婚，而蓓蓓也只能将那份深深的爱意尘封在日记中。虽然这些爱情故事绝大多数是以悲剧结尾，但是那份细腻的感情让我们读出作者关于“人”的重要思考。这类作品还有一个特点是：语言发生巨大变化，审美风格也日益丰富，具有较强的艺术魅力。例如《青春插曲》中，作者写道：“她久久地凝视者，仿佛看见了把如此纯洁、美好的感情写在扉页上的那个青年。看见了他那刚毅、坚强的面影……它像一道电光横扫了她心头的乌云，照亮了她的眼睛。在这沉静的暗夜里，她胸中沸腾着青春的热血、无限的激情，那刚刚过去不久的生活，像风起云涌般，迎面向她扑来。”[①] 点点思念之情洋溢在这字里行间，令读者心中燃起无限惆怅。显然，语言文字上的抒情性使得这类爱情题材别具风采，小说清新、柔美、朴素的审美韵味也从这些语言文字中流露出来。同年刊发叶蔚林的《蓝蓝的木兰溪》，首先映入眼帘的是优美鲜活的文字：“菇母山腹地，有一道清流，人们称它木兰溪。木兰溪像一条蓝色的丝带，挽起两岸错落的村寨，和高高低低的吊脚楼，组成了木兰溪公社。”[②] 然而美丽的地方却诉说着一个美丽女孩赵双环和她年轻情人的悲剧故事，优美的语言，细腻的感情融入作品之中，形成独具特色的优美抒情格调。这样一种优美的、阴柔的文本气质同“十七年”以来文坛渐渐形成的阔大、坚硬的文风有着极大的不同。

总之，对于刚刚结束的“文化大革命”时期，文艺界的新旧交替是一个复杂的过程，有学者认为：“新旧交替不可能是一步跨越的，无论是政治体制、经济体制、教育制度、意识形态和社会观念，还是文化艺术等方面，除旧布新都是一个缓慢而复杂的过程，‘旧’并未真正死去，而是以复杂的面目出现在各类‘新’话语之中，成为一种‘集体无意识’，影响着文学的走向。”[③] 因而，文学的突破与创新确实是一个难题，1976 年至 1979 年这短短的四年间，《人民文学》在一个时代的节点上，担负起文学应向何处去的命题，并积极地实践了这一命题，这对新时期文学走向繁荣具有重大影响。

[原载《沈阳大学学报》（社会科学版）2012 年第 1 期]

① 张斌：《青春插曲》，《人民文学》1979 年第 3 期。

② 叶蔚林：《蓝蓝的木兰溪》，《人民文学》1979 年第 6 期。

③ 李平、陈林群：《20 世纪中国文学》，上海三联书店 2004 年版，第 13 页。

第二编

工业文明与城市文学

现代化工业进程与当代文学创作的历史性探寻

——兼论“工业题材小说”的命名问题

从中国当代文学史来看，中国现代化工业进程在当代文学创作中的反映，直接体现在被理论界命名为“工业题材”的小说创作中。所谓“工业题材小说”是指在题材分类意义上存在的十七年特有的文学概念（历史概念），特指新中国成立以来反映工业战线，表现工人生活的作品，更准确地说，它应该表现作为“领导阶级”的工人的劳动和生活以及工厂、矿山、建设工地的矛盾斗争。[①] 由于在新中国成立初期，工业建设始终紧密联系着国家现代化、工业化的期待，工业题材小说创作的重要性是不言而喻的，但是从十七年“工业题材小说”创作的整体情况来看，并未取得预期的成果。这其中的原因并不复杂，首先，对于大多数作家来说，中国工业化的历史进程、大规模的经济建设生活，在十七年时期，仍是一个崭新的、陌生的生活领域。作家仅通过想象很难准确把握工业化的发展道路，对于经历工业化历程的工人的生活、命运也缺少情感投入、审美感受，在创作中，作家难免被单调的、机械的生产过程所局限，被工厂生活的表层现象所遮蔽，自然难于发掘一个时代工业生活的底蕴，难以创作出有深度、有

① 洪子诚：《中国当代文学史》，北京大学出版社 1998 年版，第 81—83 页。

内涵的“工业题材小说”。又比如，大机器生产所必需的高度统一的集体主义生产方式，工矿企业运作的整齐划一和相对单调，也对“工业题材小说”的丰富性有所影响。[①] 但值得深思的是，在工业化进程已经走过半个多世纪的今天，人们为何仍在呼唤谁来“刷新”工业题材文学？[②] 为何仍在焦虑“工业题材写作陷入瓶颈”？[③] 应该说从新中国成立到当下的中国现代化工业进程已经为作家提供了极其丰富的创作资源，“工矿企业”的运作也打破了集体、单一的生产模式，“工业题材”可谓“题材”繁多，写作空间巨大。为什么“工业题材”的写作在当下文学中还是缺乏足够的声音？在这里，我们想通过追寻现代化[④]在当代中国的足迹，展开对当代“工业题材小说”从文本创作到概念命名的历史性探析，力求阐明“工业题材小说”创作与理论研究面临困境的深层原因。

“工业题材小说”在当代中国的特殊处境同新中国成立以来对现代化的想象与期待是密切相关的。从中国当代“工业题材小说”创作的实际来看，它在不同阶段的主题追求、审美倾向，乃至艺术方面的问题都同中国的现代化道路，特别是经济现代化层面的追求有着内在的、必然的关联，而且这种相互印证、影响具有鲜明的时代烙印。但是如果从现代化的其他层面来反观“工业题材小说”创作，我们会发现其蕴含着诸多内在的矛盾，如现代工业思维与传统农业思维的矛

① 李运抟：《关于当代“工业小说”创作历史的整体反思》，《文学评论》2001年第1期，第50页。

② 《谁来“刷新”工业题材文学》，《工人日报·文化周刊》2006年6月23日第5版。

③ 《工业题材写作陷入瓶颈》，《文艺报》2009年6月4日第5版。

④ 这里笔者所指的“现代化”采用了我国学者陈勤等著《中国现代化史纲·序言》（广西人民出版社1998年版，第2页）中的观点：“社会现代化所蕴含的全部意义就在于：社会现代化是一个以经济发展为基础，以工业化为动力，以科学技术发展为先导和纽带，以人的全面发展为主题，涉及政治制度、社会结构、组织管理、生活方式、人类活动空间等诸多领域的革命性、全球性、长期性和整体性的发展与变迁过程。”“社会现代化作为一个大系统，它是由经济现代化、政治现代化、城市化、科学技术现代化、生活方式现代化、社会结构现代化、组织管理现代化和人的现代化这八个基本系统组成的。”

盾、工业现代化与政治现代化的矛盾、人的现代化与社会现代化的矛盾等。就十七年的“工业题材小说”创作来看，其无疑是以实现经济现代化为目的的写作。但是由于“十七年”“左倾”政治路线对文学的支配地位已经日益凸显，使得这一时期的“工业题材小说”在工业现代化与工业政治化的命题间游移、徘徊，构成了文本的外在要求和内在目的的错位，即便是新时期伊始涌现的工业改革小说也潜在地存有这样的问题。

一

工业化是现代化的物质基础和进步保障，工业化带来的物质文明和繁荣景象，成为不同文化背景、不同经济传统的民族、国家选择现代化道路的根本动力和直接目的。就当代中国而言，我国所选择的正是优先发展重工业来实现现代化的发展模式。中国共产党在过渡时期的总路线和国民经济第一个五年计划中明确规定：积极地把国家引向社会主义工业化是党和人民全力以赴的中心任务。而在意识形态建设方面也开始大力提倡工业题材的创作。周恩来在第一次文代会上明确号召：“我们首先需要熟悉工人。现在各方面的文艺工作者一般地都不熟悉工人，所以反映工人的作品还很少。我们希望能有一批文艺工作者深入工厂。自己不能到工厂去的，也应该宣传这个号召，把它变成一个运动，推动成千成万的文艺工作者向这个方向走去。”[①] 这就使得作家把工业化同社会主义理想直接联系在一起，把表现工业战线的

① 周恩来：《在中华全国文学艺术工作者代表大会上的政治报告》，《周恩来论文艺》，人民文学出版社 1979 年版，第 20 页。

生活变化作为一种政治使命纳入到创作视野之中。

十七年时期的“工业题材小说”创作很快遇到了“瓶颈”，陷入了单纯写工业生产过程、技术革新、政治觉悟的模式化创作中。这是因为作家关心的是工业的革命性意义，急于表现的是工业所具有的潜在力量。以草明的创作为例，读者最初看到的是《原动力》里那个小水电站和《火车头》里那个破旧不堪的铁道工厂，到《乘风破浪》，读者会看到我国的工业、工厂，已经有了长足的发展，巨大的钢铁企业代替了解放初期陈旧破落的小工厂。客观地来看，这三部反映工业题材的作品，一定程度地反映了经济现代化在新中国成立初期的呈现方式和实现方式，比如要通过抓技术才能促生产。但是这种实现方式更多的是政治诉求的结果，而非工业化机制的内在要求使然。从这三部作品中我们可以看到党的权力怎样逐渐进入到企业管理之中，以及如何因党的有力领导才最终获得了工业战线的节节胜利。

此外，我们还会发现，在十七年的“工业题材小说”中，一旦触及现代工业化中人的存在方式时，作家的笔墨则完全为政治要求所左右，放弃了对于现代工业体制下现代工人应走的道路的表现，① 转向时代化的政治价值思维：既然工厂是代表现代化实现的重要载体，现代化又是国家未来的发展方向，工厂自然应具有政治力量上的先进性，而生活于期间的工人也必须是国家政治力量的先进性代表。所以在十七年的“工业题材小说”中，工人首先要被确证为新生国家的领导阶级。从草明的工业小说，再到周立波的《铁水奔流》、肖军的《五月的矿山》和艾芜的《百炼成钢》等长篇小说，以及胡万春、费

① 必须指出工业化的出现为现代人格萌芽提供了物质条件和发展基础。可以说，正是由于工业化造就了中国新一代工人阶级，而且“随着新生产力的获得，人们改变自己的生产方式，随着生产力方式即保证自己生活的方式的改变，人们也就会改变自己的一切社会关系”(注：《马克思恩格斯选集》第 1 卷，第 108 页)。工业化在对传统生产方式全面革新的同时创造了崭新的现代生活方式和社会组织方式，促进了现代人价值观念和心理倾向的转型，这某种程度上也是下文所指的人的工业属性和社会的工业化逻辑的内涵。

礼文和唐克新等工人业余作家创作的一批短篇工业小说，都是如此。仍以草明的创作为例，小说《原动力》的核心内容是东北某电厂生产的破坏与重建。在这个过程中，工人们深刻认识到了自我同工厂建设以及最终同国家命运之间的重要关系，并最终确证了自身的价值——成为新生国家的主人。而草明在她的工业题材作品中着力塑造的三个工人的形象——孙怀德、李学文、李少祥——正是概括了老、中、青三代工人如何成长为国家的领导阶级的过程，构成了一部新中国成立初期的“工人阶级成长史”。在表现工人阶级作为国家领导阶级同时，“工业题材小说”又必须确证工人所具有的政治觉悟对工厂建设的重大意义。以艾芜的《百炼成钢》为例，党委书记之所以看重秦德贵，不仅仅是因为他的技术水平高，很大程度上是因为在他身上体现出较高的政治觉悟。最终也正是由这样一个德才兼备的新人带领工人们完成了一个个艰巨的任务。再如《火车头》中的李学文、《乘风破浪》里的炼钢能手李少祥、《铁水奔流》中的先进工人李大贵，无一例外。简而言之，十七年的“工业题材小说”共同指向了一个基本主题：通过表现热火朝天的工业建设和工业变革，揭示了工人阶级作为现代生产力主力军的重要政治地位和强大政治力量。这些作品在表现工人如何获得主体地位的过程中，依据、追寻的往往不是现代工业文本应追寻的工业的逻辑，而是强化其间相伴随的政治意义与道德意义。我们看到，在这一时期“工业题材小说”中，人的工业属性与社会的工业化逻辑被弱化，即便是某种程度上表现了“技术化”或“生产化”的重要性，最终目的也是为塑造人物的政治形象而服务的。在《原动力》等作品中，工业化代表的是一种先进性，技术水平正是这种先进性的标尺，但要作为作品中的主人公不能仅仅热衷于钻研技术，最根本的是要通过崇高的政治觉悟才能获得政治地位。基于以上的分析，一方面我们不难理解为什么十七年时期的“工业题材小说”创作会具有普遍的狭隘性与局限性。人物事件的描写紧紧围绕生产过程本身，情节设置也离不开几种模式：政治挂帅与技术治厂的矛盾冲突，先进工人与保守势力的生产较量，或通过劳动竞赛激发工人阶级的革命热情，或通过生产事故表现模范人物的英雄行为，等等。这一切都是为了显示工业化的革命性意义与政治性意义。另一方面，我们也会看到十七年时期“工业题材小说”为政治话语所左右的时候，其同经济现代化之间的内在同构关系也产生了错位。而一旦它脱离了现实的经济生活，就缺少了如农村题材、战争题材等在十七年间同样被视为有利于表现新生活的重大题材的独特性，成了单纯的政治文本，这无疑是十七年时期“工业题材小说”创作陷入“瓶颈”的最大症结。

二

新时期以来，国家对现代化的追求以一种较全面和深刻的认识体现出来，其核心就是要实现人的现代化。从新时期的“工业题材小说”创作来看，其仍旧简单地徘徊在经济现代化的政治诉求层面，对于文化现代化，或者说人的现代化的触及远未达到其他小说潮流的表现水平，这恐怕是新时期“工业题材”缺少经典文本的重要原因。

作为一个时代的代表，20 世纪 80 年代初的“工业题材小说”以“改革文学”的样貌呈现出来，它们是开拓进取的改革初期的时代产物，应该说，具有自身的存在价值。这一时期的工业改革小说，以蒋子龙的作品为主导，从《机电局长的一天》《乔厂长上任记》开始，到《一个工厂秘书的日记》《拜年》《赤橙黄绿青蓝紫》等，构成了一个“开拓者家族”。此外，还有张洁的《沉重的翅膀》、水运宪的《祸起萧墙》、邓刚的《阵痛》、柯云路的《三千万》、张锲的《改革者》、焦祖尧的《跋涉者》、达理的《路障》、陈冲的《小厂来了个大学生》等较有影响的作品。这一阶段工业小说的“改革主题”非常明确：就是主动、自觉、热忱地为工业改革和时代变革呐喊。这种呐喊之所以在20世纪80年代初产生了广泛的影响，是因为它们涉及的诸如科学管理、生产体制改革、打破“铁饭碗”、鼓励竞争和人才使用等问题，也是全社会面临的问题。这就是说，《乔厂长上任记》等作品，改革的主题思想实质上具有突出的时代普遍性，其目的就是由表现工业改革来显示社会改革的必然。然而，《乔厂长上任记》等作品在表现这种必然的时候，却以简单地二元对立——“保守与改革”“传统与现代”——的模式去表现，即通过两个阵营、两股势力、两类人物、两种观念的尖锐对立来说明经济体制的改革不可避免地要涉及各种利害关系，充满艰难与困境，却“必然地”会走向成功。很显然，这些创作积极而热情地迎合了新时期初社会经济现代化大潮下的意识形态要求，乐观地预言了“只要改革，生产就能搞上去”的神话。这种靠内部改造企图改变国企效率低下的思路，因为没有涉及企业产权界定这个核心问题，注定了治标不治本的结局。此外，仔细考察这种二元对立模式不难发现，所有的改革派无不诉求“国家”“人民”的利益，并握有“科学”的利器，而保守派则致力于私人利益的谋求，无法获得道义上的支持而走向失败。正如有论者指出：在这里，蒋子龙等人的小说是把社会的现代性设计作为先在价值来看待的，这就使它缺乏必要的文化反思内容并在某种程度上沦为时代的传声筒。[①] 最后，在这类小说中承担“改革”这一艰难的历史使命的，不再是获得主体地位的“工人阶级”，而是具有“冲破万难直至胜利”的斗争精神的工

① 韦丽华：《“改革文学”的现代性叙事反思》，《南京师范大学文学院学报》2004年第2期，第103页。

业改革者。这些改革者形象同十七年时期的工人形象有了较明显的差异：他们多被赋予较优秀的综合素质与丰富的现代化管理经验。从乔光朴（蒋子龙《乔厂长上任记》）、丁猛（柯云路、雪柯《三千万》）、梁霄（吕雷《火红的云霞》）这样的改革家，到车蓬宽（蒋子龙《开拓者》）、郑子云（张洁《沉重的翅膀》）这种深谙改革的领导艺术的时代弄潮儿；从悲剧英雄傅连山（水运宪《祸起萧墙》），到年轻改革者许英杰（陈冲《厂长今年二十六》）无不如此。但是从根本上说，这些形象并未脱离十七年工业题材创作中对先进工人形象的期待：道德正义性、政治正确性，而且他们的形象都可以归结为——“乔光朴式”。而乔光朴式的改革者又恰恰支配了整个工业发展建设的政治文化传统，在他们引领下的工业、企业当然也要沿着工业政治化的道路前进。那么，现代化的工业制度又何从建立？现代型的工人又怎样出现？蒋子龙等作家的作品由于身处于社会变革之中，反映了某些社会变革的问题，但是它的立场和姿态仍处在想象性的前现代化语境中，并未深入经济现代化的肌理中，当社会现实以更严峻的面貌出现的时候，它的功利性、概念化、表面化、理想化等问题也就暴露无遗。因而从某种程度上来说，被命名为“工业改革小说”的创作并不具有现代工业思维和演进上的工业化逻辑，实质上它们更趋向于政治化的工业改革蓝图。

三

有意味的是，当 20 世纪 80 年代中后期工业现代化改革遭遇困境、暴露问题的时候，“工业题材小说”创作也沉寂下来。进入 90 年代，出现了谈歌的《大厂》《城市热风》等创作，似乎是接续了沉寂的“工业题材小说”。但是人们很快发现：一方面，这些小说从人物形象、主题意蕴以及创作主体的情感诉求上来看，同蒋子龙等作家的创作有着内在的同一性，都是通过设置改革英雄来完成改革。另一方面，人们又看到这些创作出现了原有“工业题材小说”所不具有的新质素，如《城市热风》中对阻碍现代化工业进程的“村落式企业文化”的潜在表现，对依赖传统农耕文化精神导致的中国企业文化现代化步伐迟滞的隐约表达。显然，这些创作开始冲破“工业题材”所设定的狭小的“工业”视角，转向了更复杂的、更广阔的由现代化工业进程所带来的关于“城市化”“人的现代化”等命题。最难以理解的是，从谈歌等人的创作热潮之后，人们似乎很难找到属于“工业题材”概念下的创作了。针对这种创作上的匮乏，理论界予以了分析和探讨。有些研究者认为应在车间、劳动、工人之间，寻找新的视角，切入新的层次，获得新鲜的发现。[①] 有的研究者则提出如何界定“工业题材”概念的问题，比如，牛玉秋在《“工业题材”——局限，意义与发展》中，就认为无论以作者身份（“工人写”）或以作品人物（即“写工人”），或以空间环境（即“车间文学”）进行界定，都存在着局限。而且中外文学名著也都不是仅涉及一个特定的行业题材，无法用“行业题材”将其假定。“工业题材”的提法只是表达了人们及研究者的一种愿望——“希望文学作品去反映工人在工业战线轰轰烈烈建功立业的事迹”。[②] 有的研究者则开始了对于“工业题材小说”创作的反思，如 1997 年第 5 期《郑州大学学报》集中地刊发了《20 世纪中国工业文学的历程和展望》《当代工业文学创作的考察与反思》等文章，着重分析了“工业题材小说”创作的得与失。进入新世纪，

---

① 殷普培等：《对工业题材创作的呼唤》，《文艺报》1990 年 1 月 13 日第 5 版。
② 见《工人日报》1992 年 5 月 29 日第 5 版。

对“工业题材”提出质疑的声音越来越多，如有评论者指出：固定的题材意识可能会遮蔽我们对生活有新的发现，我们不必从传统的工业题材意识出发，来期待今天的小说创作。[①] 今天工业题材的范围和工人的主体以及人们的审美意识都发生了变化，要用新的观念和认识来对待当今工业题材的文学创作，重新认识工人和工业题材。[②] 青年作家东西说：我的内心对用行业来划分文学是不十分认同的，比如写工业的就叫作工业文学，这样不准确。[③] 至此，“工业题材小说”的创作与研究，可谓是身处困境，不知何去何从。

通过上文对“工业题材小说”历史性的梳理，我们发现“工业题材小说”在当代中国文学史中的境遇是相当尴尬的，一方面我们不可否认其具有特殊的历史内涵和价值，理解它独有的创作模式是与时代的历史、文化、文学的语境相适应的。但是另一方面，从“工业题材小说”所指向的、依赖的现代化内涵去阐释它，我们发现其总是徘徊在现代化工业的外部——工业生产、企业改革、技术革新等问题上，忽略了工业现代化的核心因素——人。而且“工业题材小说”创作从一开始就强烈地依附于政治语境，追寻的是政治→工业→人的创作思路，未能深入思考如何在实现工业现代化的道路中，亦能使人的思想、心理和行为方式适应现代化的发展，即现代人→现代工业的思路。特别是进入新世纪的中国已经身处在现代化工业进程之中，现代化工业进程已经成为我们生活的外部社会形态，它无疑改变了人们的生活、情感、内心。文学创作不仅要表现这种新的生活形态和人们的精神方式，表现人们如何从旧的生活转向新的生存方式，更要表现“过渡人”在思想观念、心理、行为上的冲突和“价值困窘”的状态，

① 贺绍俊：《工人不再题材》，《文艺报》2004 年 1 月 31 日第 5 版。

② 《热点：作家、评论家探讨新世纪工业题材文学创作》，《工人日报》2006 年 6 月 23 日第 7 版。

③ 《在泛工业化时代寻找新的文学支点》，《北京日报》2006 年 7 月 18 日第 8 版。

这才是现代化工业进程与文学创作之间对话的根本命题。因而从本文的观点来看，进入20世纪90年代后，之所以“工业题材小说”千呼万唤难出来，其症结不在于创作出了问题，而在于“工业题材小说”的内涵具有极大的历史局限性和潜在的意识形态规约，它已经不适用于当下的现代工业与现代人的语境。换句话说，当下难以出现以“工业题材”来命名的小说，是因为写作者从生活的实际出发，早已挣脱了“工业题材”内涵上的束缚，寻找到适合当下工业与人的美学视角，将工业现代化回归为现代人生存的背景，凸显的是工业现代化进程中人的困境、希望、价值与追求。所以我们认为，“工业题材小说”，只能成为一个历史性的命名与存在，新世纪的今天，我们急需去探寻更好的命名方式、解读方式来阐释有关表现现代化工业进程及其为背景的小说创作，以便于展开工业文明时代对“人的现代化”实现这一命题的关怀。

[原载《当代作家评论》2009年第6期]

泛工业化写作

——对现代化工业进程与当下文学创作的描述

作家蒋子龙在 20 世纪 90 年代末期，提出中国文学进入了一个“泛工业题材时代”，并且阐明了现代工业与作家创作之间的关系与问题，“工业左右着经济的命运，经济问题处于当今社会各种矛盾冲突的首位，直接关系着文化冲突、贫富冲突、男女冲突和伦理道德的冲突。作家们又如何能回避现代人的这种工业命运和工业人生呢？……工业题材的文学作品撕开工业社会的硬壳、显露其伤口还不算太困难，能提供比现实更强大的真实才是工业题材的文学受到普遍欢迎的关键所在。……即便是工业题材，最迷人的地方也不是工业本身，而是人的故事——生命之谜构成了小说的魅力”。[①] 笔者以为，这里作家已经很明确地揭示了“工业不再题材”的事实。现代化工业终将以它本来的面目——新型故事的生活基础——存在于文学创作中，文学所要做的是从工业生活中寻找新鲜活泼的形象，从工业生活的现实运动中，寻找形象变化的契机和依据，并从现实的形象和契机中，拓展生活纵深的层次。基于此，我们提出“泛工业化写作”这一更具有涵盖性的“命名”，它一方面表明了现代化工业在文学创作中的背景性存在以及这种文学形态的时代内涵、作家的写作立场；另一方面，它更

① 蒋子龙：《新支点：泛工业题材时代——“新支点长篇小说丛书”序》，百花文艺出版社 1997 年版，第 2 页。

强调有关工业创作的文学性、审美性乃至创造性，不再拘泥于“题材”的窠臼。在这一命名下，我们既可以阐释20世纪90年代以来论及工业生产、工业体制变革等有关工业化进程的作品，更重要的是可以品读大量的表现现代人的工业命运和工业人生的作品，那种因强调题材而难以磨灭的政治印痕、经济印痕在这一命名下将被摒除。在笔者看来，只要是触及了现代工业生产与生活于其中的现代人的关系的创作都可以被“泛工业化写作”这一命名所接纳。那么，在这一命名下的写作，呈现出哪些态势？具有怎样的审美取向？可能存在哪些问题？将是本节着重探讨和分析的。

一　背景与构成：现代化工业进程与现代工业意识

笔者认为，“泛工业化写作”一个重要的内涵是对现代化工业进程的关注。应该说，20世纪90年代以来的中国，已经从理论观念的形态上解决了由传统的计划经济向现代市场经济转型的问题，解决了工业化进程发展中的瓶颈问题，但从真正的操作实践层面来看，当下许多国有企业面临的困境则是工业化进程中必须要付出的代价。正是在这样一个现实语境下，许多作家对于中国国有大型企业发展过程中遇到的转型、工人下岗等重大问题，以他们的创作指明了问题所在或提出了解决的方案，体现了“分享艰难”的共同诉求。如谈歌20世纪90年代前期的小说《大厂》《城市》、张宏森的《车间主任》，1997年的新支点长篇小说丛书中刘醒龙的《寂寞歌唱》、肖克凡的《原址》以及2000年以来的焦祖尧《飞狐》、谈歌的《激情岁月》等作品，都不同程度地揭示了行政干预束缚企业手脚、工厂领导的专制、腐败导致企业发展的停滞以及改制过程中产生的诸多矛盾，同时也刻画了苦心孤诣，甚至将自己的生命投入工厂建设的领导、干部；不计个人名利，一心扑在研制新产品的技术人员以及顾全大局、忍辱负重的广大工人，这些都让读者看到了中国民族工业的希望。但是另一方面，这些创作又确实包含着强烈的意识形态话语，对现实批判力度不够。特别是对于工业转型期工人阶层心态的变化、情感的震荡以及命运的转变都表现不足。从艺术上来看，这些创作也是20世纪80年代“改革小说”的一种延续。小说的叙述没有与叙述的对象保持应有的距离，仍停留于粗浅琐碎的现象层面，审美意味不足。这里需要提出的是曹征路2004年的中篇小说《那儿》，被认为是2004年最重要的小说之一，也被称为“工人阶级的伤痕小说”。关于作品的写作动因，引用作者自己的话来说，“我当然是赞成改革的，也赞成国营企业改革，但我知道并非所有的改革都具有天然的正当性。那种少数人获益却让多数人承担成本的改革，那种巧取豪夺式改革，那种黑社会流氓式改革，我无论如何也无法赞同”“在《那儿》里，我写了一个劳动模范出身的工会主席（小舅），他是没有话语权的，只会干活不会当官，却把自己对工人的承诺看得比天大。当然，他无力改变工人的命运，最后只能消灭自己”“小舅是个英雄，是个社会断裂时期为民请命敢于担当的悲剧性人物，从准确的意义上说他倒真是‘社会主义新人’”。[①] 显然，《那儿》这部小说的最可贵之处，在于它没有把力挽狂澜的英雄、救星，“毫无疑问”地设置为终于听到了底层呼喊的掌权者，而是将希望赋予在“小舅”所具有的那种勇于担当的崇高责任感上。作者以极大的艺术勇气直面了国有企业困境的存在，而且还尝试着进行了如何才能走出这种困境的探索性思考。

---

① 本刊特约记者：《曹征路访谈：关于那儿》，《文艺理论与批评》2005年第2期。

除了对现代化工业进程的现实表现之外，笔者认为“泛工业化写作”还应包含一种现代工业意识，这种现代工业意识可以理解为作家对现代工业建制的积极肯定，对因市场经济体制的施行而形成的新的时代精神和工业文化的接纳，对工业文明不可逆性的深刻认知，对现代工业文明大生产性质的清晰把握：它要求将个体的人安置于一个巨大的网络之中，它追求一种理性的、有序的、规范的与标准化的状态，它始终处于不停的变动和喧闹之中，它要求人们接受新事物、新思想，它很难长久地沉迷于“过去”，它更关注的是明天和未来。这些都使得作家们以全新的视角去理解工业化进程，在他们的创作中将体现为对工业生产和工人生活所进行的抒情化、诗意化描写。比如肖克凡的《机器》。在这部小说中，作者把机器人性化，透过枯燥的生产活动，写出了现代人丰富的内心世界。表现工业生产的小说往往要涉及具体的生产流程和工艺，要采用读者并不熟悉的专业术语，要描写车间、机器、仓库、工具等，以营造出特定的生活氛围。这就是为什么在许多作品中，我们看到的总是冷冰冰的生产程序和工作机器。肖克凡把自己的作品命名为《机器》，并且用“螺丝钉卷”“链条卷”“曲轴卷”等冷冰冰的机器零件命名一些章节，然而他却赋予了冷冰冰的程序化的机器和工业生产以生命的活力。作家肖克凡说：“我为这部小说取名《机器》，是因为我认为人生就是一场运转，有谁愿意停止呢？尽管停止也是一种生命状态，然而我们还是选择运转。”[1] 可见，不断运转的机器传达出了生生不息的人的精神，这一文学化的表现方式本身就使《机器》具有了象征意义。此外，小说中呈现出对工人日常生活的审美化表现。日常生活从来不是真空地带，一个作者对某种日常生活的把握，与他传达此种日常生活的能力和方式，都隐含

① 《当代工人文学的点睛之作：肖克凡〈机器〉——作品研讨会在京举行》，中国作家网，2007年4月2日。

着这种日常生活的意义和作者对这种日常生活的态度。在《机器》这部小说中，对工厂的日常生活描写处处充满了生活的温馨感受和诗化情感，显现了作者肖克凡要张扬劳动的美、工人的美的一种努力。例如，作品中主人公之一的王风就从“一起在蒸箱里热饭，一起在热水喷头下冲澡，一起乘坐公共汽车回家”这样的集体生活中体验到了人生幸福的含义。可见，作品的视角从原有“工业题材小说”对工人生活的俯视、间离转变为对工人生活的融入、契合，并最终使工业生活具有了审美意味。

笔者以为，现代工业制度可以说是现代文明的原动力的象征物。它动态地孕育着鲜活的生命力和现代工业文明的因子，它本身已经具有了说不尽的深度和人文内涵，这无疑为“泛工业化写作”提供了巨大的空间。从某种程度上讲，当下处于经济、文化转型期的现代企业所具有的内外矛盾，要比中国当代工业发展历程中任何一个时期的企业建制都要复杂，再加上多元文化形态的全面浸染，这使得“泛工化写作”要求作家具有更敏锐的洞察力和更为清醒的历史意识。

二　主体与核心：现代工业体制中的“人”

随着我国工业化进程的深入，市场经济的快速发展，国有企业大量被改制，难以计数的民营企业快速崛起，大量外资企业纷纷涌入。在这种景况下，传统观念中的“产业工人”的形象必然被放逐，取而代之的将是什么呢？就“泛工业化写作”来说，有更为明确的表现对象，那就是现代工业体制中的“人”。然而现代工业体制中的“人”是相当复杂的。首先，我们无法回避工业化带给现代人，准确说是

“人性”一个巨大的负面影响，就是“异化”。

就当下中国而言，工业增长所带来的物质文明发展显著，人们的生存状态开始呈现出开放性与变动性并存的局面。但是工业化制度具有的冷酷的理性逻辑，使现代人面临种种困境。首先是现代工业制度不可阻挡的越来越细的社会分工，这种分工使绝大多数人都受制于同一专业领域里的重复劳动，受制于纪律与管理的约束，现代人的全面发展的要求被抑制，从这个角度来说，传统的自然人性被破坏殆尽，人沦为机器上的零件，社会对人的需要也转换为一种功能的、技术的需要。这些在20世纪80年代还不为国人熟识的生活方式，到了世纪末已将人们置于灵与肉的较量中，人们在机械技术与人文精神之间徘徊。“从人文形态和物质形态的关系而论，这主要表现为生产力的发展既历史地解放了人，增强和扩展了人的手段和技能，同时又在一定条件下使人成为单纯的生产工具、机器的附庸：受高科技的科技成果的威慑和恫吓，成为人为物役的处于异化状态的单面人，被商品拜物教、金钱拜物教所形成的超验力量摧残和作践”。[①] 由此，对工业化、都市化生存方式的批判、对机械技术异化人性的批判、对人被商品化的批判成为“泛工业化写作”在表现“人”时的一个重要主题。比如李铁的“女工”系列小说与刘庆邦的矿工小说。李铁的小说《乔师傅的手艺》所描摹的就是一个既看重技术又看重尊严的女工。她认为“手艺是一个工人的尊严”，甚至牺牲做女人的贞节来获得手艺、博得生的尊严。然而乔师傅的手艺最终没能获得用武之地，是因为“手艺”已经属于过往的时代。换句话说，乔师傅的失业，正是作为“物”的存在的人不能被转化为商品的逻辑结果。显然，她的命运呈现的是一个时代的精神困境。而李铁的其他的“女工”小说都有此特

① 陆贵山：《文艺中的人文精神和历史精神》，《文艺研究》1996年第1期。

征，从对身处在工业化时代的女性的人文关怀中彰显工业主义的严酷。在刘庆邦的矿工小说中，我们更为在“窑牢”中异常艰辛工作的矿工所震撼。比如《红煤》中写到每一个来矿上工作的农民都期望成为国家的正式工人，但是他们有另一种称呼“农民轮换工”。矿上的用工制度是“只招收农民轮换工，让青年农民轮流到矿上挖煤，五年轮换一批”。“矿方利用的是农民工的青春和力量”。显然，矿主在金钱欲望的驱使下，不惜剥夺他人的青春和力量，而矿工为了赚钱，不惜牺牲自身的青春乃至生命，工业主义用最简单却又最残酷的方式异化了人的精神与心灵。再如刘醒龙的小说《孔雀绿》中那位勤劳一生的老劳模。由于即将倒闭的工厂开不出工资，他一家人的生活陷入难以为继的困境，这使他最后做出了偷拿工厂铜轴去卖的事情。由起先的坚决反对到最终的被迫参与卖工厂的资产，我们完全可以想象老劳模的精神是怎样被痛苦地折磨着、扭曲着。工业主义固然是指一种技术与生产，但同时也包括由此而产生的社会形式与人格形态。置身于其中的人，不可避免地在人的属性、人格状态上产生变化。“泛工业化写作”必然要从现代人的命运与遭际、精神的痛楚与渐变的角度来揭示工业主义逻辑的残酷与高度工业化的时代弊病。

如果说“人的异化”在“泛工业化写作”中更多地体现为一个总的主题倾向，那么对于工业化进程中上亿产业工人命运的变迁，则应是“泛工业化写作”表现的核心。从这个向度来说，不仅要去关注原有国有大中型企业工人的命运，比如在20世纪90年代末期出现了一大批关注“下岗工人”的小说，更要去关注在工业化进程中遭受剧烈激荡的、占大多数的、最底层的新兴“产业大军”——不仅在国有更多是民营私企和外资生产线上的产业工人。还有那些按照“我们在几十年中形成的‘户口’思维”，称之为“农民工”的产业工人。“是的，他们是真正的无产阶级，他们除了自己的体力和智力外，连一个城市身份都没有！但是用经典的马克思主义对产业工人的描述，我们会发现，正在中国每一个城市中辛勤劳作的‘两亿’劳动者，是支撑着中国高速发展的最根本最伟大的产业大军极其重要的一部分”。[①] 对身处弱势的“农民工”的关注，事实上已经成为“泛工业化写作”主题之一。尤凤伟的小说《泥鳅》、罗伟章的小说《我们的路》、刘庆邦的小说《神木》《红煤》、残雪的《民工团》等一批小说以沉重、犀利的笔触展现了“农民工”的生存境遇。更深刻地说，这些作品是作家们对中国走向工业化、城市化、现代化道路中遇到的不可回避的重要问题——城乡二元分割——的一种反思。这些作品中的主人公们在反抗不公正的待遇和压迫时总是承受着巨大的压力，甚至常常是以个体生命毁灭的代价来维持自身的尊严。《我们的路》中的大宝深陷两难、无助的境遇中：在城市里拼了命地干活，城市却无情地逼迫他回乡。当他回乡后，物质的极大贫困又逼迫他回城。很显然，这恰恰揭示了农民工在城市化、工业化进程中的命运。刘庆邦笔下的矿工也不例外。到煤矿做一个煤矿工，摆脱农民的身份，这是他们对于生存形态做出的选择，只是这种选择中蕴含着悲剧的命运，因为下井和出井对他们来说就是一次生与死的较量。这些作品所揭示的正是那些看似在工业化进程中获得了城市身份和社会地位的农民却依然要承受和面对悲惨的命运。“城市”梦想的实现，在当下现代化工业的语境中对农民来说注定是一种痛苦的过程。

就已有的展现产业工人的生存状态的创作来看，存在一个显在的问题，作家往往是以一种悲悯的心态，从伦理道德层面来描写产业工人的“下岗失业”，“农民工”的悲苦处境，试图通过道德主义的思路来化解社会转型期产生的诸种冲突。显然，作家未能进入深层的理性

① 叶延滨：《“工人”是何时退出文学舞台的》，《中华读书报》2006年8月29日第11版。

反思，从社会体制、历史根基等方面探踪寻因，使得这些文本缺少深度和人文内涵。另外，如何表现现代工业体制中的企业家，也是急需探讨的一个问题。企业家无疑是决定现代化工业进程以及社会变化的重要角色，而且从某种程度上来说，他们也是工人的一种。从《乔厂长上任记》中“乔光朴”式“排除万难”的改革者形象再到《分享艰难》中洪塔山这样的流氓企业家，不仅有类型化的趋势，而且他们身上都缺乏现代工业意识，缺乏工业社会强调的创造性、科技理性、专业化思维与求平等、尚自由等现代人格。

三　转变与颠覆：从农业文明到工业文明

应该说，“泛工业化写作”提出的原点离不开现代化工业进程的不可逆性，但是它所具有的审美取向，所揭示的一切矛盾与冲突的前提，都源于工业化代表着现代社会与传统农业社会的基本差异。就中国而言，以往几千年的传统社会是一种稳定的农业社会，具有各种各样的稳定制度，但工业化的到来、技术的日新月异打破了那种稳定的制度，步入一个节奏快、变化大的现代社会。现代工业文化的核心是创造性，而创造性包含着对传统的决裂。对此，M. 舍勒认为，“它不仅是一种事物、环境、制度的转化或一种基本观念和艺术形态的转化，而几乎是所有规范准则的转化——这是一种人自身的转化，一种发生在人的身体、内驱、心灵灵魂和精神中的内在结构的本质性转化；它不仅是在其实际存在中的转化，而且是一种在其判断标准中发生的转化”。[①] 也就是说

① M. 舍勒：《资本主义的未来》，刘小枫、罗悌伦等译，生活·读书·新知三联书店2003年版，第207页。

它是一场包括社会结构与人的心态结构的双重重大转变的总体转变，导致了人的理念的颠覆。笔者以为，“泛工业化写作”必然要去表现这种转变、颠覆。如果说，前文从中国国情出发，分别从“社会”和“人”两个角度阐释了“泛工业化写作”所揭示的“转变和颠覆”的应有之意，那么从文学创作这个角度，还需要探讨这种“转变和颠覆”会以怎样的审美方式呈现出来。

事实上，正是因为工业化是一场文化上的“转变和颠覆”，是农业文明向工业文明转变的载体，以现代化工业进程为创作背景的“泛工业化写作”才会在审美诉求上呈现出追寻古典美的倾向，才会从乡土文化、自然之美、古典情感中寻找叙述始源。比如，李佩甫的《学会微笑》、孙春平的《陈焕义》《陌生工友》《拿不准是谁》《太平世界》等表现下岗工人的小说中，主人公因下岗有过困惑、迷茫，但终能勇敢地面对现实，接受了社会的重新选择。虽然他们只能从事一些简单的社会劳动，像修车工人、蹬三轮车、保洁员等，赚取微薄的收入维持基本的生活，却没有因为生活的重担而失去精神世界的美好祈愿。再如前文提及的《车间主任》等被称为“新现实主义”一批小说作品，可以说集中地、一致地表现了工人们坚硬的骨气和沉重的背负，高贵的自尊与无奈的旁落，劳动的汗水与生命的泪水混杂一体的悲壮人生。笔者以为，作家们如此单纯地去表现下岗工人以及普通工人的命运，首先是因为许多作家的精神世界、话语方式、情感方式仍是乡土的，而非都市的、工业的。在中国当代文学中，与工业文明、农业文明相对应的“城”与“乡”已经成为精神象征的载体。两种文化规范的冲突成为文学中不可逃避的主题，这必然会影响到作家的情感体验和审美意识。与数千年的农业文明相比，都市化所代表的工业、后工业文明虽然后起，但在对立中占据优势，造成对乡土文化的侵袭。然而，农业文明长久以来形成的深厚、稳定的人文积蕴已然成为一种深层的民族文化心理，并通过社会教化、家庭浸润得到因袭和巩固。乡土文化所代表的农业文明时刻发生着对工业文明的反作用。特别是当工业化、都市化初级阶段显示出不完善、不尽如人意时，这种反作用就更大。所以他们笔下的人物或多或少都有一种理想化的、素朴的、纯然的古典气质。此外，就当下中国而言，现实生活中的工人形象与农民确又保持着密切的血缘或亲缘关系，他们既秉承和张扬了中国农民质朴、勤劳、仗义的天然美德，又具有在大工业生产浸染下形成的协作精神、集体意识，因而当代工人身上有着无法抹去的崇高感和理想主义精神。再从接受者来看，悠久的对乡土文化的牧歌式向往，已经演变为当下读者的精神寄托，它始终吸引人们回归于农业文明的古典美氛围，而排斥了工业文明的价值追求。“对于古典主义情怀的认识，首先它是一种恒久性的精神价值”，如“人间温情”“世俗关怀”“价值追问”，“这些由中外古今伟大文学艺术熔铸而成的生命意识和价值热望，就是亘古难绝的”。[①]“泛工业化写作”中显示出的特有的古典美倾向，其实是乡土文化与古典主义情怀被当作了重要的文化资源，来解决人们在现代化工业背景下、在经济转型期的人文冲突和美感危机。

在这里需要说明的是，工业文明不仅给我们的文学视野带来了在农耕时代不可触及的题材，更为我们带来了一种有别于过去的话语方式、思维方式。即使是表现农村生活、反映乡土民间的作品，如果不以现代人的尺度去衡量、不以现代人的情感去揣摩，也是难以成功的。就当下的中国来说，工业化的程度在不断地提高，但工业文明及其精神似乎一直被排拒在我们的精神向度之外。如前所述，在大多数情况下，作家是以乡土田园为审美参照对工业文明的现代精神进行取

① 叶岗：《古典主义情怀与后新时期小说》，《文艺评论》1996 年第 5 期。

舍，多表现现代文明与传统农业文明之间的摩擦，用乡土的美来抗衡现代人精神的困倦和肉体的衰败。这里确实存在着作家审美视野、文化心态亟待转移的问题。换句话说，当下的文学创作对于工业文明的反映显得薄弱，原因并不在于创建现代工业的步子过于缓慢，现代工业文明在中国还显得不够强大，而是因为作家们缺乏对它的敏锐感受和深层关注，所以作家的审美情感与现实的工业生活是疏离的，最终体现为审美心理与文化心态的搁置，他们的作品也就缺少了对工业文明、都市文化高起点的审视，缺少了对工业时代的新内涵——独立精神、竞争意识、重视自我价值的实现、追求现实的幸福、鼓励更大胆的想象等现代意识进行审美观照。

就已有的“泛工业化写作”文本来看，除了上面所描述的主题倾向与审美新变之外，我们还会发现，当下对于现代化工业进程与人的描写既关注社会的多元取向，肯定不同人性意识的相对合理性，更关注每一个个体的生存意义。特别是一系列下岗工人、打工者形象，有血有泪、有苦有痛，他们是芸芸众生中那么微小的一个存在，但正是他们真实的生活推动了社会的发展。作家在关注个体生命的同时，也强调关注人与社会环境的协调性。也就是说作为一个个体必然身处在一定的群体当中参与群体的发展和建设，当个体与群体出现不协调时，个体应做出价值判断，选择能反映时代精神的价值取向，促进相互的协调和群体的发展。质言之，工业文明与都市化的充分发展，必然要求文学话语方式的转变，而文学话语方式的转变又是伴随着意识观念的转变的，其实质是作家即文学创作的主体，必须完成从农耕文化向现代文明、从小农意识向现代意识的转变。此外，“泛工业化写作”中的小说创作从人物塑造、小说情节设置到结构安排上都有一定的突破。如果说“泛工业化写作”中的长篇小说创作在叙事方面还存在很多问题，那么中短篇小说创作则有渐入佳境之势。比如说作家们采用的“生活流”的结构形态，突破了传统“工业题材小说”宏大叙事的方式，围绕着日常生活设置情节，小说的叙事空间不再局限于工厂车间，也深入到职工家庭、都市角落。这增强了小说的丰富性和人物的时代性、复杂性。但是，当下“泛工业化写作”中的作家们在现有的成果之上，有必要更努力地去塑造“工人阶级的整体文化形象”，或者说，“强调作品中的工业意识，其实是在强调作家作为现代社会中的公共知识分子的角色意识，发挥文学对社会文化的批判和建设的功能”。[①] 总之，“泛工业化写作”强调作家能以更多元化的视角来面对现代工业进程，既看到现代大工业生产所具有的不可动摇的变革性，洞悉其带来的特有的审美情趣，又能以批判的精神质疑工业化、都市化浪潮。所以在他们的创作中，将会扭结着农业文明与工业文明的错综矛盾，包蕴着城与乡的二元纠葛，融汇着古典美与现代美的双重诉求。

（原载《当代作家评论》2010 年第 2 期）

① 贺绍俊：《工业题材的视域和主体性问题》，《理论与创作》2006 年第 6 期。

谈谈影响“工业题材文学”创作繁荣的几点原因

商国华的“工业题材”创作现象引起了较大的反响，他对工业题材文学的坚守、对工人的热爱、对工业文化的熟悉，是他创作中最为引人关注的几个方面。当然，这与他的故土——辽宁作为中国工业大省的特殊性也是有着内在关联的，因为辽宁这片土地一定程度上承载了中国工业化的梦想、希望，并跟随了中国工业现代化道路的每一个脚步，从新中国成立初期的代表中国工业发展最高水平的“共和国长子”，到 20 世纪 80 年代国有大型企业的改革创新与渐入困境，90 年代进入市场经济体制后，大型企业面临重大的改制和重组以及由此所产生的一系列矛盾、问题，再到 21 世纪东北地区振兴规划的实施，辽宁无不“身临其境”，同中国的现代化、工业化道路同呼吸、共命运。这无疑成为商国华创作的精神源泉。事实上，新时期以来工业题材创作的几个重镇恰恰都在工业大省，比如辽宁、河北、湖南、天津等省份，特别是进入新世纪以来，这些省份的“工业题材文学”创作有着整体推进、作品迭出的趋势，但我们还是发现“工业题材文学”创作相比照其他题材的发展势头，显然是迟滞的、游移的。这里，我们先谈谈影响“工业题材文学”繁荣的几点显在的原因。

首先，“工业题材文学”的局限当然同工业题材本身的局限有关。许多论者认为小说的题材不管是工业还是农业，不管是都市还是乡村，它叙事的关注点只能是人、工业或农业、都市或乡村，只是一个具体的人生存的背景和环境，所以以工厂人群为主体的写作都应属于工业题材的领域。既然是关注人，只要在作品中真诚地去表现当代人所面临的道德困惑、生命尊严的缺失、物欲和精神的对峙，及其所导致的内心挣扎，作品的题材就不再是问题。然而，从关注个体人这个角度来看当前的“工业题材文学”创作，作家在这方面的自觉也很不够，因为他们没有能够把这些工业主体人群的精神深度写出来。比如有的作家已经将笔墨从原有的工业小说着力于问题的揭示转向到对工业生活本身的呈现，强调现代企业无时无刻不发生着的历史性嬗变，尤其强调人的价值观念、生活态度、感情经历、命运遭际，表现出一种强烈的关注现实的精神。但是，在反复地阅读之后，我们还是觉得许多作品的中心仍然是国有大型企业，只不过是一个在更具当下意义的背景中的大型企业，这个背景就是当下纷繁复杂的现代工业化语境。作品中作家着力塑造的主人公们的命运、悲剧、痛苦更多的是附着在他们所苦心经营的企业因无法适应并不规范的市场经济环境而破产的过程中，他们的更为深刻的精神世界、心灵物语仍然是单薄的，甚而是无力的。由此也提出了另一个影响“工业题材文学”创作的问题，那就是如何在现代工业文明的时代氛围中来建构文学话语、挖掘精神资源。

工业文明不仅给我们的文学视野带来了在农耕时代不可触及的题材，更为我们带来了一种有别于过去的话语方式、思维方式。即使是表现农村生活、反映乡土民间的作品，如果不以现代人的尺度去衡量、不以现代人的情感去揣摩，也是难以成功的。就当下的中国来说，工业化的程度在不断地提高，但工业文明及其精神似乎一直被排拒在我们的精神向度之外。在大多数情况下，作家们是以乡土田园为审美参照对工业文明的现代精神进行取舍，这表现在工业题材创作的群体性乡土心态，如刘庆邦、谈歌、刘醒龙等人的创作，多表现现代文明与传统农业文明之间的摩擦，用乡土的美来抗衡现代人精神的困倦和肉体的衰败。这一方面是因为这些作家的经历使得他们能更深切地体会到工业文明对现代人的冲击，特别是面对现代工业化速度的加剧，他们更多的是在思考工业文化与乡土文化的差异，他们的创作因而更多地沉潜于都市与乡村的双重围困中。另一方面，我们也无须回避，这里确实存在着作家审美视野、文化心态亟待转移的问题。换句话说，当下许多作家对于工业文明的反映至今还显得有些“迟缓”，原因并不在于创建现代工业的步子过于缓慢，现代工业文明在当下的中国还显得不够强大，而是因为作家们缺乏对它的敏锐感受和深层关注，所以作家的审美情感与现实的工业生活是疏离的，最终体现为审美心理与文化心态的搁置，他们的作品也就缺少了对工业文明、都市文化高起点的审视，缺少了对工业时代的新内涵——独立精神、竞争意识、重视自我价值的实现、追求现实的幸福、鼓励更大胆的想象等现代意识进行审美观照。

其次，“工业题材文学”创作，特别是长篇“工业题材小说”创作的滞后，同现代企业制度建立的艰巨历程以及市场经济体制带来的理念更新都有着密切关联。现代企业制度可以说是现代文明的原动力的象征物，它动态地孕育着鲜活的生命力和现代都市文明的因子，它本身已经具有说不尽的深度和人文内涵，这无疑为作家的写作提供了巨大的空间，从某种程度上讲，这种处于经济、文化转型期的现代企业所具有的内外矛盾，比中国当代工业发展历程中任何一个时期都复杂，再加上现代都市文明的全面浸染，这要求作家在驾驭工业题材上要具有更敏锐的洞察力和更为清新的历史意识。在这方面，中短篇“工业题材小说”创作有较大的收获，比如曹征路、肖克凡、李铁等的创作，把个体的人在国有大型企业改革、转制过程中经历的迷惘和挣扎深刻地传达出来，也自然地将中国当代工业发展的艰难历程映射出来。

最后，我们往往存在一个认识误区，常常以为工业题材好像离文学的审美想象距离远了一点，因此不容易驾驭和展开，或者说常常认为工业是理性精神的产物、文学更多的是形象思维的产物，两者难以兼容。但是在以人类全部的科学和技术进步为依托的现代工业文明时代，艺术与科学的融合是艺术发展的大趋势，法国著名作家福楼拜曾预言："越往前走，艺术越要科学化，同时科学也要艺术化。两者在山麓分手，回头又在顶峰汇聚。"这是因为"科学和艺术的关系是同智慧和情感的二元性密切相连的"。"与科学结合，有利于克服艺术家个人的'情感偏向'，有利于艺术家介入社会、介入生活，全方位地表现和反映社会生活""艺术和科学事实上是一个硬币的两面。它们源于人类活动最高尚的部分，都追求着深刻性、普遍性、永恒和富有意义"（李政道：《科学与艺术》）。事实已一再证明，以理性精神为依据的科学与以形象思维为依托的艺术并不是相互排斥的，相反，它们正是人类现代精神领域的两个层面。那种认为科学、工业领域中难以进行艺术表现的观念，是有失偏颇的。

如果说以上诸方面是影响"工业题材文学"创作向纵深发展的显在因素，那么还必须看到作家的主观因素也极大地制约着"工业题材文学"的创作，这从商国华创作现象中就可以看出。首先"工业题材文学"的写作确实需要作家对工业文化、工业现象、工业环境有深切的体认，甚至要有着"真挚的感情"，因为对于工业文化的审美想象是需要建立在主体亲历基础上的想象，否则就会使文学作品变得虚假、失真、空洞，文学的基本品格就会丧失。其次，"工业题材文学"的创作需要作家对于当今社会的特殊群体——工人，有更深刻、全面的认识，不仅仅是了解他们的喜、怒、哀、乐，还要洞察他们生存的历史轨迹与内在逻辑；不是隔岸观火式地"观看"他们的生活，而是以赤子之心"拥抱"他们的生活。恐怕只有这样，才不会仅仅是隔靴搔痒地描摹他们的生活之痛，而是立体地表现他们作为一个独立个体的生命价值。

期望着更具有文学经典意味的“工业题材文学”的出现。

（原载《文艺报》2010 年 6 月 2 日）

20世纪90年代后辽宁工业题材小说探析

在当下的辽宁，工业及都市的现代化进程给社会生活带来巨大变化，作家应该在充分享受现代工业成果的同时，要关注工业化进程给社会带来变化的复杂性。工业的发展牵动着社会的灵魂，工业的兴衰提供了对于人和生存环境的诸多思考。可以说，工业及都市改变了人的生活、思想和情感，人类再也无法摆脱工业——这就是现实，躲开了工业，就是躲开了这个社会，躲开了当代文学赖以生存的现实土壤。从辽宁关于工业题材创作的实绩来看，情况也较为复杂，既有对工业化进程中最重要的一环国企改革的反思和实录，也有对下岗职工的深切同情与心态揭示，但是对于工业化社会内在的复杂性，如人性的异化以及社会的专业化等方面，表现得却不够深刻。

从审美角度来看，工业及都市现代化给作家审视农业文明提供了新的参照。工业现代化每前进一步，从事工业生产的人体验就更加丰富，也为文学描述当代生活和社会提供了更多的素材，也给作家审视农耕文化和农业文明提供了新的参照系，为文学思考人类的未来提供了新平台，这就使20世纪90年代后的辽宁文学作品增添了更丰富的审美因子。

一　工业时代与都市化的实录

20 世纪 90 年代以来，辽宁工业题材小说最成功的应该是反映国企改革的中、长篇小说，简单说来可以分为两类：一类应是以胡小胡创作的《蓝城》《太阳雪》为代表的对国企改革的宏阔表现。另一类是以李铁“女工系列”小说为代表的对普通工人及下岗工人心态、命运的表现。

胡小胡的长篇小说《太阳雪》不着力于问题的揭示，而是侧重对工业生活本身的呈现，强调现代企业在无时无刻发生着变化的现实之中的历史性遽变，尤其强调人的价值观念、道德伦理、生活态度、感情经历以及人的命运、企业的命运。换言之，作品的中心是在纷繁复杂的现代都市和都市中的在经受着痛苦煎熬的国有大型企业。作品对国有大型企业显然没有有些作家那样耐心与乐观，相反，表现了更多的悲观情绪。东建总经理陶兴本是小说着力塑造的人物，虽雄心勃勃，励精图治，勤奋工作，但终因企业现有体制无法适应并不规范的市场经济环境，以及企业内部的权力斗争、利益的再分配、上下级的多方掣肘，还有社会多方面的腐败，他终于没能凭借自己的知识和才能将东建这条在市场经济大潮中搁浅的大船拖出困境，再创辉煌。与陶兴本相对应，从东建出去单干的个体户韦家昌却如鱼得水，左右逢源，东建这样在全国闻名的老牌大型企业拿不下来的国家大项目，只有那么几十号人的个体建筑公司却能够拿到手。韦家昌凭借的是什么呢？这是不言而喻的。小说真实地揭示了国有大型企业中的诸多妨碍企业发展的弊端，有些方面甚至让人有一种触目惊心之感。尤其是主人公陶兴本从他们正在建设中的数十层大厦上坠楼身亡，更增加了这种悲剧的力量。但小说有意呈现的浪漫气质与诗意又多少消解了现实的悲观与沉重。与20世纪80年代蒋子龙的改革小说相比，胡小胡的小说少了理想主义色彩，多了悲剧精神；与90年代谈歌等人的“新现实主义”小说比较，少了对世俗与艰难的现实的认同、把玩与无奈，多了几分力度与沉重。

李铁把他的小说背景多置于国有大中型企业改革与脱困的艰难时期。企业转制，大批工人下岗，他们的生活一下子进入了极其艰难的窘境。特别是那些普通女工的命运，都掌握在具有强权或话语权的男人手里，她们既要保持自己的人格与操守，又不能不屈服于强势的压迫，作为女性，她们不得不经历只有她们自己才能够深刻体会的矛盾与痛苦。她们对生活并没有过高的要求，即便如此，仍然要为此付出女人的惨重代价。这些故事读来不能不说有些严酷，李铁对他笔下的女工却倾注了饱满的情感，或者说他在用抒情的笔调歌颂着曾经与他朝夕相处的“师傅”与姐妹。“严酷”的生活因此而多了几分温馨。《乔师傅的手艺》《纪念于美人的几束玫瑰花》《乡间路上的城市女人》等中、短篇是他早期的代表作。与谈歌不同，李铁小说并不太关注转型期企业的各种问题，而是把笔触伸进人物的情感与灵魂，工业在他的小说里其实只是一个人物生存着的背景，他要触摸的是人物最细微的心理。没有蒋子龙、张洁、谈歌、胡小胡小说里的那种硬度，却有了自己的一种温度。而近两年的《杜一民的复辟阴谋》和《合同制老总》等则表明李铁的“工业题材”小说的视角正在逐步拓宽，开始从正面描写人物与企业间的问题与矛盾。

孙春平是一个不回避现实、更不粉饰现实的作家，因而能够把涉及千家万户的下岗情景忠实地记录在小说中，创作了一组下岗工人题材小说。《陈焕义》《陌生工友》《拿不准是谁》《太平世界》等小说，传达的正是转型期下岗工人的酸甜苦辣。作品中的主人公大多进入中年，跨越了计划与市场两种经济体制，经历了工厂的今昔对比。作为国营大厂的工人，他们对工厂的感情尤为真挚。而且他们上有老下有小，是社会群体中对生存艰难领悟最深的人群，面对下岗，他们有过困惑、迷茫，但终能勇敢地面对现实，接受了社会的重新选择。虽然他们只能从事一些简单的社会劳动，像修车工人、蹬三轮车、保洁员等，赚取微薄的收入维持基本的生活，却没有因为生活的重担而失去精神世界的美好祈愿。

现代工业的发展带来社会的全面变革，引发了许多新的问题，辽宁作家们的创作通过当代企业命运的变化和存在现状表现了市场化、工业化过程中产生的一系列新问题、新矛盾，艺术地再现了历史前进的宏大主题，对企业的艰难转型和工人下岗、就业等社会问题给予了充分关注，全面丰富了中国当代工业题材小说的创作。

二　转型期国企职工命运的诠释

20 世纪 90 年代以来，如上作品的问世，使辽宁工业题材小说受到评论界的广泛关注，更广为读者赞许，一方面是因为作品真切地表现出国有企业在转型期的困境和出路的艰难，另一方面，是作家显示出对于承受巨大生存压力的市民（国企职工）的同情和悲悯情怀。因此，90 年代以来的辽宁工业题材小说直接以工业领域积弊已久、新生维艰的现实处境及其突围的努力为艺术对象，与此前的同类创作相比，它们无论在对现实的摹写还是在情感体验方面，都有了一定的发展和深化，特别是对于现实关系的复杂性和国企职工心理的震荡的真切反应等方面，可以说有了较大的突破。当代外省很有影响的工业题材创作，如谈歌《大厂》《车间》、阙迪伟的《生路》等作品在表现转型期国企职工的心理时主要抓住了“难”和“情”，“难”是指企业内部资金拮据以及来自企业外部的过多牵制。工厂领导忍辱负重的人格、职工深明大义的质朴，则构成了令人心酸的“情”。这里我们须阐明一个问题，无论是作家们关注的“难”还是“情”，都多少存在着一个简单的道德判断和伦理价值取向：“为富”总是与“不仁”互为因果，“集体主义”的温情总是与市场经济的“竞争”相互矛盾。事实上这样就会简化了当下工业题材对国民心理的反映，仅仅以“情”的渲染来遮蔽市场杠杆作用下的现实特殊矛盾，或者以“缺钱”之“难”来弱化人物的两难状态的价值选择困惑。正是从这个角度上，我们发现20世纪90年代以来辽宁工业题材小说表现国企职工心理有了深度，在“情”和“难”的层面上有了突破。

比如胡小胡的小说《蓝城》和《太阳雪》都反映了相当一部分曾经辉煌显赫的国有企业在现实经济生活中的尴尬处境，发不出工资、职工医疗费无法报销、三角债的困扰、在激烈的市场竞争中屡屡处于劣势……但是在表现工厂领导时却不再简单化、理想化。如《太阳雪》中陶兴本这位主人公就很有代表性。作为一家大型国企的总经理，他既是一位叱咤风云的企业家，又是一位悲剧性十足的人物。然而，其悲剧的结局又不是他个人的缺陷所造成的。陶兴本和新时期改革小说中的代表人物乔光朴相比，两人从个人魅力上看的确有很多近似的地方，比如能干、肯干、敢干，也都是那种干脆利落、说一不二的“铁腕”人物，既有大刀阔斧的一面，也有细腻入微的地方……然而，乔光朴成功了，而与乔光朴何其相似的陶兴本虽使尽浑身解数，也没能拯救他的企业，自己却最终走向了毁灭。于是，我们在新时期文学的改革者群像系列中，看到了一个真正彻底失败的改革者，看到了一个个人魅力十足却无可奈何、无所作为、丝毫左右不了企业命运的失败者，这不啻宣告了那种“能人治”“清官治”模式的终结。作者通过对陶兴本这个人物命运的揭示给人们留下了十分广阔的思考空间。诚然，现代企业可以说是现代文明的历史进步的原动力的象征物，它动态地孕育着鲜活的生命力和现代都市文明的因子，它本身已经具有了说不尽的深度和人文内涵，这无疑为作家的写作提供了巨大的空间，从某种程度上讲，这种处于经济、文化转型期的现代企业所具有的内外矛盾，比中国当代工业发展历程中任何一个时期都复杂，再加上现代都市文明的全面浸染，使得作家在驾驭这一题材上要具有更敏锐的洞察力和更为清新的历史意识。

同其他反映国企职工的小说相比，李铁创作的“女工”系列小说在表现女性职工的心态、命运方面较为独特。例如他的小说《乔师傅的手艺》，所描摹的就是一个既看重技术又看重尊严的女工，她认为“手艺是一个工人的尊严”，她甚至牺牲做女人的贞节来获得手艺、博得生的尊严。然而乔师傅的手艺最终没有用武之地，是因为它属于过往的时代。从中我们可以看到一个女性的悲剧，一个时代的悲壮。显然，对乔师傅这个女工做简单的道德评论是困难的，她的命运呈现的是一个时代的精神困境。而李铁的其他的“女工”小说都有此特征，更多的是对身处在边缘的女性的人文关怀而非道德评判。

总之，辽宁工业题材小说的创作已经意识到了中国工业出现的错综复杂的现象，工人群体日益成为工业题材小说的主体，对于企业中人的关注远远大于了对于企业本身的关注，这无疑是辽宁工业题材小说的新突破。

三　转型期的审美困惑与文化心态

20世纪90年代的辽宁，都市化进程加剧，工业增长所带来的物质文明发展显著，人们的生存状态一开始就呈现出开放性与易碎性并存的局面。我们知道，都市文明建立在工业文明的高科技、快节奏、模式化、高效率的生产方式上，文化信息丰富、传播迅速，人们从生存状态到价值观念、情感体验，都具有强烈的变动频率。这种开放性与易碎性并存的局面，迫使人们不断地调整自己的生存意识。激烈的社会竞争，被高度技能化的现实塑造出的单面人生，聚散匆匆的人际关系，日益拉大的贫富距离，等等，这些在80年代还不为辽宁人所熟识的生活方式，到了世纪末已将人们置于灵与肉的较量中，人们在机械技术与人文精神之间徘徊。“从人文形态和物质形态的关系而论，这主要表现为生产力的发展既历史地解放了人，增强和扩展了人的手段和技能，同时又在一定条件下使人成为单纯的生产工具、机器的附庸，受高科技的科技成果的威慑的恫吓，成为人为物役的处于异化状态的单面人，被商品拜物教、金钱拜物教所形成的超验力量摧残和作践”。[①] 由此，对机械技术异化人性的批判也成为当下辽宁工业题材小说反映的重要主题，上文提到的作家作品从另一个侧面都可以有此理解，但是更大程度上，辽宁工业题材小说的这种批判往往是在传统农业文明基础上的民族文化心理参照下而进行的，因而侧重表现的也是市民在转型期的心理不适与精神苦闷，缺乏心灵深层的追问。

---

① 陆贵山：《文艺中的人文精神和历史精神》，《文艺研究》1996年第1期。

辽宁的历史渊源、地理位置以及经济发展的程度，都表明辽宁的都市文化建构尚在形成期，社会发展尚在大工业时代前期。一批批脱离乡村进入城市的打工者，具有一种在城乡文明的夹缝中形成的“初到者”的特殊审美文化心理，表现出都市边缘人的审美心态。“初到”文化心理最初见于学者们对中国现代都市文学的创作研究，“来自乡间的诗人们与现代都市之间存在着心理与文化的距离与反差，初到的印象既包含鲜明的都市视听刺激，也显示出诗人对都市文化强烈的不适感”。[①] 在当下辽宁工业题材创作中“初到”意象特别突出。“初到”心理一般分为两种审美取向，一种是对乡村田园风光的美好回忆，一种是在激烈抨击都市文明中表露出的抑郁、排斥等意绪。这在李铁、孙春平、胡小胡等人的创作中都有体现。“初到”意象具有深刻的历史文化因素和指向。新心理分析学派创始人阿德勒认为，“为克服自卑感，人们会将其转变为对其优越地位的追求，人格上如此，文化上亦如此”。[②] 所以“初到”者的文化心态是在借用乡村的审美经验超越都市文化的审美经验，从而试图实现自我人格与文化人格的超越，但是这种文化人格往往因为理念上的偏颇而明显带有偏激性。例如在李铁的小说《乡村路上的城市女人》中，主人公孟虎子是个农民企业主，他就认为金钱可以拉平城乡之间的距离，城里人并不天生具备高人一等的权利，他一直暗恋着从城里来的女人杨彤，并以最终占有她作为一种精神上和情感上的胜利，这很典型地反映了一种“初到者”心态。

工业、后工业文明与农业文明的对立，是辽宁工业题材小说呈现出审美价值和理想向古典美的回归的重要原因。马克思在《论费尔巴哈》中指出：“物质劳动与精神劳动的最大一次分工，就是城市和乡

① 谭桂林：《论现代中国文学的都市诗》，《文学评论》1998 年第 5 期。

② 转引自张鸿声《与乡村对照中的都市》，《郑州大学学报》1993 年第 1 期。

村的分离，”“它贯穿着全部文明的历史并一直延续到今天”。“城”与“乡”似乎成为精神象征的载体，两种文化规范的冲突成为文学中不可逃避的主题。这必然会影响到作家的情感体验和审美意识。与数千年的农业文明相比，都市化所代表的工业、后工业文明虽然后起，但在对立中占据优势，造成对乡土文化的侵袭，但是农业文明长久以来形成的深厚、稳定的人文积蕴，更是一种深层的民族文化心理，并通过社会教化、家庭浸润得到因袭和巩固，乡土文化所代表的农业文明时刻发生着对工业文明的反作用。特别是当都市化初级阶段显示出不完善、不尽如人意时，这种反作用就更大。其实无论是李铁还是孙春平等人的创作，他们的精神世界都是乡土的，而非都市的、工业的，所以他们笔下的人物或多或少都有一种理想化的、熠熠闪光的古典气质。显然悠久的对乡土文化的牧歌式描绘，已经演变为当下读者的精神寄托，它始终吸引人们回归于农业文明的古典美氛围，而排斥了工业文明的价值追求。“对于古典主义情怀的认识，首先它是一种恒久性的精神价值”，如“人间温情”“世俗关怀”“价值追问”，“这些由中外古今伟大文学艺术熔铸而成的生命意识和价值热望，就是亘古难绝的”。[①] 由此看来，辽宁工业题材小说中显示特有的古典美倾向，其实是古典主义情怀被当作了重要的文化资源，来解决人们在市场经济背景下、在经济转型期的人文冲突和美感危机。

以上三方面的相互影响，使得辽宁的工业题材小说在审美取向上处于矛盾之中，在大多数情况下，作家是以乡土田园为审美参照对都市精神进行取舍，但不可否认的是，都市物质文明又是难以避之的召唤，所以作家的审美情感与现实生活的实际是疏离的，最终体现为审美心理与文化心态的分裂，他们的作品也缺乏对工业文明、都市文化

① 叶岗：《古典主义情怀与后新时期小说》，《文艺评论》1996 年第 5 期。

高起点的审视，缺乏对工业时代的新内涵——独立精神、竞争意识、重视自我价值的实现、追求现实的幸福、鼓励更大胆的想象等现代意识进行审美观照。

四　艰难的价值选择与艺术定位

纵观辽宁工业题材的小说创作，我们发现作家们没有在商业大潮中放弃精神的追求，沉迷于消费主义和拜金主义，而是在艰难的价值选择中坚守人文精神，以平民的意识探求、思考社会变革中的种种无奈和隐患，表现出分享艰难的主人翁意识和参与精神。他们既关注社会的多元取向，肯定不同人性意识的相对合理性，更关注每一个个体的生存意义。下岗工人陈焕义、赵师傅（孙春平作品）、女工乔师傅、杨彤（李铁作品）等这些鲜活的个体，有血有泪、有苦有痛，他们是芸芸众生中那么微小的一个存在，但正是他们真实的生活推动了社会的发展。此外我们还可以看到创作工业题材的辽宁小说家在关注个体生命的同时，也强调关注人与社会环境的协调性。也就是说作为一个个体必然身处在一定的群体当中，参与群体的发展和建设，当个体与群体出现不协调时，个体应做出价值判断，选择能反映时代精神的价值取向。促进相互的协调和群体的发展。孙春平表现下岗工人艰难“自救”的小说，正反映了作家透过社会的暂时困难，看到了社会的整体性进步，充分显示了作家对工业时代的深入理解和独特把握。

90年代以来，辽宁工业题材小说创作从人物塑造、小说情节设置到结构安排上都有一定的突破，作家们在不断修正自身的艺术定位，以期达到较高的艺术水准。如果说以胡小胡为代表的辽宁工业题材长篇创作在叙事方面还存在很多问题，那么中短篇小说创作则有渐入佳境之势。比如说作家们采用的“生活流”的结构形态，突破了传统工业题材小说宏大叙事的方式，围绕着日常生活设置情节，小说的叙事空间不再局限于工厂车间，也深入到职工家庭、都市角落，这增强了小说的丰富性和人物的时代性、复杂性。此外作家作为叙述人的角色也发生了变化，1990年以来辽宁工业题材小说作家不再将自我定位为历史或人民的“代言人”，而是故事的“转述人”，追求冷静的叙述风格，但又并非零度情感的“冷观”，表现出一定的伦理关怀和理性思考。

当然，工业题材的提法本身就是有局限性的，它带有过多的行业色彩及观念化色彩，但是在辽宁这样一个工业大省，工业题材确实显现了它独特的文化内涵。应该说，当下从事工业题材创作的辽宁作家们在现有的成果之上，有必要更努力去塑造“工人阶级的整体文化形象”,① 或者说“强调工业题材意识，其实是在强调作家作为现代社会中的公共知识分子的角色意识，发挥文学对社会文化的批判和建设的功能”,② 正是从这个意义上，我们期待辽宁的工业题材小说能出现更好更多的作品。

［原载《沈阳师范大学学报》（社会科学版）2007年第6期］

① 贺绍俊：《工业题材的视域和主体性问题》，《理论与创作》2006年第6期。
② 同上。

当代都市小说中的反都市叙事

这个时代对个体情欲的张扬是最鲜明的内容。都市商业文明给物质文明的发展带来了极大诱惑，变幻无穷的都市景观频繁冲击着现代人敏感的神经，激发现代人的种种欲望，与宁静单一的乡村形态相比，都市的特征之一，便是欲望的膨胀。当人的欲望被充分调动出来，欲望的喷发式张扬以其不假思索的激情指向都市人生，是自然的也是必然的。

乡村作为人类诞生的摇篮，是人类共同拥有的童年记忆。当人们成群结队地涌向文明的象征——大城市之后，人们的情感与乡村仍然有着不能拆散的精神联系，乡村成了人类永恒的精神故乡，一个遥远而又亲近的梦，这就是人类的乡村情结。乡村像母体一样孕育了无数作家和他们的经典作品。在我国，从现代小说的奠基者鲁迅一直到茅盾、沈从文、赵树理、孙犁、高晓声甚至更年轻的一代作家那里，中国乡村始终被持久地关注，这些作家无一不逃离了乡村，成为城市的乡村移民或来自乡村的知识分子。但在城市——这个现代文明造就的世界中，他们或是感到了精神压抑，或是陷入了生存困境，或是不堪喧嚣的搅扰，或是无法忍受丑陋的比比皆是。这时，他们就会情不自禁地想到了记忆中的乡村。乡村作为一个乌托邦式的符号便具有了无尽的价值，它既可以被看作是愚钝、落后、国民病灶而成为讨伐对象，又可以作为纯净、安谧、诗性的梦里情怀以及都市人灵魂的栖息之乡。对乡野的怀恋只是都市人的一种精神需要而不是现实需要；

“对他们来说，乡野生活是可向往的而不是可到达的，是可欣赏的而不是可经验的。对乡村的怀念使他们有一种情感的完整，而对城市的固守则保证了人们生活的完整。这种‘叶公好龙’式的矛盾处境恰好是城市人正常而和谐的状态”。[①]

然而，对乡村的固有情感于当代中国来说不仅仅是一种文化惯性，同时隐含着鲜明的政治情感。中国革命的取胜走的是“农村包围城市”的道路，遍布全国的农村根据地曾是中国革命走向胜利的保证，农村与革命有如母子般的亲缘关系。中国是传统的农业国家，中国革命与农村又有着天然的情感联系，这无论对政治家还是对文学家的心态都会产生久远而深刻的影响。城市作为现代文明的象征，也是资本主义成功的象征，大量的原始积累造就了城市的现代文明，光怪陆离的繁荣景象隐含着背后不能历数的残酷和血腥。因此，城市也是罪恶的象征，与纯朴、明丽、天然的乡村相比，它确实是肮脏的。面对这样的都市，中国现代诗人或作家，除了郭沫若曾面对大工业的滚滚黑烟以田园牧歌的激情一咏三叹之外，还极少发现有人对现代文明的负面效应予以由衷的赞颂。在更多的作品里，文学家历数城市的罪恶，城市成了一个十恶不赦的怪物。在刘呐鸥的《都市风景线》中，我们在赛马场、大旅馆、海滨浴场等生活场景中，目睹了城市资产阶级男女的荒淫和堕落；在郁达夫的小说中我们深切感受了城市给他造成的心理和情感伤害，他的苦闷与伤感至今仍可视为城市心态的经典；在沈从文的小说中我们则读出了乡村移民身居城市的诸多挫折和挣扎，又不得不在精神上重返故里的无奈；在茅盾的小说中我们则读到作家对城市无情的深刻揭示与感受。城市的罪恶在中国并不发达的城市中仍有触目惊心的弥漫。现代化带来了无可回避的负面效应，作家一反往日田园牧歌式的儒雅风姿，而代之以忧虑重

① 毛克强：《面对欲望——当代城市的价值趋向》，《当代文坛》1996 年第 5 期。

重的批判，城市化的生存方式彻底改变了作家的文化心态。

中国当代文坛的审美形态亦是如此，并且更侧重从道德目标和政治立场出发对城市进行批判。20 世纪 50 年代初期，作家萧也牧发表了第一篇“城市小说”——《我们夫妇之间》。这是一篇具有温和生活气息和个人趣味的小说，出身于知识分子的男主人公表现了与战时小说很不相同的精神向往，他渴望生活充满情趣，并努力培养劳动人民出身的干部妻子张英也能像自己一样去体验生活情调。他们产生了矛盾。这种矛盾既是家庭的也是具有社会意味的。当然，最终男女主人公经过各自的调适重归于好。虽然，萧也牧相当谨慎地以丈夫的口吻叙述情节，注意检讨“我”的小资产阶级情调，并写出了妻子的新变化。但这仍遭到了批评。面对城市，一种道德化的立场被普遍采用。作家对城市的“物”与“欲”表现出了敏感的排拒，城市是“染缸”，城市的“香风”也是由“物”与“欲”来体现的。在都市小说的文本中，被否定的人物的统一特征是贪图享乐，意志薄弱，在“物”与“欲”面前丧失了应有的警觉和立场；而被肯定的人物则不改乡村纯朴的情感和生活方式，他们无私无欲，甚至没有私人性的生活。总之，我们可以看到，这一时期作家为了急于回应社会中心话语，在创作心态上充满了道德紧张感，人物、情节设置都是在既定的道德范式中选择的，这也正反映了作家对来自现实压力的恐惧。“（这样）一大批类似作品形成了一种被阉割的现代主义，因为尽管在这些作品中现代性及其出发的深刻焦虑被处处涉及，但都又被迅速地遮掩置换掉，都成了进一步肯定张扬传统价值的借口，‘现代’在这个论述传统里没有也不可能成为一个真正的问题，而往往只是一个初具轮廓的背景，一个没有被体验但已被架空限定的历史理念”。[①] 道德尺度

① 周宪：《中国当代审美文化研究》，北京大学出版社 1997 年版，第 40 页。

也同样，现代化真正全面展开的时候，那些传统道德的力量恰恰又成了最激烈、最强劲的结构力量。由此可见，对城市欲望的文化批判是政治批判不可能取代的。作家对时代精神的迎合或表述，它的有限性已先在地蕴含于政治功能的有限性之中。

真正以审美的方式来批判都市的写作，应该说是从 20 世纪 80 年代末开始的，生活在这个时代的中国人，突然发现身处一个矛盾的怪圈：生活在现代都市中的人们尽管享有机械化、自动化、信息化之便利，但却比以往从事繁重体力劳动的人更加疲劳和紧张，而且精神之累更胜于肉体之累，同时现代都市生活的繁华热闹往往使人感觉到更加封闭和孤独。于是在大量的都市小说中，反都市写作成了一个重要的叙事形态。惯以敏锐的艺术感觉和先锋的创新意识独步文坛的剧作家沙叶新，在 1985 年写了一篇没有引起人们重视但却相当有分量的小说《有奖阅读小说：他和她》。这篇短小的作品以鲁科和女友佳佳在公园里的恋爱开始，把这一事件作为情节发展的主线，中间杂以香水、牙膏、眼镜的广告，极其自然地使其成为鲁科和佳佳在公园恋爱的链条上的一环。作者漫画化的表现手法，在让人觉得幽默滑稽之余，也不禁发人深省。制作世界的噪声无所不在，商品社会的触角无所不至，城市人身陷其中，已经到了逃无可逃、躲无可躲的地步了。鲁科和佳佳到公园为的是享受一下都市里难得的宁静和悠闲，没想到在这似乎应该是静谧的地方也充满了广告的喧嚷和制作世界的干扰。现代城市人的自然人性随着城市的进展，制作世界的发达，所能保存的日渐减少，与我们生活的地球也愈加隔膜。城市在地球上，城市人生活在城市里，但城市人经常觉得自己好像是生活在另一个地方。刘索拉《蓝天绿海》中的女青年蛮子和“我”就在坚决地对抗着这个不正常的城市世界。“我”对外在世界的恐惧与憎恨显露无遗，“至于那个磁带封面上的蓝天和绿海，经过复制后肯定会变得像宣传画。一想起在那张磁带封面上，我将穿着那件黄衣服冲着所有的人大笑，我觉得我很做作。同样一张相片摆在我的影集里，与摆在广告橱窗或登在什么出卖物品上，感觉不大一样”。本真的东西经过“制作”后成为商品，它自身的价值就已经丧失了，因为这是经过伪装的做作。城市人的真诚被裹挟，作为人的纯洁也被污染，他们所有的一切都处在光天化日之下，蛮子即是为了挽留那真实的“蓝天绿海”被城市冷酷无情地吞没了。“我”也和蛮子一样，坚持流浪演出，不向商品化模式化的所谓高雅艺术的演出形式低头，并因此感到“欣喜若狂”。在小说中，反抗城市对人的磨蚀，保持人的个性，以免成为“单面人”，成为城市和工业文明的牺牲品，似乎是城市人的一种宿命。

进入 20 世纪 90 年代，“反都市”叙事已成为都市小说的重要表现形式，这主要表现在，一方面作家们着力揭示现代都市生活的“病态”特征，表达人们对于现代都市生活的厌烦、焦虑、疏离、拒斥之感，并通过大量孤绝的意象来呈现这种精神状态，在这方面陈染、林白的小说颇具代表性，在她们的小说中反复出现隧道、子宫、帐幕、浴缸的意象，例如在陈染的《私人生活》中，倪拗拗像鸟儿衔窝似的将床搬进了浴缸；在林白的《一个人的战争》中，多米将蚊帐当作自己的“诺亚方舟”，觉得唯有藏身其中，方能抵御恐慌和压抑之感而恢复内心的平静。在这里诸如浴缸、蚊帐之类意象只是表征着某种精神状态的文化符码，它所暗示的则是现代都市人的孤独、幽闭、忧郁、脆弱、谵妄、偏执等“病症”。像倪拗拗就对都市生活的喧嚣纷乱表示了极度的烦恼和厌弃：“这是一座缺乏封闭感的城市，我发现宽展幽长的街道并没有把分散在这个城市各个角落里的人群拉开距离，使之拥有相当的空间和心理距离……无论你在街上还是在家里，你的呼吸、你的默想、你的自语，都将成为众人皆知的呼喊……”事实上，即便是作家陈染对于现代都市都有着强烈的陌生感：“长久以来，城市生活的景观在我心里始终有一种恍若隔世之感，我一直不认为它属于我，随着时光的流逝，我对于城市生活的感情日益淡漠。不知为什么，我的身体是那么的年轻，但我的心里却在很多时候像一个老人一样习惯于沉思默想，我觉得自己已经失去了生活的真谛。”[①] 另一方面，作家们开始以逃离的方式反叛都市，或是逃向未经文明侵扰的原始之地，在现代都市之外的阔大时空中，弥补现代文明带来的精神空白，获得一种温暖亲切的归乡感，或是逃入个人的记忆中，用童年的美好图景来抵抗现代都市生活的实利性、商品化。就前者而言，最典型的例子就是张炜的小说《能不忆蜀葵》，作品显然是以现代都市作为对立背景展开的，并以一个理想主义式的人物对商品社会的逃离为主题。主人公淳于怀抱着艺术至上的生活态度，在这个消费化的社会里寻求一种超越性的精神信念，他从不向环境妥协，始终相信绝对观念的存在：至爱、至美、至纯、至真，才是他的生活。于是他不断渴求改变现状，其目的就是要达到它的乌托邦世界，在他的艰苦的寻找中，张乡的那片蜀葵就是他的梦想之地。还乡和怀乡既是他逃离都市的方式，也是他实现自身价值的方式，这种逃离也正是作者反抗现代社会、反抗现代商业主义异化的象征方式。就后者而言，回到童年是许多当代都市小说家用以叛离都市的另一种象征手法，尤其是“七十年代生”的这批作家，由于自身审美经验的缺乏，他们往往将童年和回忆作为叙事的支撑来展开他们的故事。如果说张炜的创作是以审美主义的方式、以绝对观念化的方式来审视都市的话，那么在李佩甫的都市题材创作中，则多是以否定之力揭示都市中金钱、权利、欲望的丑与恶，作品包含着强烈的批判情绪。如他的小说《城市白皮书》和《城的灯》都是这样的作品，前者是以冷峻的笔触、悲愤的情

① 陈染：《私人生活》，《陈染文集 3》，江苏文艺出版社 1996 年版，第 172 页。

感传达出令人“震惊”的审美效果。作品以一个患病的都市少女的视角，观察了其离异双亲的两个家庭的悲剧，作品令人深感“震惊”之处，是少女被血淋淋地残杀，只留下一只眼睛“在树叶”中透视人间冷暖，而且作家的笔就如同一把手术刀，毫不留情地刺破城市中一个个毒瘤，那就是金钱、权力和情色之欲。这些欲望的堆积常常令人窒息，是因为他们已经日趋腐烂。文中有这样一段话：我知道如今绿叶广场是城市里唯一有阳光的地方，这里的阳光是完整的，这里的阳光还没有烂，其余的地方都已经烂了，其余的地方仅剩下一些阳光的碎片。由此可见，作家有着强烈的“反都市”情结，以至于作家认为自己唯一能做的事情就是“救救孩子”。

进入新世纪，都市文学已经成为更亮丽的一道文学风景，并且形成了相对稳定的创作群体与阅读群体。而都市小说中的“反都市”叙事依然存在，比如赵本夫的小说《无土时代》，作品思考的主要方向是以围绕石陀奇异的理念所构成的对以现代城市为代表的现代化的质疑与批判。城市在赵本夫的笔下展现出它被繁荣遮盖的一面，这里有欺诈、虚伪，这里充满了欲望与罪恶，这里有现代制度的繁文缛节，有置人伦不顾的寡廉鲜耻……在作品的奇思妙想与形象世界里，这一切的造成是因为钢筋混凝土的包裹，是因为单一的西洋景观植物的入侵，是因为这一切排挤了乡土植物，隔绝了人们与土地的亲近，用作品隐喻的说法，这是一个“无土时代”。

总之，都市作为一个复杂的存在，体现在当代都市小说中，会因作家审美选择的不同而表现出不同的侧面，但是当代都市审美文化中确实隐匿着精神危机，所以说，“反都市”的叙事策略既是当代都市书写的必然选择，也是作家积极思考现代性意义的必然结果。简而言之，在“反都市”的叙事形态中，对于功利主义的拒斥和对于审美之维的追求常常是并存的两个方面。

从都市小说的写作方式上，作家主要是通过“反讽”的话语形式来实现“反都市”的叙事效果的。反讽，原为希腊戏剧中的一种定型角色，即佯作无知者，总是在剧中说一些最后被证明为真理的傻话。在古典和中世纪的逻辑学里，这个词用来指这种角色常用的说话技巧，即口是心非。在现代文论中，新批评派将反讽作为一种根本的文学特异性，作为文学文本结构中的特有品质。“反讽”在本质上指的是“一个词、一个事件或一个人与其获取意义与生存的上下文（context，也称情境）发生了不符、背离或冲突”。[①] 在某种意义上，“反讽”也“集中代表了作家们融合梦幻与现实、想象与虚构、平庸与崇高等对峙性存在的尝试与努力”。[②] 在都市小说中，作家以个体的焦虑与悲欢同时打量着这个日渐陌生的世界，常常不失时机地予以戏弄与嘲讽，构成反讽的方式主要有两种。

首先，是言语层面的直接反讽。朱文在叙事中往往将个人化的意象与反讽叙事相结合，从而造成更强烈的反讽效果。在《弟弟的演奏》中，类似的话散布于整个文本之中，比如“我们现在正生活在一个早泄之后坚强地坚持着企图再次勃起的伟大时代”“当时是深秋，空气像稀释以后的精液，灰白色的”“上自修的人稀稀拉拉，这个曾经辉煌的学府眼下患了精子稀少的毛病”。弥漫全文的性叙事将世界上有关的一切都纳入他的反讽场中，使它们在刹那间失去了庄严肃穆的面纱，脱下了高深莫测的伪装。朱文的小说由此获取了最为接近世界本真的叙事角度。在《我爱美元》里，有“我”的这么一段抒情：“听我说，儿子，尊敬这玩意太不实惠了。我们都要向钱学习，向浪漫的美元学习，向坚挺的日元学习，向心平气和的瑞士法郎学习，学习它们那种绝不虚伪的实实在在的品质。”在这里，主人公似乎在为金钱大唱赞歌，而当我们

---

① 吴义勤：《中国当代新潮小说论》，江苏文艺出版社 1997 年版，第 106 页。

② 同上书，第 130 页。

细加体察，就会发现这种莫名其妙的赞歌其声嘶力竭处的讽刺意味。

其次，是以人物关系的转换和身份变化造成的间接反讽。陈染的《潜性逸事》中，主人公雨子不能忍受丈夫的日益粗俗化从而打算与丈夫离婚，并将打算向自己心灵的"知音"李眉一一倾吐，而在最后，雨子终于发现要嫁给自己丈夫的正是自己一向奉为知己，并在心中暗暗崇拜着的，超凡脱俗的李眉。在人物关系的突转中，爱情与友谊的神话双双覆灭。刁斗的小说《回家》中的"我"是个已婚男人，在小说的开始受到妻子柔情的召唤，下夜班之后准备回家，而随着文本的逐层深入，"我"在回家的途中不断地被各种各样的琐事所纠缠，而时间却已经悄悄地发生了改变。当"我"终于回到家门口，距家只有咫尺之遥的时候，"我"受一个男子的托付，给他妻子打电话撒谎，而"我"则又眼看着这个男子给"我"妻子打去了一个情意绵绵的电话，然后意兴盎然地直奔"我"家而去。在这里，"我"时时刻刻惦记着要回去的"家"，对"我"而言已成为一个莫大的讽刺、一个笑也笑不出来的大笑话。

当代都市小说"反都市"叙事的形成有着特定的原因。从创作心态看，20 世纪 90 年代后都市小说创作者从写作伊始即以一种决绝的姿态宣告放弃前几代作家所恪守的理想标旗，主动解除自己"知识精英"这一理想化的社会角色，撤离了自我作为意识形态中坚分子的生存区域。在他们身上看不到前几代作家引以为豪的"达则兼济天下，穷则独善其身"的传统精英意识，对于他们而言已没有什么抽象的理念值得去为之坚守，他们所强调的只是对个体生存当下境遇的关注，在世俗社会的物质诱惑面前他们屏息瞠目，"他们或许从来没有像今天这样感觉到金钱的巨大压力，也从没有像今天这样意识到自身的无足轻重。此前那种先知先觉的悲壮情怀，在商品流通中变得一钱不值"，[①] 都市作家对自身

① 陈平原：《近百年精英文化的失落》，《二十一世纪》1996 年第 6 期。

的物质欲望毫不掩饰，坦言“对于那些物质也很想得到”，于是在形上追求与形下焦虑的较量中后者占据了绝对上风，他们以主动追求的姿态从精神指向上断绝了与前代作家的联系，放弃终极关怀转向对生存现实的书写。但对于一个真正的作家，理想情怀是其不可或缺的审美内质，是人的生命完整性的必要组成成分，小说创作从发生学的意义上讲本身就是一种精神性的劳作，是指向人的精神和心灵存在的，米兰·昆德拉认为“小说不研究现实，而是研究存在。存在并不是已经发生的，存在是人的可能的场所”，[①] 这种对于“存在”的界定本质上即是确认了理想之于创作的重要性。都市小说作家虽然在都市后现代语境中出现了“精神逃亡”，创作失去理想性，工具意识浓重，但是在作品中仍旧流露出对于精神内在可能性的探寻与关注。都市文学代表作家何顿一方面为自己的写作角色定位为“纯粹是要吃饭才写作，而且不但自己要吃饭，还要靠写作养一个今年要读小学一年级的女儿，附带的还养老婆，因为老婆工资很低”。[②] 另一方面却在作品中塑造出追求人性终极向往的充满理想的人物形象罗定、丑元元（《喜马拉雅山》)。再如邱华栋一面在《手上的星光》中借人物之口阐发自己并不高尚的写作动机，“也许我可以靠写作发财和挣得爱情，我终于决定写作”。另一方面在《城市战车》中又说“可我决定摒弃那超越情感的欲望法则，我不想在欲望的海中挣扎了，我要浮出海面，我要找到新的情感原则，那时是我得救的唯一道路”。作为都市小说家，他们都是一方面在作品中表现出自身对于物质生活的迷恋，一方面却又对那些单纯的“欲望生物”嗤之以鼻。所以说在对待精神理想的问题上都市作家既以自己的世俗化趋向与传统作家产生断裂，又难以完

① ［捷］米兰·昆德拉：《小说的艺术》，董强译，生活·读书·新知三联书店 1992 年版，第 42 页。

② 何顿：《写作状态》，《上海文学》1996 年第 2 期。

全放弃对于精神层面的追求，其欲弃还留的矛盾心理使自我的内心也处于一种断裂的状态。

从文化语境看，20 世纪末的中国进入都市时代，无法抗拒的全球化进程对中国社会进行了彻底改写，传统的以自然为本的农业文明景象不再，社会结构发生大的转变，在这个特定的转型期内，西方异质文化的入侵使得传统的政治、经济、文化三者之间的同质、整合关系被完全打破，呈现出空前的分裂状态，而且在他们自身内部也呈现分裂、多元、异质化倾向。多种经济成分的并存，多种政治因素的并存，多种价值文化取向的并存已经成为当今中国的一个突出特点，传统文化的历史进程因此遭到中断。此外，作为创作主体的作家个体也处于多重断裂之中，创作走向个人化、边缘化。断裂的历史文化语境和主体状态使新都市小说作家不再具有传统作家在单一本族文化中所具有的身份同一性，个体身份产生分裂，成为民族身份与民间边缘身份的共在体。20 世纪 90 年代后，中国都市中多质并存的现实状况以及都市作家个体身份的分裂导致了他们在精神层面上的文化认同危机，其表征就是创作失去了方向定位，在多种可能性之间摇摆不定，“人们经常用不知他们是谁来表达（认同危机），但这个问题也可以视为他们的立场的彻底的动摇。他们缺少一种框架或视野，在其中事物能够获得一种稳定的意义。某些生活的可能性可以视为好的东西或者有意义的，另一些是坏的或不重要的，所有这些可能性的意义是不确定的，易变的，或者未定的”。[①] 都市小说作家的认同危机可分为两个层面，其一是从民族层面来说的，源于中国传统文化遭受西方异质文化的冲击。常规来说个体一般是通过对于一个传统的自觉或自发的态度来确立自己的认同，而当他在各种文化传统的对立冲撞中无所适从

---

① 《汪晖自选集》，广西师范大学出版社 1997 年版，第 37、38 页。

的时候，就必然地陷入认同危机。停滞不前的中国传统文化在工业文明高度发达的都市渐有不合于时的无力之感，面对西方异质文化的入侵它无力反抗，不能回应咄咄逼人的西方文化的挑战。这个无法否认的事实使得作家对本民族传统文化充满失望感，认同危机由此产生。认同危机的另一个层面是作家一方面断绝与官方主流文化的联系，对于个体感性文化主动追求，另一方面却又无法摆脱传统文化注重精神旨归的根深蒂固的影响，这是由文化消费主义观念导致的作家个体的精神价值危机。思想深处的文化认同危机使都市作家在文化价值的选择上犹豫、彷徨，这种不确定性表现在作品中就是文本中多种文化因素、多种精神诉求并存，作品呈现出某种“反都市”的叙事形态。

［原载《语言文学论丛》（七），香港汇文出版社2012年版］

20世纪90年代以降女性叙事的都市书写

——以张欣、张梅创作为例

作为个人化写作的重要一支——女性写作，虽然在中国的历史并不长，但却同都市有着密切的关联，从某种程度上说，都市文化孕育了女性文学，女性写作彰显了都市的存在。而且从现代性的审美角度来看，她们的个人化情感与历史记忆的表达，更能够展示对虚假的、充满乌托邦色彩的宏大叙事的消解；都市女性的个人化书写，更体现出对当下商业都市中个体生命本真意义的关注。事实上，在20世纪90年代不到十年的时间内，女性叙事经历了三次浪潮，这三次浪潮都没有脱离都市的文化背景：第一次浪潮，是那些在80年代就已经火红的作家的“第二春”的兴起，铁凝、王安忆、方方、池莉等人的写作有了自觉的都市意识，铁凝的《无雨之城》、王安忆的《我爱彼尔》、方方的《定数》、池莉的《太阳出世》都能找到城市生活的新的兴奋点，但他们对城市的介入依然是旁观的，依然是情感的零度。第二次浪潮在1994年前后，陈染、林白、张梅、徐坤等人以强烈的个人色彩写作都市，她们对都市的感受完全是个人经验和诗性的诉求。这股女性主义潮流一直持续到今天，仍是社会和文学的热点。到了1997年后，另一股都市女性开始发端，并汇集成流，这就是一大批20世纪70年代出生的女作家开始出现在都市小说的舞台上，卫慧、棉棉、赵波、戴来等新生代的小说开始在一些刊物出现，《人民文学》《小说界》

《山花》《作家》开始用专栏的形式来集中发表这些作家的作品，虽然这些作品的质量参差不齐，但他们的出现揭示了一个新的信息，都市小说的创作又出现了新的更当下的写作方式。这里试以几位代表性作家为例来简单论述。在20世纪90年代兴起的女作家中，陈染获得广泛认同是在90年代中后期，主要以《与往事干杯》《无处告别》《私人生活》等几部作品为代表，它们将女性的私人化写作特点做了充分的展现。陈染的小说以一个封闭的年轻女性为视角，将主人公的心理幽闭症表现得深切而真实，城市和白天一样在她的小说中是一个巨大的敌人，它的孤寂和沉郁都是城市的写照。林白与陈染的区别在于，她是以都市局外人的身份来展现都市的隔膜与冷酷，她并不是出生在城市之中，因而她的小说大量出现那个南方小镇的意象，但她个人的情感记忆和生命体验又因为都市的种种表象而变得那么脆弱和敏感。张梅的叙述则有一份老城叙述者的气质。她放弃了那种梦幻式的诗性独白，而用一种亲历者的态度进行叙述，可以说张梅的小说在女性作家中都市意识和都市色彩是最为自觉的，她的一部《随风飘荡的日子》把都市女性的飘浮感和游走感表现得十分到位。徐坤是一个特例，她以女性主义作家自居，但是在写作中却是以非女性的态度来展现城市之中知识分子众生心态的。也就是说徐坤喜欢盗用男性的方式来对女性话语进行解构。城市当中的知识分子是城市中最特异的一群，而徐坤则通过对这个群落的反讽性的解构，来满足她的女性理想。中篇小说《游行》是徐坤将女性意识、都市意识、知识分子意识结合得最好的小说。新生代的卫慧则善以诗意来展现语言的放纵和思想的放纵，她写得很“酷”，写了都市的伤痛和焦虑，但不是陈染、林白式的富有苦难的记忆，而是当下的、非意识形态的，甚至是身体的、没有记忆的写作。棉棉由于自身经历的复杂，在写作中则有更多的资源和故事，她的小说不仅是表象化的城市，而是展现了另类人的生活方式，以一种非小说的方式，揭示城市的隐秘生活，并在她的具有旋律感的语言中，深化了都市的光怪陆离与沉重若失。

综观以上女作家的创作，我们会发觉当代的女性作家透过当今城市这面镜子所显现的精神走向，对都市女性的灵魂的发现是优于男性作家的，她们也更能够正视自我在当下商业都市生存的困境以及在现代性语境下获得自由的可能。特别是进入 20 世纪 90 年代，众多女性写作是以都市为独有视角的写作，是她们在都市这个特定场景中对现实世界的感悟和思考，在她们的作品中，都市是背景，是实指，是内容，是形式，也是象征。不容置疑的事实是，当代女性写作展开于都市的现实境遇，是女人被抛入都市与女人寻找城市的故事，在她们那里，都市不是被当作布景或前景，而是话语呈现。以张欣为例，虽然我们没有将她划归为“女性主义”作家，她也并不是个具有很大概括力的作家，她自己也一再地自谦“不深刻”，但她确乎是最早找到文学上的当下城市女人感觉的人之一，早在 1988 年，张欣便在《永远不说满意》创作谈中谈到，某些都市文学作品过多地注意到城市的浮光掠影，好像发生在都市当中的故事永远不会像反映农村生活的作品那么沉重和郁闷，其实“病态的都市恰恰隐藏着最复杂怪异、最不为人知的人物关系，隐藏着让人心酸和哀怨、感慨和心悸的插页，也有着与农村中易于暴露出来的一模一样万古不便的自私、势利、守旧和黯淡。只不过它的生活多了一层鲜釉罢了”。1992 年，张欣又在《记录生活而已》创作谈中说，都市真正的内核常常是火树银花地掩盖着的辛酸与悲苦，而最能揭示这辛酸和悲苦的，就是都市女性。“女性永远是文化、文艺的主角”“是一种色彩，以各种各样的形式出现”。但张欣自有一副独特的笔墨，那就是重在揭示“女性误区”，即都市女性在事业与爱情的双重线索和爱情——友情的平行交织中面临的“困守还是出击”的选择。“出击需要勇气”，而“困守需要耐力”。在其《爱又如何》《掘金时代》《岁月无敌》等作中，她体验丰盈，观察入微，描摹女性生存竞争，世态冷暖，思索清高、贞操的价值和幸福的含义，内涵甚丰。她把商业社会人际关系的奥妙揭示得比较充分，把当今文学中的城市感觉和城市生活艺术提到了一个新高度。她显然不是个多么老练的作家，可她总能提供一些关于女性新颖的东西。商业社会的到来带来了现实世界和精神世界的变化，人们的情感追求，正与日渐物化的世界和世俗化的生存环境相融合，各种欲望致命地操纵着这个时代形形色色的都市女性的人生及命运。张欣对物欲横流的时代中女性这一生存状态表现出了强烈的焦灼和峻急的批判精神。售楼小姐商晓燕（《仅有爱情是不能结婚的》）深知，像她那样赤手空拳投身商海的女性，要想打开局面，就不能太洁身自好，必须依附有钱、有地位的男性，她学会了不动感情地面对异性世界，在实实在在投入工作的同时，以自己的青春、美貌做资本，去迎合上司与客户，在被喜新厌旧的总经理甩了以后，她和有过商务联系的智雄同居，但她拒绝了智雄的求婚，因为智雄不富有。而当总经理回心转意向她求婚时，她立刻投入了总经理的怀抱，把一心一意闹离婚想和她结婚的智雄抛到了一边，而且坦言："我是很看重自己利益的，智雄和一个房地产总经理，无疑我会选择后者，结婚和情感是两回事。"也是因为这样，年轻美貌的冰琦（《冬至》），嫁了一个50多岁的秃头港商老杨；乔晓菲（《岁月无敌》）为了在歌坛出名，傍上一个有钱的卖棺材的老板；简俐清（《亲情六处》）审时度势后，放弃了与焦跃平的爱情，投身商海，为了能够出入象征富有与地位的"柏宁俱乐部"，拥有一辆"凯迪拉克"轿车，她主动出击，做了赵总的包姐，她说"贫困时，我们不懂爱情"，而焦跃平正是那种优秀但一生贫困的男人，但她需要的是金钱，所以她只能弃他而去；《沉星档案》中的陶然逐步登上女主播宝座的过程正是她不断放弃价值尺度，不惜一切接近名利的过程，即使有作家的偏爱，仍然不能排除她与贺少武、常征等权贵们的交往中有利用和交易的成分；雷透透（《深喉》）对于花园洋房的痴迷最终打败了她对呼延鹏的感情——张欣用鲜活的都市欲望写出了鲜活的都市人生。她不是简单地拒绝金钱，情绪化地否定商业时代，张欣所要表现的，正是现代人在商业社会所面临的矛盾和尴尬以及共同的忧患。她笔下的女性似乎很能适应现在的都市生活，她们在物质上活得还不错，但从深层看，她们的心灵充满着矛盾，徘徊无依，于是，张欣用善解人意的笔，关怀着女性在市场经济文化语境中的灵魂安顿问题，虽然不能解决问题，但毕竟展开了都市小说表现女性的新向度。

此外，在张欣看来，都市女性的精神困顿，也有着不可摆脱的个人因素，因为任何悲剧都有个人的因素，而且恶劣的社会环境也不是发生悲剧的唯一缘由。当杜拉拉（《致命邂逅》）把感情看作商品，用金钱购买时，却还幻想着纯真的爱情，幻想着一个可以托付终身的好丈夫，所以她的悲剧也是注定的；莫眉（《浮华背后》）母女选择的结果是女儿付出了生命的代价，成了权力腐败的牺牲品，而莫眉也将在思念女儿的痛苦中度过余生。在这些作品中，张欣对急剧变化着的社会生活脉搏的敏锐把握，对商品经济冲击下的社会痼疾和一些女性自甘堕落、沉沦，给予了深刻独到的审视。其中不乏揶揄，不无调侃，但更多的是对女性命运给予的关注，寄予的叹惋，乃至焦虑。表达出这样的忧虑和警策：女性一旦失去反思物质的能力，堕入黄金的枷锁中，那么，女性不仅不能在商品大潮中找到自己的位置和价值，反而被推上新的悲剧舞台，堕入“物化”“异化”“性化”的可悲命运中。在一系列自我异化的物态追求之后，作为个体的女性，作为个体的人并没有变得幸福，反而更加患得患失。崇拜金钱的结果，造成心理上的匮乏，然而实际上，你无法用物质的东西去替代爱、善良、温柔或朋友间的亲情。

张梅也是一位在广州成长起来的女性都市作家，张梅的特性在于她切身的都市体验和独有的艺术形式。她的视角是散点的而不是焦点的透视方法，她的作品所表现的不是批判和诅咒，也不是占有之后的卑微的满足。她的作品适合于瞬息变化、混乱无序的都市，同时她的作品还能将都市的一切充满欲望的事物虚化，交织到市民心灵变化的过程之中，在这样一种都市文化语言的背后，一座都市的忧郁像灰色的雾一样弥漫着。张梅无疑有着地道的都市情感方式和生活方式。在其早期的一篇叫《殊途同归》的作品里，一群身份不明的人躲在烟雾缭绕的小酒店里密谋着、争斗着，他们喝酒、吟诗、争女人，在作品后半部写到了都市的文化和市民的力量、精神的颓废和欲望的膨胀如何像一场雨一样将他们的激情熄灭。小说最后的结局是那些热情的青年以各种方式告别了叛逆似的都市情绪，走进了真正的现代商业都市。张梅后来的小说依然是在写都市：其小说的大多数场景也都在广州，但基调有了很大的变化。她常常以一种独特的笔调写到广州的茶楼和小点心、酒店和菜的名字、花市和花的品种、时装店和名牌服装、老城的骑楼和街道、大排档、夜总会、保龄球、桑拿浴……她渐渐地放弃了抒情而学会了叙事，并开始冷静沉着地讲述都市的故事，因为她清楚地知道在商品化的大都市里缺少的不是激情，她甚至不惜用忧郁、虚无和厌倦来压制那盲目的激情。这种选择的无奈，或许正是她的作品中忧郁的根源。充满欲望的、混乱不堪的都市里的人，常常表现出一种特有的才智和贪婪，但是，这一切都可能被一次通货膨胀、一件意外的小事淹没，唯有随之而来的冷漠，像瘟疫一样弥漫着，挥之不去。激情熄灭了的都市人，对一切都熟视无睹，天桥上的乞丐、夜总会的小姐、凶杀、车祸……于是，这个一心渴望着现代化的都市生活的时代，变得连一点儿“震惊”体验也没有了，剩下的只是冷漠、无聊和厌倦。正是都市的这种品质，成了张梅小说忧郁的背景。她在一篇叫《区别于大众情感的情感》的创作谈中说："我的精神状态一直是虚无的，有人说我是散淡，其实更准确地来说是虚无。我有一段时间很希望能像卡夫卡或巴赫金那样地生活，但自知没有他们的旷世才华，像他们那样生活会十分孤独。而人生每时每刻，世俗的狂欢节夜以继日地在你身边举行，你又如何去抵触这些诱惑呢？而且当你越来越无法抗拒的成熟时，你能遇到和产生的激情就愈来愈少……你又因为激情的破灭而感到无奈……而一旦回归现实，我就发现写起小说来更得心应手。你在去掉幻想的激情之后，世界正以她的本来面目向你招手。形形色色的人生和欲望以各种形式表现在你面前，当你深入进去，你会感到温暖和生动。"在《老城幻事》中，她不只是纪实性地写写广州人的饮茶，而是写出了他们的灵魂。在饮茶的态度上，我们可以看出一种古老的民俗如何暗暗地抵御现代文明的侵蚀。饮茶中隐含了这座古老城市人的全部激情。他们也因此而没有让商品交换异化成冷漠的都市动物。张梅还写到了老城区的人对不断失去的骑楼、青石铺成的街道、花市的迷恋之情；也写到了防盗网、房产证等现代文明的产物，如何通过商业的途径积淀到他们心中的。心灵的重负对都市居民的压抑，是远远超过环境污染的。在《爱猫及人》《没有鲜花的恋人》等许多篇章里，她侧重表达了都市的瘟疫——冷漠，这个典型的现代都市的主题。这些小说中的人物多是些青年暴发户，不是那些有着狂热的饮茶习惯的老市民。这无疑加强了张梅小说的忧郁气质以及对都市浪漫的审美否定。

通过以上两位具有鲜明特点的都市女性的创作分析，我们想说明的是，都市女性书写已经成为当代小说创作的重要内容，而且她们的叙事所体现出的审美意味和审美情感更加都市化，更富有现代都市情绪。

（原载《艺术广角》2008年第6期）

走向都市

——20世纪90年代以降辽宁都市文学概述

20世纪90年代以来，随着市场经济的深入发展，中国的城市建设日益扩大，具有现代意味的都市正在生成。摩天大楼、酒吧、咖啡厅充斥了城市的每一个角落，这一切，都成为都市文学中必不可少的符号。关于都市人的异化、欲望的张扬、精神的失落则是当下都市文学津津乐道的主题，人们既向往都市的车水马龙、物质繁荣，又困惑于都市的纸醉金迷、道德失范，都市是一个充满魅惑的、令人目眩的存在。辽宁作为一个经济文化相对滞后的大省，90年代后的文坛呈现出勃勃生机，涌现出数十位在文学各个领域享有声誉的作家，但值得深思的一个问题是，在林林总总的文学潮流中，最为热门的都市文学却似乎同辽宁文学无缘，在辽宁这方热土上没有出现诸如朱文、韩东、何顿、陈染等类型的现代都市题材作家及作品。或者我们更中肯地说，90年代以来的辽宁文学蕴含着一股“走向都市”的文学潜流，它时沉时浮，常常在乡镇（传统）与都市（现代）的审美视域间游走，这反而为辽宁的“都市文学”添上一抹独特的意味、形成一种非常具有张力的美学形态。除此之外，都市工业题材小说也成为辽宁都市文学重要的一个表现领域。都市工业化时代的到来，对都市人的冲击是前所未有的，人们真正感受到了社会转型期带来的阵痛。辽宁作家作为中国工业时代的亲历者，用特有的抒情方式、思辨方式展现了工业化进程的复杂性。最后，我们还要强调一部分年轻的辽宁作家们对于都市生活的热切关注和生动呈现，他们的创作因文化感受的不同、地域风俗的不同、都市体验的不同形成了一种与同时期都市小说不同的精神风貌。

一 在都市与乡村之间

辽宁新时期文学的传统优势在于作家们具有强烈的社会使命感和关注现实的勇气，这是东北乡土文化赋予他们的宝贵写作品格。因此，东北作家们更多地从乡村道德理想的角度关注现实变化。“乡村道德”在辽宁作家的创作中不仅体现为一种理想的人格精神，而且从善与美的精神去批判现实生活中出现的丑与恶，表现现实的发展与这种道德精神的不协调。因此，使命感、责任感和文化感成了辽宁文学的传统优势，对于乡土农民和农村生活的注视成了辽宁作家共同的艺术聚焦点。但是随着都市文化进程的加快和市民阶层的崛起，都市带来一种新的精神文化需要，当然这种都市化在某种程度上还遮蔽在辽宁的传统文化中，然而都市毕竟是一个不可再回避的文学主题，作家们无法忽略他的存在，所以对于都市和乡村之间的文化比照、审美思考成为辽宁都市文学中一种重要的文学现象。

例如，孙惠芬的小说总体上是以一个出生在乡村、生活在都市的作家的眼光来表现纷繁复杂的人生的。《天高地远》《台阶》《伤痛城市》等作品表现了作家自我对于都市和乡村的矛盾体验与情感，近而揭示了现代都市人生活的仄逼和沉重，以及由此反衬出的现代人人性深处某些闪光的品质，比如对自由和尊重的从未变更的深切呼唤。后来的《歇马山庄》《上塘书》等作品则正面表现了乡村和城市的碰撞，更深入地思考了都市文化与乡土文化的差异，体现了跨越地域文化的宽阔视野和艺术价值。

在辽宁都市散文创作中，乡村与都市几乎成为关键词，作家们的笔触离不开对都市日常生活的批判性思考，而其批判的支撑点就是乡村道德及审美范式。所以辽宁都市散文创作就是对都市生活的审视，以期达到一种诗意回归的境界。齐达明的创作，机智地规避了当下大众文化时代都市主义的喧嚣，拾取了乡土记忆作为文化支点，他的《院子里的事情》看似表现了辽西一个农家小院的“事情”，但是我们可以悟到作家是以诗意的乡土生存与无功利的乡里人的日常生活来隐喻都市日常生活的庸常与无奈。刘兆林的散文集《和鱼去散步》虽然表现为用爱的心灵去发现都市日常生活的诗性，但是我们发现，作家以乡村式的审美心态对现代人的生命意义和人性善恶进行了诘问。

二　工业时代的都市反思

辽宁作为我们国家重要的老工业基地，有着悠久的工业文化和工业文明传统，而工业现代化进程给都市生活带来巨大变化，也给辽宁作家的写作提出了新课题。他们努力寻找新的支点突破狭窄的表现领域，从传统工业题材小说的叙事方式中走出来，这个新支点就是作家应该在充分享受现代工业成果的同时，更要关注工业化进程给都市社会带来变化的复杂性。由此，辽宁都市文学的领域中涌现了许多试图展现都市工业时代变革的作家，其中具有代表性的有胡小胡、李铁、孙春平等人，他们从不同侧面展示了老工业基地在现代工业、现代都市背景下所产生的变迁及其带给都市人的巨大冲击。

作家胡小胡是真正的企业中人，而且是闻名全国的国有大型企业。他不像某些作家那样在企业体验生活，他是作为企业中的一员与企业荣辱兴亡融为一体的。而他又身兼企业高层决策者和作家于一身，因此，他对企业的认识与描写更加真实和震撼人心。他的长篇小说《蓝城》《太阳雪》无疑成为当下真正意义上的“都市工业题材”小说，它们与新时期的“改革文学”和20世纪90年代“现实主义冲击波”不同，它们不着力于问题的揭示，而是呈现工业生活的本身，是对现代企业无时无刻不在发生着的变化的历史性观照，尤其是对都市工业人的价值观念、道德伦理、生活态度、感情经历、生存命运以及企业命运的呈现。这一点在《太阳雪》中体现最为鲜明。应该说，胡小胡创作的兴奋点在于纷繁复杂的现代都市和都市中的正在经受着痛苦煎熬的国有大型企业。作家对国有大型企业显然不是单纯的乐观，相反，表现了更多的理性思考。小说真实地揭示了国有大型企业中的诸多妨碍企业发展的弊端，有些方面甚至让人有一种触目惊心之感。但小说中作家有意渲染的浪漫气质与诗意多少消解了现实的悲观与沉重。与改革文学比较，胡小胡少了理想主义色彩，多了悲剧精神；与“现实主义冲击”比较，少了对世俗与艰难现实的认同、把玩与无奈，多了几分力度与沉重。当然，小说的局限是只写了企业的高层，而较少对基层及普通工人的描写，没能形成一种全景式的观照。

与胡小胡关注企业命运不同，李铁与孙春平的小说创作关注的恰恰是被当下都市工业题材小说所忽略的那些生存在工业时代底层的工人们，特别是那些忍受了种种变革之痛的“下岗”工人们，他们的创作为中国当下都市工业题材小说填补了极为重要的一笔。李铁最初轰动文坛的是他的“女工系列”小说，如《乔师傅的手艺》《纪念于美人的几束玫瑰花》《乡间路上的城市女人》等作品。李铁的小说没有当下表现都市女性的小说中的那种无病呻吟、自说自话，却有着非同寻常的感染力与生命力。李铁的小说始终贯穿着一种坚韧、善良、宽厚、诚实、敢爱敢恨的底层情怀。他作品中的普通女工的命运都掌握在具有强权或话语权的男人手里，她们既要保持自己的人格与操守，又不能不屈服于强势的压迫，作为女性，她们不得不经历只有她们自己才能够深刻体会的矛盾与痛苦。她们对生活并没有过高的要求，即便如此，她们仍然要为此付出女人的惨重代价。这些故事读来不能不说有些严酷，但李铁对他笔下的女工却倾注了饱满的情感，或者说他在用抒情的笔调歌颂着曾经与他朝夕相处的“师傅”与姐妹，“严酷”的生活因此而多了几分温馨。

孙春平的小说创作一直重在表现小人物的命运，下岗工人更是他不能不去表现的一个群体。他创作的《陌生工友》《拿不准是谁》《太平世界》等小说以 20 世纪 90 年代面临破产或已破产的工厂以及同这些工厂相关的工人们的情感世界、社会环境为描写对象，展现了工业时代的都市普通人的生存的酸甜苦辣。但是作家透过社会的暂时困难，看到了社会的整体性进步，充分显示了作家对工业时代的深入理解和独特把握。在这种认识的推动下，作家表现的下岗工人同李铁的“女工系列”有着明显的不同，孙春平讲述的更多的是下岗工人“自救”的故事，表现了普通人在艰辛和无奈之中从未放弃的执着和勇敢。

三　都市中的心灵家园

当下的都市写作潮流有种趋势，那就是在极力营造出困惑的都市人生的同时，还带有一种“世纪末情绪”的破坏式写作心态，反崇高、反人文理想、对边缘文化的热衷、对金钱及性和肉体的追捧。辽宁部分青年作家的都市写作则与之不同，在都市之中他们也觉察到文明的堕落与物质、精神的腐败，但他们并不是耽于快感文化之中，而是以一种平和沉稳的写作风貌去守望与追求着都市中的心灵家园。比如刁斗、皮皮和津子围等人的都市写作都有此特点。

皮皮的《渴望激情》《比如女人》等作品则以女性都市眼光，触及了当代都市人的精神与情感的层面。她的小说很好地把握住了20世纪90年代都市人婚爱生活的状态与特点，这就是婚姻与爱情的“风雨飘摇”，作家重在表现不同的人物在这一境遇中的心理状态，写得准确而生动。难能可贵的是作家还写了各色人等在“飘摇”中的思考和寻索，以及自信与自尊的重建过程。这使皮皮的都市小说不仅充分表现了当代人的情爱生活，更体现了作家对于都市生活与都市人的反思。

刁斗的小说具有复杂性，在他的创作中，都市引退到幕后，他只在乎生存于其中的都市人。在展示都市人毁灭、无奈的同时，作家也没有忘记对救赎和精神家园的寻找。例如《父亲的花园》《去天堂的路有多远》《看不见风景的房间》《证词》和《梦的解析》等作品中都可以看到作家精心创造的“家园”意象。虽然，这些“家园”都无一例外地呈现出虚无和破败之象，然而，它们毕竟带给了读者某种瞬间性的温暖与慰藉。当然，在刁斗的创作中，“家园”的含义也不是唯一的，《身体》《捕蝉》《游戏法》等小说对于人性的真实以及人生偶然性的探究，也呈现了在寻找终极目标过程中的某种家园意识。

总之，辽宁20世纪90年代以降的都市文学确实有着多元的文化表现，它切合着辽宁独特的地缘特色、文化积淀与历史传统，并真实而生动地呼应了我们的这个时代，成为当代辽宁文学中非常精彩的一道风景线。

（原载《辽宁广播电视大学学报》2008年第1期）

第三编

文化与审美

试论中国20世纪90年代后的文化冲突

中国20世纪90年代后的文化图景是在多元共生的格局中展开的。以往对于精英文化与大众文化、先锋文化与市民文化、高雅文化与通俗文化、严肃文化与市场艺术等对立的二元概念，已经不能简单地适应90年代后的文化格局。我们必须确证它们之间内涵相交叉相重叠的部分以及各自不同的运用域。也就是说，它们关注的是中国文化这一统一整体，而某一文化态势揭示的只是对象的某一层次、某一侧面或某一现象，我们不能片面地以其本身的关注来替代对象整体。如果建立在这样的认识基础上去分析90年代后文化的内在冲突与走向，我们将会有新的理解与阐释。其一，某一文化态势的消长应是存在于文化的整体动态发展之中，而非一己的力量、单一的诱因使然。其二，各种文化形态之间的力量对比不是恒定不变的，应是此消彼长地促成文化形态的形成。也就是说，我们在强调了诸文化形态间的互动关系的同时，也不应回避现代文化中权力、资本、知识之间的内在转换。比如，权力对文化的制约可以资本的方式出现，反之，资本对文化的干预既可以转化为权力的形式，也可能转变为知识的形式。从这个层面上看，我们会发现以王朔为代表的所谓知识分子“痞子文化”之说，其实质是部分知识分子通过对阶级斗争时代政治意识形态专制的佯狂式批判，要求获得另一种不同的话语权的表现。因而它才会产生某些积极的意义，体现了由精英文化与大众文化的单向对立模式转化为相互对立的模式，其直接现实是当代精英文化的世俗化和通俗文化的高雅化、精致化。

概而言之，20世纪90年代后乃至新世纪以来的文化仍没有脱离流行文化、主导文化、精英文化三足鼎立的模式，但那是个令人焦虑的现象：精英文化的衰落仍未有明显的改观，有人认为这是由于中国文化在中国社会结构中一直没有获得应有的地位。中国社会的政治伦理合一的社会结构，使经济和文化一直游离于核心统治之外，文化一直没有作为相对独立的一极。有的人认为这是由于流行文化的快速发展，并以其特有的经济优势侵袭了主导文化与精英文化的原有领域，最终在20世纪90年代后至今仍呈现为文化一极化的态势。然而，如果我们以上文的动态观点来分析和把握90年代后的文化现状，我们将从中发现一些更有意义的问题，更为深刻的原因，从而对所谓主导文化的“变异”、精英文化的“衰落”形成多侧面、多角度的认识和理解。

一　流行文化的扩张

20世纪90年代市场经济新体制和大众传媒系统在中国的确立，必然使中国主流文化面临巨大的历史转折。在这种转折中，精英文化虽然以其特有的魅力吸引着高层次文化水准的观众，但流行文化更以其贴近生活、贴近普通百姓的特点成为文化市场的宠儿。流行文化迅速占领大众生活而使精英文化一步步失去了它曾经拥有的话语权，世俗化的价值目标替代了超越性的目标。面对社会风尚的转变和政府倡导有心投入无力转变的局面，一种担忧和焦虑郁积在坚守固有立场的文化人心中，在全球性的保守主义的思潮的支持之下，广大知识分子从倡导学术规范和本土化，发展到从1993年到1996年依然在继续的关于“人文精神”的大讨论，人文知识分子对于严肃文化的处境表现出了强烈的关注。

我们知道流行文化得以扩张的首要原因是媒体在文化领域中核心地位的确立。美国学者斯诺认为，我们对社会的认识受大众媒体的影响如此之大，以至于他声称我们生活在“媒体文化”中。按照斯诺的看法，我们根据媒体呈现现实的方式看待我们的生活，尽管他并没有认为媒体表现了一种主导意识形态。但是，另一方面，以前的媒体理论以为受众要么接受一种给定信息，要么拒绝接受一种给定信息。然而事实是，媒体文化范式是由受众阐释或商讨了信息的意义。因为受众来自于社会各种群体，受众对一个特殊媒体文本的阐释体现了他们的观点和文本表现的观点之间的一种认同。正如菲斯克所说：“读者是根据文本制造出意义的主动制造者，而不是已建构成功的意义的被动接受者。”[①] 以电视这一大众流行文化的传媒为例，我们发现，电视娱乐的意识形态内容经常随着不同社会阶层的意识形态的变化而变化。电视没有制造出它自身的意识形态，相反，它从社会的其他部门那里接受意识形态。就批判主导文化的意识形态而言，通过将它们的观点融入社会精英人士的视角之中，电视产生了缓和这些观点的效果。也就是说，电视可以表现出文化与政治的多元化，但与此同时，它传播的信息倾向于商业利益的视角。在娱乐节目播放过程中，受众被当作销售产品的市场。在商业广告中，电视通过表现消费者的满足来表现幸福。而且，这也意味着，在媒体文化中，人的因素仍是相当重要的，受众并非完全受控于媒体，个人受教育水平的不同，对于媒体的接收和阐释将有极大的不同。

---

① 刘东主编：《英国文化研究和电视》，译林出版社2001年版，第260页。

从以上的观点来看待中国20世纪90年代后流行文化的重要内容之一——媒体文化，我们既要认识到该文化形态对于主流文化的强大影响力，它的投机性、侵蚀性，也应该看到它的可创见性和强大的融合能力。言外之意，如果我们的流行文化领域是由高素质、高品位的知识者来引领，流行文化将在商业利益和多元价值之间获得一种可能的平衡。然而，在20世纪后半叶，随着文化工业的规模和重要性日渐增大，流行文化对于高雅文化的冲击是不能回避的。当下以电视为主导的媒体由于对利润的需求，电视节目制作人开始根据生活方式而不是根据社会阶级来界定他们的观众。相应地，在迎合社会各阶层内部的以及各阶层之间共同的各种趣味过程中，产生了节目编排的多样性。这种多样性的产生，往往隐含着一个特定的事实：大规模的传播意味着内容被非语境化，在这一过程中，内容失去了本雅明所说的“灵韵”，尽管这个术语的意义还不完全明确，但是，可以断定，特定种类的内容失去了它们作为具有特定指涉的文化符号所应有的特权地位。很明显，一些最具有感染力的文化符号，由于在不同种类的媒体上多次曝光，就失去了它们的原初意义，获得了新的内涵。多重释义的出现，使得高雅文化或精英文化的专属地位被动摇，流行文化的扩张获得了合法性，并且占据了比精英文化原有地位更充分的优势。而这正是由流行文化的娱乐性、平民化、商业性等特征所决定的。

二　主导文化及产品的现实处境

中国当代文化多元并存结构的另一个含义，是共时的多元。所谓共时的多元，是指当代中国文化中，共时地存在着不同的亚文化，以及相应的意识形态或价值观等，在共识的多元并存格局中，首先是主导文化、流行文化和精英文化三元并立的结构。关于这个三元结构的文化，笔者以为是中国当代文化的一个有别于西方文化的重要指标。由于中国社会的政治经济和文化的特殊性，不同于西方式的二元结构，它是一种三元结构的特殊样态。比较说来，主导文化是一个重要的文化力量，它在相当程度上体现为一种体制的文化，或政治文化对审美文化的制约。毋庸置疑，主导文化在整个中国当代文化的发展中具有相当重要的意义和作用，它的存在，直接影响到中国当代文化的运作和发展，主导文化正是“有中国特色的社会主义”文化的一个体现。之所以把这种文化称为体制的文化，一方面是说主导文化直接体现为文化的各种体制性力量，而这样的体制力量又是政治场引力的直接作用。当然，相对来说，主导文化和改革开放前的那种文化直接转变为政治的结构形态有所不同，体制的作用有时是以一些中介环节实现的，另一方面，主导文化对其他文化还具有制约和诱导功能。作为一种主导意识形态，主导文化提倡什么和鼓励什么，虽然对这种文化本身具有直接的影响，但同时对精英文化和流行文化也不可避免地带来某种复杂影响。顺向和逆向的作用力同时存在，这是不言而喻的。主导文化的真实功能是一种支配文化，是一种体现政治场对文化场引力作用的特殊领域，和西方现代文化中那种支配关系有所不同。

此外，主导文化的产品，在市场经济盛行的今天，显然不如流行文化产品那样更容易直接转换成经济资本。于是，我们看到，在当今中国文化角色分化的新的历史条件下，文化资本的分布不均，必然导致资源配置不均，进而导致角色地位的不等，并由此产生了一些角色的危机。文化被市场导向时，文化市场上起决定作用的规律乃是供求关系与交换原则，交换所以可能是因为有供求的存在，这就带来了双重矛盾，一是艺术家所生成的产品是否有“市场需求”，这决定了其产品能否顺利实现交换；二是价值的冲突，即政治价值、商业价值与审美价值的背离。显然，具有商品价值的产品会占据广大市场。此外，文化中间人的出现，他们所扮演的多重角色，决定了其趣味是多种趣味的复合体，尤其是服务于政治文化机构的“中间人”，他们普遍的政治倾向和对艺术价值规范的明了以及他们承担了自负盈亏的文化经营者的责任，进而深切地感受到来自市场的巨大压力以及大众文化和流行趣味难以抗拒的诱惑力，强化了其对消费享乐主义的意识形态。[①] 其原因就是：行政文化体制的衰落和市场文化体制的兴起，是市场的实际供求关系取代了计划时代的文化市场，随着正统权威的削弱和多种选择的可能性的实现，再加上消费社会的意识形态不断取代了正统社会的意识形态，享乐主义成为普遍的追求，流行时尚和趣味的广泛蔓延，就可能在正统趣味之外树立起另一种形态的“霸权”，甚至与正统趣味背道而驰，完全摒弃正统趣味所要求的思想上的纯洁性与伦理上的严肃性，转向流行趣味。

三　流行文化与主流文化的合谋趋势

在当前中国的审美文化中，流行文化作为一个新的文化形态，近二十年来发展极为迅猛，它不但在其生产和流通的规模上超过了任何文化，而且还以各种“文化暴力”方式掠夺其他文化资源。这就造成了流行文化对精英文化甚至主流文化的“殖民化”。所谓“殖民化”，在这里主要是指流行文化以各种方式利用来自其他文化的资源，并把

① 周宪：《中国当代审美文化研究》，北京大学出版社 1997 年版，第 87 页。

这些资源最终改造成为适合于流行文化逻辑的共享性的文化。主流文化的生产者反复地强调主旋律，强调社会主义文艺的引导功能，而精英文化的生产者则关注艺术的美学价值和创造性，通过对高雅的艺术趣味和对生活的“陌生化”，并常常以一种先锋的面目出现，以此来抗拒其他文化的冲击和压力，并显现出自己独特的不可取代的地位。相比之下，流行文化似乎缺少直接的“名”的论辩，它更多的是以一种“实”的形态，来表明自己和主流文化以及精英文化的根本区别。流行文化的娱乐性、商业价值以及蕴含其中的消费主义和享乐主义，显然不同于主流文化和精英文化。

流行文化与主流文化的整合在当代中国是十分迅速、高效的。改革开放二十年来主流文化一方面经过解放思想与革命创新，适应了市场经济发展的规律与要求和文化多元化的大趋势，放手、放权发展了流行文化，促进和保障了大众文化的迅速崛起和全面繁荣；另一方面，又确保了官方意识形态的统一性、主导性与效能性，通过各种经济、行政、立法等手段实现了对流行文化的有效调节和控制，逐步将流行文化的发展纳入到了法制化、规范化的轨道，使其与主流文化并行不悖乃至于协同地发展。

其原因之一：首先，主导文化与政治密切关联，它是在实施着文化的政治功能。它在整体文化格局中起到复杂的调节制约和引导功能，作为主导意识形态的反映，主导文化更多地通过现存文化体制进行运作。比较地说，主导文化中的伦理价值和意识形态导向是压倒一切的文化考虑。主导文化的运作依赖于特定的文化体制，因此，在日益市场化的文化格局中，体制的因素和市场的因素往往会出现冲突。冲突中常常是以体制特有的强制性力量对市场进行干预和控制，进而保持主导文化特有的生产方式和生产条件。

其次，经济的发展必然会反过来对政治和文化造成影响。一方面，体现在它直接导致了资本对文化的压力和诱惑。进而形成流行文化；另一方面，又为文化自身从传统的一元的中心化状态中分离出来创造了可能。流行文化以资本增殖为使命，主导文化以伦理价值和导向政治化优先为目标。主导文化主要依赖于体制因素，流行文化主要依赖于市场因素。

原因之二：主导文化作为一种体制的文化，对其他文化显然具有一种优势，但其政治动员和伦理说教的工具性质，往往削弱了其作品的娱乐性和吸引力，所以有必要向流行文化借鉴。同理，精英文化作为边缘化的少数人的奢侈品，也尝试商业性运作。而流行文化，本来具有明显的商业性质或拜物特征，但在体制的压力和道德的压力下，也会以主旋律或合于主旋律的方式运作，以压制其畸形或交换的根性。埃斯卡尔皮曾考察在资助方式下作家创作的境遇："对文学的资助是由作家的某个保护人或机构来维持作家的生计，作家则满足他们的文化需要。这种老板与伙计之间的关系同君主与忠臣之间的关系不无联系。……这些原因都使各种封闭制度应运而生，在这类制度中，作家被看成是一种提供奢侈品的艺人，它根据物物交换的制度用自己的作品换回生活用品。"①

进一步说，主导文化也要求艺术家遵奉政府制定的规范和程序。如果艺术家实际上在作品生产期间受到政府雇用，这件作品就会成为一种政治工具。为了尽可能获得政府的赞助，即使没有被政府雇用的艺术家也会在某些方面改变他们的作品，以提高获得这种资助的可能性。② 除政府部门的资助之外，大众是另一个重要的"资助"者。因而在艺术市场上，创作者和受众之间的关系一般是非个人的。艺术家

① ［法］罗贝尔·埃斯卡皮：《文学社会学》，王美华、于沛译，浙江人民出版社 1987 年版，第 55—56 页。

② ［美］戴安娜·克兰：《文化生产：媒体与都市艺术》，刘东主编，赵国新译，译林出版社 2001 年版，第 148 页。

与商人相互作用，但艺术家常常并不认识购买自己作品的人。随着艺术市场的规模扩大，艺术品变得更加有利可图，艺术品就成为商品。他们的经济价值超过审美和符号价值。艺术家的目标是获取商业成功，而不是解决审美问题或创造文化符号。与后一种目标相反，艺术家很可能反复使用已经为公众所熟知的媒体文化中的母题。

原因之三：中国当代的现代主义文艺运动以来，文艺曾一度丧失了与接受者的沟通功能，变成了固执的自言自语，仅仅具有艺术史价值，高雅文艺从人们的精神生活中默默退场。新时期以来，一部分中国作家受其影响，也创作了一些让人们看不懂的作品，出现了诸如"看不懂就不要看""就是不要你看懂""看不看得懂不关作家的事""越看不懂作品层次越高""为下世纪的读者写作"等偏激言论，文艺家把自己摆在了不适当的过高的位置上。以上两种创作境遇都不利于艺术家创作真正平民化的作品。在现代文艺市场条件下，情况发生了根本的变化。布尔迪厄认为，虽然文艺家拥有文化资本而被授予某种特权，因而具有统治性，"但作家和艺术家相对于拥有政治和经济权力的人来说又是被统治者。为了避免不必要的误解，我不得不强调这一统治已不再像过去那样是通过个人之间的关系（像画家和委托制作画像的人之间的关系，或作家与资助人之间的关系）来实施的"。[①] 斯蒂芬·葛林伯雷也分析得很深刻："艺术品是一番谈判以后的产物，谈判的一方是一个或一群创作者，他们掌握了一套复杂的、人所公认的创作成规。另一方则是社会机制和实践。为使谈判达成协议，艺术家需要创造出一种在有意义的、互利的交易中得到承认的通货。"[②] 他还认为艺术的存在总是隐含着一种回报，而且总要涉及社会的主宰通

---

① ［法］布尔迪厄：《文化资本与社会炼金术》，包亚明译，上海人民出版社1997年版，第85页。

② 同上书，第60页。

货——金钱和声誉。在现代文艺市场条件下，价值评价的主题由权威向消费者倾斜，而消费者的评价是以购买量表现出来的，至于消费者的身份、地位、学识、修养等个人因素则不被看重。在过去非市场化的行为中，谁来对艺术作品表态是非常重要的。一位行政长官，一位高层人士，一位艺术权威，他们对作品的臧否左右着对作品价值的评价，而在艺术市场上，只能奉行一人一票的民主原则，决定作品命运的关键在于消费者是否接纳它。这样的创作有助于艺术家和消费者建立一种平等的对话关系，也为平民价值观的浮出海面奠定了基础。事实上，我们已经目睹了 20 世纪 90 年代后中国文坛日益勃兴的平民化的滚滚浪潮。

我们知道平民化的特点之一是艺术创作在内容、体裁、主题选择上的贴近性（贴近生活、贴近观众），在创作视角、表现视角、叙述视角上的平民意识（而非居高临下的贵族意识），在创作心态上的平民意识（不给予观众指导性的结论，而给观众提供共享共思共乐的参与空间）。这种特点在近来国内电视剧和一批电视名牌栏目运作过程中尤为突出。前者如：历史剧《雍正王朝》《宰相刘罗锅》、言情剧《还珠格格》、喜剧片《编剧部的故事》《我爱我家》。后者如：央视《实话实说》《东方时空》等栏目。

此外，平民化的特点还典型地体现在国内主流意识形态文艺的创作中，这是颇具戏剧性的。以主旋律电影为例，近年来大量被称为“好人好事”的，以一些共产党干部和社会公益人物为题材的影片陆续出现，这些影片大多以各种被评选和报道的生活中的英雄、模范人物为原型，如《孔繁森》《离开雷锋的日子》《紧急救助》《中国月亮》等。这些影片都不再把主人公塑造为一个全知全能的英雄，也没有赋予他们超凡脱俗的智勇，过去那种顶天立地、叱咤风云的形象被平凡化，这些人物自身的主动性和力量都受到了超越于他们个人之上的力量的支配，因而，影片不再继续像过去一样，让主人公在政治权威的帮助下，克服所有被编织进叙事中的现实矛盾，而是用男主人公的牺牲、殉道来影响叙事结构中对立力量的对比。这些影片用低调方式为影片的意识形态高潮进行了铺垫，尽量避免政治倾向的直接出场，意识形态主题被注入伦理感情，国家政治通过社会家庭伦理进入了现实的人生。

总之，20世纪90年代后在娱乐性、技术性、平民化浪潮的推动下，艺术最终重新回到了现实中来，成为现实生活的一部分，这是和传统的精英艺术截然不同的艺术形态。这是残酷的现实，我们不一定接受，但我们必须正视它。因为流行文化的平民性在内容上具有现实性，关注当下的精神需要和消费热点，在形式上采取平民的视角以及平民可接受的和乐于接受的方式，但是它同样也传达了真理，这是最难得，也是最迷人的。然而，这绝不是说流行文化与主流文化之间已不存在问题和矛盾，实际上当前两者之间的失调、摩擦和对峙现象是相当突出的。目前迫切需要解决的问题如在现代市场经济条件下，主流文化如何倡导和表达自己的文化理想？传统的灌输式、说教式方式容易引起人们的逆反心理，那么，如何探寻其他更有效的形式来增加对大众文化的影响力？类似的这些问题解决不好将直接损耗整个文化发展的潜力与效能。可以预期，如何在流行文化的世俗、多元、平民取向与主流文化的理想、国家趋向之间保持必要的张力与平衡，这是两者有机整合的一个更重要内容与目标。

四　精英文化与流行文化的冲突

中国当代文化中精英文化是一种弱势文化。这一方面和中国历来没有独立的知识分子阶层有关，另一方面，又和中国文化当代的急剧转变、从过去的政治中心化结构转向政治—市场经济二元结构有关，在这种转变中，作为文化精英的艺术家和文化人，对市场和体制的依附以及自身对转型的文化冲击所带来的适应不良，等等，都使得这种文化的边缘化和他者化不可避免。另一个值得注意的现象是，在西方现代文化中，现代主义文化常常是先锋文化的代名词。正像布尔迪厄在分析西方现代艺术市场的状况时所指出的那样，“有限生产场”作为具有“异端”色彩的文化生产，实际上是和服务于“正统”的“大规模生产场”相对的。显而易见，精英文化在中国当代文化中，是一个“有限生产场”，但它自身的先锋性则似乎日渐式微。这是由于多种原因造成的，既有其他文化对精英文化的制约，又存在着流行文化的资本与利润的诱惑，这造成了它在多种引力作用下的变形。因此，虽说中国当代文化中的精英文化仍保留着一定的先锋性，但这种先锋性正在衰落，这是一个不容忽视的事实。

此外，从精英文化与流行文化的内涵来看，两者存在着巨大差异。精英文化的“启蒙”性与流行文化的“世俗”性之间存在着一定的矛盾。精英文化是一种自觉的文化，他们出于对社会的使命感和对社会价值理想的观照，一般都与社会世俗生活保持一定的距离，诸如追求学术的纯正性、规范性，倡导文艺创作的审美理想，呼唤社会的人文精神等。而流行文化则是受市场经济导向的市民文化，通俗性、可复制性、无深度感、娱乐性是其所追求的基本目标。二是在审美趣味上，精英文化的高雅追求与流行文化的通俗追求也存在冲突。精英文化注重伦理的严肃性、创造性、个性风格、历史意识的内在规范，因而具有不断超越的精神动力；而流行文化则是一种复制性话语，它追求无标准、无个性、程式化和媚俗的当下直接性。这些差异无疑可以表明，在提倡市场运作、张扬世俗化的今天，流行文化有着多么广大的生存和繁衍空间，精英文化就有着多么无奈和尴尬的生存境遇。

最后，从人本角度来研讨，精英文化与流行文化之间也存在着某些矛盾因素，这从皮蒂里姆·A. 索罗金关于观念文化和感觉文化的分析中，可以帮助我们加深理解精英文化与流行文化的各自立场。在索罗金的理论范式中，观念文化有这样一些文化的心理构成：现实被看作是永恒的、精神性的和超感觉的。人的个性需求是精神性的，物质性的需求应受到控制。所谓的“进步”是通过自我控制加以完成的。相信抽象的“存在”，对于短暂的价值不感兴趣。真理的基础在于神秘的内在经验，人可以运用直觉、信仰、内心来体察真理。对于人来说，道德准则是绝对必要的、永存的和不可改变的。艺术创造是象征性和以宗教价值为目标的。而感觉文化的心理构成则相反：现实被看作是物质性的东西，它直接显现给感官。个体的基本需要是物质性的，感官的纵情享受和满足应尽量扩大。相信“适应”，价值是短暂的，处于不断地调整之中，真理的基础在于观察、测量和试验。道德是相对的、可以改变的，以获得愉快和幸福为目的。艺术的主要功能是娱乐。由此可见，观念文化心理由于坚持一种超越性的立场，因此在现实中往往坚持道德理想主义的思想方式，而这种道德是建立在对于感性享受和日常生活的否定之上，进而对于所有促进物质丰富和生活享受的历史进步都会被视为道德的堕落。所以，在推崇精英文化的法兰克福学派看来，流行文化或文化工业对于文化产生了致命的危害：首先，文化的商品化是文化的生产和消费服从于市场机制和价值规律，被纳入市场交换的逻辑，这就排除或否定了文化、艺术的独立自主性。其次，流行文化崇尚模仿和复制，其标榜的个性和独创性只是其内容一致性的虚伪的外衣，流行文化的标准性、划一性是对艺术个性的毁灭。最后，流行文化不再具有对现实的批评向度，堕落成为现实和政治服务的意识形态的工具。显然，通过索罗金的理论，我们会发现中国 20 世纪 90 年代后的精英文化确实也遭受了如上所述的

“危害”，但它给予我们的更大的启示却在于：无论是精英文化还是流行文化都存在着天生的“不足”，理想与现实、通俗与高雅、精英与流行之间应是相互依存、相辅相成又相互转化的，一方面，流行文化需要精英文化的思想指导、学术培养与智力支持；另一方面，精英文化也需要流行文化提供思想资料、刺激动力和应用市场。两者之间的矛盾冲突实质上是一种相互渗透与改造的矛盾，这种矛盾与冲突的最终结构是两者之间的相互借鉴、认同、融会和共同提高，而绝不是相互瓦解、否定与毁灭。

（原载《山东文学》2003 年第 9 期）

20 世纪 90 年代后中国的文化图谱

——当代文化形态研究之二

1992 年，中国提出以市场经济取代计划经济，文学体制的改革也作为一项文化政策被直接提出来，作家和文学刊物、出版社等原则上不再依靠国家资助，而是进入市场。这些事件对于政治与文学一向具有天然联系的中国文坛来说，自然会产生不小的震荡。其中，最鲜明的影响在于，20 世纪 80 年代普遍潜在的乐观情绪在知识界也出现了裂痕。知识分子对社会价值的同一性产生怀疑，自由、平等、正义、公正等在 80 年代普遍认同的概念，在这一时期由于等级差别、世风不古、贫富加剧等现象的出现，文学的启蒙精神、美学价值都被作家重新审视，因而原本普通的集体性的文学理想被迫中断，作家的个体化思索、个性化追求、世俗的存在日益显露它的价值与意义，并最终成为事实。这表现在文学现象中，90 年代日益明显的文学潮，即所谓的“新历史小说”“新状态小说”“新体验小说”等，作家及读者都缺乏“推波助澜”的热情，一个文学的多元化时期到来了。商业利益的驱动也使得文坛的世俗倾向增强，如移民文学、电视文学等相继成为“畅销”的热点，而成功的商业炒作也成为确保作品发行量的重要原因，文学在“大众文化”与“高雅文化”之间的选择显得有些犹豫不决。正是基于以上的认识，我们认同“新时期”文学的使命已经完结，一个多样性、复杂性远胜于 80 年代的文坛新纪元开始了。

一　多元化价值并存

在商品化大潮下，这种复杂性首先表现为多元化价值观念的产生。长期以来人们已经习惯于用一种二分的世界观来看待一切，即把事物区分为内在与外在、核心与边缘、真理与实在、价值与事实、目的与手段、所指与能指等两端，并无限地拉大这两端之间的距离，将其中一端视为实在性的，而将另一端视为终极性的，将形式、形象、边缘、实在、事实、手段等设定为相对次要的东西，而将内容、本质、核心、真理、价值、目的等设定为更加根本的东西。但是，随着市场经济的确立，传统的二分价值观念遭到了质疑，被实用主义、技术主义、相对主义等替代，并进而形成多元化的价值存在。

所谓实用主义，就是“有用即真理”的思想，在当今商品大潮和市场经济条件下更为盛行，它对于作为文化根底的那些终极性的东西如信念、信仰、理想等产生严重的腐蚀和消解作用，造成深刻的精神危机，并导致商品拜物教和金钱拜物教的流行。作为一种经验形态的价值观，实用主义很容易将一切文学艺术庸俗化，因为它把有用视为真理，把欲望视为信念，把需要当作原则，把实利当作标准，在这种情况下，新时期初的文学“光晕”消失了，文学艺术的功能与价值也发生了巨大变化。文学的教化与启蒙功能被实用功能所取代，急功近利的“兑现心态”和“游戏心态”在思想文化领域弥漫，正因为此，矫情哭笑和无聊打闹的长篇电视剧、充斥广告与爆炸性新闻的报纸已经成为人们文化消费的主要产品，而意在消解深度、严肃、崇高和神圣的文学作品更是一种时髦。

此外，技术主义的流行亦不能忽视。进入 20 世纪 90 年代，中国的科技发展沿着快速道行驶，人们对关乎生活实用与经济效益的技术保持着前所未有的热情和重视，而对于诉诸人类终极价值、需要凝神关注的文学艺术则少有关怀了，人们更愿意将文学作品作为消遣、娱乐品去接受，抛弃了传统文学艺术的膜拜价值，转变为侧重文学艺术的展示价值，这种转变的重要原因之一在于现代技术对于艺术品的“复制”。电视传媒的图像复制，广播传媒的音响复制，更不用说音像产品、电子出版物的大量涌现，这些技术手段的产物当然也蕴含着现实生活的各个精神层面，但是，它同文学艺术的精神性、独创性、个性从某种程度上讲是相隔离的。

同实用主义与技术主义相伴而生的是相对主义价值观，既然没有真理、没有终极价值，那么也就没有那种更有说服力的标准，也就无所谓哪一种价值比其他价值更好，一切都是相对的，允许人们去选择适合自己的价值标准和意义。相对主义的存在提醒我们：一方面，我们不应该成为过去一些原则的奴隶，另一方面，我们应当老老实实地去寻找具有理性判断的各种价值，当然这种价值应有助于把我们生活于其中的世界建成一个更高尚的世界。正是基于相对主义这样一种合理性的存在，进入转型时期的当代中国文学主张兼容并蓄而反对独断排他，主张亦此亦彼而反对非此即彼，主张多元化而反对一元论。进而说，占统治地位的那“一元”，遭到怀疑而引起信任危机，也是形成多元的因素之一。旧的价值体系被怀疑、被推测，新的价值体系还未建立，尚在探索中，多元成为必然。这种相对主义的价值观无疑包含有建设性，生长性的因素，它推动中国文学的多样化、非标准化，张扬文化个性和异质化。但是，纯然的相对主义也有它的悖论，因为“一切都是相对的”也意味着这句话本身也是相对的，那么它对于文化个性的存在所做的自然也是一种虚假的承诺。

二 “人文精神”大讨论

20世纪90年代的中国，全面进入了现代化的物质实践阶段。“以经济建设为中心”成为一项基本国策。随着这一进程的深入，现代化带来的负面效应、有中国特色的“市场经济”本身呈现的各种矛盾也相应地暴露出来。面对这种精神家园的丧失、文化荒诞感的蔓延、物质利益第一的现状，人们陷入深深的精神困倦，特别是隶属于精神领域的文学将向何处去？应该说，多元化价值观的客观存在给了人们寻找价值理性的充分空间，正是这种空间催生了90年代初的“人文精神”大讨论，当人们目睹了实用主义、技术主义对现代中国的精神消解，并最终导致文学的游戏化、泡沫化与世俗化时，中国的一些学者及时地提出了关注人们自身的生命意义和存在价值，寻求自身发展前途和精神归宿的吁求——张扬现代人文精神和建立新理性，这一吁求又以论争的形式扩大了其影响。论争的缘起是1993年王晓明等人一篇题为《旷野上的废墟——文学和人文精神的危机》的文章，文章主要就当代文学中精神的萎靡、作家人格的退化以及文学的市场化等文化现实提出批评，并以“人文精神的危机”来概括当前的文化状况。这篇文章引起了文化界的关注并形成了一场持久而广泛的论争。论争的主题词是“人文精神”，对这个概念的理解却存在明显的分歧，即使同一阵营内部也不能达成一致。由于概念本身的抽象性、包容性，“人文精神”的内涵最终也没能得以确立，对立的双方（呼吁“人文精神”者与反对者）也无法在同一个理论层面上展开学理性的对话。这场论争提供了一个平台，促使人文知识分子公开了不同的精神指向与价值诉求。分歧首先来自于对现代化商品大潮中精神贬值、价值缺失等负面现象的态度。呼吁“人文精神”的论者将“人文精神”与历史上拒绝物质的纯精神运动相提并论，或者借助西方后现代与后殖民理论，对人文话语和知识分子的启蒙姿态进行根本性的质疑。与此同时，有些论者认为应该承认人文精神的多元性、多层性与多面性。“人文精神似乎并不具备单一的与排他的价值标准，正如人性并不必符合某种特定的与独尊的取向。把人文精神神圣化与绝对化，正如把任何抽象概念与教条绝对化一样，只能是作茧自缚”。[①] 其次，除了对社会现实的性质、现代化世俗进程与精神层面之间关系存在不同的理解，论争还涉及一些更深层次的理论与学术问题。比如，对既往中国历史与知识分子精神史的清理与阐释，对社会转型期中人文知识分子职责与功能的认识和界定，学者的学术责任和社会责任、学术价值与道德操守之间的关系问题，等等。尽管论争发起人表示了对论争结果与水准的不满，“人文精神”论争毕竟在某种程度上体现了人文知识分子在新的历史境遇中发现问题的主动性。随后出现的现代人格精神、新理想主义、新启蒙等热门话题，可以说是这场论争的一个积极成果。

从“人文精神”论争中的一个话题——文学崇高感这个问题来看，王蒙、王晓明、陈思和、郭宏安等学者分别对中国当代的文艺现状、文艺批评、美学批评的人文向度提出自己的立场和观点，其中郭宏安针对一些作家将文学活动比作补锅、爆米花、摊煎饼发表如下评论：“某些从业者自己丧失了崇高感、自豪感甚至使命感，那是这些从业者个人的悲哀；若是所有的从业者都丧失了崇高感、自豪感甚至使命感，那就是时代的悲哀，因为在这个时代里精神的活动已经混同

① 王蒙：《人文精神偶感》，《东方》1994年第5期。

于物欲的满足。”[1] 当代西方知识分子面对文化的贫困，面对价值观念的深度消解，面对崇高的被躲避，同样表达了深刻的焦虑，并提出了许多理想的人文图景，利奥塔从艺术的角度这样论及崇高的价值："无法显示的东西（崇高）是唯一值得一生为其奋斗的，也是下个世纪全世界为之思索的问题。否认这个问题就构成威胁——一个不容忽视的威胁，因为它有绘画行为与绘画实质间的张力的危险，而正是这个张力才刺激出西方绘画最英勇的世纪之一。”[2] 可见，中西方学者仍旧认为艺术、美学的价值和意义还在于对人生意义、终极关怀的追求。正是基于此，我国学者深深体认到哲学及美学中的“崇高”在商品经济冲击下的当代中国文学中不可替代的意义。因为无论是哲学还是艺术，正是人类关于自身存在意义的自我意识的理论表征，同时也代表了人类对精神生活坐标上的“崇高”的寻求。人类对崇高的追求、探索并感到不可缺失，正是人类对自身存在、自我意识的理性把握的结果。在不同历史时期、不同的生活背景下，崇高的内涵可能会发生某种变化，但它所具有的与人的现实存在的关联性价值却永不改变。所以，任何时期人类社会都不会缺失崇高。对于处在“转型时期”的中国，人的存在方式及其自我意识在实用主义和技术主义的激荡下，面临着深刻的危机，那么用有关崇高的哲学理性和人文精神去塑造和引导新的时代精神与艺术精神，同样是当代中国哲学与艺术的根本问题。

在文学创作中，对“人文精神”的支持主要体现为重建理想主义和文学崇高感。张承志、张炜、史铁生等作家就是通过树起理想主义的旗帜对抗当下物质与欲望极度膨胀的文坛。文学中的理想主义表现

---

① 郭宏安：《文艺家何以进退失据》，《东方》1994 年第 4 期。

② ［法］利奥塔：《呈现无法显示的东西——崇高》，《后现代主义》，赵一凡等译，社会科学文献出版社 1993 年版，第 157 页。

在对人生价值与意义的追问，表现为对平庸生活与平庸人生的永无止境的超越以及对生命极限的挑战，这种理想主义主要不是以其道德伦理内涵表现为“善”的特征，而是表现为求“真”、求“恒”的执着与坚定，是对精神与哲学命题的形而上学思索，其极致状态的美感特征是悲凉与悲壮。这一价值向度表现出更加纯粹的精神至上的乌托邦情结，而对物质性、世俗性的生活常常表现为坚决的否定。由此看来，英雄主义和理想主义在 20 世纪 90 年代渐渐升起之时，正是与中国知识分子重新确认自身价值、强调知识分子的使命和责任，再度树立文学崇高性同步发生的。因为越是处于社会转型的时代，当理想和崇高遭到放逐，知识分子越是有责任去寻找精神家园。必须有不屈服的文化艺术作品充当人与社会对话的中介，将人在充满精神矛盾的世界中的尴尬与困境、挣扎与解脱表达出来。这就需要真诚的艺术家、文人在孤独和心灵的困境中，在无尽的心灵跋涉和探寻中，体味丰富的人生，寻找一条通向大众的精神澄明之途。这通途之一即是确认艺术家的责任感、树立文学的崇高性。

三　后现代的浮出

20 世纪 90 年代的文化语境复杂而微妙，在“全球化”语境下，西方的后现代文化理论从后现代、后结构、解构主义到后殖民理论等源源不断地涌入中国当代文化界，“后现代主义在中国”是个复杂的文化现象。在这里，我们无法穷尽它的意义指向，只能做最粗浅的表述。如果说，现代主义强调主体性、科学性、理性、秩序性、基础性或本质性、元叙事或整体性等，那么，后现代主义则强调差异和多元而反对单一主体性，反理性、反科学、反工具理性而强调非理性，反对整体观而重视歧见、强调断裂，主张主体间性、反对本质主义而强调平面化，等等，并由此形成了一个世纪末的城市文化景观。当代中国文化的后现代主义精神影响主要体现在这样几个方面：首先，是它促成审美价值的重建。原先艺术是被圣洁的光环笼罩着的神圣领域，它与普通生活、普通人之间存在着不可逾越的审美层面上的鸿沟，然而，由于后现代主义精神的张扬，这条鸿沟被填平和弥合，艺术开始面向普通生活，大量原生态的生活内容蜂拥着进入艺术领域，例如，在当代中国文学中，日常生活、世俗精神已经成为最基本的创作主题。其次，是它唤起审美心理的重构。艺术活动一度被视为理性思维的成果，或者说，理性主义色彩是审美心理的主调，它高高地君临于感性心理和感性思维之上。后现代主义精神打破了唯理性独尊的局面，将感性体验的审美价值重新予以定位，使得审美心理在生命本体、片段、流逝、新奇和变化无常中感受到永恒的所在。就当代小说而言，许多作品已将对身体的、感官的、实在的、具象的关注和描摹提升为第一要素。审美主体正一步步地放弃理性、精神、内涵，转向感性、身体、工具、形式。再次，是它诱使审美形式的嬗变。后现代主义对解构的推崇，体现在当代小说的创作中，就是反结构、反形式、反语言的兴起。总之，后现代主义文化精神作为当代中国文化中非常具有影响力的一种价值取向，同其他的文化精神一起共同绘制了当代中国文化的繁复画面。

由于后现代本身的多元属性与中国当代语境的复杂性，不同的研究主体在价值立场、学术取向上也存在着差异，在介绍运用西方后现代理论时就有不同的取舍。固然有一些学者能够以客观性眼光来分析研究西方后现代文化理论，但在文化界和批评界造成一定声势，并产生较大影响的是另外一种研究路向，即由对西方后现代主义文艺作品、思潮理论的译介，把后现代理论引申为一种阐释中国文化现象以及各种文学作品的符号代码，并集中对先锋性、实验性文本和对大众性、通俗性、商品性流行作品进行后现代阐释。中国“后现代主义”的理论由于把“现代”与“后现代”看成是一般观念史和社会史内部的连续进化，这种“话语引进”潜在地包含着某种与西方话语上的同步或“接轨”意向。其基本理论指向是把当代中国视为世界性的“后现代”阶段，并把大众消费文化作为实现文化“全球化”的途径。事实上，另有一些学者注意到，中国的消费主义文化在政策的支持下形成了 20 世纪 90 年代的文化主体，不仅仅是一种经济—文化现象，而且有丰富的政治含义。在他们看来，中国大众消费文化的繁荣是对“全球化”的大众文化潮流的应和，市场化的进程同时也是中国社会日益融入国际性市场的关键。因此，倡导大众文化，填平雅与俗之间的沟壑，成为其主要的理论取向。

某种程度上，可以说正是由于“后现代”理论的推动，文艺大众化成为新世纪的主流文化，在文学领域最能体现大众文化的当数网络文学的生成与快速发展。网络文学开始崭露头角是在 1998 年，该年出现了一部很有影响和代表性的中文网络小说《第一次亲密接触》，之后，“黄金书屋”“白鹿书院”“网络文学在线”“汉语文学”“文学精品屋”“文学城”“博库”“亦凡”等二十余家有特色的中文网站先后成立。与传统的文学写作方式相比，首先，由于网络的开放性、交互性和虚拟性，它给我们提供的是一个相对来说比较自由的写作空间，网络写作不用考虑发表和出版的问题，更不用考虑销量。这在一定程度上冲击了原有的文学生产机制，使一批被纸质空间拒之门外的作家和作品有了生存的空间。其次，当图片、声音等都被纳入网络文学之中，“超文本”也就诞生了。网络文学的交互性和超文本特性导致书写和阅读方式产生变革。另外，作为新的文化产业链的开端产品，网络文学比传统文学更具可塑性、开放性和延展性。网络作品—电子收费—书籍—电视剧本—漫画和动画—网络游戏的机制正在逐步建立。据专家推测，如果经历了完整的环节，一部文学作品所涉及的资金流将高达十亿元人民币，这个数字已经可以将一家公司包装成上市公司。最后，传统文学一直以关注现实生活为己任，而网络文学侧重于对幻想世界的描述。这也是新一代作家面对变幻莫测的世界做出的自然反应，这类小说虽然不够成熟但具有实验意义，潜藏着新的文学发展空间。

如果我们从更广泛的网络创作来看当下网络叙事的审美特质，我们发现，网络叙事由于没有硬性的规定，各种样式和风格也全凭作者自由创作，因此网络文学拥有了传统文学不可比拟的生气与活力、另类的构思和鲜明的生活气息。这样就给普通读者提供了一个走进文学殿堂的广阔空间，在这种平民化的创作和欣赏中，创作者体验的是“我言故我在”的快感，而读者也无须去思索作品中有何微言大义，阅读就是感受文字带给你的感觉。人们在这样的空间里，运用文字、图像、声音，空前自由、充分地表达着自己。在网络上，只有真正能打动读者的作品才能让读者完整地读下去，这既是对阅读本身的过滤，也是对作品的过滤。而这种过滤恰恰体现了一种自由，也只有在这种自由本真的状态下，真正的美的体验和生命体验才能显现出来。除了网络文学所具有的本真性以外，网络文学还具有民间化的审美立场。网络上的双向交流，彰显了民间的存在与力量，使某种民间精神、自由精神得以自由流露。实际上，早在17世纪，诗人弥尔顿就打出了“出版自由”的口号，并逐渐形成了以“观点的公开市场”和“自我修正过程”为核心内容的传播自由观念，如今，这种自由在网络上获得了某种程度的实现。对此，“李寻欢”曾说：“网络文学的精神内涵是隶属于网络而不是文学的，它于文学的最大意义是使文学回归民间。我希望网络文学始终是业余而纯净的。不要让文学成为作者的物质生存支撑点，从而使写作本身成为作者写作的唯一动力。”具体说来，网络原创文学的民间化取向首先表现在集体性创作。在网络上，文学不再是一个成品，不需要读者的仰视和评论家的俯视，它需要的只是作者和读者的参与。网络接龙小说就是创作方式上的集体性最明显的表现。此外，相当多的网络原创文学作品借助现代语音技术还原阅读的口语化，这就更加接近民间文学的口头性。总之，网络叙事作为一种新生事物有着可贵的生命力，作为一种文学形式，它的出现丰富和弥补了电子时代的文学领域。

但是在网络文学的公共空间里，作品的思想和艺术水平相互之间差距很大，读者只能以沙里淘金的方式寻觅到质量上乘的作品。如果我们要求网络文学的公共空间里只能存在质量上乘的作品，那么网络文学的创新性和革命性的意义也不复存在了。从根本上说，要提高网络文学的质量，首先要让参与到网络文学写作中的广大网民提高自身的文学素养和思想素养，于是，提高网络文学质量的问题就转换成了提高全民族文化素养的问题。另外，也需要为那些脱颖而出的网络文学写手创造更好的写作条件，为写手能够脱颖而出创造有利的条件。

［原载《沈阳师范大学学报》（社会科学版）2010 年第 5 期］

试论20世纪90年代中国小说崇高美的重塑

从20世纪80年代中后期始，中国小说的多元化态势日趋形成。与此同时，由于文学内外多种因素的影响，一些作家、评论家、读者对传统的文学审美模式、功利价值提出了怀疑。现象之一，就是有的作家在作品中表现出对新中国成立以来在小说中占统治地位的"崇高美"的躲避、搁置，甚至是嘲弄，致使"崇高美"在一段时期里，成了中国小说中缺席的一员。

然而，到了20世纪90年代初，这一现象有了改变。首先，这时的中国文坛发生了一次关于崇高在当代文学中地位和意义的论争。论争的主要问题有二：一是崇高是不是社会主义文学的"基本美学形态"；二是如何看待像王朔这样的作家在创作中"躲避崇高"的价值取向。其次，张炜、张承志、史铁生等作家创作了一批具有道德理想主义的文学作品，来捍卫文学崇高和人格崇高的价值。一时间，关于人文精神的讨论成为文坛的中心话题。此外，到了90年代中期，以"三驾马车"（指谈歌、何申、关仁山三位作家）为代表的"现实主义冲击波"又轰动文坛，他们不但以其忧国忧民的现实观照引起人们的关注，进而成为与市场经济文化相对应的文化风景，而且也昭示着文学的崇高精神在回归，文学的崇高美学品质在得以重建。

一　关于崇高美

首先，在中国现代美学和文艺理论中，崇高这一概念，与典型、悲剧、喜剧、现实主义、浪漫主义等概念一样，本源于西方文艺复兴运动中建立起来的人本主义思想和美学体系。按西方美学，崇高有其特定含义。从古罗马学者郎基努斯《论崇高》的著述中将其作为一种普遍、永恒的修辞风格提出后，经美学家们不断探讨，在18世纪英国经验主义哲学家伯克和德国著名哲学家康德、黑格尔的美学理论中，终于被作为一个与一般的“优美”相对的美学范畴确定下来。崇高这一概念被介绍到中国后，中国美学家继续加以研究，做出阐发。但是，总结起来，美学家们对崇高的对象的把握，侧重点仍有所不同。侧重点转移的大致历程是：自然景物的崇高—数学的崇高和力学的崇高—悲壮—现实中的崇高和艺术中的崇高。根据本文的需要，我们将探讨艺术中的崇高。从实践的角度出发，艺术中的崇高的基本特性体现为：人的自由意志与客体之间，呈现为严重的对立和激烈冲突。其对立和冲突的结果，大体上有两种情形。第一种情形，人的自由意志战胜了强大的客体。第二种情形，善没有在对象上实现，但是，在这样的斗争中，却显示了人类实践的巨大威力和光照日月的审美理想。由此可见，崇高具有广博的社会内容，而社会生活中的崇高，往往同道德判断结合在一起。这就是为什么有血有肉的英雄形象具有崇高的美，而苍白、空虚、毫无道德感的“英雄”不具有崇高美的原因。

其次，崇高还具有打破形式、实践理性的特点。所以，崇高能够产生无限超越的效果。如前所述，崇高之所以为崇高，就在于它能超越强大的外在势力。在我国20世纪90年代特定的文化环境下，国民心态存在着物欲化、冷漠化、躁动化等心态危机，而且价值虚妄也有所弥漫。面对如此复杂的外在环境，广大知识分子建立起以人文精神、道德净化、理想主义为支点的超越异己力量的对抗形式，并试图以此来对抗市场经济所带来的种种的“恶”与“丑”，超越日益世俗化的审美取向，由此生发出的壮烈感与崇高美则成为当下独有的审美形态。

最后，崇高还必须超越不断发展的自我，因为崇高的人必须首先具有崇高的本质才能是崇高的。这在艺术创作中则表现为，主体行为者的生命本体的求真意向。90年代中国文坛涌现了大量表现源自生活常态的英雄行为的小说，比如阎连科的《年月日》、铁凝的《秀色》都是从不同侧面描写普通人在特定时期和环境下，超越自我，追求生命崇高价值和意义的小说。

此外，就艺术中的崇高而言，我们必须注意到在新的文学环境下，它所产生的更为复杂和多样的表现形态与审美效果。比如，丑、怪诞、恐怖在美的领域可以从形式到审美表现向崇高转化。再如，崇高在伴随着痛感、不愉悦感的同时，也可以和情趣融合在一起，从而有时也能使审美主体直接产生“情趣感”这种审美感受。总之，我们应该认识到，进入20世纪90年代，文学景观中的崇高美在包含着传统的美学特性的同时，还不可避免地孕育和生发着新的美学特质。

二　90年代崇高美重塑的独特语境

“文变染乎世情，兴废系乎时序。”就是说，探求崇高在20世纪90年代的小说园地里成为一种创作潮流，是这个时期特定的“世情”

“时序”造成的。它不是“伤痕文学”“反思文学”“改革文学”时代那种崇高的简单回归，而是一种在新的文学语境下的重建。

首先，20 世纪 80 年代中期以来的中国文坛，在思想解放的思潮影响下，文学对以往“左”的文艺思潮予以了反拨，但反拨的过程中，难免产生极端的情绪和偏颇的认识。人们对“文化大革命”时的“三突出”理论，对“高、大、全”的英雄光环，对无限拔高的崇高感到厌恶，于是作家纷纷把笔触伸向平凡的小人物的世界。到了 80 年代末 90 年代初，文学创作呈现出多元化的创新态势，像新写实小说、新都市小说、新市民小说、新体验小说等都对普通人生存状况和日常生活更为关注，一时间作家对英雄化、理想化和崇高多加以摒弃和躲避。

其次，在市场化的社会里，人们更关注的是商业价值、物质利益和形而下的日常生活，在审美层面上催生了一种极具世俗化色彩的追求。这对理想化、英雄化的精神价值具有一定的消解性。生活的精神意义逐渐为日常活动的物质要求所代替，思想的追索不断为现实物欲的扩张冲动所截断，这必然带来理想主义的一时式微，有的人甚至嘲弄神圣，躲避崇高，调侃理想。

再次，随着影视文化的崛起，文学日渐失去“轰动效应”，流失了大量的受众，逐渐由文艺的中心退居边缘。因此，文学作品在与影视艺术争夺受众的过程中，不得不起用通俗性、消闲性、娱乐性、趣味性等商业化因素，制作文学快餐，迎合世俗的口味，满足大众快节奏的文化消费需求，从而也淡化了文学中理想、崇高的色彩。

正是在这样的文学背景下，中国文学中承载“崇高美”的传统现实主义创作思想受到了前所未有的挑战和质疑。最能说明问题的是王朔的创作以及“新写实”小说的出现。一些评论家认为王朔带给文坛以令人瞠目的冲击——从观念、形象到语言。因为王朔笔下的张明、方言、杨重等形象嘲弄传统观念、价值标准，他们侃玩人生、终日无所事事，却成为读者的新宠。几乎与此同时，《钟山》杂志从1989年第3期开始设立“新写实小说大联展”栏目，并指出所谓“新写实”即是“特别注重现实生活原生形态的还原，真诚直面现实、直面人生”。一时间，文坛上活跃的一批作家几乎均被归入其中，如：刘震云、方方、池莉、苏童、叶兆言、李晓等。如果从审美角度出发去体味，“躲避崇高”似乎成了王朔及“新写实”小说共同的审美倾向，正如王蒙所说的，是“不歌颂真善美也不鞭挞假恶丑乃至不大承认真善美与假恶丑的区别的文学”，是“不高尚也不躲避下流……不承载什么有分量的东西的文学”。① 当然，在王蒙看来，躲避崇高的现象具有解构极左政治路线与文化专制主义的作用，王朔笔下的人物撕毁的是政治化、非人道化的伪崇高，这无疑是有其合理性的。“新写实”小说的创作虽然取消了传统的精神价值立场，但是也有其特殊的意义：摒弃了传统现实主义凸显政治经济关系下的典型环境和人物的创设方式，创造了作家自己的生活方式、情感方式和非英雄人物，表现出中国文学中少有的生存意识。然而，如上作品的大量出现也导致了一个不可回避的问题：一味地躲避崇高、消解理想和英雄，文学的超越意识和价值存在也终将被搁置。

面对似乎是要失去崇高的文化语境，作家和读者并没有逃避。相反，人们思考着：从某种程度上说，“躲避崇高”不正是包含着新质的崇高美诞生前的阵痛吗？因为，20世纪90年代的文学恰恰是在关于道德理想、文学崇高、人文精神的论争中悄然拉开帷幕的。

---

① 王蒙：《躲避崇高》，《读书》1993年第1期。

三　90 年代崇高美的重塑——一个意味深长的文学现象

这一论争主要起因于王蒙《躲避崇高》一文。由于王蒙对那些体现着社会道德、审美理想以及批判精神的作品不以为然，引发了影响久远的有关文学崇高的大讨论。争论虽然没有得出共识性的结论，但却传达了“崇高”问题的现实意义。傅迪在 1993 年第 7 期《作品与争鸣》上发表的《论“躲避崇高”不可行》一文，表达了一部分评论者的看法。文章指出，“躲避崇高”，实际上就是非理想化、非英雄化。

在评论家们焦虑着文学失落崇高的同时，有些作家却在文学多元化、写作个人化成为风气的 20 世纪 90 年代，坚持高举理想主义的旗帜，执着地追寻崇高的精神价值取向。其中的代表作家就是张炜和张承志。他们不仅在 90 年代初分别创作了《金牧场》《心灵史》《柏慧》《家族》等具有道德理想主义及浪漫主义色彩的极富影响力的作品，而且以散文的形式直接表达对现代化过程中世俗倾向的彻底拒绝的态度。张承志 1994 年在《十月》上发表了《清洁的精神》，文中推崇的是一种“以命承诺，舍生取义”的勇敢行为以及包含了“义、信、耻、殉”等文化因素的“清洁的精神”。张炜的散文则重在对社会的文坛的某些“污流”予以揭示，表示了“拒绝宽容”污浊的清醒认识。当然他们有些偏激的批判精神引起了文坛的论争，但是，许多评论者认为，在物欲横流、精神匮乏的当下，在文学忘却崇高与金钱合谋之时，他们的那种为追求文学精神的极致之美的决心是弥足珍贵的。

还有些作家则始终无法释怀文学的崇高使命感和作家的责任感，

然而他们追寻的不是道德理想之路，而是一条脚踏着民间的土壤，心怀着文学的使命的现实之路。1996 年以“三驾马车”为代表的“现实主义冲击波”就颇为引人注目，令人振奋，因为文学的忧患意识、文学的责任心、使命感在增强，文学的崇高精神在回归。他们创作的一系列作品，如《大厂》《年前年后》《穷人》《大雪之乡》以及刘醒龙的《分享艰难》等小说无不引发了人们对文学重返现实、直面人生、提升人性的再认识。当然，如何对这一类现实主义作品的艺术性做出评判，则是一个值得进一步思考的问题。

此外，我们知道，进入 20 世纪 90 年代之后，由于市场运作方式进入到文学生产领域，使写作含有较为直接的追逐商业利润的目的。虽然文学出版物每年以惊人的数字出现，但其中纯文学读物的比重则是有限的。就是在这种情况下，许多出版社仍将目光集中在表现英雄人物命运、体现小人物坚韧性格和人生挣扎以及富于理想主义色彩的作品。比如 1999 年人民文学出版社的“红色经典系列”收入了中国当代十七年时期的一批家喻户晓的战争题材的文学作品，如《保卫延安》《林海雪原》《平原枪声》等；1996 年群众出版社的“当代中国公安文学大系”收入了《无悔追踪》等一系列为老百姓所喜爱的公安题材的中篇、长篇小说及纪实文学；1995 年解放军文艺出版社的精品书系第二辑则收入了 90 年代以来富有影响的《炮群》《英雄无语》等一系列军事题材的小说。这似乎从一个侧面反映了对创作起明显作用的读者消费市场对崇高审美风格的认同和欲求。

事实上，读者在经历了“无英雄”的 80 年代以降的种种文学潮流之后，确实在深切地呼唤着新的英雄的出现。1995 年，武汉大学部分文科学生在关于“时代需要英雄文艺需要英雄”的讨论中，对于当下文学作品中英雄形象缺失、崇高精神缺位的现状甚是关注，他们认为“文学不仅仅模仿现实的存在，它还能模仿将来的、理想的存在”，

“文学的进一步世俗化，只能导致文学的进一步危机和人文精神的进一步失落……也表明了他们（作家）审美想象力的进一步衰弱”。[①] 这种观点应该说是具有代表性的，它不仅反映了青年读者群对当下文学创作的看法，也反映出主流文学读者对消费市场的需求。纵观以上这些文学现象，无一不在说明崇高美在沉寂多年之后，被重新唤起，并成为 90 年代一道亮丽的、意味深长的文学风景线。

然而，需要注意的是，当下中国文坛的“多元化”格局日趋形成，各种美学风格并存，如果仅从古典美学的优美和崇高来区分当下文坛的美学形态，显然是不客观不完整的；而认定崇高美必是当下文坛的主潮，同样是不符合现实的。因为，每一种文学现象都是随着社会思潮、经济发展、作家个人积累与文学趣味变化而变化的。所以，对世纪末中国小说崇高美的分析与切入，只能窥视中国当代文学某一美学形态的变化规律。

四　90 年代崇高美的新质

如果说在新时期初期，崇高是高于人民，这主要是指这一时期对于崇高人物形象的塑造、情节的安排、矛盾的展开基本上延续了十七年文学中的创作方法，只是赋予人物具体的思想内涵有所变化。那时的人物个人的情感没有位置，个人生活不被表现，信仰更单纯，因而个人的内心冲突展开较少，人物远离现实、被神话。如果说新时期初的崇高是能够令人钦敬、景仰的含有审美意识的合理性道德判断，那

① 何国瑞：《时代需要英雄文艺需要英雄》，《文艺理论与批评》1995 年第 1 期。

么随着时代的发展，社会风尚的不同，人的价值观念的分异，就使人们的道德判断标准、审美判断标准迥异，因此对于崇高的解释也不尽一致。90年代中国独特的文学语境使原本单一的崇高美的表现形态趋向多样化，英雄主义、理想主义、现实精神这些崇高美的内核也在不断地得以丰富。

如我们所知，社会的急剧转型和市场经济大潮令表现英雄人物的小说创作分外困难，但停滞的道路并不漫长。大约从1995年开始，陆续推出的相关作品却有着沉甸甸的分量。中国工人出版社1995年出版的朱秀海的长篇小说《穿越死亡》和人民文学出版社1997年出版的邓一光的长篇小说《我是太阳》，是90年代影响较大的两部崇高精神和豪迈理想主义激情相结合的厚重之作。《穿越死亡》直面死亡这一主题，着重体现了一个平凡的军人在“穿越”死亡的过程中，心灵的裂变和人格的升华。从这个角度说，作品中的崇高美由传统道德理性的内容为主导，让位于对人的生命与精神能量的凸显，道德理性已经成为隐伏性的背景，生动的生命形式上升为艺术表现的主体。《我是太阳》是一部激荡着浓烈的雄性色彩和阳刚之气，涌动着不屈的生命激情和崇高的英雄主义的小说。如果说，在80年代之前我们的军事战争小说对英雄取的是仰视角的话，那么，《我是太阳》对英雄则是平视的，甚至是俯视的。尽管作品中到处充溢着晚辈对长辈的敬仰和赞美，但同时不乏沉重的反思、叹息乃至不无尖锐、深刻的批判。这种反思和批判不是生硬添加的，而是与人物的内在精神、性格气质和生活命运密不可分，给人强烈的真情实感。

由此可见，90年代英雄不是由单一的英雄因子、崇高素质组成的“神话”人物，而是在英雄的因子和普通人的因子，崇高的素质和非崇高的素质相辅相成的关系中得到了揭示。它包含着以下两方面的理解。

其一，是泛情化策略的突破。即在英雄的因子中真实体现其作为一个普通人的情感与欲望，甚至是致命的弱点与创伤，并且因此备受环境、时代、自我的挤压和碰撞，终归构成一个人的生命史。由此产生的悲剧感和审美升华是颇能打动人的。

其二，我们发现20世纪90年代英雄小说在创作中，常常隐含着商业性因素。比如，对婚外情、异域风情的描写，对情节转变、悬念预设、人物个性的关注和运用，都体现了作家对当下读者阅读兴趣与心理的把握揣摩，增强了小说的可读性。进一步说，崇高美的载体由英雄形象转化为平民形象，将平民意识中的崇高品质作为艺术表现的焦点，在90年代成为表现崇高美的主流。这主要是指90年代大量涌现的表现平民群落中精神坚守、平凡中蕴含伟大的文学作品以及具有崇高气节和原初人性，但染上浓重悲剧色彩的一类平民英雄。就具体创作而言，从90年代初涌现的《凤凰琴》《万家诉讼》等作品，到“新写实”小说流派的新向度都体现了崇高形态的多样性，即从发人深省的生活常态中寻找平民百姓身上个性化的精神抗争和精神操守。1990年，作为“新写实”作家一员的方方创作了《祖父在我心中》，在这个中篇中，作者描写“祖父”作为一个知识分子在日本侵略者面前那种“宁为玉碎、不为瓦全”的民族气节，读之令人震动。1996年作为“新写实”作家一员的池莉创作了《云破处》，这虽是一部以婚姻为题材的小说，但作品只是借助于婚姻故事的外壳去透视人性，去追问生命意义与价值。并且《云破处》以石破天惊的结局为我们展示了现实与理想的对立。由此可见，“新写实”作家们已从关注生存拼争一类的庸常琐碎的描写，而进入到对于平民命运抗争、精神抗争、心灵抗争的追问和思索之中。综上所述，我们发现当下小说的崇高题旨与形态均呈现着多元性。复现的英雄小说中的崇高美仍保留着以悲剧为特征的美学品格，并且融汇了较为复杂的人性思索，同时亦注重主客体矛盾对立的充分展开，从而深化古典崇高单一的审美角度。平民视角、常态人生中的崇高，则是有意识地降低了崇高的“纯度”，更注重挖掘普通人心灵中的善与美，并在“善”与“真”的冲突中，呈现人性的淳朴、坚韧、崇高的品格，从而张扬具有道德崇高意味的中华传统精神。

进入20世纪90年代，由于特殊的文学环境的逼视，使得现代崇高兼具审美浪漫主义与道德理想主义的双重因子。大众文化在90年代的急剧膨胀，使在思想启蒙上遭受重创的知识分子一度无所适从。他们一方面压抑强烈的入世情绪，另一方面也在自我认同的危机中更加关注思想文化领域的重建。由此引发的人文精神大讨论，对于大量世俗化作品的出现、流行文化的风靡、深度价值的消解予以了深入的思考和批判。

文学中的理想主义表现在对人生价值与意义的追问，表现在对平庸生活与平庸人生的永无止境的超越以及对生命极限的挑战中。这种理想主义主要不是以其道德伦理内涵表现为“善”的特征，而是表现为求“真”、求“恒”的执着与坚定，是对精神与哲学命题的形而上学思索。这一价值向度所要表现的是更加纯粹的精神至上的乌托邦情节，因此所有物质性、世俗性的生活细节在这一向度中常常被视为难以容忍的庸俗性的东西，也就是生命价值的否定性力量。

朗吉努斯说，崇高是“伟大心灵的回声”。在他看来，作家的思想是否庄严伟大，在根本上决定着作品能否崇高。这就对创作主体的人格修养提出了高要求，把主体的人格与作品的品格联系起来了。

正是从这个角度上，我们认为90年代文坛对作家、作品现实精神的重新梳理同样构成了重塑文学崇高品质的重要内涵。1996年至今影响深远的“现实主义冲击波”，说明作家社会责任感和正义感在90年代的高扬。他们关注现实矛盾、正视人民疾苦，文学的崇高性成为他们创作中的自觉要求。正如作家张平在其小说《抉择》的后记中所说："面对着人们的呼吁，批评和不满，我们却面不改色，振振有词地在大庭广众面前讨论着文学作品究竟应该不应该有理想、责任、良知、正义和崇高。我们的时代需要各种各样的文艺作品，但我们的时代决不需要那些充满铜锈和私欲的伪文学。作家不是救世主，但作家决不可以远离时代和人民。不关注时代和现实，没有理想和责任的作家，也许可以成为一个出色的作家，但绝不会成为一个伟大的作家。一个简单得不能再简单的道理：文学不关注人民，人民如何热爱文学?"正是作家们如此清醒地认识到了现实主义创作对我们这个时代文学的重要性，认识到了作家的现实精神对于文学的重要性，才会形成了一股不衰的并具有现代理性色彩和现代叙述话语范式的"现代现实主义"创作潮流。我们在看到崇高的现实精神在 90 年代一路向前的同时，也应该注意到，因为这批作家背负的是现实层面的种种矛盾和冲突，种种恶与丑，并因其强烈的参与意识而重在揭示和反映现实层面，导致作家拘泥于现实的立场，缺乏理性思索而且历史的深度不够，审美素质单一。就其作品中的崇高美学品质而言，常常被隐藏于过于戏剧化的人物冲突和现实矛盾中，主客体的分裂异常鲜明，除了主体最终战胜客体而获得的痛感外，其他的审美效果，特别是包含现代质素的荒谬感、丑、恐怖都未曾予以表现。当然，现实主义精神与崇高美如何在当下文学多元景观中更加完善，表现为更为丰富的审美形态、美学风格，是一个开放的、不曾完结的问题。

（原载《解放军艺术学院学报》2003 年第 1 期）

试论中国当下都市文化的现代表征

20世纪以来，都市人类学应运而生，它将都市文化作为自己研究的主要对象。在它看来，都市，就是人类生存的方式，以物质的和精神的空间显现的人的文化。都市是人文的空间化。都市文化本质上指的是人与都市的关系，人、历史、文化及其关联，成为都市的灵魂。正如伊里尔·沙里宁所说："都市的问题基本上是关心人的性质的。""人是主人：物质上的安排就是为人服务的。"① 因此，都市人类学认为，虽然都市文化作为人类文化发展的高级形式，比原始文化具有无比的丰富性。但是，现代都市文化概念的基本结构仍然是统一的：都市文化不过就是都市人格的表现，都市是人格化的主题空间，他映射着民族的、时代的与人格的光辉，是宗教的、哲学的、道德的、审美的等文化的集中体现。具体来说，都市文化可以说是每一个时代的时尚的总汇，如建筑时尚、服饰时尚、饮食时尚、知识时尚等。它包含三个层次：物质秩序或物质文化层、生活与行为方式层、心理与观念文化层。这三个层面文化的灵魂与核心是人文价值，整个都市文化不过是由一个核心而外化构成的文化价值体系。② 在探讨中国都市文化之前，我们有必要简要回顾一下中国当代的都市化进程。

① ［美］伊里尔·沙里宁：《城市：它的发展、衰败与未来》，顾启源译，中国建筑工业出版社1986年版，第23页。

② 任平：《时尚与冲突——城市文化界构与功能新论》，东南大学出版社2000年版，第7页。

一　中国当下的都市化进程

所谓都市化是由传统的农村社会向现代社会转变的历史过程，是人口都市化和都市现代化的统一。从本质上说，都市化意味着更多的人由从事较低效率的农业劳动转变为从事较高效率的第二、第三产业劳动，由传统的、保守的生产生活方式转变为积极的、富于开拓进取的生产生活方式，由低消费群体转变为高消费群体。如果说乡村人口都市化是都市化进程中量的增加的过程，是都市化的初级阶段，那么，都市现代化和城乡一体化是都市进程中总的提高的过程，是都市化的高级阶段。中国的都市化历程具有明显的阶段性：以 1978 年改革开放为分界线，中国的都市化历程明显分为前后两个阶段：1978 年以前都市化的停滞和低速增长阶段，1978 年以后都市化的迅速推进阶段，特别是进入 20 世纪 90 年代，随着中国改革开放的不断深入，社会经济进入了前所未有的高速发展时期，都市化也进入了一个崭新的发展阶段。90 年代中期以来，我国每年有 1000 万左右的农村人口进入城市，这样的都市化规模和速度不仅在中国历史上，而且在世界都市化的历史上也是空前的。

我们知道，都市化过程最直接地表现为乡村人口进入都市。城乡人口增长的对比关系是都市化过程中最基本的比例关系，然而这并不是都市化的唯一指标，因为都市化是经济发展和现代化的必然结果和空间表现形式，如果我们从都市化的综合因素来看，近 20 年是中国经济增长最快的时期，但是都市化的高增长年份并不多。这里有经济的、制度的以及其他种种复杂的原因。如 1996 年，中国都市现代化的基本特征是总体水平比较低，各类都市之间差异大。从都市现代化结构看，基础实施现代化水平最低，现代化程度仅为26.3%。但是人的现代化指标相对比较高，现代化的实施程度为42.9%，经济结构的现代化程度居中，为41.2%。[①] 需要指出的是，我们选择反映人的现代化的指标能够分别反映人的文化素质、文化环境、自然环境和居住水平，但是这些硬指标还难以反映软环境，比如人的道德观念、责任感、进取心、纪律性及管理的规范性和科学性等。因此，在中国都市人的现代化建设方面，主要难点在于伦理道德教育和行为的规范化，它在很大程度上依赖于经济管理体制的改革和企业管理制度的完善，以及社会的成熟。另一方面，中国各类都市的现代化水平差距很大。就不同规模的都市看，超大城市已经进入了中等现代化阶段，特大城市和大城市刚刚进入城市初步现代化阶段，而中等城市和小城市尚且处于现代化的前期阶段，数以万计的小城镇距离现代化水平更加遥远。从中国三大地带城市的差异看，中西部地区则相对落后。从个体城市的差距看，差别更大。评价数据表明，1998年，北京、上海、深圳、广州等城市已基本达到现代化水平，南京、大连、天津等都市已达到初步现代化的水平，而西部的一些都市尚处于现代化的前期阶段。

与都市化进程同步的是社会结构的变化，正是改革中“自由流动资源”和“自由活动空间”的出现以及由此造成的国家与社会的结构分化和重新整合，给中国社会经济、政治、文化诸方面带来深远的影响，而尤为重要的是，它构成了当代中国正在生成着的“市民社会”的基本的结构性因素。进入20世纪90年代，市场经济在促进和造就市民社会方面又发挥了重要的作用，主要表现在三个方面：一是市场经济加速了整体性、同质性社会的解体，为市民社会的发育、发展创

① 靳润成：《中国城市化之路》，学林出版社1999年版，第166页。

造了前提。二是市场经济激活了人们物质利益的欲求，并为实现个人或团体的物质利益提供了广阔的空间与机会。三是市场经济塑造了有主体意识、自主意识、平等意识、自由意识、竞争意识的个人与团体，从而逐步形成并不断强化着市民社会的自主性品格。[①] 市场制度的本质意义在于，通过规定社会成员一般的、基本的经济权利和义务，确立个人在社会经济生活中的独立经济人格，赋予个人以充分的经济自由。因此，市场经济不同于自然经济的根本特点是以物与物的联系取代了人身依附的政治联系，然而这使个体主体把自己从政治强制的异化关系中解放出来的同时，又把自己置于物的关系的支配之下，造成了个体主体在更高发展阶段上和更深层次上的屈从于物的统治的新的异化形式。但也应该看到，市场经济有助于人们积极地进行着创造活动，超越当前条件的束缚，按着“真我”去规范自身，去实现自我的价值。因为人的有限生命使主体必然以追求幸福和物质利益为原则，以最大限度地满足人的感官和肉体需要。这种人的双重本性的分裂使人的无限创造力只有通过追求物质利益的异化活动才能实现。因此，在特定历史条件下，个体追求物质利益是必然的，也是合理的。

总之，社会结构的变化及“市民阶层”的崛起最终决定了当下中国人的生存方式的改变。随着市场经济地位的日益提高和人的主体性的成长，“市民阶层”作为“市民社会”的主体开始形成。其中主要包括与生产资料相对分离的脑力劳动者（知识分子）、企业管理阶层、政府的中层管理者以及医生、律师、记者、哲学和艺术工作者等自由职业者。“市民阶层”给社会带来了生机和活力，同时，外在的社会机制（政治、经济、社会管理机制）也因此才能充分、有效、持久地发挥作用。二者结合，“市民社会”便走进了现实的层面。正是这现

---

① 袁祖社：《权利与自由——市民社会的人学考察》，中国社会科学出版社 2003 年版，第 140—142 页。

实层面的展开，对文学艺术领域产生了深刻的影响，也为中国当下都市文化的多元局面提供了现实的土壤。

二　中国当下都市文化的现代形态

事实上，从某种意义上说，都市文化只有在市场经济的条件下才可能存在并发展。在计划经济时期，中国都市文化更多地发挥意识形态的、精神的功能，都市文化的经济属性只有在市场经济的时代才可能被充分地认识和发掘。这有两方面的原因：其一，随着市场经济的逐渐发育，中国的都市文化领域才开始打上了商品的烙印，发生了向市场的转变。其二，市场经济的发展，有力地促进了中国都市社会文化的经济化和经济的文化化，从而使文化的经济价值、产业价值得以充分地显露。所谓文化的经济化，是指文化进入市场，文化中渗透经济的商品的要素，使文化具有经济力，成为国民经济的一个重要组成部分，将文化的商品属性解放出来。而经济的文化化，则是指在现代经济发展中文化的因素越来越具有举足轻重的作用。

20 世纪 90 年代的中国，商品经济的发展极大促进了中国都市文化各个层面的发展，而物质文化作为都市文化的表层，最直接地显现了都市的文化发展。简单地说，都市物质文化是由城市的可感知的、有形的各类基础设施构成的，包括城市布局、城市建筑、城市道路、城市通信设施、公共住宅、水源及给排水设施、垃圾处理设施以及市场上流通的各色商品以及树木、草地、花卉等人工自然环境所构成的都市物质文化的外壳。这些物质现象之所以也被纳入都市文化的范围，不仅是由于他们典型地体现了“人化自然”的特征，而且也因为他们都是都市文化风貌的最生动、最直观、最形象的呈现。可以说，都市的各类技术设施所展示的东西要远远地超过人们肉眼所见的表象。正是在这个意义上，凯文·林奇指出：都市文化的物质方面，是一个交流和沟通的媒介，展现着明确的与不明确的符号：旗帜、草地、标语、彩窗、红色屋顶、螺旋梯、柱、门廊、锈了的栏杆等。“这些符号告诉我们其所有权、社会地位、所属的团体、隐性功能，还有许多其他的有趣或有用的信息。这是感觉的一个构成，我们可以称之为‘易辨性’，即在一个聚落里，居民用符号性的物质特征来与其他人沟通的有效程度。这些环境标志系统几乎是整个社会的产物，对于不熟悉当地文化的外来者常常是无法辨析的。但任何观察者都能通过分析他们的内容、准确性以及所带信息的强度来了解它们，所有这些都可以通过访谈当地居民和实地照片来得到检验”。[①] 不仅都市中的那些有形的物质实体，鲜明地显示了都市的精神风貌，而且一个都市的布局、都市的空间结构也形象地反映了一个都市的文化特征。比如，广场是都市空间布局结构中最重要的要素之一。诺伯格·舒尔茨认为：广场是都市结构中最明确的因素，从古到今，广场向来都是城市的心脏，只有来到城市的主要广场才算真正抵达都市。[②] 广场不仅仅是人们生活和活动的空间场所，它还是特定时代、特定社会中的政治经济文化生产和再生产的场所之一，既是都市社会文化形态的建构，同时也在建构都市的社会的文化形态。换言之，广场不仅可以展示一座都市的性格，而且也能在一定程度上折射出一个时代、一个社会的精神特征。中国古代都市的广场空间形态是与等级森严的封建伦理文化相对应的，体现了封建皇权对社会空间的严密监控。新中国成

① ［美］凯文·林奇：《城市形态》，林庆怡等译，华夏出版社 2001 年版，第 99 页。

② 转引自陈立旭《都市文化与都市精神——中外城市文化比较》，东南大学出版社 2000 年版，第 27 页。

立以后，大多数的广场得到了改造，比如天安门广场中央竖起的英雄纪念碑，表明了新生国家人民的自信和革命英雄主义的豪情。改革开放以来，广场则逐渐成为市民游戏、娱乐、休闲的公共空间。广场的休闲化意味着广场隐含着的政治功能的彻底消失以及以经济建设为中心的意识形态的凸显。

当下中国都市文化的生活文化层体现为中国都市大众消费社会的初步形成。中国都市大众消费社会初步形成的标志，一是消费的大众性，二是与计划者主权相对的消费者主权也日渐在中国都市形成。随着市场经济的发展，中国都市社会正逐渐向以消费者为中心，一切围绕如何使消费者的生活更方便、更舒适的方向转变，消费者的偏好在都市经济运行过程中具有实际的影响力，在引导和决定资源配置过程中能够发挥实际的作用。消费社会的到来，意味着中国都市居民生活方式和思想观念的彻底改变。随着小康社会的到来、教育的普及，至少在中国当代都市中，已经有相当一批人的消费已经超出了维持“生活水准”的标准并注入了文化的精神的因素，符号消费因此成为相当一批都市大众的一种基本的生活风格和生存体验。这正是当代中国都市消费性、娱乐性、休闲性、益智性大众文化产品需求急速增长的一个重要社会背景。

当下中国都市文化的心理文化层直接受到物质文化和生活文化两个层面的影响，中国当代居民的心理一度受制于在计划经济体制下形成的单位制度，它对于城市市民的依赖心理产生了强化的作用，毋庸置疑，计划体制下的中国城市单位制度将城市居民的生老病死都包下来，会在客观上使人们逐渐形成缺乏自主性的依赖意识、随遇而安的惰性心理，随着市场化改革的深入，中国城市居民的主体意识显著增强。市场经济是一种自主经济，向市场经济体制的转变，无疑促进了中国城市居民自主意识的觉醒和强化。在市场经济条件下，人们的物质需要和精神需要的满足，逐步变得不取决于国家的统一分配和个人的政治地位，而是取决于付出的劳动和竞争的能力，这意味着城市居民具有更大的主动性和独立性。与此同时，市场经济的自主性，成为人与人之间经济联系和经济交往的基本原则。随着人们自主性的增强，中国城市居民的独立主体意识、自觉自主意识也开始觉醒和强化，自立、自强、自尊已逐渐成为市场经济条件下多数中国城市居民的价值信条。显然，自主、自强、自立、自尊，既是当代中国市场经济确立的最基本的社会心理前提，又是改革开放以来中国城市居民的主体地位提高的重要标志。此外，市场竞争的压力必然迫使中国的城市居民形成与之相应的竞争观念、效益观念、时间观念、市场观念等新的心理价值取向。

三　中国当下都市文化的现代理念

文化之于社会，不是外在的覆盖，乃是无孔不入的内在渗透。观念形态的文化，往往要积淀为人们的心理结构，内化为人们的思维方式、价值取向、礼仪习俗，潜移默化地调节着人们的行为，同时也要物化为物质形态和制度形态，具体实在地规范、制约着社会的运行。

在当下的中国，随着市场经济的逐步深入，其所具有的种种价值取向深深地影响了整个中国都市的文化理念。例如市场经济所倡导的效率优先原则，在竞争机制、物质利益驱动、能力本位、金钱尺度等因素的作用下，还会衍生出一种可称为经济功利的文化意识来。它把人及其所掌握的物质和精神条件作为客体，用来充任满足社会与个人需要的手段。它所确认的价值等级，是由能力、金钱、财富等物用尺度来确定的。经济功利观念，作为市场经济的一种文化精神，它与传统的人文精神有巨大差异。换言之，市场经济所孕育出的是一种不同于传统文化的新型文化精神。一是，对官商传统的彻底否定与对经济活动独立价值的文化观念的确认。二是，个性竞争的经济意识与“能力本位”的文化主旨。① 这种能力本位的文化精神，使过去人们讳言的自我设计、自我奋斗、自我价值成为广泛的现实。市场日新月异，最忌陈旧，人们不断地学习，不断地创造，不断地超越，用一种不知疲倦的自我更新精神，争当前卫，为流行是举，以新、优制胜。为了竞争，人们还毫无羞色地进行自我包装、自我宣传、自我推销，用一种展示其能力又充满鲜明个性的行为方式，去博取独特而优厚的市场效益。当然，这类行为的健康发展，也需要正常的秩序保障和主体的自治。以上文化精神的出现，正是由于现代商品经济在中国的全面发展，改变了中国人原有的文化理念，其中最鲜明的变化之一，就是对个性主义或自由主义文化理念的重新理解。

在都市文化中与个体独立性、文化多元性并存的，还有着不可避免的趋同性与规模意识，这是同现代都市的产业经济紧密相关的。我们知道现代都市的产业基础是从工业文明起步的。中国当代都市的现代化进程，事实上是将一种求生存、求发展的强烈愿望演化为轰轰烈烈、淹没一切的工业化和都市化的运动。“工业化”体系是这一时期都市建设的主要目标，钢、铁、煤、机械、电力和交通等经济指标就成为都市的主要价值，并成为衡量都市发展成败的关键甚至是唯一的标准。这里存在着一个普遍的假设前提：都市化的本质是工业化。工业化都市到处都“家族相似”，成为一个类型，具有同样的结构和模式。工业文明追求的所谓“规模效应”与“积累效应”诱使城市向

① 叶中强：《想象的都市和经济话语的都市》，《上海社会科学院学术季刊》1998 年第 4 期。

“大都市”和“超大都市”方向发展。与其共存的问题就是：人满为患、交通拥挤、就业困难。按照罗马俱乐部创始人 A. 佩奇的说法，都市文化与自然的矛盾加剧，人类困境正是由工业文明为基础的传统发展观所导致的必然结果。[①] 工业文明与传统发展观内含着深刻的矛盾：一方面，它受市场经济的驱使，为了追求个体和部分人利益的最大化，以人类沙文主义态度君临自然界，借助于越来越大的技术力量，以绝对消耗资源甚至不惜破坏环境的结果来求得物质财富的不断增长和都市人自己生活的暂时富足；另一方面，这种经济增长方式彻底破坏了都市发展的环境基础，使都市人与自然界处于尖锐的对立之中，从而陷入困境。

总之，中国当下都市文化正日益呈现出文化现代化的景观，这在很大程度上是同中国经济逐步走向现代化相适应的。特别是 20 世纪 90 年代以来，中国都市文化的传统格局正在被一种新的都市文化框架所取代。这主要是全球互联网、全球化和知识经济正在日益将人类带入一个前所未有的现代都市生活的空间，而且他们还赋予中国当下都市以全新的革命性的文化内涵。准确地说，当下的我们也将步入一个被未来学家托夫勒曾断言的“夹缝时代”：工业文明的城市结构将逐步坍塌，后工业文明、信息社会悄然降临。中国当下都市文化也将接受多方面的挑战：全球互联网络、分散化、反城市化、族性、文明冲突与交融、生态革命等。同时，中国当下都市文化也正面临着一系列全球性问题：资源枯竭、环境污染、战争威胁、南北冲突、东西失衡、人口剧增、科技革命、文明冲突、网络霸权等。

[原载《语言文学论丛》(二)，吉林大学出版社 2006 年版]

① 转引自姚文放《当代审美文化批判》，山东教育出版社 1999 年版，第 374 页。

试论审美现代性与中国当代都市文学

西方早期的审美的现代性展示了自觉的人文理想和自由的世界观。随着资本主义文明和产业形态的日益强大，城市和商品市场的日益膨胀，最终将文学艺术逼出了神圣殿堂，成了感性消费的代偿品。这样，感性的价值压过了理性的价值，美主要带给人们的不再是灵魂的升华，而是生命过程的纯粹快乐。对审美现代性来说，最核心的意义就是“上帝之死”后人类如何安身立命，即如何找到新的终极关怀。刘小枫认为，“为感性个体生命的此岸的定位，是关键性的重点：审美性乃是为了个体生命在失去彼岸支撑后得到此岸的支撑。”① 审美现代性就是要在新的价值系统中、在感性中找到足够生存的理由和自我满足。概要地讲，现代性的审美性的实质包含三项诉求：第一，为感性正名，重新设立感性的生存论和价值论地位，夺取感性过去所占据的本体位置；第二，艺术替代传统的宗教形式，以至于称其为一种新的宗教和伦理，赋予艺术以解放的宗教功能；第三，游戏式的人生心态，即对世界的所谓的审美态度。② 现代生活、现代文明努力争取的是迅速物质化、精致化和人工化，而不是自然、纯朴、本真的原生态。这种变化恰恰不是因为疏离了神性，而是因为疏离了纯朴的自然和人性本我。在高度规范化的体制建构出的理性生活节奏中，个体的

① 刘小枫：《现代性社会伦理绪论》，生活·读书·新知三联书店1998年版，第301页。
② 同上书，第300—307页。

生命跃动不过是其中跳荡的符码，生命的庄严和完整性（首先表现为感性生活的完整与尊严）遭到近乎肢解的命运。回想人类几百年的历史，人类确实在自然科学及其技术运用方面取得了长足的进步，这无疑是人类几千年来渴望的实现，因为人类似乎已经获得了控制自然、征服自然的力量，但是这一切并没有增加人们对生活所期待的令人愉悦的满足，并没有使人们感到更多的快乐，这或许说明了一个道理：征服自然能力的增长并未导致人类快乐和幸福的增长。西方许多思想家、美学家开始思索这一问题。席勒指出了人性的分裂：感性（本能）冲动和形式（道德）冲动的分裂，并倡导以游戏（审美）冲动来协调这一分裂的审美现代性方案；马克思揭示了劳动乃至人性的异化问题，马尔库塞道出了技术的逻各斯如何成为人的枷锁，对此，马尔库塞提出解放“新感性”（其本质就是审美的本质）来抵制工具理性，“审美的天地是一个生活世界，依靠它，自由的需要和潜能，找寻着自身的解放。……在这个新的社会环境中，人类所拥有的非攻击性的、爱欲的和感受的潜能，与自由的意识和谐共处，致力于自然与人类的和平共处。在为达到此目的而对社会的重新建构中，整个现实都会被赋予表现着新目标的形式，这种新形式的基本的美学性质，会使现实变成一件艺术作品”。[①] 审美的现代性由此产生出一个重要的主题，便是以审美的个体感性反抗现代化进程的异化。审美的现代性，即是寻求重构审美主体的现代性，以审美之力重新激起对生命的直接存在和快乐幸福的渴望，从而使人再次回到主观性和个体性。个体性中生命的意识和价值又集中体现为主体的昂奋。倭铿说：“没有一种完全发展了的个体意识，没有一种强有力的异变与孤绝，生命是不可能达到其最高境界的。”[②] 进一步来

① 李小兵：《审美之维：马尔库塞美学论文集》，生活·读书·新知三联书店 1989 年版，第 113 页。

② ［德］倭铿：《审美个体主义之体系》，转引自刘小枫编《人类困境中的审美精神》，东方出版中心 1994 年版，第 190 页。

讲，个体的充分张扬，感性的真实回归就是释放美学中所包蕴的可替代宗教的那部分内容。

以审美来替代宗教，是指审美所具有的超越和否定品格，可以实现把主体从现代社会的工具理性的牢笼中解放出来。在现代条件下，日常生活已经被理论的和实践的理性主义所支配，科层制和目的理性制约着人们的生活和行为，因此，理性主义的压力将现代生活变得刻板、千篇一律。正是在这里，审美有一种独特的功能，即救赎的功能，而这正是审美现代性的意义。正如韦伯所言："生活的理智化和理性化的发展改变了这一情境。因为在这些状况下，艺术便成了一个越来越自觉地把握到的有独立价值的世界，这些价值本身就是存在的。不论怎么来解释，艺术都承担了一种世俗救赎功能。它提供了一种从日常生活的千篇一律中解脱出来的救赎，尤其是从理论的和实践的理性主义那不断增长的压力中解脱出来的救赎。"[①] 审美的这一现代性品质彰显出重要的人道主义内涵，它是对人的"异化""拜物化""工具化"状态的反叛，是恢复马克思所说"合乎人性的生活"的必经之途。因为在现代商品社会，或者说现代文明社会中，人的感性的、本真的、快乐原则受到了空前的压抑，理性的、规范的和工具的生存状态成为普遍景观，审美现代性的意义正是要通过回归感性纠正理性过度畸形发展所造成的人性失衡。

这里需要说明的是，现代性作为对人类文明的一个衡量尺度，一个关于现代化社会中的文化根性和精神状况的范畴，对于东方和西方都具有普适性。但是，因为社会发展的基础和文化传统的背景以及进步的程度的不平衡，在东方和西方，现代性所涵指的问题又是十分不同的。现代性的观察和分析，既要从全球着眼，也要从特定文化、社

---

① ［德］马克斯·韦伯：《新教伦理与资本主义精神》，于晓、陈维纲译，生活·读书·新知三联书店 1987 年版，第 342 页。

会范畴着眼。进一步说，这里我们所说的中国审美的现代性，也是指在中国当代社会的审美领域里表现的现代性。在中国，以批判社会现代化与启蒙现代性为特点的审美现代性本身就是现代化过程的产物，如果没有艺术与审美领域的独立自治，那么，审美现代性的生长将是不可能的。在这个意义上说，中国的审美现代性的生成首先依赖于社会的现代化或启蒙现代性的充分实现，且还要依赖于社会文化各个领域的相对分离，这决定了对于改革开放以前的中国“社会主义”现代性的批判，包括从审美现代性角度的批判，是不可能的。而且审美主义，或者说为艺术而艺术作为审美现代性的重要内容在中国的境遇也是不同于西方的，在中国为艺术而艺术或对于艺术自主性的强调在很大程度上是对于“左”倾实用主义文艺观而不是市侩现代性的反抗。只有在审美活动日趋多元化的 20 世纪 80 年代中期以来，中国的审美现代性的批判意义才充分显现。特别是进入 90 年代，中国美学的基本问题是同社会生活进程直接或间接地联系着的，在中国的现实社会中个体生存的美的形式和价值，较之美的本质的抽象思辨更加引人关注。在当代中国社会里，人们难于仅仅依凭内心的审美理想去塑造自我，也难于依凭社会意识形态标举的统一规范的形象塑造自己，这二者都是具有非常深刻的文化根源和社会根源的预定模式。人们真正在生活中呈现的社会形象，是按照社会与自我双重规则来设计和扮演的。然而，往往是社会形象压过了主我，并且限定了主我，也就是社会实现原则在很大程度上压过了自我实现的价值原则，这是当代中国人生存懵懂和心灵困扰的原因，是典型的现代病症。因此，探讨审美的现代性问题在当代中国社会具有积极的人本意义。

综上所述，本文对审美现代性的内涵的理解和切入，是基于两个立足点：审美现代性作为现代性的一部分，有肯定社会现代化的一面，表现为从感性生命的角度对主体性的直接肯定，但更多的是否定性的一面，表现为以审美感性对抗技术理性与工具理性。

谈到都市文学，有一个争议，主要是如何确认其内涵。最初人们多是从题材层面来探讨和定义都市文学，但是从 20 世纪 80 年代后期开始，超越于题材之上的都市意识、现代意识被提到了重要位置，并且形成了较为明晰的认识，例如在 1990 年第 1 期的《当代文坛》上，戎东贵、陆跃文二人发表了《新时期都市文学的发展和走向》一文，就提出“我们所说的都市文学并不等同于题材意义上的表现都市生活状况的文学，而必须用现代意识观照现代都市生活，反映都市生活流向和价值观念变迁，刻画现代都市人格和心态，具有都市审美风貌和艺术表现特征的文学”。这种以现代审美意识、现代都市意识来观照都市文学的观点在 1990 年之后的几年内都是都市文学的讨论热点，到了 1995 年，司徒杰、钟晓毅二人在《广州文艺》第 2 期上发表的《圆梦都市文学》一文，可以说比较明晰地分析了都市文学的内涵：“都市文学所书写的题材理所当然地应该是都市生活。这是我们界定‘都市文学’这一概念的起点线。也就是说，都市文学首先应该是‘都市的’的文学，以期在题材上和‘乡土’的文学区别开来。但‘都市的’文学不一定就是都市文学——逆命题不成立……在理解‘都市文学’这一概念的时候，我们并不能把它仅仅看作是‘都市的’文学，以期只在题材上和‘乡土’的文学相对应，而应更多地把它理解为现代都市意识观照下的文学，以期在文化的称谓上和建立在自然经济基础上的传统意识观照下的文学相区别。”这也正是本选题的出发点，在中国日新月异的当代文化背景下，以现代审美意识、审美精神为视点来探讨当代中国都市小说。由此我们进一步发现审美现代性这一理论命题同本选题的理论思路是基本相契合的，并且相对来说，审美现代性是一个更为成熟、更具有思辨力量的理论形态。

此外，这里还需要廓清与都市文学概念相近的城市文学和都市文学之间的关系。简单地说，都市文学与城市文学之间存在着细微的概念上的差异，两者间有着纵向扩展的关系。看似两者并存、内涵等同，但事实上，前者更富于现代意识，更能体现当下性。在城市文学概念提出的初期，人们的本来意图是用它来指称当代的城市文学，这种初衷从这一概念产生的背景便可以隐约地看出。20 世纪 80 年代初期，改革的中心逐步由农村转向城市，城市生活日益成为整个社会关注的焦点，在此种局面下，改革文学作品、市井文学作品大量涌现，城市与文学的密切关系得到了极为清晰的呈现，人们越来越觉得对其存在着理论总结的必要。然而，这一概念产生之后，它本身所具有的张力，使它不仅包含当代，而且包含古代、近代、现代各个时期的描写城市生活的作品，其外延超出了当时赋予它的本意。但是，人们的初衷并没有因此而有所改变，而且继续强化了这一概念的当代指向。我们可以看到，人们始终强调“现代”对于城市文学的重要性，因为城市离不开现代意识，而现代意识又催生了城市意识。“现代意识其实不过是城市意识的变种，是被自觉意识到了的经过抽象与升华的城市意识。城市是现代意识的发源地。对于城市文学来说，梳理独立的城市意识，就是梳理自觉的现代意识。”① 由此看来，这种强烈的突破题材的意向，其实质只是表明了人们把这一概念限定在当代城市文学上的意愿。这种意愿在 20 世纪 90 年代表现得更为激烈，一个十分明显的现象是，从 1994 年左右，人们开始谈论起“真正的”城市文学问题。如：“前些年出现的反映商品经济和金融活动的商战小说，去年出现的主要描写白领阶层的新市民小说，都是城市化在文学的反

① 曾凡：《现代文明的自我意识——对城市文学的一种理解》，《文艺报》1987 年 8 月 1 日第 3 版。

应，已经构成了一个有别于新时期文学中的改革文学等等描写城市题材的真正意义上的城市文学”① “90年代之后，特别是近几年间，一大批感觉敏锐的青年作家，才真正以城市人的身份感受城市、理解城市、表现城市，才有了本来意义上的城市小说”② “90年代以前中国是没有真正的城市文学的，有的只是反城市文学和拟城市文学”。③ 可以看到，无论是真正意义、本来意义还是真正的城市文学，他们都把着眼点放在了20世纪90年代以来的城市文学上。也就是说，城市文学与现代意识更加切近，并直至当下。然而，具有深长意味的是，《特区文学》与《上海文学》于1994年几乎同时打出了“新都市文学”“新市民小说”的旗号，极力倡导对于当下城市生活的关注与描写。这时我们回顾前面那些论者所谓的“真正的”城市文学，也主要指的是“新都市文学”和“新市民小说”中的作品。因此，当人们极力把城市文学限定在当下的时候，《特区文学》与《上海文学》却已经为他们重新命了名。这样出现了城市文学与都市文学的混用，但事实是，城市文学的外延要大于都市文学，而都市文学则更具有“现代”意义。人们现在已经很少用都市来称呼古代的城市，我们现在说都市已经是明白无误地指向现代的大城市。因此，人们所说的现代意识应该是都市文学的应有之意，而并非普遍地适用于所有的城市文学。我们可否这样理解，都市文学是城市文学一个狭义的内涵，它所强调的是城市文学的现代性特征，现代审美意识是其应有的内涵，而基于商品、物化在现代城市的统治地位，因此它的核心应该是商品、物的理念。借用李洁非所言：“在真正的城市文学中，必须包含物的和商品的理念，人的命名和他们的彼此的冲突、压迫，不论表面上看

① 邹平：《城市化与转型期文学》，《上海文学》1995年第5期。

② 段崇轩：《乡村与城市：趋向二元并存的文学格局》，《文艺报》1999年9月20日第5版。

③ 葛红兵：《在主流和非主流之间》，《广州文艺》1998年第5期。

起来是不是采取了人格化形式，必须在其背后抽取出和归结到物、商品的属性。”① 李洁非所言的“真正的城市文学”，在我们看来用都市文学来指称更为恰切，其理由在于“都市”正是一个比“城市”更能接近商品、工业化和市场经济这些富有现代化内涵的称谓。除此之外，都市文学这一称谓在审美领域比城市文学也更接近现代性审美旨趣，蕴藏着更丰富的审美现代性品质。例如我们常说当代都市小说，就是因为“都市小说”这一语词本身就承载着当代中国人在现代化历程中的心性特点、精神氛围和审美趣味的变化，折射出当代中国审美文化的现代品格和现代性意向。

正是基于以上对都市文学的理解，我们发现了审美现代性这个独特的视角对于都市文学的重要意义。其原因在于，都市本身就是现代化的产物，而且由于中国的现代化进程的独特性，使得中国都市的生成比较集中于当代中国，即改革开放以来的几十年间，而伴随都市而生的都市文学也是在这一过程中逐步走向成熟的。如前述，当代中国的审美现代性也是现代化的产物，并且也是随着现代化的发展而彰显其意义的，所以它既包含着对于中国现代化过程中张扬人性的肯定，也包含着对于中国现代化历程中不可回避的技术主义、工具理性的反驳。如果从这个视角透视中国当代都市文学，我们会发现都市文学本身也蕴含着从肯定现代化到反思现代化的过程。因为它记录着中国人走向现代化的每一个脚步，展示了当代国人精神世界的剧烈动荡、中国社会物质景观的巨大变迁以及审美风尚的频繁更迭。其中最为重要的是，当代都市文学始终围绕着两个重要主题：高扬都市人的主体意识，反思物质主义、商品意识日益至上对都市人的侵蚀。诚然，都市文学不是一个简单的两面体，也

① 李洁非：《城市文化之崛起：社会和文学背景》，《当代作家评论》1998 年第 3 期。

不是从一个视角就可以厘清的简单文学现象，我们只是希望能通过审美现代性这样一个切入点，来丰富对都市文学的理解和研究，揭示都市文学存在的巨大价值和意义。

[原载《语言文化论丛》(三)，吉林大学出版社 2007 年版]

中国当代都市小说现代审美意识的缘起

随着都市小说研究的深入，人们日益认识到都市文化背景下的文学创作所显现出的独特审美意蕴和文化价值，但是对中国当代都市小说现代审美意识兴起的研究还是一个空白点，在这里，我们将回望20世纪80年代的都市小说，去探寻中国当代都市小说现代审美意识的觉醒与缘起，以期丰富都市小说的研究。

所谓都市现代审美意识，是指作家面对都市社会所持有的文明的进步的现代的思想理念、美学观点及审美思维方式。它不排斥都市技术的现代化，同时也认同并审视与之相随的人的思维逻辑、行为方式、情感意趣、艺术品位。都市现代审美意识区别于乡土意识中的传统、保守、落后与狭隘，更多地呈现为开放、自由、多元与文明。如果将都市小说置身于中国现代都市变革时期，我们会发现现代中国作家已经面临让他们新奇且“陌生”的书写对象与现实处境——都市。面对现代都市，中国作家所拥有的文化记忆、美学资源、现实经验，例如由传统的农耕文化所衍生的审美意识——自然美感方式、道德理想精神、理论功用色彩，已经失去它对现代都市的艺术审美功能。显然，在都市社会的欲望化、物质化的现实空间面前，远古初民式的自然美感经验，既失去了它应有的现实依托，也失去了它原有的美学效用。面对都市那高度技术物质化的现实，面对欲望与文明、技术与人性之间的人性哲学问题，一切维系于道德理性和伦理功用而派生的中国古代文艺美学意识，统统失去了审美效应。因为，道德理性与伦理功用，往往以简单性、一元化、单向度思维遮蔽或限制了作家对于现代都市人生多义性与繁杂性的有效发现与开掘。中国当代都市的生成，迅速引发着中国文学的都市审美嬗变。具有现代意义的审美理念开始进入人们的视野，我们发现，在中国20世纪80年代的都市小说中，商品理念、世俗欲求，以及体现为审美现代性的文化反思与否定精神已经显现出来，而这正是现代都市审美意识的应有之意。

都市小说在当代有一个明显的生长发展过程，随着社会历史的变化，在各个阶段呈现出不同的审美特性。大体上来说，80年代是都市小说的萌芽、生长期，都市小说自身的要素、审美特性在慢慢地生成、积累，并逐渐趋于稳定，形成鲜明的特色。事实上，中国当代文学对于城市的较为广泛的关注，只是到了新时期改革文学与市井文学才得以体现。在这两种文学中，文学开始对城市进行较为广泛的横向与纵向的扫描，这种扫描既有对于普通百姓、市井平民，乃至清朝遗少的透视，如陆文夫的《小巷人物志》系列，邓友梅的《那五》《寻访画儿韩》《烟壶》，冯骥才的《神鞭》《三寸金莲》，等等。又有对当下城市改革的全面俯察，这方面的作品更是为数众多，如《改革者》《沉重的翅膀》《新星》等。因此就某种意义来说，正是改革文学与市井文学使中国当代文学的审美视点发生了根本性的转移。例如改革题材的都市小说，虽然对于刚刚开始进入改革时期的中国都市的反映带有着一定的意识形态倾向，并没有深入到这一时期中国都市的内里，而是悬浮在都市的表面，尽管如此，新时期改革题材的小说已经开始了视点和审美意识的转移，它对于特定时期的都市生活开始予以关注和思考，并能够以具有时代感的语态和情感来塑造都市人物和城市风情，从张洁的《沉重的翅膀》开始，改革小说投射出当代中国政治经济体制改革所带来的社会结构的整体变化，特别是思想、道德和理论观念的变化，从中可以看到商品经济观念和现代意识观念对都市人的冲击，看到特定历史时段人们的痛苦、迷茫和选择。

也就是说，在20世纪80年代，都市小说得以萌芽生长的重要因素之一——商品理念获得极大发展，而商品理念的发展又取决于人们现实生活中的商品观念的存在及其程度如何。商品理念涉及更为深层的价值观问题，对于商品的态度反映了人们的价值取向。实际上，在中国当代的大部分时间里，人们的商品观念极其淡薄，这实际地决定了商品理念的转变相对于文学视点的转变要艰难而漫长得多。经济体制的改革，使得商品重新回到人们的生活中，扮演着越来越重要的角色，它的化身金钱也日渐恢复了他的本来面目，并且日益显示出它左右一切的强大威力。当人们日渐感受到来自于金钱的巨大压力的时候，人们的金钱观念也随之发生了根本性的变化。在1985年之后的都市小说中，我们可以看到金钱若隐若现并日益强大的身影，并使都市小说出现了新的变化，具有了崭新的面貌。1985年之前的都市小说，具有有别于1985年之后的都市小说的内在的一致性。由于商品理念的缺席，这一时期的都市小说中，起统摄作用的不是商品的理念，而是城乡冲突。这种冲突模式在50年代萧也牧的《我们夫妇之间》中出现之后，便确定了直至改革文学、市井文学为止的都市文学的冲突的基调。城乡冲突从本质上来说是人的观念之间的冲突，是人与人之间的冲突，而在商品理念的制约之下的都市小说，它的冲突已不是人与人之间的冲突，而是商品所引起的人与物的冲突。人与物的冲突是随着工业社会、后工业社会的来临而出现的，西方现代主义、后现代主义是它的表征，人的异化是它的核心主题，也是审美现代性的主题。显然，从1985年左右，都市小说的冲突的核心已从人人冲突（表现为城乡冲突）向人物冲突转移，呈现出某种质的变异，从而开始了当代都市小说生成的历程。我们不得不说，尽管都市小说在80

年代中期开始了自己的征程，但是在最初的一段时间里，都市小说的形态是极其驳杂的，商品理念的生成与积累只是其间的一支流脉而已，反映以城乡冲突为表现形式的人人冲突的都市小说还大量地存在着，如《好婆与李同志》（王安忆）、《别人的城市》（林坚）、《城市情人》（裘山山）等。但是，无疑它已不是都市小说的发展方向。

除了商品理念的影响，进入新时期的都市文学，从审美理念上来讲，灌注了一份宝贵的反思和否定精神，现代都市审美的超越品格得以显现。这一时期的都市小说善于通过我国城市走向现代化过程中的矛盾和痛苦的描写，表达了对都市病态文化的针砭和批判。当然这一时期都市小说的审美情感和主题都较单一：一方面是带着“大文化”意识，着力于市井风俗描写的作品，强调的是对病态文化综合征的自觉批判。风俗是一个地区、一个民族特有的文化精神的呈现，它既体现着区域性、民族性又渗透着时代性。而且由于风俗是作家面对的可感知的描写对象，任何先入为主的理念都被抛在物化形态之外，所以这类作品独具着饱满鲜活的城市风情，活跃着丰富多彩的感性生命。例如邓友梅的《那五》、冯骥才的《神鞭》、刘心武的《钟鼓楼》等，这些作品中展现的无论是斗鸡走马、欺行霸市的旧迹，还是办公司、做生意的新招；是吃喝拉撒睡的艰辛，还是怀抱着性爱和金钱的潇洒；是中西文化的撞击，新旧观念和价值标准的摩擦，还是市民中不同阶级、阶层、社区的分野和关联，均生动地赋予真实性品格。而封建礼教和伦理道德对人性和人的心灵的荼毒，拜金欲、占有欲和掠夺欲对传统道德情感和传统美德的冲撞，市民阶层中市侩主义、市井无赖习气的流行，“东方学习西方”的尴尬所派生的盲目排外和崇洋媚外思想，等等，都在一幅幅风味别具的风俗画中得到整体性审视。面对这些风俗景观，每个作家只是侧重批判城市病态文化的某一方面，但一个“风俗”作家群体的出现，就使得对城市病态文化综合征的批判走向了精深广大。前面所列的这几位作家十分重视风俗的历史感，在他们眼里，现存的风俗沉积了历史的质素，不管是正面还是负面，历史和现实总是割舍不断的。比如刘心武的《钟鼓楼》的题词是“谨将此作呈现：在流逝的时间中，已经和即将产生历史感的人们”。作者采用所谓“桔瓣式结构”，将某一日北京一个四合院内一家的婚宴在时间和空间上纵横勾连，力图记录下近现代和当代北京社会的生态景观，试图呈现出当代中国城市市民乃至大众的众生相及其文化素质。作品注重多风俗的叠加、对比、对立和渗透，颇具历史感和纵深感，因此对城市病态文化综合征的批判显得浑厚深刻。而邓友梅、冯骥才的一些作品虽写的是历史，但在历史里寄予了现实的影子。因而在与现实的一种间离中，他们揭示的城市病症更让人深思。但是，我们也发现这些作品存在一个审美间隔问题：人是风俗的中心，人创造了风俗又生活于风俗之中，并集中体现着风俗。追求风俗化的作品如果只注意奇风异俗的铺陈，它有可能具有文化批判的价值，也能因其殊异而给人以某种愉悦，但不能给人以长久的审美感动。还以《钟鼓楼》为例，由于作者的着力点是市民群体和群体象征，并注重对市井风俗的叠加刻画，虽说注意了人物行为方式和内心世界的理性、非理性沉积，而且人物缤纷，有个性者不在少数，但终未能提供中国城市的独特的艺术形象和审美情感，这就使它缺少了艺术的冲击力和久远感。

在这一时期，另一些都市小说家的创作则与刘心武等人的不同，他们注重城市风俗的自然形态，通常在一个时间长度内或者由一个生活故事，或者由人物命运的变迁，来呈现纷繁、琐细的城市世俗生活。他们远离把生活提纯和理想化的做法，注重对生活碎片的择取和粘贴，让它们以生活之流的形式自然流淌。他们不着意于历史感，但自然形态的风俗本身总裹挟着历史，并且剥夺了琐细生活的诗意，还它们以世俗的真相。例如池莉的《烦恼人生》，以男主人公印家厚的一天为题材，写出20世纪80年代中年一代平凡艰辛的生活。作品关注的是个人生活，展现的是低调的个人欲望。它表达了对自我表现和先锋精神的怀疑和否定，它把浪漫冲动的现代主义自我拉回到充满危机的日常生活中。而几乎与此同时，方方的《风景》，则是对个人欲望的明确展示，确认了贫困与欲望的因果关系。对于七哥，小说自然予以了道德批判，但是它不能也没有否定七哥不择手段地实现自我欲望的道路。准确地讲，小说中对七哥包含了一种不得已的认同。总体来看，这类都市小说，着眼于生活的直观层面，是一种新兴的市民欲望的表达，是对世俗真相的关注，浸润着都市独有的审美意识。这类都市小说的审美表达与精英主义的自我审美意识不同，它追求的是现实、具体的生活欲望的满足，是一种典型的感性审美，缺少审美情感与理念的进一步表现。

此外，我们发现，整个80年代的文学在文化上的内涵是越来越倾向于都市了，文学对都市文化的依赖性正在逐步地加强——我们看到，在20世纪80年代初，都市头一次有机会作为一种能动的文化力量对文学施加影响，而以往有力量施加这种影响的却只有政治威权。当时，市井小说、改革小说预示着未来文学与都市文化之间将存在着紧密的联系，这类文学实践的多重意义中的一种，在于超越既往意识形态对文学在内容和审美价值上的规定，例如“为工农兵服务”，并主动地探索合乎新时代本质的文学走向——显然，那就是突出着都市时代、都市文化、都市背景的文学走向。未来的写作与阅读将转向和适应于新的意义空间，即偏离了精英而面向大众的空间，这个空间实际上必然是都市化的。80年代文学大众化倾向从那时开始，而文学的文化中心向都市概念的转移也从那时开始。当然，都市文明作为一股从总体上影响着新时期文学的力量，它起初的表现是隐蔽的，也是违背政治意志的。20世纪80年代作家几乎没有人预见到“都市”这个概念在今后文学乃至整个文化中的关键意义，尽管他们实际上在做着增加这个概念的分量的事情。例如，在80年代文坛唱主角的“知青作家”，其精神体系具有半体制化半知识分子化的特点，内心仍留存着来自其少年时代正统意识形态的回声，对都市文明仍怀有类似于对“资产阶级”那样的意识形态敌意，这在后来几年都市文化真正崛起时有突出的表现。他们的创作，继续延循着以乡村题材为主的传统，而且是在并没有行政对创作的硬性指导的情况下自觉地这么做，不同的是，他们的叙述观点和语言技巧都已经“非乡村化”了，能够或有兴趣读“知青作家”小说的农村读者大概已是凤毛麟角，因为除了题材，这些作品在其他方面都是相当知识分子化的。从文化角度说，知青作家大抵只有一种过渡性质：他们一只脚站在乡村崇拜的农本文化里，另一只脚站在城市知识分子的美学立场上——这一矛盾状况是符合中国社会正在发生的嬗变的。而到了20世纪90年代初，原知青作家在90年代多多少少都开始关心城市化及其相关现象对社会生活和人的观念的影响，他们的文学视点开始向都市发生位移，并且大多以批判现实的眼光来对待新兴的都市文化，但最终他们当中一部分人接受了都市大众审美文化的存在，并以他们的文学实践推动了以大众审美文化为主的都市小说的创作。

（辽宁理论家协会读书班发言稿）

从“七十年代生作家”看当下审美文化取向

有人说，当下的艺术是消费文化的副产品，有人说，当下的艺术是后现代主义思潮的附庸，在一个个不同层面的解说里，艺术似乎不再是独立的空间，它混合着多种社会元素，“混迹”至人群所到的每一处。也许因为有了上面的理解，我们才把“七十年代生”的一大批作家归入为作家的行列，才将它们所写的东西归入为文学艺术作品，就我们的阅读范围来看，“七十年代生”的朱文颖、周洁茹、金仁顺、魏巍、戴来、赵小波、丁天等人在创作上的共性是显见的：沉迷与物质化的、时尚的生活潮中；描摹极端自我的感受，并使叙事呈现出自我的情绪模式；对身体欲望的追求、展示；对感性知觉的崇拜。从审美判断角度上来看，他们似乎是叛逆的、迷茫的、浮沉的、缺少理性认识的。

我们认为，促成“七十年代生”作家群共性特征形成的一个首要因素，即是中国当下的审美文化倾向。“当下审美文化”是一个特指概念，是指在现代商品社会应运而生的，以大众传播媒介为载体的，以现代都市大众为主要审美对象的文化形态，这是一种带有浓厚商业色彩的，运用现代技术手段生产出来的文化。[①] 由此看来，中国当下

① 姚文放：《当代审美文化批判》，山东文艺出版社 1999 年版，第 19 页。

的审美文化同经济与技术密切相关，进而表现出种种特有的文化现象：如消费性、影像性、娱乐性、平面性和边缘性等。“七十年代生”作家群的成长期在很大程度上正是同中国当代审美文化形成与发展并行的，因而他们的作品汇合着当代审美文化特质，同时中国当代审美文化必然影响着“七十年代生”作家们的审美趣味与审美表达。我们正是在这种张力下，解读“七十年代生”作家的作品，让“失位”的他们归位。

一　影像化的城市

在“七十年代生”作家的作品里，他们离不开城市，在这个城市里展示着《午夜场》（周洁茹）、《迷花园》（朱文颖）、《在明孝陵乘凉》（魏巍）等诸多或模糊或宛曲的都市小景，我们开始进入一组组回闪不定的画面：“店的名字古怪，叫午夜场。”① “公园就在市中心的大街旁边，应该把这样的公园叫街心花园”② “明孝陵是明代皇帝朱元璋的陵墓，坐落在南京东郊……早已破落，在南京这样的地方是很多的”。③ 阅读这样的语句，我们感受到他们释放出来的“迷幻”气息，现实与影像被混淆了，无疑这里蕴含着一种诱惑，阅读者进入一个个日常的现实、场景，但他们都已为现实的审美的云雾所笼罩。在这些原来庸常的街道、建筑群体中，作者常常发现它们闪耀着“古怪”的、“迷”一样的、“败落”的多彩光芒，城市从现代文明的汇集地演

① 周洁茹：《我们干点什么吧》，珠海出版社 1999 年版，第 54 页。

② 朱文颖：《迷花园》，珠海出版社 1999 年版，第 76 页。

③ 魏巍：《情感一种》，中国对外翻译公司出版社 2000 年版，第 23 页。

变为个人的、感性的甚或异端的场所。阅读者如同在作品中观看一个影像化的“视域”，这个视域没有历史也没有未来，而是存在于一个无时间的现在之中。我们的城市正是这样被分化成一个个可视可感的片断，同时它也蕴含着某种欲望，以它不断变化的形象和千姿百态的身形令人陶醉、沉迷。魏巍的作品《在明孝陵乘凉》中有这样的一句话：“当然最让南京留名的还是妓女……曾一度代表这个城市的品格：自由和繁华。它的声色犬马就是它的温暖。”① 这样人格化的解读城市，使读者不知不觉地体验到城市特有的幻觉效应。魏巍的另一作品《从南京始发》则表达了作者对于城市这一影像的追随和迷恋，她怀着“寻找”的愿望从一个城市到另一个城市，展示了一段无望的、宿命般的旅程，从起点又回到起点。无疑，“七十年代生”的作家们是属于城市的，在他们身上似乎怀着城市情结，渴望它的“自由与繁华”以及迷醉的气息。

此外，在他们的作品中还提供了阅读当下城市精神的范本，即他们作品中表露的城市，是帮助人们理解城市人的内在途径。例如朱文颖的《俞芝和萧梁的平安夜》，是以上海的圣诞夜作为小说的背景，勾画了街灯、餐厅、戏院等物像，这些物像因为夜的介入而显出伤感的情调，衬托着主人公若即若离的情绪。实际上，这段感情随着黄昏、入夜、深夜的时间流逝而渐变，城市的夜目睹了这对恋人不可久长的相逢与相爱，因为夜终究会过去，正如他们之间的爱情。此外在金仁顺、魏巍、周洁茹等作家的作品中，我们都可见小说主人公在城市孤独的夜中寻找爱情、希望、生活，或者是为了寻找而寻找，总之，城市本身既是避难所又是痛苦之源。当下城市审美的庸常性，则是以此来表现的。

① 魏巍：《情感一种》，中国对外翻译公司出版社 2000 年版，第 91 页。

二　消费文化与“疯狂”的人群

当下的城市离不开喧哗、骚动、疯狂这样的语词，以消费为中心的商业大潮侵扰着人们的精神家园。中国当下的文学也不置可否地汇入商潮，导致当代审美文化中媚俗倾向蔓延，消解了高深和典雅，同时也消解了存在于哲学、历史、文化之中的理性。

“七十年代生”作家群中，有的作家对这种消费文化的流行是推波助澜的，在他们作品中，不回避时尚、冒险、性、厌倦、破碎等主题，并一再重复酒吧、迪厅、吸毒、商业街等语境或符码，因而他们描摹出与古典和传统截然不同的当下人群。这是“狂欢”的人群，这些年轻的“非中心主体们”徜徉在后现代城市空间中那些“酷”的区域里，陶醉于尝试、玩弄生活时尚与风格，它们与超现实主义、摇滚音乐密不可分。在某些“七十年代生”作家极端化的写作中，与我们相遇的是背离大众审美的人群，一个黑暗的、压抑的人群，他们大多是酒吧的DJ和歌手，他们的生活以酒吧为中心，在城市的夜色下展开，他们无疑是另类的代表。在周洁茹的作品中，我们看到诸多“深陷时尚”的年轻人，“我”“小鱼”“小妖”“梅茜”，他们都在同一时空中拥挤着，重复彼此的情绪、生活，倦怠地追求着“抒情时代”，他们妄图用碎片似的心灵飞翔。在朱文颖的作品中，作者用真真假假的爱情道出人在途中的各种梦想，展现的是具有文化品位的一群人“幻”得“幻”失的生活，人群在时间的纵向中游走，重复着由古至今的追求与失落。在这些截然不同的人群中，我们似乎可以勾画出当下人的心灵图景，在文化消费面前，人群或骚动不安，极具颠覆性；

或深陷生活的沼泽，精神贫血；或试图面对生活的碎片，飞翔、远离、轻上浮云。不论是何种人群，人们多濒临疯狂——身体的疯狂和心灵的疯狂。这也许是面对消费文化的最终选择，即使这种选择的结果是走向毁灭。

三　消解审美距离

从传统的美学理论来讲，审美鉴赏判断的特征是非投入式审美，它意味着任何东西都可能具有美的特质，欣赏者以凝神审视的眼光来看待这些事物的时候，会产生某种审美愉悦。这期间主客体保持了一定的审美距离。就文学作品来讲，作者与文本描摹的对象之间是存在着审美观照的，也就是写作者同作品中的人、事、物处于观望与被观望的不同态势下，而个人化写作的兴起，企图改变这种既存态势，试图将主体融入客体，合而为一，将表达投入到直接体验之中。由此，达到消解审美距离，进入投入式审美的境遇。追求“个人化”写作或者更准确说是追求“体验化”写作的作家们，往往潜心寻找以更迅捷的速度被重新构建的那些短暂的、转瞬即逝的美的东西，这也不可避免地留下了丑的印迹。

在“七十年代生”的女作家群中，这种“短暂的、转瞬即逝”的美的或丑的东西是她们努力要抓住或表达的对象，因此他们表现走马流转的流行生活，追随人群中即时的感觉和印象。在她们的作品中，主人公大都是作家、学生、摄影师、化妆师、吉他手、精神流浪者，这些感性认知强大的人，常常凭借感官的、身体的语言说话，沉迷与直感的表达之中。就爱情而言，这些人或者追求古典的浪漫精神，保持着爱情中性与爱相和谐的幻想状态；或者彻底地面对性本身，毫无操行感，以迷乱的、失控的情绪将爱情进行到底。面对这样的作品，我们读到的似乎只是一幅幅飞旋的画面，生活的影像，传统的美学判断已无用武之地了。此外我们还会发现，这些年轻女作家都迫不及待地显示着对于个体生存境遇或痛或快的宣泄，作品中也浸透着来自“个性生存碎片”的浅唱低吟，由于叙述着“我”的全文展示，往往使读者陷入“日记体”或“传记体”的误读。这种“我”的展示或说暴露完全抛弃了全体女性的价值判断，而进入绝对个人化的体验之中。这样的作品，似乎更容易进入读者的期待视野，阅读与文本之间的审美距离几近消解，读者不必去进行审美重塑，即可完成一次阅读体验。

“个人化”写作状态的弥漫，似乎表示着当下人群对直感、非理性化、游戏冲动的渴望与羡慕。“七十年代生”作家们以网络状态书写着自己的作品，向读者公布自己的生活信息与心得，不确信权威或经典。写作成为他们生活的一种方式，周洁茹说：“我的小说就是我的生活。”[①] 朱文颖说：“我写小说，在根源上是为了表达我的一种爱情观。”[②] 这些均显示出一种游戏的方式，这不仅应和了当下社会人们寻找休闲与游戏的心理，而且也提供给作家写作以极大的自由空间，使得他们可以比以往的作家更加舒张、自如地创作虚拟的故事社会，而不必考虑传统的艺术理解与道德认同。

“七十年代生”作家是正在成长中的作家，是“走在路上”的作家，他们的写作涵盖了出生于七十年代的这一代人所独具的困惑和思索，然而这并非全部，因为他们作品中的种种生存状态也深刻地反映了我们所处的当下社会现实的一部分——审美的庸常性与消费化的倾

① 周洁茹：《我们干点什么吧》，珠海出版社 1999 年版，第 176 页。
② 朱文颖：《迷花园》，珠海出版社 1999 年版，第 203 页。

向。这多少与她们过分沉迷城市生活的表象是相联系的。在他们作品一系列支离破碎的形象中，似乎显示出他们更关心当下文化的实用性，而非文化的终极价值。然而这样的实用心态不也正是我们这个时代的普遍心态吗？也许，这就是“七十年代生”作家所要表达的吧！

[原载《沈阳大学学报》（社会科学版）2001 年第 3 期]

都市审美文化的立体呈现

——20 世纪 90 年代后辽宁都市文学的一种研究

都市审美文化作为一个较新的理论热点，虽然有它不成熟以及内涵不确定性的一面，但是它在丰富文化学的理论形态及理论建构上却有着相当积极的意义，在理论界，基本上可以达成共识的一点是都市审美文化它兼具了美学与社会文化学的双重指涉：既体现为对现代都市人审美心理的观照，也体现为对现代都市社会的文化形态的思考，这无疑为研究当代文学提供了一个相当理想的切入点，特别是对于同现代化保持同步关系的当下都市文学，从而达到深化研究当下辽宁都市文学的目的。

一　都市审美文化的内核

在 20 世纪 90 年代后的中国，随着市场经济的逐步深入，现代都市的快速发展，市场经济所具有的种种价值取向深深地影响了整个中国都市的文化理念。例如市场经济所倡导的效率优先原则，在竞争机制、物质利益驱动、能力本位、金钱尺度等因素的作用下，还会衍生出一种可称为经济功利的文化意识来。它把人及其所掌握的物质和精神条件作为客体，用来充任满足社会与个人需要的手段。它所确认的价值等级，是由能力、金钱、财富等物用尺度来确定的。经济功利观念，作为市场经济的一种文化精神，它与传统的人文精神有巨大差异。换言之，市场经济所孕育出的是一种不同于传统文化的新型文化精神。一是，对官商传统的彻底否定与对经济活动独立价值的文化观念的确认。二是，个性竞争的经济意识与“能力本位”的文化主旨。这种能力本位的文化精神，使过去人们讳言的自我设计、自我奋斗、自我价值成为广泛的现实，从而改变了中国人原有的保守的、自封的、内敛的审美文化心态，形成了现代都市审美文化的一种精神内核，就是对个性主义或自由主义文化理念的重新理解。①

在都市文化中与个体独立性、文化多元性并存的，还有着不可避免的趋同性与规模意识，这是同现代都市的产业经济紧密相关的。我们知道现代都市的产业基础是从工业文明起步的。中国当代都市的现代化进程，事实上是将一种求生存、求发展的强烈愿望演化为轰轰烈烈、淹没一切的工业化和都市化的运动。这里存在着一个普遍的假设前提：都市化的本质是工业化。工业化都市到处都“家族相似”，成为一个类型，具有同样的结构和模式。工业文明追求的所谓“规模效应”与“积累效应”诱使城市向“大都市”和“超大都市”方向发展。与其共存的问题就是：人满为患、交通拥挤、就业困难。按照罗马俱乐部创始人 A. 佩奇的说法，都市文化与自然的矛盾加剧，人类困境正是由工业文明为基础的传统发展观所导致的必然结果。② 工业文明与传统发展观内含着深刻的矛盾：一方面，它受市场经济的驱使，为了追求个体和部分人利益的最大化，以人类沙文主义态度君临

① 叶中强：《想象的都市和经济话语的都市》，《上海社会科学院学术季刊》1998 年第 4 期。

② 转引自姚文放《当代审美文化批判》，山东教育出版社 1999 年版，第 17 页。

自然界，借助于越来越大的技术力量，以绝对消耗资源甚至不惜破坏环境的结果来求得物质财富的不断增长和都市人自己生活的暂时富足；另一方面，这种经济增长方式彻底破坏了都市发展的环境基础，使都市人与自然界处于尖锐的对立之中，从而陷入困境。这就产生了都市审美文化的另一个重要的精神内核：在异化情状下的乡土情结。

二　都市审美文化语境下的辽宁都市文学

处在这种特殊都市文化背景中的辽宁都市文学，也显示出工业文明时期特有的矛盾与冲撞，痛苦与困惑。首先，辽宁作家更能深切体会到工业文明对现代人的冲击，面对都市工业化速度的加剧，辽宁作家则会更深入地思考都市文化与乡土文化的差异，所以他们的创作更多地沉潜于都市与乡村的双重围困中。以小说创作为例，孙惠芬的《歇马山庄》《上塘书》中写到了乡村和城市的碰撞，正如作家自己所说：多年来我其实一直是抵御城市的，但抵御不意味着反对，恰恰是被吸引，是因为被吸引才需要抵御。笔者个人就是在一程程抵御中走进城市的，城市文明对人的吸引是不容置疑的，笔者认为，碰撞的交点在于，当城市一点点变成乡村人的物质家园，乡村，到底能否成为他们的精神家园？再如李铁的女工系列等中、长篇小说，都是针对工业都市的种种问题进行创作的。在李铁笔下，下岗女工同都市的强悍与野蛮展开了一场征服与被征服的对抗，我们可以体味到一种根源于现实的深刻错位和对峙，它几乎关乎都市和乡村、新生力量和失落的传统、男人和女人等诸多层次上的立体多元的文明景观。此外，于晓威的中篇小说《在深圳大街上行走》等则表现了当今社会中，现代文明与传统农业文明的一种摩擦，是对曾经的一种理想主义的呼唤，不希望完全商品化的社会把人性善良、柔软的东西淹没。

在散文创作方面，辽宁作家也显示出对于当下都市文化多元性的思考与挖掘，虽然，这种思考一方面仍是对地域色彩鲜明的关东乡土的关注和迷恋，但是，已经无法回避在乡土情结下的都市文化反思。作家们多能选取自身熟悉的视角，对地域文化现象做历史的梳理和现实的表达，并推而广之，呈现出带有民族生命力的特色。马秋芬作为土生土长的东北人，曾经用她浑厚、饱满、苍劲的笔触勾勒了《老沈阳》的历史文化和新的脉动，把“人与城市的灵魂归一”演绎得力透纸背。而继《老沈阳》之后的《到东北看二人转》，紧扣“土俗”二字，把二人转所代表的东北地域文化那种亦悲亦喜、亦雅亦俗的性格表现得淋漓尽致，其中蕴含着作者对于都市/乡村、现代/传统、古老/文明的多重畅想与理性分析。

其次，守望乡土情怀，追求民风世俗也成为当下辽宁作家面对都市现代文明种种弊端时的精神选择、审美立场。邓刚长篇小说《山狼海贼》以一种源自自然、原始、乡土的单纯美来抗衡现代都市人精神的困倦和肉体的衰败。谢友鄞小说则执着地写着他的辽西地区的民风世俗，散淡的结构，诗性的叙述，浸润了来自乡土的温暖，结实而固执地守护着乡土世界。谢子安的散文集《雨走青纱》，以恬静冲和的田园风光为辽宁散文一洗城市铅华，他把自己的文学之根深扎在辽西的乡壤之中，没有对城市浮躁的逆反，也没有对现代文明的对抗，他将那些带有原始文明的蛮荒色彩，乡村情调，田园牧歌赋予了新意。

再次，正面应对现代工业文明的文化理念，现代都市人的精神状态、生存状态也是20世纪90年代以来辽宁都市文学的重要内容。刘兆林的新作《不悔录》以“作协”这样一个官僚机构为写作背景，表现了市场化、物质文化在作协机关的弥漫。小说通过落实建新大楼的规划、筹备作代会、调进小护士、开舞会、撤稿件等情节，比较真实地揭示了文学界在社会经济大变革中的浮躁、无序、尴尬的处境。作品中的知识分子在社会大转型过程中虽然变得迷茫、游移，但他们最终并没有放弃追寻理想王国的精神目标，哪怕这一目标一度退隐到了内心深处。

而陈昌平、孙春平等作家则关注都市里的小市民、平民的生活状态与人生情状，自有一份悲喜蕴藏在他们的创作中。《汉奸》《英雄》《国家机密》等作品，可以看作是陈昌平近年来的代表作。这些作品的故事、人物和要表达的旨趣各异，但有一点是相同的，这就是它们都是试图重新表现在并不遥远的过去、切近、特殊的历史境遇中“贱民”的悲喜剧和不在个人把握之中的宿命般的被宰制的命运。而在孙春平笔下，无论是那些挣扎于底层生活、不甘心于眼前状态的小人物（《老师本是老实人》），还是那些平庸无能却又嫉贤妒能的官员们（《江心无岛》），他们都成了悲剧性的人物。市场经济的激烈竞争，使一些原本纯朴善良的东西被金钱锈蚀，吃亏的似乎永远是传统的真诚、美好与善良。

最后，呈现现代都市的多元文化选择，都市人的精神与物质世界，特别是都市人特立独行的个性追求以及自由意志，也是20世纪90年代后辽宁都市文学关注的主题。女作家皮皮的都市情感系列小说，多是从现实出发，直面普通男女的日常情爱，自然、亲切。她的小说很好地把握住了90年代婚爱现实的状态与特点，这就是婚姻与爱情的“风雨飘摇”，作者同时还写了各色人等在“飘摇”中的思考和寻索以及自信与自尊的重建过程。她的小说同时还有高于现实的努力，在从容不迫的叙述中逐步展开男女主人公的情爱纠葛，并写出了古典情爱精神在现代社会的消解。津子围及其小说则常常被誉为“都市的独语者”“新都市生活状态的还原与提升”“作品的都市情结，形成独特的文化怀疑部落”，其小说一般多为“展示都市人心历的生活”，可见作家对于都市及其都市人的偏爱。

总之，20 世纪 90 年代后的辽宁都市文学以其多彩纷呈的形式，生动地再现了工业文明冲击下的都市文化与乡土文化、现代精神与传统精神并置的多元审美格局。

（原载《理论界》2007 年第 10 期）

论理想主义在当代文学中的精神价值

在当代文学的前三十年里，浪漫主义有一个重要内容——“理想”。“理想主义”是带着鲜明的褒义色彩的词语，进入20世纪90年代后，“理想主义”一度成为不合时宜的代名词，成了人们嘲讽的对象。从80年代中后期开始，理想主义受到批判和否定不是偶然的，是有其特定的历史背景的。社会经济转型所带来的务实的思想普遍弥漫，实用主义与中国传统的“经世致用”以及“拜金主义”相互扭结在一起，使得理想主义成为奢侈品。此外，人们对假理想、假崇高的厌恶也必然导致对理想主义的颠覆。

回顾80年代前期的文学，我们会发现那是一个作家高扬文学理想，文学高扬时代理想，显示出群体性或全民性理想的文学时期。这是因为在“文化大革命”结束后，国民的理想都围绕一个现实的可以实现的理想目标：追求现代化。现代化作为一个国家民族性的社会目标，在知识分子中获得广泛的认同，这必然意味着作家的创作理想、思想态势都要融进国家话语中，同思想解放的主流一起承接共同的国家理想。因此，无论是伤痕文学、反思文学还是寻根文学乃至早期的先锋文学，我们都会发现作品中对于民族、国家传统痼疾的批判，对于当下现实的理解和确证。另一方面，很显见地，这个时期作家的精神追求与作品中的理想信念大多隐藏了个体价值和个人的理想，常常是以宏大叙事或英雄人物的出场来完成对于国民理想的书写。所以笔者认为，20 世纪 80 年代的理想确有其肤浅的一面，其主要原因在于，对“现代化”的完美想象，简单地认为现代化既可以使我们摆脱封建专制，又能给我们带来融合了东西方文明的合理性文化，还能让我们的社会呈现出全民性的积极乐观的精神面貌，总之，是没有看到这个完美理想的不真实性，这使 80 年代理想主义的光辉多少具有虚假性。但是我们又不能简单认定这一时期的文学理想就是伪饰的，因为没有 80 年代经历的文学主体性张扬、人道主义文艺思潮以及先锋精神的尝试，一个时代文学的理想之光将消失殆尽。

进入 20 世纪 90 年代，特别是在当下，理想主义成为一个尴尬的存在，一方面人们对理想主义精神的吁求未曾间断过，另一方面在我们的艺术领域又真的缺乏理想主义精神的“身影”。客观地讲，当下文学艺术中的理想主义并不是“消失不见”了，而是转向了多元化，许多作家如刘震云、方方、余华等对原先所谓的理想进行了反思，他们用一种反讽的口气或个人化的历史书写，解构了理想主义的神圣性，甚至虚妄性，还原了普通人心中的理想的世俗性和多样性。他们作品中那些关于个人命运的故事，折射出艺术家对于民族和集体的命运深切关注与思考。再如，莫言、苏童、王安忆等作家近些年的作品既有对中华民族伟大精神的赞赏，又有对民族劣根性的揭示，更有对庸常小人物的艰辛与悲怆的深刻理解与关怀。即使在个性飞扬与激烈叛逆的“晚生代”作家（邱华栋、韩东、朱文、毕飞宇、刁斗、徐坤）和“第三代”诗人们（欧阳江河、西川、于坚等）的作品中亦有浓郁的理想主义情调，作家对爱情、命运、信仰的探索保持了形而上的高蹈姿态，对找不到精神价值在生活中的切入点而深深地苦闷着。应该说，当下的作家们在自己的生活中默默探索着属于自己的理想，而不是建构一个空洞的理想王国。寻找人类理想的精神家园，探索人类生存困境及其意义成为当下文学艺术的新的意义内涵。作家、艺术家们为我们的这个时代提供了一个重新反思理想主义的视角，就是以理性的、多元的目光正视和直面我们这个多姿多彩的世界，理想主义也就具有了人性化的内涵。总之，当下文学的理想主义已从20世纪80年代那种群体性的理想模式中释放出来，呈现为对个体理想表达的认同，人们更愿意从本体出发来坚守具有个性化色彩的理想信念。当然，从另一方面来讲，当强调群体化理想的80年代被崇尚多元价值的新世纪文学所替代后，在精神和心灵的选择全部交给个人去处理的情况下，正如批评家吴炫所说，个人凭着自己的力量无法站立起来的问题，便被凸显出来。面对此种状况，一些严肃的作家、艺术家不约而同地转向坚持以“艺术精神”为核心的文学理想，与大众化、普泛化的文学趣味相抗衡。

以审美的形式寻求世界的意义和生命的价值，是文学存在的根本理由。文学作为人类精神探求的重要形式，总是较多地承载了对人类理想的坚守和一些基本价值理念的维护。文学艺术中的理想，指的是艺术作品中所体现的一种高于现实的倾向，艺术中的浪漫精神则是一种自由的、丰盈的主体精神的流露。从文学艺术创作的实际操作层面来理解理想主义的话，它应该是一种创作姿态。它弘扬人性、理性、智性，它对现实世界的关注，不能是一种功利性的解决问题的态度，而应是用“彼岸”“信仰”为价值参照，揭示现实人生、社会现存思想的困境，以打破一切虚幻的假象，引领人类走向健康美好的精神家园。因此，理性主义在艺术中的表现常常有两种形式，一种是对某种美好精神的倡导，一种是对不合理现象的批判。在当下，经济实利主义原则的普遍蔓延和文人社会角色的边缘化，使得文化市场、艺术创作呈现出理想的缺失、崇高的隐遁、信仰的危机与艺术精神的缺位。在这种现实境况中，理想主义的艺术追问与精神担当就成为必须面对的现实选择，进一步说，艺术的浪漫主义精神与理想主义探寻正是艺术承担社会责任的一种价值旨归，是作家、艺术工作者理解时代、融入时代的一种精神路向。

总之，当下艺术的理想主义精神并没有成为“废墟”，成为空洞的王国，它们潜隐在特殊的艺术创造方式——反讽、变形等现代技巧之下，以“神圣的”日常性和现代性与当代生活相沟通。这个时代无疑需要将理想主义精神作为艺术精神的内核，迎接世俗精神的挑战。

（原载《文艺报》2011 年 4 月 8 日）

第四编

作家情感与心态

悲剧性的灵魂史

——解读新中国成立后作家的精神策略与心路历程

中国现当代作家的精神历程一直是同中国社会与国家的现代化进程紧密相连的，特别是在新中国成立之后的近 30 年的时间里，许多作家都经历过生存与心灵的双重痛苦，都经历过来自小我与大我、个体与集体、个人与国家之间的两难选择，在强调二元对立的生存哲学与艺术哲学的特殊时期，一切个体的主观精神与情感，都毫无例外地遭到限制甚至是扼杀，而由此形成的精神炼狱对作家灵魂的震撼与扭曲也可说是空前绝后的。它是信仰遭到颠覆、自我遭到毁灭后的空寂与黑暗，是对一切希望、美好、真实、信任等人类基本情感的质疑与决绝。这炼狱的到来是那么地意想不到，因为新中国的炮声曾是如此地令人振奋和喜悦，对于大多数作家来说，这个时代曾经如凤凰涅槃般辉煌，正如老舍激动地欢呼的："我爱，我热爱这个新社会啊！"① 作家们是用自己全部的热情去歌唱、颂扬这个新社会的。

新中国走过的前 20 年对中国现当代作家的精神世界究竟造成了怎样的影响？作家们又是怎样走过这段充满了崇高与悲剧的时代的？这无疑是值得深思的问题。

---

① 曾广灿、吴怀斌：《老舍研究资料》，北京十月文艺出版社 1985 年版，第 223 页。

一

新中国成立后的20世纪50年代至70年代是中国文学史上一个相对独立的时期，通常人们会把“当代文学”的“渊源”追溯到1919年“五四”新文学运动的兴起，而它的“直接源头”则是1942年的延安文艺座谈会。这就意味着中国当代文学具有深厚的文学传统、文化传统与精神传统，这一传统的要旨即是对文学一体化的理想建构，正因为如此，中国新文学主流作家，才会为一种至善、至美的社会和文学形态的目标所诱惑、驱动，才会在紧张冲突的寻求中，确信已经到达“目的地”。纵观这一时期的文学，我们会发现，正是他们参与创造了这样的文学局面：一个在思想和艺术上高度集中、高度组织化的文学世界。这个文学世界中的“文学事实”——作家的身份，文学在社会政治格局中的位置，写作的性质和方式，出版流通的状况，读者的阅读心理，批评的性质，题材、主题、风格的特征，都实现了统一的“规范”。[①] 在这样的文学环境中，主流作家的心理常常是明朗的、愉悦的，甚至还有些骄傲的，毕竟他们亲历了这样一段走向理想化的进程，并最终赢得了来之不易的胜利。但是对那些非主流作家来说，情况就不是这么美妙，他们甚至只有经过彻底的思想改造，才能取得文学创作的权利。由此产生的诸多内外矛盾不仅是无法避免的，而且是相当尖锐的。例如郭沫若、周扬、夏衍、何其芳、张光年等人都曾在中国共产党的领导下，为革命的胜利做过或多或少的贡献，因

① 洪子诚：《关于50年至70年代的中国文学》，《文学评论》1996年第2期。

而在新时代到来后的一段时期里，他们大多担任了国家文教领域的领导，甚至是国家级的领导。这当然会使他们以感激的心态和坚定的信念严格执行党的各项方针政策，应当说他们真诚、热切、崇敬、赞美的精神情绪回荡在那个时代，而当他们从文学家一跃而为政治家，他们就难免会从个体精神的张扬转向对群体精神甚或权力意志的推崇。相对于他们，一些来自国统区或海外的作家，如巴金、老舍、冰心、曹禺等，虽然同样心怀着对新中国的深切热爱，但是由于过往各自不同的文学道路、人生信仰与政治身份，他们的声音就显得多少有些怯懦与自卑，他们的精神世界既充满了对新生活的喜悦、希望与美好的期待，同时也交织着矛盾、自责、惶惑、犹疑的影子。但这种复杂的内心情感在当时并未充分地显示，相反，在新的人民文艺的等级秩序中他们的内心话语被遮蔽了，取而代之的是听似统一的声音：检讨过往的创作失误，绝对接受《讲话》的真理性。曹禺 1950 年 10 月在《文艺报》第 3 期发表的《我对自己创作的初步认识》中曾说："贸然以所谓的正义感当作思想的支柱是非常幼稚、非常荒谬的。一个作家的错误看法，为害之深并不限于自己，而是扩大蔓延到看过这个戏的千百次演出的观众。最痛心的就在于此。"这段话当然不乏真诚的情感，但是其中也隐含着作家本人不自觉的非艺术的考虑，预示着艺术精神将迷失的危机。但是时代的语言掩盖了这深层意识的矛盾。在这一时期里，还有些作家由于"文艺新方向"的确立，已然受到来自国家政权对其进行的文学创作的限制，如钱锺书、废名、穆旦、郑敏、杜运燮等人，他们受到有意的冷落，在高度敏感的"意识形态"领域，已经不允许这些所谓自由主义作家的介入，他们只能坠入无望的深渊，转而远离文学，或孤独地在内心守望自己的精神家园。还应看到，在 20 世纪 50 年代之后，又有一批更加符合时代和政治需要的作家进入了创作队伍，并成为当之无愧的中心力量。杜鹏程、吴强、曲波、浩然、李瑛等年轻的具有高度政治自觉性的作家们普遍认为，他们凭借着先进的世界观，一定能够在创作中客观真实地表现生活，发现和解释世界的规律。因而在他们内心情感的深处，是对自身写作的欢欣，是一片单纯的赤诚和获得真理后的自豪。

我们看到，无论是兴奋中的审慎，自责中的犹疑，还是坚定中的骄傲，都代表了作家精神情状的某一方面，其显示出的单薄和粗浅是毋庸置疑的，因为在这样一个风云突变、惊雷炸响的年代里，作家们身处风口浪尖，任何一个耽于文学精神和理性思考的作家、理论家都有自身相当独特的异己的精神趋向和情感波动，它或者遭到了来自自我的压抑，或者为各种人情世故所困扰，又或者是一种内心无意识的无限膨胀。总之，时代的声音、公共的空间以前所未有的强势压迫着这些经历过“五四”洗礼与战争风暴的心灵，由此形成的焦灼、复杂、含混、隐蔽的内在情思无疑是相当难于梳理和描述的。然而，时代的脚步是无法阻挡的，似乎这一代作家注定要以生命和心灵为代价去跨越人类精神史的极限。如果说“十七年”时期是国家政党在努力实现“一体化”、文学“规范化”的时期，那么这一时期应该说是初见成效的，不仅明确规定了文学社会政治功能，而且规定了理想的创作方法，但这一时期毕竟不是一个思想纯粹的毫无杂音的时代：1954年关于文学与政治的关系的论争，1956年至1957年关于文学真实性的论争，1961年至1962年关于悲剧问题的讨论与真实性的再提，这些不和谐声音的出现多多少少还意味作家们有传达自己思想的可能性。然而，当历史到了1963年前后，就是这种微乎其微的可能性最终也被激进的文学潮所控制。通过全面的文化批判运动（哲学、史学、经济学、文学艺术等），通过精心制作样板性作品，由此逐步确立了一个激进的、命名为“无产阶级文艺”的文学规范体系。这一体系得以建立的一个重要环节即是“重新组织文艺队伍”的问题。虽然在《部队文艺工作座谈会纪要》中，并未全盘否定专业作家、批评家的地位和作用，但从工农兵中建立真正无产阶级文艺队伍，或"把文艺批评的武器交给广大工农兵群众去掌握"，却是一个"战略性"的措施。于是，在"文化大革命"期间，标以工农兵创作小组名义的写作组织如雨后春笋般涌现，集体创作成为最被提倡的写作方式。①

可想而知，在这场惊心动魄的革命政治运动中，受到迫害最深的就是作家和艺术家。他们中的许多人在不同范围受到"批斗"，遭受人身侮辱，有的被拘禁、劳改，一些作家因此失去生命。在 1979 年全国第四次文代会上，阳翰笙代表大会主席团宣读的《为被林彪、"四人帮"迫害逝世或身后遭受诬陷的作家、艺术家们致哀》，列举了将近 200 人的姓名，其中包括著名作家、诗人老舍、田汉、赵树理、柳青、周立波、何其芳、杨朔、郭小川、闻捷、陈鹤翔、周瘦鹃、沈尹默等人；著名文艺评论家冯雪峰、邵荃麟、王任叔、叶以群、侯金镜等人。在这种情势下，一切语言都是那么苍白和无力，就连生存权都被无情地剥夺，何谈精神的存在与状态？事实上，在这段历史狂潮中，个体的生存是不能违背"人民""集体"的至高利益的，或者说"群"的概念是一切的出发点，个人的思想、行为都应该服从于这个概念。但是，这并不意味着在这个极为特异的历史时期里，作家的精神史就是空白无物的。一方面，蜕变、虚妄、逢迎、欺诈等丑陋的精神因子，以及类似宗教狂热的崇拜、非人道的道德都在侵蚀着作家的灵魂。另一方面，以身殉命、捍卫尊严、坚持真理、反抗权威的可贵精神并未消亡。诗人牛汉在"文化大革命"期间被关进"牛棚"，接受审查、批判、改造，受尽肉体的折磨和精神的虐待，但是在 1970 年至 1976 年间他仍然创作了大量的诗作，其中《半棵树》最能显示

① 洪子诚：《关于 50 年至 70 年代的中国文学》，《文学评论》1996 年第 2 期。

诗人坚韧的反抗精神。“它是被二月的一次雷电/从树尖到树根/齐楂楂地劈掉了半边”，可是“春来到的时候/半棵树仍然直直地挺立着长满了青青的枝叶”“半棵树还是一棵树那样高还是一棵树那样伟岸”。这一意象的隐喻意义是明了的，那就是身处逆境中的生命顽强地抗争与不屈的品质。在那么险恶的情状下，诗人的这份气魄和胆识是令人钦敬的，他似乎已经体会到了人的生命意识和精神坚持的内涵。再如诗人穆旦、翻译家傅雷、学者张中晓，可以说他们的遗作都是在以自身的生命为代价去揭示或反省这个丑陋的年代，显示出具有独立精神和人格的知识分子带血的思考与抗争。

二

以上粗线条的描述大略地介绍了在新中国成立后一段特殊时代里作家们的精神呈现，那么究竟是什么导致了这样复杂的悲剧性的灵魂史?

首先是时代精神的重压。所谓时代精神是指在某一特定的历史时段里，人们所具有的共同心理倾向和集体意识。时代精神通常不能被理性的过程所超越。它是一种通过无意识作用于弱者精神上的感情趋势，它用一种压倒一切的暗示的力量将弱者席卷。如果一个人有着与同时代的人不同的想法，这将是一种大逆不道、令人不安的行为；甚至是见不得人的、精神病态的或者亵渎权威的，因此对于个人来说，违背时代精神往往是被认为具有社会危害性的。[①] 从心理学的角度，

① 荣格：《未发现的自我》，张敦福译，国际文化出版公司2001年版，第248页。

我们阐释的时代精神是具有普遍的人性意义的，无论是作家、评论家，抑或是普通人，都面临着时代的特殊性和具体性。此外，我们也确信人是一种社会存在，不与社会发生关系我们也无法生存下去。因此，除非有某种超越现实的原则能够与外部世界的强大影响力相匹敌，否则个人就永远无法为自己的生存和自己精神上的自主性与道德性提供任何现实的说明。就中国的国民传统来看，个人对于国家意志是相当尊奉的，新中国成立后的这漫长的 30 年，以国家、人民为名义的精神一体更是前所未有的。事实上，从某种角度来说，它比宗教的精神独裁更加强大，因为它是以一种更为合理的、合法的、理想的途径宣传和渗透的，个人心中的怀疑一旦出现就会立即受到压制，而群众心里的狂热和狂信则足以扑灭任何微不足道的对立思想。我们可以看看从 1948 年起下发的关于文艺问题的文件，它们大多冠以斥、反、驳、批等字样，而在一些决定文艺方向的文件中，无产阶级、工人群众、时代需要等词语更是频繁使用。在这种情形之下，作为意识形态领域的重要部分——作家和评论家们无疑成为众矢之的，随之而来的各种从上至下、从下至上的肃反运动更是指向他们。于是这些曾经各怀文学梦想与人生理想的文人们，不由得不怀疑自身的存在、主张、作品的合理性与正确性，当这种困惑被更为巨大的外力所否定时，就会导致一种心理的简单二元对立。当作家们面对“十七年”以及“文化大革命”这样的特殊历史时期，自我怀疑和自我恐惧可以说是类似本能的反应，况且只有当作家们的个性精神屈服于集体、人民的共性精神的时候，国家才会赋予作家的精神以合法性和有效性。

但是事物往往有两面性，在我们对作家们的选择抱有理解和同情之时，也不能不惋惜，作家们出于生存的需要，对于精神和理想的质疑，会使他们原本充盈、丰富、博大的思想变得灰暗，他们作为时代的先驱与思想者的形象也遭到了诋毁，然而更加令人痛心的却是他们对自由、独立这为国人争取了千百年的精神高度的放弃。当然从道理上说，群体的规模越大，个体就变得越加渺小。然而，倘若作家们被他自己的渺小感和柔弱感所征服、所压倒，倘若他们切实感到自己的生活丧失了意义，那么实际上他们就已经踏上了通往国家奴役的道路。他们终将丧失自己的个性，成为官方统计数字中的一个，只能扮演一个作用微乎其微的个体角色。又怎么去谈论作为精神独立的个体的价值或意义呢？或许这才是最大的悲剧！

其次，如果说以上是从普遍的人性心理和遭遇来理解新中国成立后一段时期作家的精神变异，那么我们还必须面对中国知识分子所独具的历史的、现代的人文传统与精神遗产以及由此带给当代作家思维方式和精神积淀方面的影响。

新中国成立后的“十七年”时期乃至“文化大革命”，大批持有不同文艺观的文学批评家及作家陷入悲凉和孤寂的人生境地，像所谓胡风集团的大部分成员，他们同样是坚贞的马克思主义者，但是却被激进的左翼文艺领导者视为反动派，这使得他们的精神无比苦闷，正如胡风引用的《神曲》中的一句话：“芦苇和泥污绊住我，我跌倒了，我看见我的血在地上流成了一个湖。”[①] 这分解不开的精神负累事实上同中国现代知识分子的文化情结有着密切的关联。20世纪的中国是中西文化碰撞、选择的冲突时期，众所周知，一方面，“五四”一代对于中国传统文化的否定性批判是极其激烈的；另一方面，他们对于西方启蒙主义的文化又从骨子里存有怀疑。正是在这种文化的真空状态中，民族危亡时刻以及马克思主义真理的引入，使得怀有强烈民族意识的中国知识分子寻找到了精神和归属。但是，未彻底消亡的封建主义文化还没有失去市场。胡风们正是陷入了西方启蒙文化与复兴的封

① 《胡风评论集》（下），人民文学出版社1984年版，第271页。

建文化的双重制约之中，一方面，要“立人”；另一方面，又要坚信“人民”的力量。一方面，要努力树立文学的独立性；另一方面，又认识到政治在中国的特殊的地位……正如贾植芳所说：“胡风这个人有忠君思想，像晁错一样，认为皇帝是好的，只是小人多，想清君侧，这是中国传统知识分子的思想。”① 事实上，何止胡风有这样的思想，可以说这一代文学家多受这样的思想束缚，这同传统文化的深层积淀是分不开的。总之，各种尖锐的文化矛盾的冲突内化在他们身上，才产生了强烈的心灵冲撞和精神荒诞感。

除此之外，中国现代近 20 年的抗日战争、解放战争所诱发的战争文化心理②更为直接地影响了作家们的思维方式和思维形态。这一方面体现在他们所创作的大量文学作品中，如郭小川的诗歌，郭沫若、田汉、老舍、曹禺、夏衍的戏剧，另一方面，也体现在他们对现实与自我的认识与看法中。首先，战争明确的目的性和功利性直接影响着作家的文学观念与认知方式。这种局囿使作家的独立意识和情感的表达都陷入困境，他们再也无法从自身的思想意志出发来感受现实世界，也无法以自我的判断来理解和解释事物的真相，这加剧了他们的服务意识和服从心理。作家的主要任务不再是表现自我，而是讴歌他者；不再是宣扬自我，而是宣扬革命；不再是艺术创作，而是服从需要。郭沫若曾经说过：“抗战所必需的是大众的动员，在动员大众上用不着有好高深的理论，用不着有好卓越的艺术……理论愈高深，艺术愈卓越，反而减弱了抗战的动力。”③ 这可以明显见出作家在艺术精神上的游离，在创作心理上的屈服。其次，战争中充斥着的两极对立的概念性思维也在支配着作家的思想，这造成的结果是，对问题只

① 李辉：《胡风集团冤案始末》，人民日报出版社 1988 年版，第 437 页。

② 陈思和：《文学观念中的战争文化心理——当代文化与文学论纲之一》，《鸡鸣风雨》，学林出版社 1994 年版，第 3 页。

③ 同上书，第 14 页。

能给予简单的对立性判定，诸如：光明—黑暗、乐观—悲观、英雄—敌人等，绝对不允许有第三种价值判断，如此一来作家在面对自我的困惑时常常会有意识地回避模糊的、含混的、内在的、主体性的情感或精神状态，而代之以二分式的简单思考，其最终的结果就是“自我”的失落。对于以上情势的形成，当代学者陈思和有着这样的思考：“在中国，战争帮助完成了战前人们建立一个新的社会的美好愿望，这种愿望体现为整整一部中国近、现代史的文化走向，人民共和国的诞生意味着这一理想的最终实现，这也是为什么那么多的中国知识分子尽管痛苦，却如此自觉地接受这种特定的文化律规的原因所在。”

除了文化传承的影响以外，我们也无法回避中国知识分子阶层似乎天生具有的某种精神软弱性。回忆 20 世纪 50 年代之后的作家心灵之路，我们看到最多的一个现象是：他们在政治斗争的裹挟下，多次丧失社会良知的角色意识和对世俗现实的反思批判立场。巴金在其《随想录》中有过这样的诘问：“写文章同胡风、同丁玲、同艾青、同雪峰‘划清界限’，或者甚至登台宣读，点名批判，自己弄不清是非、真假，也不管有什么人证、物证，别人安排我发言，我就高声叫喊。说是相信别人，其实就是保全自己。只有在‘反胡风’和‘反右’运动中，我写过这类不负责任的表态文章，说是‘划清界限’，难道不就是‘下井投石’?”[①] 也许如前所说，时代精神的重压使他们对自我信念产生了怀疑，但是“下井投石”的心理却要复杂得多，呈现出极大的复杂性与暧昧性。或许，我们能从中国知识分子精神的某些负面传统中找寻到答案。

其一，自由精神的缺乏。反观熔铸中国知识分子灵魂的儒道两大

① 陈琼芝：《生命之华——巴金》，山东画报出版社 1998 年版，第 192 页。

文化传统，在塑造知识分子人格方面都带有各自的片面性，或是重道德，或是重智慧，都缺乏人文意义上的自由意识以及对自由的热忱追求。当面临现实挫折和挑战时，他们往往不是通过意志的高扬去战而胜之，从而在超越现实中实现自我的精神超越，而是更多地采取一种实用理性的态度，调动内心的智慧或道德的力量，冷静地分析个中的利害关系，寻找趋利避害的现实途径，其最主要的表现就是“学而优则仕”。李泽厚在他的重要著作《中国思想史论》中专门谈到这个问题：“由于他们（中国知识分子）没能获得近代社会因职业分化和经济自由带来的人格独立性……而总是心甘情愿地屈从于皇家权力和纲常秩序，以谋求一定的政治地位和社会荣誉，政治上的人身依附和人情世故关系极为严重，始终缺乏独立的近代人格观念。这正是中国知识分子个人命运和自我意识的历史性和悲剧所在，也是知识分子尚未能脱离传统社会的一种表现。”[①] 这一透彻的论述至少揭示了身处“十七年”时期与“文化大革命”中的某些知识分子所反映出的奴性意识的根源。

其二，知性精神的浮泛。所谓知性精神是人们在探究关于自然、社会和人生真理的过程中所必需的各种精神素质，包括超越现实利害以追求真理的纯粹的求知精神，尊重公理和逻辑的精神，学术研究的自由和宽容的精神，等等。中国传统知识者最缺乏的就是知性主体的分析还原精神，也就是说，他们没能将对于世界的认识建立在对构成世界的基本要素做分析研究的基础上。新中国成立后的作家大都经历了“五四”新文化运动，并深受其精神影响。“人的文学”以及“人的解放”可以说是他们的价值标准，但是由于“五四”启蒙思想本身的建构就缺乏一个统一的方法论的根基，或者说是由于启蒙者缺乏分

① 李泽厚：《中国思想史论》，安徽文艺出版社 1999 年版，第 288 页。

析还原和理智重建的知性精神，使得启蒙思想在中国的形成是基于多种理论、价值的杂糅之上的。[①] 当作家们以这种复合型的、脆弱的价值参照来应对精神专制的当代文坛时，必然会产生动摇和矛盾，更何况由于缺乏纯粹的求知精神，新中国成立后的文学家也难于本着客观与真实的态度去探求马克思主义的真谛，多是陷入实用性的精神思考中，如人们后期在整理张中晓的《无梦楼随笔》中，看到的就是一个在逆境中仍然坚持对人类正义与良知进行思考和探究的思想者形象。“孤独是人生向神和兽的十字路口，是天国与地狱的分界线。人在这里经历最严酷的锤炼，上升或堕落，升华与毁灭。这里有千百种蛊惑与惧怖，无数软弱者沉默了，只有坚强者才能泅过孤独的大海。孤独属于坚强者，是他一显身手的地方，而软弱者，只能在孤独中默默地灭亡。孤独属于智慧者，哲人在孤独中沉思人类的力量与软弱，但无知的庸人在孤独中只是一副死相和挣扎。”[②] 应该说，这种理性的哲思显示了一个知识分子的超越精神，是极其难能可贵的。

其三，深藏的原罪意识。如前所说，作为“五四”一代的中国现代知识者一方面全力引入西方文化价值观以图革新或取代中国旧的文化价值体系，但另一方面，他们同时又都是可悲可弃的旧文化的负载者。因此他们深感自身的“罪恶”，便不断地反省、深究自我。到了马列主义得以传播的新时代，他们又对个体的出身阶层产生了浓重的愧疚感、负罪感，特别是那些渴望完全“无产阶级化”而事实上不能的小资产阶级知识分子，以及那些明确意识到无产者时代即将到来而自己又无法走入其中的民主主义作家。这种负罪感也源于左翼对中国现代知识者、作家“小资产阶级”身份的不断提示和自我体认。但是精神层面的自我暗示却是不可避免的诱因之一。对于这一点，或许我

① 汪晖：《预言与危机》（上篇），《文学评论》1989 年第 3 期。

② 张中晓：《无梦楼随笔：苦难中的灵魂》，上海远东出版社 2004 年版，第 81 页。

们从“何其芳现象”中能有所发现。我们知道何其芳的人生选择在他们那一代人中是较有代表性的，从他走向延安始，他的内心深处就交织着一份复杂的情愫：对原有文学创作心态的依恋以及对这种创作心态的“原罪”意识的悖论情结。这主要的原因应该是：由于其早年的创作经历同《讲话》精神是相悖的，这使他的内心始终怀有着深深的自卑感，用他自己的话说就是带着“阴暗的记忆”来到延安的，因此，他终身都对自己的“资产阶级”创作情感和思想抱相当敏感的心理。细想起来，这一代作家大都经历着这样的精神变迁和“原罪”情结，并为此付出了巨大的代价。

（原载《社会科学辑刊》2011 年第 6 期）

个人与时代的艰难平衡

——试析新中国成立后作家的心路历程

在中国文学史上，常在发生文学方向出现重大转折（如 20 世纪初的“文学革命”）或政治社会变动（如政权更迭）的时期发生作家群体的整体更迭。在 20 世纪 40 年代末 50 年代初，我国社会格局发生了重大的变化，文学也随之发生了重大的变化。进入新中国成立后文学的中心位置的是传统的作家，他们继续了解放区文学的传统，而一些重要作家在新中国成立后却被迅速“边缘化”。

新中国成立后主流作家的主要构成是来自解放区的作家（包括进入解放区的和在解放区成长的两部分）和四五十年代之交开始写作的青年作家。这些小说作家更切合并体现了文学主潮，成为新中国成立之后创作的主要力量，居于文学的中心位置。对于多数“中心作家”来说，文学被看作是服务于革命事业的一种独特的方式，他们对于文学自主、独立的观念，会保持高度的警觉，不认为可以把政治活动、社会参与和文学写作加以区分，文学写作与参加左翼革命活动，是同一事情的不同方面。并普遍认为，他们所实践的革命和文学，正是凭借着“先进的世界观”，作家才能够正确地认识、把握客观生活和人的生命过程的“本质”和“规律”，并体现和阐释这一发展规律。因此，明确的目标感和乐观精神，必然是他们作品的基调。

而离文学中心位置较远的就是边缘作家群。这些小说家意识到自己的文学观念、生活体验、艺术方法与新的文学规范的距离和冲突，为呼应“时代”的感召，开始了他们在取材、艺术方法、作品风格上的改造，以适应新的文学时代的需要，追赶时势，期望跨上新的台阶。沙汀的作品（数量并不多的短篇）大部分收入《过渡》和《过渡集》这两个短篇集中，尽管都取材于四川农村生活，描述上仍保持朴素的写实风格，从日常生活入手，以简练、冷静的叙述来自然地展开故事的方法，而不像艾芜那样，重新寻找“生活基地”，改变写作的题材。不过，正如作品集的名称《过渡》所提示的，原来的风格和方法虽未完全放弃，未改变对农村的现状，对作为主人公的“先进人物”描写，但已转为追求明朗热烈的基调，着力去塑造“具有共产主义风格”的新人形象，如1960年发表《你追我赶》。这一多少走向空疏的短篇被赞为在创作道路上“跨进了一步”，认为是作家对原来的有“局限”的风格的突破，为当时的批评界所赞赏。[①] 沙汀在《过渡》的后记中认为集子中的作品，“缺点和不足之处虽然不少，但是，同我过去的作品比较起来，却也显示出若干新的东西”。[②] “新的东西”就是作者主要表现农村的“基层干部”和农村合作化运动中的积极分子的热情。

艾芜的长篇小说《百炼成钢》和短篇集《夜归》，都表明了在题材、艺术观念和方法“转向”后的挫折，1952年，他来到东北的鞍山钢铁厂“体验生活”，创作了长篇小说《百炼成钢》和短篇集《夜归》《雨》，作者灵动敏感的匠心将新生活中的情绪表现在细微之处。从整体而论，对于艾芜，读者记忆最深的是20世纪30年代的《南行记》，而不是《山野》和《故乡》。1961年，其创作的“身份”已完全改变，在很大程度上失去对社会生活、对生命的发现，他回到云南故地，看到和30年代前不同的生活景象，写了《南行记续篇》，虽然依然是抒

① 《文学运动史料选》（第五册），上海教育出版社1979年版，第46页。

② 洪子诚：《当代中国文学的艺术问题》，北京大学出版社1986年版，第131页。

情性的文笔，也还有边疆风情的渲染，但作品的“主旨”已被纳入“新旧生活对比”的简单的观念框架之中，而为“可以在作品中称心如意地为劳动人民讲话”而感到“空前未有的幸福”。[①] “我多么想绘出他们的崇高的精神面貌，写尽我的尊敬和热爱的感情。然而我的愿望和努力到了我的秃笔下都变成这些无力的文字了”。[②] 这是巴金当年符合实际情形的自我评价，他在朝鲜战争期间到前线生活了七个月，回来后出版的两个短篇小说集《英雄的故事》（1959）和《李大海》（1961）就反映了此方面的题材。

其他那些“五四”以来的新文学作家，在20世纪50年代初，进行了广泛的自我反省，他们检讨过去的创作，“反省”的关键问题就是没能表现“正面典型”，未能在历史唯物论世界观的基础上揭示历史发展的“规律”，未能写工农斗争生活，以及在文学观念和艺术方法上受“西方资产阶级”的影响。他们想通过学习、改造，通过熟悉“新生活”，把握新的表现对象，掌握新的艺术方法。艾青、田间、臧克家、夏衍、郭沫若、巴金、老舍、曹禺、冯至、田汉、张天翼、周立波、沙汀、艾芜、卞之琳、骆宾基等，都曾在50年代前期，或整个“十七年”间，做过许多的努力。“对于当时革命形势的观察和分析是有错误的，对于革命前途的估计是悲观的”，写作当时（1925—1927年）的“悲观失望情绪”使作者忽略了“正面人物的典型”的存在及其必然的发展（茅盾谈《蚀》的写作）；检讨“1941年写的27首‘十四行诗’受西方资产阶级文艺影响很深，内容与形式都矫揉造作”（冯至谈他的《十四行集》）；检讨“没有历史唯物论的基础，不明了祖国的革命动力，而贸然以所谓的‘正义感’‘当作自己的思想的支柱’而写出‘幼稚’‘荒谬’的作品”（曹禺谈他的《雷雨》等话剧）；

① 老舍：《挑起新担子》，《新观察》1951年第3期。

② 老舍：《毛主席给了我新的文艺生命》，《人民日报》1952年5月21日。

检讨过去的创作“内容多半是个人的一些小感触，不痛不痒，可有可无。它们所反映的生活，乍看确是五花八门，细一看却无关宏旨”，以致“现在，我几乎不敢再看自己在解放前所发表过的作品”（老舍谈他的小说）。“五四”以来新文学作家的反省，可从50年代初知识分子思想改造运动和文艺整风中他们发表于《文艺报》《光明日报》《人民日报》等报刊的文章以及选收他们“旧作”的文集、选集的序或跋中窥见一斑。

以上是对新中国成立后至20世纪60年代初期作家们的生存和精神状态的简单勾勒。无论是兴奋中的审慎，自责中的犹疑，还是坚定中的骄傲，都代表了作家精神情状的某一方面，其显示出的单薄和粗浅是毋庸置疑的，因为在这样一个风云突变、惊雷炸响的年代里，作家们身处风口浪尖，任何一个耽于文学精神和理性思考的作家、理论家都有自身相当独特的异己的精神趋向和情感波动，或者遭到了来自自我的压抑，或者为各种人情世故所困扰，但无论怎样我们都可以感受到作家们热爱这个崭新的世界，热爱祖国的人民和土地。作家创作总要受到社会思潮、文化思潮、文学批评机制、读者接受状况的影响，这些构成了作家创作的外部环境，当外部环境发生变化时，作家的创作自然也被要求发生相应的变化。下面我们以巴金、冰心和老舍的创作为例进一步分析作家们的精神构成和创作心态。

一

巴金是中国现代文学史上一位重要的作家，他的作品是“五四”年轻一代精神历程的真实写照。他从年轻时代写作之初始，就怀着爱人类、爱世界的理想，期望“使每个人都得着春天，每颗心都得着光明，每个人的生活都得着幸福，每个人的发展都得着自由”。[①] 因此，当一个为着大众的利益而建立起的新中国呈现在他面前时，他那颗真挚的心发出了这样的声音：“我要写，我要写人民的胜利和欢乐，我要歌颂这个伟大的时代，歌颂伟大的人民，我要歌颂伟大的领袖。”[②] 事实上在此以前，新政权也对巴金表示了“欢迎”，邀请他出席全国文学艺术工作者代表大会、全国人民政治协商会议和开国大典，巴金还被选为上海市文联副主席。这一切都使得正直、单纯的巴金要为新政权做些事情。他首先认识到自身改造的重要性，认识到自身思想的不纯洁性，于是他发表了一些文章来表明自己对新中国、新政权的拥护与爱戴，如《一封未寄出的信》《我是来学习的》等。可以说，这时的巴金在精神和情感的深处是没有剧烈的矛盾、痛苦的，他看到了无比喜悦的中国人民，他也感到无比的喜悦。因为这一切对于一个心怀人类之爱的作家来说，不能不说是一种幸福。

然而，随着反胡风运动、反右等一系列运动的到来，巴金开始发表了一些跟风甚至是违心的文章：《必须彻底打垮胡风反党集团》《关于胡风的两件事》以及批判丁玲、冯雪峰等人的文章。与此同时，巴金对于文学的观念也发生了动摇，大概在 1957 年春季，因为他在会上讲了一句“应当把文艺交给人民”，这使他紧张不安，从此背上了一个沉重的精神包袱，1958 年终因这句话遭到了批判。但是为了表明自己思想改造的真诚，巴金又继续发表了《宣传总路线》《变化万千的春天》《英雄赞》等歌颂时代的文章。到了“文化大革命”发动的时候，他在随着郭沫若公开表示自己的著作应当全部烧毁之后，也在学习会上承认自己“写的全是毒草”。对于这种可怕的自我保全的心

---

① 《巴金全集》第 2 卷，人民文学出版社 1984 年版，第 4 页。

② 转引自陈琼芝：《生命之华——巴金》，山东画报出版社 1998 年版，第 135 页。

理、出卖人格尊严的行为，在那个时代下可以解释为自我改造的需要，但是我们还是不禁要问，为什么一个曾经信仰无政府主义的民主作家会丧失了独立思考的能力，主体的理性精神完全泯灭了呢？在巴金晚年《随想录》中他对此有尖锐的回答："奴在心者。""奴隶，过去我总以为自己同这个字眼毫不相干，可是我明明做了十七年的奴隶！我就是奴在心者，而且是死心塌地的精神奴隶，这个发现使我十分难过！我的心在挣扎，我感觉到奴隶哲学像铁链似的紧紧捆住我全身，我不是我自己。"[①] 这就是说，他那种自虐不仅是生理心理现象，而且是一种在神的诺言和暴力的重压下的产物，是自我潜在的封建意识的遗留。因为他在牺牲朋友和自我的同时，又是明白自身的所作所为的，如此一来，他成了专制者的精神奴隶和帮凶！然而在那个特殊的时代，巴金不可能如此深入地去剖析自我，因为令人绝望的环境压倒了一切精神的反省，他想到的多是如何进行"脱胎换骨"地改造，成为一个新人，一个可以保全妻儿与自己生命的新人。他那单纯、真挚、热情、明朗、又多少有些软弱的性格是他想获得彻底的精神改造的动因之一，"我想，我是在官僚地主家庭里长大的，受到旧社会、旧家庭各式各样的教育，接触了那么多旧社会、旧家庭的人，因此我很有可能用封建地主的眼光去看人看事。越想越觉得'造反派'有理，越想越觉得自己有罪"，"我真心表示自己愿意让人彻底打倒，以便从头做起，重新做人"。[②] 所以，那时的巴金是"真心的认罪服输的……我始终有这样的想法：通过苦行赎罪"。[③] 正是这种类似"虔敬"的心态使巴金面对种种精神的折磨和失去亲人的痛楚，走过了人生的最艰难处。

---

① 巴金：《随想录》，生活·读书·新知三联书店 1987 年版，第 284 页。
② 同上书，第 379 页。
③ 同上书，第 281 页。

二

冰心这位爱的使者，从“五四”时期起就以“爱的哲学”来构筑自己的文学殿堂，同时，在她纯洁、善良、宽容的情感中透射出的也是对人类的爱。这包括了她对母亲、孩子、大自然等一切美好事物的理解与关注。她的泛爱之思可以说也是她认识世界的思维基础。十分了解冰心的茅盾曾经在《论冰心》中说过：冰心女士把社会看得非常单纯，她以为人事纷纭无非是两根线交织而成：这两根线便是“爱”和“憎”。她以为“爱”或“憎”二者之间又有一者是人生的指针。她这思想，完全是“唯心论”的立场。可是产生了她这样单纯的社会观的，却不是“心”，而是“境”。因为她在家庭生活小范围里看到了“爱”，而在社会这大范围里却看见了“憎”。于是就发生了她的社会现象的“二元论”。[①] 虽然茅盾是从唯物论的角度来解说冰心的思想意识的，但是却不无道理，可以说这段话揭示了冰心创作和为人的精神内涵。所以当祖国遭受战火的侵袭、当人民身处水深火热之时，冰心“爱的哲学”升华为对世界和平的吁求，对我们国家和人民深切的爱。1949 年新中国成立的时候，虽然冰心正住在战败后的东京，但是“祖国解放的消息传来时，我感到了毕生未曾有过的快乐”。1951 年冰心夫妇终于辗转回到了祖国，看到祖国的新貌，冰心无法不去歌唱，因为爱国的精神和情感已经深深埋在她的心底。基于此种心情，冰心说：“在我的作品中，我要努力创造正面艺术形象，表现新人物，让

---

① 转引自肖凤《冰心传》，北京十月文艺出版社 1987 年版，第 133、291 页。

新中国的儿童看到祖国的新生的、前进的、蓬蓬勃勃的力量，鼓舞他们做一个有教养的、乐观的、英勇刚毅的社会主义社会的建设者。”① 或许儿童题材的选择少了几分政治色彩，新中国成立初期冰心创作颇丰，同时也未曾遭到政治运动的迫害，但这并不是说冰心没有顾虑和隐忧，在冰心晚年的采访录中，她说过：“有的话不好说，文章不像解放以前登起来容易……写东西得迎合上头的趣味。”② 就这样，冰心以一种基本平和的心态，以一种不曾改变的爱的精神走过了50年代。

“文化大革命”的到来冲破了冰心看似平静的生活，她的善良与宽容也使她同很多知识分子一样，只求当个螺丝钉。1969年，她被下放到湖北农村去接受劳动锻炼，这时的冰心已是年近七旬的老人了，但是她却是“叫干啥就干啥”，没有怨言，并因此在大队会上受到夸奖。而且她有时还在劳动的空隙时间朗读英语单词，冰心的这种超然物外的心境看似不合时宜，实际上却是她内心中爱的精神使然。正如她后来所说：“我就靠乐观，我觉得对人情物理说不过去的事情是不会长久的。”“我就觉得人与人之间的爱还是最重要的，那时人们都不敢表示就是了。其实我们私下在一起，还都是彼此相爱的，都是同情的，就是不敢表示，不敢在红卫兵面前表示。”③ 支持着一个老人度过艰难岁月的，不是什么宏心壮志，而是源自人类情感最基本的情愫：爱。当这种爱上升为一种信仰和精神立场时，没有什么险恶的外物可以摧毁它，相反有可能使它更加坚定。或许我们会说她缺乏反抗的力量，但是如果当“爱的哲学”使一个老人确信了“恶”终将遭到报应时，这种精神的信仰是否比无力的反抗更有意义呢？

---

① 转引自肖凤《冰心传》，北京十月文艺出版社1987年版，第272页。

② 转引自《傅光明访冰心谈话录》，《今晚报》1998年12月17日第6版。

③ 同上。

三

著名作家老舍是于1949年12月12日从美国回到北京的。还在美国时，老舍就曾经对他的朋友们说过中国已经有希望了，他要赶快回中国去。而当他看到中国人民现在的生活，更是感慨万千："我高兴回到祖国来，祖国已不是半殖民地半封建的国家，而是崭新的，必有领导全世界被压迫的人民走向光明、和平、自由与幸福的路途上去的伟大力量!"[①] 由此也可看出出身贫苦的老舍对于新中国的成立是怀着多么美好的期盼的。早在1938年全国抗日民族统一战线刚刚建立之时，老舍就已经担任了中华全国文艺界抗战协会的常务理事、总务部主任。所以面对新政权、新生活、新社会，充满爱国热情的老舍表示愿意参加一切有利于人民的工作。而新政权确实对老舍委以重任，20世纪50年代老舍曾任职全国文联副主席，中国作家协会副主席，中国民间文艺研究会副主席，北京市文联主席，北京市人民政府委员，第一、二、三届全国人民代表大会代表，国务院文教会委员，中国人民政治协商会议全国委员会常务委员等15个社会职务。毫无疑问，这些职务花费了老舍大量的精力和时间，更何况老舍是一个相当诚恳、真挚、敬业的人，即使是严重的腿疾在身，他仍旧坚持以最饱满的热情工作和学习着。可以说整个"十七年"时期，老舍大多数的时间是在学习文件、参加会议、发表演讲、撰写各种文章、文化交流、接待外国友人中度过的。

---

① 转引自刘明、石兴泽《人民艺术家——老舍》，山东画报出版社1998年版，第138页。

从这个层面上讲，文化官员的意识和品格呈现在老舍精神的表层。因为作为官员他必定要按照社会的需要、政党的需要去思考、去工作，他不仅要接受和接触他自愿接受或接触的事物，而且还要接受和接触他不愿接受或接触的事物。也就是说，或许当他以某种身份进行演讲时，官员的意识和思维方式占据了他内心的某一层面，强烈的责任感和时代感也会左右他自己的思考。正因为如此，有的当代研究者对老舍这一时期的许多深层的精神矛盾做了如下的分析：他未必有志致力于剧本创作，即使打定主意写剧本，也未必认为《龙须沟》的方向是他创作的通衢大道，但当他因此而成为“人民艺术家”的时候，这些身份（角色）便主导了他的思想，因而他认定了《龙须沟》的“艺术冒险”，强调政治热情对创作热情的作用，进而强调创作热情对创作规律的胜利，表示“我还要努力学习写剧本”，一次一次地进行《龙须沟》式的“艺术冒险”。此外，他未必赞成“为目前的政治任务写作”的口号，但是，当这一口号被视为社会主义时代的要求、是社会主义文学创作的特点时，作为文艺界的领导，却又发表文章，提倡“赶任务”，强调“赶任务”的重要性，而“赶任务”的重要性也就此成为他思想理论的组成部分，并指导着他的创作实践。[①] 可能正是各种职务的束缚，一点点地剥夺了老舍内心深处的自我意识。

那么老舍的有关赞同文艺服从于政治的文章是否都是官话或敷衍之词呢？想来，就老舍那敦厚、温纯中透着坚韧、执着的个性来说，他的民众情结也是深深影响他这个时期精神架构的又一个原因。老舍虽然也是一个学贯中西的知识分子，并且曾一度信仰基督教，但是与巴金、冰心等人不同，老舍出身于贫寒之家，有着艰难坎坷的人生经

---

① 石兴泽：《四重意识：老舍五六十年代》，《学习与探索》1996 年第 1 期。

历，他对工人等底层人民有着天然的亲近与同情。就连他的基督信仰也是同解放贫苦大众相连的，“耶稣只负起一个十字架，而我们却应该准备牺牲自己，负起两个十字架，一个是破坏旧世界，一个是建立新世界。”[①] 从这样的情感出发，当他目睹人们的生活水平、精神面貌发生大的喜人的变化时，他是真心地感谢新政权以及领导人的，因此他开始从自己的创作入手，改造自我，抓紧学习，虚心听取别人的意见，反复加工、修改自己的作品，以期写出能跟上时代的潮流，为新政权、新社会服务的文章。所以他才会说：“时代是伟大的，人民是伟大的，可是我写不出伟大的作品。原因很多，主要地是我没有伟大的思想。我有爱新社会的热情，但是专凭热情，只能勤于写作，只能就事论事地去写近似记录的东西，而不能高瞻远瞩地把人与事提高，从现实生活中透露出远大的理想。”[②] 由此也可看出，老舍真切地改造自我的想法有着发自内心的情感。

然而，历史的复杂性混合着个人精神的复杂性是这个特殊时期的特性之一。如果仅就如上所述，老舍的文艺思想、精神立场应是当然地适应时代需求、政治需求的，可是他怎么还能在这一时期创作出他一生中最重要的作品，同时又是远离时代的《茶馆》与《正红旗下》呢？或许这是因为：老舍心灵深处一个叫作艺术良心的意识还顽强地存在着、涌动着，等待着可以喷薄而出的一刻。1950 年 8 月 9 日，他在给胡风复信时说：“老没写信，因为大忙。近两月来，我是上午在家工作，乱造妖魔。下午到市文联办公——这是个相当重的包袱……”这里所流露出的最隐秘、最真实的感情，无疑是一个作家发自心底的叹息。此外，在“双百”方针颁布之后，文艺界一度有了复苏的迹象，老舍便连续发表了《自由与作家》《谈“放”》《论悲剧》

① 转引自刘明、石兴泽《人民艺术家——老舍》，山东画报出版社 1998 年版，第 187 页。
② 《老舍论创作》，上海文艺出版社 1982 年版，第 180—183 页。

等针砭时弊的文章，他那艺术家的精神气质、思想方式都显现了出来。而《茶馆》与《正红旗下》的成功，很大程度上是因为老舍又能回到他所熟悉的老北京，回到他所精于其道的写作方式，他可以深入到人物的内心，可以从容面对历史的场景，可以尽情发挥他作为艺术家的才能，努力向艺术的真理靠近。事实上，老舍就是在面对他难以把握的题材、面对应景似的创作、面对极为陌生的主题时，他的艺术良心也不曾泯灭过，写作剧本《春华秋实》他十易其稿，排演《龙须沟》他亲自朗读剧本，征求演员、导演的意见，这时的老舍正是一个艺术家的老舍。但是由于时代精神的制约、民众情结的扭结，使作为艺术家的老舍充满了困惑与矛盾，在他的精神世界中始终有着一层层密密叠叠、出于不同原因而形成的织网，束缚着老舍的艺术个性与精神追求。

当“文化大革命”的大门猝然打开时，老舍身体与心灵的双重磨难接踵而至。先是因吐血住院，不久又遭受了“红卫兵小将”们的凌辱与殴打。1966 年 8 月 24 日，老舍在太平湖边呆坐了一整天。第二天一早，有人看到了他露出水面的后脑。没有遗书，只有湖面上漂浮着的一张张由老舍亲笔书写的毛泽东诗词。记得老舍说过，在动乱中死去的往往是刚烈而清白的人。这种历史的奇异的逆向淘汰最终成了老舍这位悲剧作家不解的悲剧命题。然而无论如何，在老舍生命的终结点上没有留下精神死亡的阴影，相反却透露出一个文人精神意志的倔强与不屈。

总之，巴金、老舍、冰心为代表的新中国成立后作家并没有放弃人类精神应有的向度，即在精神的失落与失重后寻求的是向上的精神攀升。可以说，在我们今天回首新中国作家的精神史时，他们正是一种特殊的精神形态的典型。在一个新的时代和新的生存空间里，他们较好地完成了与时代的现实的融合，并在某种程度上克服了“创作断层”现象（尤其是老舍），但同时他们又以各自独特的方式保持了自我的精神操守和人格自尊。实际上，他们对时代的“顺应”、对自我的改造既是源于他们天真、纯洁的信仰，又是生存和生命本能的一种需要，他们内心里其实都还坚守着一个“精神底线”。正是这种“精神底线”，使他们既做到了个人与时代之间的艰难平衡，又做到了在保护生命和生存本身的同时在内心时刻进行着“反省”和忏悔。

[原载《辽宁师范大学学报》（社会科学版）2010 年第 3 期]

精神的抉择与静观的姿态

——以沈从文等人为例解读新中国成立后作家的精神策略

我们在回顾新中国成立后文学家的精神史时，当然离不开对历史事实的叙述，同时也力图在此基础上廓清几种作家类型，以便于揭示作家们不同的精神苦旅。但事实上，我们还是习惯于按照一种普遍被认可的结论来表述，左翼或右翼，激进或保守，而且我们也认同这样的现象，即中国作家们往往容易在时代风潮的裹挟中丧失自我，他们总是因时代的、立场的、信仰的不同做出选择，缺少因为刚性或叛逆的品质做出的选择。但是如果我们看到新中国成立后作家们境遇的恶劣与窘迫，细读他们在困境中的历史，我们会发现也存在着另一种抗争，它不是沉默与一味忍耐，而是一种无声的坚持与挣扎，是在静观与超然中承担苦难，是在退守与等待中延续精神。对于这些作家来说，他们的选择往往是转向文学创作以外的其他途径，并在新的领域取得了不俗的成绩。在这方面，我们可以列出沈从文、萧乾、废名、骆宾基、穆旦、丰子恺等大家的名字。总之，时代精神的负荷虽然极为沉重地压在他们的肩上，但是他们仍能或多或少地坚守自主选择的权利，在“逃避”中争取些微精神的独立。

一

沈从文作为一个坚持“第三条路线”的作家，从1949年起就已经绝少创作了，这里的原因是显见的，无须赘述。对于一个一心希望构筑“文学梦”的人来说，这似乎意味着梦已醒来，创作的激情不在，精神的世界将发生巨变。事实上也大体如此，1949年以后的沈从文历经心灵的磨难后，从文学创作走向了文物研究、古代服饰研究，并在这一领域取得了杰出的成就。在这里我们暂不去关涉其研究领域转变的历程及其转变的结果，我们只想走入其精神世界，一窥他的心路历程。

与群的隔绝。从1949年1月起，沈从文陷入“精神失常”。这自然与当时文艺界的现状、国内政治局势有着必然的关联，但是其内在原因更是直接。因为沈从文的精神几近崩溃不完全是对外在环境变化的恐惧与担忧，而是深感自己精神的坚持终不被人理解的绝望，这内外双重的困境才是他想自毁的原因吧！他在1949年1月一封家信的批语中写道：“给我不太痛苦的休息，不用醒了，就好了，我说的全无人明白。没有一个朋友肯明白敢明白我并不疯。大家都支吾过去，都怕参与。……我看许多人都在参与谋害，有热闹看。”[①] 此外他还写道：“做完了事，能休息，自己就休息了，很自然！若勉强附和，奴颜苟安，这么乐观有什么用？让人乐观去，我也不悲观。”[②] 如此尖锐的言语，在一个人人诺诺的时代没有理由不被视为“疯子”，或许沈从文的这份怒气正是他苦闷的根源，他不能接受没有坚持的投降，如

① 沈从文：《张兆和从文家书》，上海远东出版社1996年版，第152页。

② 同上书，第153页。

果那样，还不如“休息”。正是他一贯执拗的性格与思想让他对那个时代以及那个时代中的友人与朋友充满了不解甚至是愤恨。这种来自灵魂深处的痛苦迷茫始终咬啮着他的心，他不愿相信原有的一切在时代的变化中消失了，更有甚者，他似乎看到了一个完全迷失的自我。他在另一封家信中这样写：“有种空洞游离感起于心中深处，我似乎完全孤立于人间，我似乎和一个群的哀乐完全隔绝了。……世界在动，一切在动，我却静止而悲悯地望见一切，自己却无份，凡事无份。”[①] 由此可见，沈从文精神的崩溃不单单是因为左翼文人对其的排斥与批判，而且也是因为自我精神不得坚持所产生的危机意识使然。

在破碎中黏合自己。1949 年 8 月，沈从文被安排到他十分熟悉且十分感兴趣的历史博物馆，具体工作是管理文物，抄写目录和标签。在此前，他已渐渐明白必须同文学彻底绝缘，因为“什么都不写，一定活得合理得多”。但是在此后的几年里，他总是期望着能够拿起笔，写出新的作品，但是他的思想是矛盾的、痛苦的。一方面，他总是感到自己的思想同时代有很大的距离，对新的社会、新的生活，还很隔膜疏远，如果勉强去写，怎能写好？另一方面，他又目睹自己的书稿被销毁或禁止出版。如此一来，心中残存的对文学的眷恋也因种种现实情状而压抑了。该向何处去？幸好文物研究工作使得沈从文的精神有了依托。汪曾祺曾回顾道：他后来一头扎进了文物，越陷越深，提笔之念，就淡忘了。他手里有几十个研究选题待完成，他有很大的责任感和紧迫感，时间精力全为文物占去，实在顾不上再想写作了。沈从文似乎在研究文物的工作中慢慢地寻找到了新的希望和安慰，甚至是一种他渴望追求的有意义的生命形式。因为他从这个领域找到了他在文学创作领域所失去的自信与满足，一个倔强的、好斗的沈从文又

---

① 沈从文：《张兆和从文家书》，上海远东出版社 1996 年版，第 160—161 页。

回来了。他开始不断写文章指出人家文史方面的错误，并说明自己文史研究的主张和方法。事实也证明，沈从文对中国服饰研究、文化史研究确实做出了独特的贡献。回顾这段历史，我们看到或许沈从文正是在放弃中重新确立了一个值得坚持的自我，这一放弃无疑是可贵的、有意义的。

于静观中守望。“文化大革命”的到来，沈从文自然是逃不掉的“老虎”，他经历了一整套“文革程序”后，被安排去打扫女厕所。这时的沈从文却用一种出奇的冷静与从容面对周围的一切。在被送到咸宁双溪一个死寂的乡村医务所居住时，他感受到的是“这儿的荷花真好”，并于此间创作了好些诗，“可能有几首还像是破个人纪录的”。1970 年，沈从文病间赋了一首《喜新晴》，其中有云：“独轮车虽小，不倒永向前!”这种种强烈的生命意识的表现，种种平和安详的心态，究竟源于什么呢？是因为久经磨砺之后“冷眼向洋看世界”的无奈心绪？还是因为余志未尽、苦中作乐的超然心情？一位学者的观点似乎更有启发意义，我们不妨引而观之：他认为沈从文是自觉地选择了“静”的形态来确立自己的独立性，以“静”为视角发现了生命的意义，并且于无意中将自己的生命投射其上，交融其间。也就是说，沈从文在忙乱的世界之外，找到了一个角落，不是在那儿苟延残喘，而是安身立命。他意不在无为地“逃避”时代洪流，而是要在滔滔的洪流外做实事。[①] 这样的分析决非毫无道理，沈从文在“文化大革命”时的从容与达观的确充满了独立的精神，达到了“静观”的境界。有个小的细节或许会让我们有所思：除了打扫女厕所，沈从文有时还要去拔草，“一天他独自一人在故宫拔草，天寂地静，花开得极美，他恍有所感。忽然天安门外传来海潮般的万岁之声，哄哄嚷嚷，他觉得

① 吴立昌：《人性的治疗者——沈从文》，上海文艺出版社 1993 年版，第 297—299 页。

这么多人忘了这份大自然的美色，实在奇怪，可惜”。[①] 可见，沉于事外的静默使得沈从文确实获得了重新发现美的心态与情绪，而从事古文物的研究又正合了他的“静观”之意，并得以发现与保持自我。

无论如何，沈从文的精神履历给予我们的启示是丰富的，因为这是“一个平凡的人在不平凡的时代中的历史”。

二

另一位以静观的姿态沉浮于乱世的现代作家是丰子恺，从他早年的《缘缘堂随笔》开始，这位参入佛缘的居士就致力于表现细碎的东西，《渐》是这本《随笔》的开篇之作，通篇抓住“渐”与“微”的意义与心得，引出：“故佛家能纳须弥于介子”的深意。其中所蕴含的意义恐怕正应对一位英国诗人的话：“一粒沙里见世界，一朵花里见天国，手掌里盛住无限，一刹那便是永劫。”显然丰子恺谈论的是一个哲学话题，但是不期然间，他已经表露出他所信奉的文学态度、处世态度与人生精神。此外，丰子恺对于细碎问题的关注其实也传达了人生的社会意义，他不忘记展现细碎中的风趣，是因为他希望以世界和人事的简单与快乐作为主题，比如他写儿童、绘童年，把孩子们的幼稚与天真倾注笔端，都是将人性的良心与爱心放在第一位的。这些就是他自己所说的为文和为人的“根本问题”。

新中国成立后，丰子恺的创作日益减少，但是只要他拿起笔，他的心态就是从关注细微来表达人生。到他发表《阿咪》时，终于遭到

① 张新颖：《沈从文：从 1949 年起》，《上海文学》1988 年第 2 期。

了批判。因为作品中的一个“猫伯伯”被认为影射了毛泽东。“文化大革命”到来之后，他被关进“牛棚”遭受更严厉的专政，然而，丰子恺对于自己的种种境遇，多是轻描淡写，甚至避而不谈，一斤黄酒入肚，他仍能吟诗诵词，谈笑自若。在他被下放上海南郊时，70多岁的老人还要亲自到河里打水洗脸，对此他笑曰：地当床，天当被，还有一河浜洗脸水，取之不尽，用之不竭，是造物者之无尽藏也。从中我们可见一个心境澄明、达观无畏的老者。或许正是在这样的心境下，在1971年至1973年，丰子恺利用凌晨不被监管的时间偷偷写作了这期间他最重要的作品《缘缘堂续笔》，当然他仍然秉承了对人生事态细部的倾注与关怀，但是这部作品所显示出的意义要远远大于作家早期的作品，而且更见作家的精神气质。他津津有味地写着酒令、食肉等琐事，记录着王爹爹、王囡囡等小人物的故事，在一种无感情可言、人性扭曲的世态中，老作家的这一篇篇短小的文字，却真正代表了人生的真趣和人性的温暖。其中《暂时脱离尘世》一文或许可以视为作家写作心态与自我精神的观照，他引用了夏目漱石的一段话：“苦痛、愤怒、叫嚣、哭泣是附着在人世间的。我也在30年间经历过来，此中况味觉得腻了。腻了还要在戏剧、小说中反复体验同样的刺激，真吃不消。我所喜欢的诗，不是鼓吹的诗。”这表明了丰子恺的写作是有意回避生活中的丑与痛的，但是这并不意味着作家的内心不去感受时代的苦痛、人生在其中的烦忧，更不是要否定生命，而是要远离时代的疯狂与罪恶，确认人生还有意趣与真情的存在。此外，对于作家的精神世界来说，在如此残酷的情境下有这样的心态，显现了他对于人性良知的坚守，并且也流露出丰子恺保持独立人格的执着与对生存的智性认识。事实上，这也表现在他1965年创作的《护生画集》第五集中，在作品中他对自然、动物、植物所怀有的温厚品性，关怀体恤，之于人类就是关怀人心道德，如他所说：护生则护心。

丰子恺的静观之思，并不像沈从文那样隐秘、焦灼，他的佛心与视界本就是平静的、和谐的，是一种在喧哗与浮躁中亦可自得其乐的处世心态，这使他常常敢于对乱世发出自己的声音："今世有许多人外貌是人，而实际很不像人，倒像一架机器。这架机器里装满着苦痛、愤怒、叫嚣、哭泣等力量，随时可以应用。即所谓'冰炭满怀抱'也。他们非但不觉得吃不消，并且认为做人应当如此，不，做机器应当如此。我觉得这种人非常可怜，因为他们毕竟不是机器，而是人。他们也喜爱放弃俗念，使心地暂时脱离尘世。不然，他们为什么也喜欢休息，喜欢说笑呢？苦痛、愤怒、叫嚣、哭泣，是附着在人世间的，人当然不能避免，但请注意'暂时'这两个字，'暂时脱离尘世'是快适的，是安乐的，是营养的。"（《暂时脱离尘世》）丰子恺的人生哲学与精神思考在那个狂嚣的时代显然是背离主流的，但是他对人生的静观之思相对于乱世浮沉中的随波逐流者的迷乱之思，却更显人性存在与主体精神存在的意义。

三

如前所述，在新中国成立后的一段时间里，一批作家因境遇的险恶，重觅新途开始了人生的又一次创业，最有代表性的就是上文所提及的沈从文，此外还有萧乾、骆宾基、穆旦、废名等作家。他们的精神抉择多交织着苦痛的色彩，而且他们对于文学的创作同样深怀依恋却因多种原因未能回归创作之路。就此来说，他们的精神境遇是有着某些共性的。当然各自性格秉性、人生道路的不同也会给他们的内心带来不同的体验与遭遇，但是他们的共同选择却获得更为深刻与高拔的思想，能在精神的退守中保持另一种思想的姿态，让生命的意义得以延续。可以说，这些作家的转向在一定程度上看，就是在生存的可能性与自身的精神底线之间可以做出的唯一选择。

萧乾的青年时代一直漂泊于大江南北，第二次世界大战期间穿梭于欧美各地，写出了许多脍炙人口的特写、通讯、杂文与新闻采访实录。由于他对中国局势了解不够，加之其耿直、尖锐的笔锋触痛了某些文艺领导者，这使得新中国成立后的萧乾陷入了一次又一次的文艺运动，“反右”、“文化大革命”时的处境更不必说，他曾经痛苦得试图自杀，然而妻子又将他的生命挽回。萧乾觉得，为了妻子，他被重新挽回的生命再也没有理由毁灭。在 1950 年至 1957 年的一段时间里，他已经认识到不能再为文、写作，因为可怕的灾难随时会降临他的头上，于是，为了不至于虚度光阴，更为了自身的生命还有存在的意义，在妻子文洁若的提议下，萧乾只好转向了没有什么风险的翻译工作，先后翻译了《好兵帅克》《大伟人江奈生·魏尔德传》《莎士比亚戏剧故事集》等书。从中他不仅获得了精神的慰藉，而且也为自己的艺术道路寻找到了新的燃烧点。当然，如此一来，他的文学创作道路也不得不中断。到了 20 世纪 60 年代末，他和许多知识分子一样又开始了新的漂泊之旅，远离北京，被下放到数千里之外的湖北咸宁农村劳动。在人生的边缘徘徊的萧乾看似麻木停滞了，但是内心仍然涌动着希望的潮水，他开始教儿子学习英语，在内心构思文章，构想一个可以重新自由生活的世界。1976 年，这个世界终于到来了，萧乾在度过 21 年的寒蝉生涯后，终于可以拿起笔写作了。除了致力于回忆录和散文的创作之外，他也未放弃曾经挽救过他并陪伴他度过苦闷时期的翻译工作。其实，比较而言，最可以显见萧乾后期艺术生命力的大事件应是这位年已 80 岁的老人同自己的妻子一道翻译了爱尔兰作家詹姆斯·乔伊斯的巨作《尤利西斯》。乐观地看，倒是身份的转移给这位性格坚定、执着达观的老作家带来了最后的，也是最辉煌的艺术历程。

同萧乾情况相近的是骆宾基，他原本是中国现代文学史上卓有成就的一位进步作家，曾经两次被国民党关进监狱，被誉为中国的契诃夫。对新中国的到来，骆宾基当然怀着极大的热情，并且主动要求到国家建设的前沿去体会生活，以便写出真正反映国家新面貌的作品。但是，与萧乾转向原因不同的是，他发觉自己的艺术兴趣与创作灵感常常是有悖于《在延安文艺座谈会上的讲话》精神的，这使他深感创作的不自由。另外，这位具有强烈现实主义精神的作家，越发感到不断强化的“歌颂光明”的文学主张与国家现实生活之间的巨大差距。他开始对文学的境遇产生了深深的焦虑，慢慢地对于文学创作也有些心灰意冷。1955 年由于胡风事件的牵连，骆宾基遭到隔离审查，这样一来他深知自己的命运与前途将是不可知的，于是文学的梦彻底破碎了。在这种内外交困的情形下，他转向了对古代金文、甲骨文的研究。虽然在“百花”时代，骆宾基依然期待着可以从事他所全心向往的文学创作，但是“文革”的到来，一切希望和梦想都是那么渺茫。这样骆宾基就将自己全部的经历和热情投入到了研究古代金文的工作中，并且也做出了一定的成绩。可见，对于文学精神的执着是促成骆宾基转向的原因之一，而且又正是这一选择才能使他在人生的最艰难处没有倒下。

在这里，我们还要谈到另一位从文学创作走向翻译工作的作家，更准确地说应该是一位中国现代文学史上杰出的诗人——穆旦。他的人生历程无疑是悲剧性的，这也使得穆旦的精神历程充满悲剧性的因素，特别是在新中国成立后的 30 年里，他所遭受的非人待遇可以说是知识分子血与泪的代表。穆旦的出现，从一开始就带着浓烈的叛逆和异质的色彩。如果说新中国成立以后在主流文学之外的穆旦执拗又桀骜不驯，表现了对人格独立、自由个性的追求与绝不妥协屈从的人格光辉的话，那么在艺术上，他的“用我们的残缺，我们的绝望，将它完整”的诗学探索，也同样表现出炽烈如火的执着与热情。我们会发现这位诗人身上充满了对立与统一、矛盾与痛苦、分裂与挣扎。特别在时代环境更为严峻的五六十年代，人们的生活是极为不安定和不正常的，甚至是扭曲的、异化的，要在这样的时代保持个体的智慧和尊严，保持人的理性和良知，就必须付出代价。事实上，穆旦诗篇中的最好部分确实使他在生活中付出了巨大的代价，几乎失去了一切自由和人格的独立，至于生命的尊严更不必说。“文化大革命”的到来，对于崇尚人格独立的穆旦来说，已经完全没有了他可以立足的舞台，最终，当一切通往诗性的、独立的生存之门都向他关闭的时候，他唯一的选择只能是逃离自我创作的冲动，在翻译他人的诗作中去体会诗的无上魅力，去填充自身精神被毁后的空白。这期间他坚持翻译了《唐璜》《拜伦抒情诗选》《欧根·奥涅金》等西方著名的诗歌，这些诗歌不仅给他寂寞苦闷的心灵增添了亮色，而且显示出一个知识分子在逆境中仍然坚守自己的精神选择、不畏强力所折的坚韧。尤其难能可贵的是，在被迫中断写作近 20 年后，在穆旦去世前的一年多时间里（1975—1976 年），他又重新开始写作诗歌。诗人这时的诗歌不但一点不见诗艺的衰退，而且由于几十年坎坷经历的浸染，显得更加意蕴深厚。穆旦的诗是说不尽的，穆旦的精神同样是说不尽的。

与以上作家略有不同的是废名。这个同样在新中国成立前饱经磨难的作家，在新中国成立后，似乎重新发现了生命的真意，艺术生命也因此得以重生。特别是在 1951 年亲赴江西参加土改之后，他为那蓬勃的建设热情与生活画面所吸引，决定写一部长篇小说来表现新政权取得胜利的光辉历程。但是因为身体疾病的困扰使他搁笔。可以说精神的解放、创作热情的高涨深深激励着废名继续在文学领域做出贡献，在这种情况下，他投身到文学教学与文学研究方面，并担任了东北人民大学中文系主任。废名的转向是一种自觉的选择，他是以一片赤诚、真挚之心从事新的领域的，他并没有产生巨大的心理落差，相反他重新发现了自己存在和生活的意义。同时，废名对于自己过往的文学作品也并没有予以彻底的否定，他对自己、对国家、对文学仍旧怀着相当的信心。从这个角度说，废名的转向并非是外界或自我逼迫的结果，作为一种自觉的人生选择，不仅对他来说具有自然而然、水到渠成的意味，而且也超越了精神失落和精神扭曲的痛楚。在那个时代，废名的精神历程无疑证明了纯洁的信仰和天真的人格所具有的魅力与力量。

［原载《辽宁师范大学学报》（社会科学版）2010 年第 1 期］

精神自我的无奈分裂

——解读新中国成立后左翼作家精神的两重性

对于新中国成立后中国作家的精神状态而言，那些居于政治和时代旋涡中心的“弄潮儿”的精神图景可谓最难揭示，分歧也最大。这不仅因为与巴金等作家相比，他们身上的时代烙印和政治烙印更为明显，而且还因为他们居于“庙堂”比身在“江湖”的作家更无退路，他们时刻处于各种“监控”之中，身份也日益“公共化”和“符号化”，在这种情况下，他们自我精神迷失的危险更大，而保持精神自我的难度也更大，他们的“弄潮”既是一种自觉的追求，是他们人生价值和政治理想实现的标志，同时又是一种迫不得已的“惯性”制约使然，其内心掩藏的无奈、沧桑和精神冲突也就更剧烈。在我们看来，周扬、郭沫若、丁玲、何其芳、茅盾等作家在新中国成立后的精神历程就是这种自我精神分裂图像的绝好阐释。

新中国的成立，对文艺界的影响是相当深远的，它首先焕发了一部分作家的创作热情，但更多的应该说还是政治热情，这无疑同1942年毛泽东《在延安文艺座谈会上的讲话》中所倡导的文艺政策、文艺观念分不开。新中国成立后，文艺为工农兵服务的方向继续被确定为新中国文艺运动的总方向，并根据当时形势的需要，将这个总方向，进而上升为“文艺为政治服务”。在这种情势下，一批左翼作家也不得不在这一律令下，放弃自己曾经熟悉的知识分子或其他题材，转而去写工农兵题材。这势必造成他们文学作品的生涩，艺术性的降低，文学情感的苍白，以及精神深处的变异。矛盾的是，艺术良知与作家的思维又无法使他们接受这种概念化的创作以及思想的蜕变，所以才会出现一批原是左翼作家的文学工作者在 20 世纪 50 年代至 70 年代，长达 30 年的时间内没有或鲜有艺术作品问世的现象，他们有的转向文艺理论的研究，有的为政务所淹没，有的则回归旧体诗的创作，有的则是在批判运动中沉浮，总之，艺术精神和政治意志的矛盾成为他们这一时期里最为沉重的精神负荷。这里我们将重点解读茅盾、何其芳、丁玲等作家在新中国成立后的精神密码，因为作为重要的左翼文学的代表，他们不仅身居高位，而且还是中国现代文坛的大家。在新中国成立后的特殊时期里，他们陷入政治运动的“围剿”中，一时间似乎生命的全部意义都被时代精神所替代，这一方面出于他们对于崇高理想的追求，出于对自身信仰的忠诚，另一方面，集体与革命的名义早已使他们将政党的利益置于思想的最高处，于是精神的冲突在忠于艺术还是政治的选择中，突兀而严峻，最终他们只能以精神的两重性完成人生的命题：既坚定地忠实于政党，又眷顾着艺术的良知。当然，一个不可辩驳的事实是，前者往往冲击着后者，这就造成了他们精神的畸变。

一

茅盾作为“我国现代进步文化的先驱者，伟大的革命文学家和中国共产党最早的党员之一”，同中国的左翼文学及文学运动是紧密联系在一起的。在新中国成立之初，他又开始了长达 15 年的文化部长的任职，这意味着他已同新中国成立后的政治文艺紧密联系在一起。然而，对于一个十分重视自己的文学生命的作家来说，这无疑又是一段十分艰难的时期，政治人格与文学人格的两难选择是他必须承受的精神重压。

首先，他已经没有精力与时间去从事自己更为喜爱的文学创作。为此，性格冷静、持重的茅盾也有过抱怨："五年来，我不曾写作，这是由于我文思迟钝，政策水平思想水平低，不敢妄动，但一小部分也由于事杂，不善于挤时间……总理号召加强艺术实践……我这个自己没有艺术实践的人却又不得不鼓励人家去实践，精神上实在既惭愧又痛苦……"[①] 茅盾原有续写《霜叶红似二月花》的设想，皆因时间和精力的有限，多次搁笔，以致这个写作计划终未完成。此外，1952年，茅盾曾经接受过一个"政治任务"，写一部反映镇反运动的作品，最好是电影剧本。虽然是完成了，但是他并不满意，因为作品并不是源于作家生活的积累和创作的热情，所以茅盾先是将其"封存"了起来，然而在1970年四五月间，在作家精神、情绪最消沉的时候，这个电影剧本连同《霜叶红似二月花》的手稿都被他亲手销毁了。无疑，创作之梦的破灭，对一个作家的精神打击是相当沉重的。

其次，茅盾的痛苦还在于，在一系列的政治性文艺观面前的深感无助。因为身为作家的他不可避免地要从文学艺术规律的角度去思考一些问题，但是，对于新中国、新政权的信任，对于自身政治理想实现的维护，对于现有领导责任的重大等诸多内外因素的权衡，使他的政治人格或者说政治意识常常会击倒内心中的文学意识，从而做出有悖于艺术良知的选择。这重重的精神困境迫使茅盾在审慎从事之后以沉默应对一切。在1957年全国性地批判丁玲、陈企霞，并将他们打

① 茅盾：《我走过的道路》，人民文学出版社1997年版，第724页。

成“反革命集团”时，作为丁玲曾经的老师，茅盾是了解并相信自己的学生的，但作为文化部长的他不能不表态，于是他作了《洗心革面，过社会主义的关》的发言。事后他为自己的违心发言深感不安，为了避免这样的事情再发生，茅盾称病拒绝写任何文章。

再次，茅盾的沉默还有着他个性的因素。作为一个现实主义小说的倡导者，茅盾的性格是相当沉稳的，在他身上，浪漫的气质鲜见，更多显示出的是一个理论家的气质和思维方式。这种个性以及对自己清醒的认识，是他在面对许多问题时能够保持低调、予以回避的另一方面的原因。或许正是茅盾这种独特的个性气质，给他开启了另一片心理空间，容许他精心地去思考一些文艺理论问题。从1956年开始，他利用业余时间，针对新中国文艺理论的薄弱以及文艺工作者文艺认识的分歧，写了一篇六万字的论文《夜读偶记——关于社会现实主义及其他》。[①] 虽然文中有认识的局限，但是在文化“大跃进”的时代，能够出现一部系统的理论著作，确实是茅盾独特的贡献。这从一个侧面，也可以看到茅盾文学人格中冷峻与执着的一面。显然茅盾的“后退”与沉默，既是一种生存策略，又是一种精神策略。在那样一个时代，这样的策略无疑是在生存现实和精神自我之间保持平衡的唯一可行的办法。

二

何其芳的人生经历与创作道路在中国现代作家中是有特异性的，被一些研究者称为“何其芳现象”。年轻时期的何其芳是一个对艺术

① 该篇长文连载于1958年第1期至第10期的《文艺报》上。

极虔诚、品位高雅的鉴赏者，同时也是一个创作态度认真的诗人。那时的何其芳相信政治是肮脏的、现实是丑恶的，而将艺术当作人生的避难所："在我参加革命之前，有很长一个时期我的生活里存在着两个世界。一个是出现在文学书籍里和我幻想里的世界。那个世界是闪耀着光亮的，是充满着纯真的欢乐的，高尚的行为和善良可爱的心灵的。另外一个是环绕在我周围的现实的世界。这个世界却是灰色的，却是缺乏同情、理想的，而且到处伸展着堕落的道路的。我总是依恋和流连于前一个世界而忽视和逃避后一个世界。"① 这种认识似乎在何其芳1938年到达延安之后被彻底"改造"了，他的艺术观连同世界观都发生了巨变。他开始认为自己的这种思想是卑微渺小的，同《在延安文艺座谈会上的讲话》的精神是背道而驰的，是应予以彻底否定的。同时为了坚定自己的政治文艺思想，他开始从宣传《在延安文艺座谈会上的讲话》精神与批判他人的"错误"文艺观念中，获得否定自我的信念与勇气。事实上，从这时起在其内心深处就隐藏了双重精神线索：显层的当然是政治文艺观，潜层的则是对艺术独创美的眷恋。这两者在其他作家那里也都存在着，但是他们往往是两者相抗衡的，随着政治运动的起伏，此消彼长。何其芳却一直保持着极高的政治警惕性，始终是《在延安文艺座谈会上的讲话》精神忠实的维护者。这其中的原因是相当复杂的，但是我们至少可以从两个角度，分析他的心理成因。

其一，强烈的功利意识。其实，这里也包含着积极的入世精神，就何其芳来说，到达延安意味着自己改造现实的梦想的实现。他在年轻时已有鞭挞社会黑暗与还击不合理社会的主观愿望，并怀着极大的热情希望实现这一梦想。所以当何其芳一旦找到了精神的归宿地，他

---

① 何其芳：《写诗的经过》，《何其芳文集》第五卷，人民文学出版社1983年版，第139页。

就毫不犹豫地献身于这一事业，并在“发展”这一事业的过程中，坚信自己思想的变化是一种向前迈进的变化，他逐步树立了这样的信仰：为了某种更高的目的，为了现实的政治需要，牺牲文学的艺术性是合理的、应该的。政治信仰与生命成了何其芳实现其价值存在的依托，成为其“逃避幻想”的另一个精神堡垒。

其二，在非理性的迷雾中产生的个人崇拜。积极入世的态度并没有错误，但是失去了真实的理性的价值尺度，就往往使人陷入精神的非理性控制之中。在何其芳身上显现的正是盲目信仰之后的迷狂。最具说服力的事实就是他对毛泽东的个人崇拜。可以说从何其芳到延安始，他就为遇到一位“明君”而高歌，直至他生命的最后时刻仍是毛泽东忠诚的战士，在《毛泽东之歌》《幸福的回忆》等其晚年的诗作、散文当中，我们都会发现这种固执的非理性的个人崇拜。或许正是如上的原因，使得曾经为艺术而歌的何其芳成了失去主体的歌者。但这并不意味着他的内在心理就是快乐的、从容的。如上所说，在他的内心深处仍然潜藏着艺术个性，并且也曾存在着反抗的意识，但是当招致一些批评家的批评时，艺术的感觉只能成为潜意识而存留心底。所以何其芳的精神情感中始终有着悲凉的情愫。在1956年何其芳写的《散文选集》序中，他说过这样的话：“现在有些人好像主张在我们的语言文字里废除‘难过’这一类的词汇。据说用了这一类的词汇就是感情不健康。……我的心境却实在不能用别的字眼来说明，只有叫做难过。……一个人的生命过去了很多，工作的成绩却很少，这已经是够不快活的事情了；但更使我抑郁的还是我发现了这样的一个事实，当我的生活或我的思想发生了大的变化，而且是一种向前迈进的变化的时候，我写的所谓散文或杂文却好像在艺术上并没有什么进步，而且有时甚至还有些退步的样子。……我想，一个认真的有责任感的人，他发现他的工作做得不好，因而难过，这倒是正常的……”[①]何其芳对于自己的认识从某种角度说，也可谓深刻了，他内心的“难过”绝不是无病呻吟似的做作，相反倒是清楚地表达了一个诗人深深地热爱过艺术却又远离艺术而去的无奈与阵痛。

我们描述何其芳在新中国成立后的精神历程与人生态度有着特殊的意义，既可以从他的身上折射出许多作家曾经有过的两难选择，又可以看到一个激进的左翼作家在特殊时期的特殊精神气质与心灵欲求。

三

没有哪个作家像丁玲这样，一生在荣辱毁誉之间，经历过如此大的落差。“丁玲是一个具有巨大的文学才能而为政治所吞噬的作家，一个未及完成却因意外打击而几近碎裂的作家，一个忠实于文学事业并为之苦苦挣扎奋斗的作家”。[②] 事实上，这一评价正反映了在两难处境中被割裂的丁玲的精神世界。时代和个性造就了政治的丁玲，时代和个性也摧毁了文学的丁玲。

新中国成立后的30年，无疑是丁玲生存与精神的地狱，而她得以坚强地活着的精神密码则是刚毅的个性和坚定的政治信仰，并不是一个作家应执着追求的艺术精神。这恐怕是左翼作家们共同遭遇的精神困境吧！劫后余生的晚年，丁玲还不止一次地吐露自己的衷曲，说：“如果我不是走到人民中去，不卷入时代的潮流，那么我的文学

---

① 何其芳：《散文选集·序》，《何其芳文集》第三卷，人民文学出版社1983年版，第37页。

② 林贤治：《左右说丁玲》，汪洪编《左右说丁玲》，中国工人出版社2002年版，第279页。

生命早就完了。”[1]“《讲话》给了我最大的力量和信心。我能够活下来，活到今天，我还能用一支破笔为人民写作，是同这一段时间受到的教育分不开的。”[2]“我想来想去，能够奉劝同行用以自勉的仍是几个字：继续到群众中去。”[3] 这也正是她创作《杜晚香》那样歌颂工农兵的作品的原因。应该说从表层来看，丁玲在文学创作上已经被政治强势话语所吞噬，但在思想的角落仍旧闪烁着个性的火花。对于丁玲来说，由此背负的心灵磨难更加深重。1981 年 6 月 4 日丁玲曾给她的一位友人写过一封信，透露出她内心的隐忧：“你不要看见我在这个刊物上有点短文……这种时候，我打扮很谨慎，怕授人、授自己人以柄，为再来挨一顿棍棒做口实。……你不要看旗帜，所谓解放，实际在某些问题上，对某些人上，实在一丝一毫也不愿，不肯解放的……难道 20 多年还不能得点经验教训？不学乖一点吗？文艺事大不可为，希望在 50 年后，在我，在我们死去许久，或可有勇气的，真正无私的，有真知灼见的人们。……我就坚持不入伙，免得别人倒来倒去，演笑剧。……”[4] 可见，丁玲内心真实的情感是相当复杂的，她期盼得到公正的评价，更期望不再陷入任何纠葛，因此她才会在新时期推出《杜晚香》这种主体精神不会遭到非难的作品，而回避写作揭示自我心灵创伤、反思历史的文章。一个曾无比崇尚个性自由，努力挖掘自身生命痛苦，坚持知识分子立场写作的丁玲，在人生的中途和晚年却陷入政治文化心理的纠结中，并成了这种心理和这种文化忠实的信徒，最为可悲的是：正是这种信仰将她定性为罪人。

丁玲的晚年是中国作家精神史的一个特殊“悬案”。与巴金先生

① 丁玲：《我的生平与创作》，四川人民出版社 1982 年版，第 15 页。

② 丁玲：《我的生平与创作》，四川人民出版社 1982 年版，第 51 页。

③ 同上书，第 109 页。

④ 张永泉：《走不出的怪圈——丁玲晚年心态探析》，汪洪编《左右说丁玲》，中国工人出版社 2002 年版，第 236 页。

的反思和忏悔不同，历经磨难的丁玲却“不思悔改”，这里面的原因非常复杂，是无法用一句两句话说清楚的，更不能借此宣告丁玲精神的死亡。在我们看来，晚年的姿态可能恰恰是丁玲刻意显示自我与众不同的精神个性的一种体现，当然，政治信仰、对毛泽东的崇拜以及与周扬的个人恩怨等也是造成这种状况的重要因素。这里面，可能有精神失落和人格扭曲的成分存在，但是顽强的精神自尊无疑更为醒目。

由此我们看到，无论是兴奋中的审慎，自责中的犹疑，还是坚定中的骄傲，都代表了作家精神情状的某一方面，其显示出的单薄和粗浅是毋庸置疑的，因为在这样一个风云突变、惊雷炸响的年代里，作家们身处风口浪尖，任何一个耽于文学精神和理性思考的作家、理论家都有自身相当独特的异己的精神趋向和情感波动，它或者遭到了来自自我的压抑，或者为各种人情世故所困扰，又或者是一种内心无意识的无限膨胀。总之，时代的声音、公共的空间以前所未有的强势压迫着这些经历过“五四”洗礼与战争风暴的心灵，由此形成的焦灼、复杂、含混、隐蔽的内在情思无疑是相当难于梳理和描述的。然而，时代的脚步是无法阻挡的，似乎这一代作家注定要以生命和心灵为代价去跨越人类精神史的极限。

（原载《宁夏大学学报》2010 年第 1 期）

20世纪70年代作家的写作姿态

近年来，学界对当代中国十七年文学、“文革文学”、新时期文学再到新世纪文学都给予了极大的关注，力图更加清晰地辨析和阐释中国当代文学发展的历史进程。从各种当代文学史的写作中，我们可以探寻到研究者们重返文学历史现场的足迹。在拨开历史迷雾的艰难跋涉中，当代文学前行的身影日渐清晰，然而，还有许多扇尘封之门在静静地等待被开启，随着时间的脚步急速而去，也许有些文学往事终将被时间之沙掩埋。在中国当代文学的历史进程中，20世纪70年代的文学存在最易被忽视，这个十年的文学要么被“文革文学”所替代，要么被“前新时期文学”所涵盖。似乎以1976年的政治历史事件作为节点，70年代的文学被轻易地剖成两段。然而，当我们把“70年代”作为一个相对封闭的语意场来触摸这十年的文学路向的话，我们看到的是一个非常有意味的文学图景：看似“断裂”的文学，实则一直再以中国特有的文学律动艰难前行，在历史的缝隙处，寻找攀缘的支点。这十年中，在每一个重大历史场景中，文学都以自己的方式发出了尽可能的回响。而且如果将“文革文学”放在当代文学史的大背景中进行考察，就会发现，“即使新的文学事实逐步确立，完全不同于‘文革’文学时，它们也没有脱离与‘文革’及其文学的血缘关系”。①

① 许志英、邹恬主编：《中国现代文学主潮》（下册），福建教育出版社2004年版，第684页。

在“文化大革命”中后期开始公开发表作品、后来又参与新时期文学建构的作家有很多，如贾平凹、古华、韩少功、陈建功、陈忠实、张抗抗、刘心武、叶蔚林、蒋子龙、郑万隆、刘亚洲、周克芹等，他们中一部分人的文学创作始于“文化大革命”期间，并且大都带有鲜明的“文革话语”特征与模式，“文化大革命”的结束确实使他们的创作发生了质变，这种变化的发生当然有时代语境的影响，然而更为重要的是有必要去探究在这样一个大变动的时代中，作家以怎样的心态、情感来迎接新时期的到来呢？笔者想这应该是一个值得重视的问题，因为这些作家在新时期文学建构中所担当的文化角色与创作上的成绩，直接影响到了我们对 20 世纪 80 年代文学的理解与判断，因而有必要去探究作家在一个重要变化期的文化选择与写作姿态，他们的创作上的变化也体现了新时期文学矛盾重重的过渡性与复杂性。在这里我将着重分析“文化大革命”时期这些作家的创作情况与写作心态，同时也探讨一下 70 年代的文学景况以及研究的可能性。

1971 年是“文革文学”生发演进的拐点。首先，从政治发展和政治环境上看，1971 年的“九一三”林彪事件震惊了朝野，使国内政治力量和政治形势发生了很大变化，文学环境和文学生产也开始发生改变。“林彪死后，文学创作的条件才确实开始改善”，① 形势发生变化的一个信号是 1971 年 9 月 19 日的《人民日报》发表了郭沫若的诗歌。12 月 16 日的《人民日报》刊登了毛泽东的批示：“希望有更多更好的作品问世”，《人民日报》配发了《发展社会主义的文艺创作》的短评，强调要向革命样板戏学习，必须创作新的文艺作品，只要是内容革命、形式健康的作品要给予鼓励。最高政治权威的干预和舆论影响，表明严酷控制文学创作的态势有所松动，文艺界的活动范围可以

① ［美］麦克法奈尔、［美］费正清编：《剑桥中华人民共和国史（1966—1982）》，李向前等译，海南出版社 1992 年版，第 629 页。

适度扩大，表现样式可以稍加灵活。1971 年政治事件的巨大影响导致了政治环境的改变，文学创作规制有所缓解，紧接着 1972 年小说创作爆发，公开诗作大幅显露。

其次，与文学密切相关的出版业和文艺期刊开始萌动复苏。“文化大革命”初期几万种图书被封存停售，出版行业基本停滞，文学方面只有少数如革命样板戏和毛泽东诗词可以出版发行。1971 年 4 月 12 日，周恩来接见全国出版工作座谈会领导小组成员和部分代表，指出要出版《世界通史》《新华字典》和一些历史书。1972 年出版了一大批书籍，包括了一批文艺书籍，为“文革文学”发展提供了准备。1966 年至 1970 年间，全国每年出版期刊 20 余种，1971 年快速增加到 72 种，到 1972 年增加到 194 种，其后逐年增加，1971 年是期刊出版的分界线。文艺期刊在 1971 年底开始有限度地复刊。“1971 年 12 月，由北京文联主办的《北京文艺》以《北京新文艺》为名率先复刊，随后，《广西文艺》《广东文艺》和《革命文艺》（内蒙古）等文艺杂志相继复刊，到 1973 年夏季为止，全国大部分省市文联（或作协）的机关刊物都已复（创）刊”。[①] 1971 年出版业的解禁、发展和文艺期刊的恢复、增长为文学发展提供了逐渐开阔的空间。

当时为体现“政治第一”和“文艺为工农兵服务”的理论，提出了“三结合”的口号，即文艺创作要由领导、专家和工农兵群众三方面的人员结合起来共同完成。这就为一些有文学才华的年轻人与有丰富写作经验但在当时被作为改造对象的专业作家进行交流提供了机会。当时各地文艺部门组织各类创作学习班，将基层中有文学才华的人集中起来，并安排一些专业作家为他们做创作辅导。一些文学新人就在这样一个政治约束十分强大的背景下走上了文学创作的道路，他

① 陈思和：《中国当代文学史教程》，复旦大学出版社 1999 年版，第 165 页。

们这个时候创作的作品尽管从思想主题上必须严格遵循“极左”路线所制定的条条框框，但他们尽量保留生活气息，保留人物性格的生动性，给僵死的文学带来一线生机。长篇小说方面有张抗抗的《分界线》、郑万隆的《响水湾》、莫应丰的《小兵闯大山》等。中短篇小说则有梁晓声的《边疆的主人》、刘心武的《睁大你的眼睛》、陈忠实的《无畏》、贾平凹的《队委员》、陈建功的《“铁扁担”上任》、韩少功的《红炉上山》等，诗歌则有叶文福的《天山哨兵》、梅绍静的《兰珍子》、张炜的《赛金刚》、顾城的《运动场上的儿歌》等，这些文学新人经过这段时间的试笔，积累了一些创作经验，当“文化大革命”一结束，政治禁锢一经打破，他们马上就迸发出旺盛的创作激情，成为新时期文学初期的主力，并推出了一批社会反响强烈的文学作品。

事实上，对于“文化大革命”中后期初登文坛的年轻作者来说，其创作心态、创作动机是较为复杂的。渴望写作或者说文学活动是很多作家走上创作之途的原动力，然而特殊时代下的文学生活充满了许多非文学的因素，政治环境的逼仄、现实生活的窘迫以及文学在这一时期的敏感性，都使得许多作家在走上文学道路的时候，心怀犹疑、惶惑与敬畏之感，因为在“文化大革命”时期，一个写作者能被允许发表作品，无疑是一种莫大的荣誉。比如张抗抗，她出身知识分子家庭，父亲在她两岁时即被开除出党，张抗抗后去北大荒当知青。1974年，正在创作长篇小说《分界线》的张抗抗因病在上海休养，素未谋面的上海文艺出版社的两个编辑带着营养品到病房探望，亲切鼓励她完成创作。[①] 可以想见，这对于一个一直因家庭出身而被“边缘化”的年轻人来说意味着什么，这已经不仅仅是种荣誉了，而是带有一种改变命运的意味了。再如作家陆文夫，“文化大革命”后期他是苏北

---

① 张抗抗：《从西子湖到北大荒》，《小说创作与艺术感觉》，百花文艺出版社 1985 年版，第 16 页。

射阳县的一个农民，却被“上面”叫去谈话，让他创作斗争走资派的小说，而且题目都规定了，叫“新潮”，并有意让他担任当地文化馆副馆长。[①] 尽管此事因“文化大革命”结束而停止，但对于一个被打成“右派”，遭受巨大打击与内心煎熬的作家来说，能被“上面”接纳，并允许其去搞创作，无疑是一种“政治待遇”，其心绪的复杂完全可以理解。

但文学与政治关系的微妙之处就在于，作家生存的困境并不能阻绝其对文学本真性的渴望、不能停止其源自心灵深处的质疑与思考，也不能消弭文学传统对他们的诱惑和渗透。例如，韩少功“文化大革命”中期在湖南汨罗县当知青，当时其文学才华就被认可，被选派到县上参与撰写开国元勋任弼时的材料集（任是汨罗人）。[②] 从 1974 年到 1976 年，韩少功发表了短篇小说《红炉上山》和《对台戏》，小说没有脱离“文革语境”，主要是围绕“两条路线斗争”而作，据韩少功回忆：“我当时就没有足够的勇敢，虽然接触到一些地下的思想圈子和文化圈子，已经对当时的主流话语有了怀疑和反感，但还是抱着谋生第一的私心，屈从于那时的出版检查制度。”[③] 虽然两部作品充满了公共话语，但我们还是能够隐隐看出俄苏文学的影子。再如陈建功，“文化大革命”中在矿井当工人，他发表于 1974 年的《老奎师傅》，以矿工的工作与生活为素材，塑造了一位大公无私、不徇私情的老矿工形象，因为要与政治路线的主张相吻合，他在处理这个人物形象的时候，明显缺少了丰富性和生动性，但仍能从作者那稚嫩的笔触中感受到饱含着深情的真诚的赞美。这种饱含情感的写作风格延续到陈建功在新时期初期的创作中，并使他的创作自有其独特性。

---

① 《姑苏小巷有文夫》，《文艺报》1999 年 10 月 9 日第 2 版。

② 《韩少功、王尧对话录》，苏州大学出版社 2003 年版，第 20 页。

③ 同上书，第 28 页。

再看看女作家谌容，1972年冬天，她动用近十年的生活储备，创作了第一部长篇小说《万年青》（于1975年出版）。小说写的是1962年北方农村两个阶级、两种路线之间的斗争，是极“左”思想笼罩下的产物。它虽然不是谌容的代表作或成名作，但无疑是她的处女作。谌容不认为这部作品是“脱离了生活”写出的作品，因为“生活同政治分不开”“多年来我们的生活被‘左’的政治扭曲了，反映生活的作品只能反映那些被扭曲的生活”。[①] 谌容写于1976年2月的长篇小说《光明与黑暗》，在主题思想方面仍没有摆脱存在于《万年青》里的精神羁绊，贯穿于小说中的有关“学大寨”的两条路线斗争的情节线索，并不是当时社会生活真实矛盾的反映，而仍是按照“路线斗争”的政治模式去剪裁生活素材的结果。这种在特殊政治条件下造成的小说主题思想上对于生活真实的偏离和颠倒，给两部作品带来了致命的硬伤。而这种时代的创痕同样也表现在主要人物的塑造上，作者摆脱不了“三突出”原则的紧箍咒，使其艺术表现难以施展。当然，对于两部作品应该历史地、全面地观察分析，既要看到作家所处的社会环境，又要考虑作家个人创作意向的素质和小说本身所显示出的总趋向。应该说，这两部长篇小说仍然属于现实主义范畴，而非“脱离生活之作”。作品中农村生活的浓郁氛围以及那个时代人物所特有的认知方式、思维方式甚至语言表达方式等，都具有相当可感的真实性和典型性。因此，就谌容早期小说创作的主导倾向而论，应该说她是在努力坚持着现实主义。但在20世纪60年代末70年代初的政治形势下，“以阶级斗争为纲”“党内走资派”之类的概念，像一座巨大的闸门，严密地钳制着人们全部精神生活的流动，也同样支配着谌容小说的主题构成。所以，那时她所坚持的现实主义，是一种被“左”的

---

① 转引自阎纯德主编《二十世纪中国女作家传——谌容》，中国文联出版公司1995年版，第107页。

思潮长期浸渍而变得虚化的现实主义，使得那些生活气息浓郁、有声有色的内容与情节被包裹在这种现实主义的外衣里。

《分界线》是女作家张抗抗的第一部长篇小说，1975年10月由上海人民出版社出版。小说中的主人公是一位有理想有抱负的知识青年耿常炯，作品的主要情节描写的是耿长炯和他的战友们如何扎根北大荒，如何贡献他们的青春智慧来为社会主义革命和建设做贡献。作品的可贵之处在于，作家较为真实地表现了知识青年这个特殊群体思想上的分化与面临命运转折时的犹疑，例如是离开还是留在北大荒？在表现国有农场发展时，也没有一味地“颂扬”，多多少少地触及了国有农场发展中的困境、问题，这些矛盾的纠葛使得作品显示出一点儿复杂性，从这个层面来看，作品还是有一定的可取之处的。当然，这部作品不可避免地会带有那个时代“左”的政治烙印，如人物理想化，时时突出主人公的高大形象，等等。作家后来不止一次地自我批评：“这部小说最大的误差，似乎不是它反映的生活是否真实，而是它仅仅凭着青年人一种善良的愿望，去呼吁人们分清真理与谬误的界线，而作者本人对这种界限也是分不清的。我在小说中鞭挞了口头革命派，但作为具体的人物形象，却是不准确的。我批判了一个故步自封、因循守旧、不懂生产而又看不到青年力量的负责干部，但我无法从根本上指出这种错误的根源。这部小说出现在历史转变的前夕，由于个人思想认识的局限性，它没有揭示出生活中矛盾冲突的本质。在很大程度上，是不够真实的……也许我那时过分重视了‘浪漫主义’，而使人物过于理想化，这是极‘左’文艺思潮时期文学作品的通病，应引为教训。”[①]“文革的教条一直不同程度地影响着我，我现在写作，在语言和叙述上还感到有一种压力，我尽量克服这种影响。我在一九

① 转引自阎纯德主编《二十世纪中国女作家传——谌容》，中国文联出版公司1995年版，第54页。

七四年写《分界线》时，就深深地受当时文学与政治不分家的意识形态影响。”[①] 严格地讲，《分界线》也许算不上真正意义上的文学作品，而是某种政治概念的诠释，是一种意识形态的传声筒。但我们却无法否认作品中流露出作家创作上的一种真诚，那就是她对那样一群脚踏实地、建设边疆的青年有一种发自内心的感佩之情。另外，这部作品作为“练笔”，作为长篇创作的甘苦尝试，对作家张抗抗来说是重要的。因为小说中的人物塑造、语言、结构等，都已经具有了属于作家自己的特色。

应该说，对于“文化大革命”中后期初登文坛的作家来说，尽管他们的作品平平，但这一时期生活上的积累与艺术感悟力的积累，是这些作家在新时期拥有爆发力的重要动因。当然，也有一些作家在“文化大革命”期间就创作出了具有一定艺术水准的作品，特别是一些被称为“潜在写作”的作品，如诗人食指、多多、芒克、北岛、顾城、舒婷等知识青年在20世纪70年代的中后期为当代文学史提供了许多震撼人心的作品，虽然这些作品不能及时发表，但是正因为有了他们的存在，70年代的文学才不空洞、不苍白，反而拥有了值得反思与探求的空间。在这里我们无法更多论及他们的创作，我们要将眼光投注在那些前文论及的作家身上，如贾平凹、蒋子龙、冯骥才等，他们在70年代中后期发表的一些作品，艺术质量也较高，而且到了新时期他们有了更大的创作空间后，原有的艺术积累与生活积累获得了更充分的释放，因而在80年代及其后的创作中才有了更大的成功。仅以贾平凹“文化大革命”时期小说为例，其“小说创作中的煽仇式正反对举叙事话语”[②] 是以具有童趣的艺术面貌出现的。例如《弹弓

① 转引自张红秋《与“文革”有“染”——新时期作家（评论家）在文革时期的文艺活动》，二十一世纪出版社2006年版，第52页。

② 吴培显：《当代小说叙事话语范式初探》，湖南师范大学出版社2000年版，第153页。

和南瓜的故事》就是一篇儿童小说，写一群小伙伴通过被弹弓射进南瓜的石块这一细节，发现地主搞破坏的事情。在“文化大革命”那样严苛的文化语境里，以儿童小说的形式来描写阶级斗争的并不鲜见，但是在这部作品中已经可以看到一些“艺术性”的手法，比如善于从生活中撷取片段加以提炼的创作方法以及作品对生活和人物的表现具有真实性和丰富性，《弹弓和南瓜的故事》中小弟兄俩的聪明、机智、勇敢的性格，被刻画得栩栩如生，此外构思的巧妙、语言的简练，这些都与贾平凹新时期小说的写意式风格构成了对应关系。

[原载《沈阳师范大学学报》（社会科学版）2012 年第 4 期]

20世纪80年代初作家的文化心态

——以《重放的鲜花》与“归来的歌”为例

文学界把“文化大革命”后的文学称作“新时期文学”，新时期之初有两部分作家不容忽视，他们迅速占据文坛中心，拉开了新时期文学的序幕。一部分是“归来作家”，他们或者在1957年被打成右派，或者在“文化大革命”中流放到“五七”干校，因为他们都是“十七年文学”的亲历者和创造者，又相继在政治浪潮“失宠”，“文化大革命”结束后他们同时获得归来的机会，所以我们将其称为“归来作家”。另一部分是经历过红卫兵运动和上山下乡的“知青”作家，他们是经受“十七年文学”教育的第一代，他们的思想成长历程深深打上“十七年”的烙印。“十七年”成为这两部分作家群体的共鸣点。新时期在政治上的拨乱反正，在一定程度上是对“十七年”的肯定，因此，“归来作家”与知青作家无意中结成了思想同盟，共同以文学的方式参与到拨乱反正的思想斗争之中，他们由此延续了“十七年”的关于“干预生活”“写人情写人性”以及“现实主义”等思潮理论的探索和实践，开启了新时期文学的拨乱反正的宏大叙事，突出了苦难与理想的主题，并成了新时期文学之初的主将。

“新时期”到来之际，“归来作家”开始以他们丰富的创作经验、积淀已久的内心情绪，重新寻找表达上述思潮的突破口。事实上，一本名为《重放的鲜花》的书籍已经为“归来作家”的创作找到了接续

“十七年”、引领“新时期”的路径。1979年，上海文艺出版社从20世纪50年代末期开始被封杀的作品中选取了流沙河、刘宾雁、耿简、邓友梅等十七位作者的曾在社会上有过较大影响的篇章，编辑为《重放的鲜花》出版。这些作品在历史上受到了这样那样的批判，有的被打成了“反党反社会主义的大毒草”。对于之所以选编这些作品，编辑写道：“重读这些二十多年前的作品，仍旧强烈地感到它们的时代气息和现实意义。我们从《在桥梁工地上》《本报内部消息》《组织部新来的青年人》《改选》等这些‘干预生活’的作品中，看到那里面塑造的罗立正、陈立栋、刘世吾等形形色色的官僚主义者，今天还在玷污我们党的荣誉，腐蚀我们党的肌体，妨碍我们奔向四个现代化的步伐。我们必须与之作积极的斗争。我们也可以从这些作品里的曾刚、黄佳英、林震等人物身上，汲取到鼓舞意志、奋起斗争的力量。《小巷深处》《在悬崖上》《红豆》等写爱情题材的作品，作者是通过写这些所谓‘家务事，儿女情’‘悲欢离合’的生活故事，借以拨动人们心中的‘情弦’，歌颂高尚革命情操，歌颂新社会；鞭挞自私自利的丑恶魂，批判旧世界。它们能发人深思，促人猛省，引人向上。总的说来，这些‘干预生活’的和爱情题材的作品，它们不是为暴露而暴露；为爱情而爱情，它们都有一定积极的社会意义，也有一定的艺术质量，即使其中的某些篇，还存在这样那样的缺点或错误，但只要遵循严格区分两类不同性质矛盾的原则，不把艺术问题和政治问题混同起来，不把政治思想方面的一般错误和反党反社会主义的毒草混同起来，就不应该剥夺它们与读者见面的权利，不能否定它们存在的价值，实践是检验真理的唯一标准。这些作品艺术水平的高低，缺点错误的大小，会得到广大读者的检验和评定。”①

---

① 《重放的鲜花》出版前言，上海文艺出版社1979年版，第1页。

从出版者的角度来看，书名《重放的鲜花》，可以说显现了出版者的胆气和审美心理。新时期之前，我们接受的教育是，要区分无产阶级和资产阶级，区分香花和毒草。《组织部新来的青年人》等作品，自它们问世以来，便被视为“毒草”，而且是“反党反社会主义的大毒草”，二十多年中屡遭“批判”，已成“铁案”。面对这一事实，编者能以不容置疑的口吻，针锋相对地称它们为“鲜花”。这无疑是对文化专制主义的一种蔑视，一种挑战。“重放的”三个字是耐人寻味的。它充满着历史的沧桑感，一方面寓意着这些“鲜花”在风刀霜剑的威逼下，都曾有过“零落成泥”的悲惨命运；另一方面，它又洋溢着现实的喜悦感，相信随着思想解放运动的兴起，“文艺的春天”必将重回人间，“鲜花”当然要重新开放。这三个字连接着昨天和今天，连接着历史与未来，承转着“旧时代”与“新时期”的文学认知和期待。从上文所引的出版者的文本解读来看，这种期待，主要立足于一个简单的二元对立的文学批评中，就是辨清“鲜花”和“毒草”。“鲜花”是什么呢？在出版者看来是那些原本被打为“毒草”的作品，那么这也就意味着，在新时期的文艺百花园中，应该盛开那些“干预生活的作品”、那些“歌颂高尚革命情操”“歌颂新社会”“批判旧世界”的作品，或者说是那些“不把艺术问题和政治问题混同起来，不把政治思想方面的一般错误和反党反社会主义的毒草混同起来”的作品，那么关于新时期文学“鲜花”与“毒草”的判断，其实质其实仍是一元化的价值判断，这无疑为新时期初的文学“定了调子”。这种调子在某种程度上说，即是“社会主义现实主义”的调子。

或许可以说，“归来作家”在“重放的鲜花”的命名下开始了新时期的写作之路。具体说来“归来作家”指的是在历次政治运动中，特别是反右运动扩大化中被剥夺了创作权力而在新时期又重新登上文坛的作家，如王蒙、张贤亮、陆文夫、高晓声、李国文、邓友梅、从维熙、张弦、张一弓等。这些 20 世纪 50 年代初登文坛的作家在搁笔近 20 年后复出，无论在思想上或是艺术上都更趋于成熟，更具有探索精神和批判力量。这些作家在新时期初各种文学潮流中都有着重要的地位。在“复出的作家群”中，“归来的诗人”是一个相对来说较集中、较明确的文学潮。从构成来看，“归来”的诗人是新中国成立后因政治或艺术趣味原因而淡出诗坛最后又因政治“解冻”而“复出”诗坛的中老年诗人，包括因“胡风案”而受到牵连的“七月派”诗人、“反右斗争”中遭贬黜的诗人和师法西方现代主义的“九叶”诗人。从创作的倾向上来看，“归来”诗人的创作常常将家国之灾和个人身世融合在一起，充分表达了哀怨、控诉和反思的主题，极具历史的厚重感。在诗风上则因人而异，主要是可以称为反思型的现实主义创作手法，其最大意义在于恢复了诗歌现实主义传统的“真实性”品格。有影响力的作品是艾青的《鱼化石》、流沙河的《故园九咏》、绿原的《重读〈圣经〉》、牛汉的《华南虎》、杜运燮的《秋》、邵燕祥的《假如生活重新开头》、昌耀的《慈航》等。

以诗作《草木篇》蜚声诗坛的诗人流沙河，归来之后仍然继续从事诗歌创作。他的诗歌的重要特点是情真意挚，老道凝重。他同“归来”派诗人一样，这一时期写的诗作大都是他个人悲剧命运与情感历程的真实写照，《故园九咏》《妻颂》《情诗六首》《梦醒》等诗作就以真切的感情深深地感染着读者。如《故园九咏》中的《哄小儿》写诗人给幼子当马骑，这原本是天伦之乐，但此时诗人是“牛鬼蛇神”，“连累”幼子也受人歧视，于是从赎罪的心理出发作马让儿骑，并连声说：“乖乖儿，快用鞭子打!”尽管当时乌云浓重，诗人不堪重负，但家中毕竟还有一片温馨：“小小屋中有自由，/门一关，便是家天下。”这种含着眼泪苦中求乐，悲里寻欢的自嘲，是对“文化大革命”剥夺人身自由的悖谬年代的“极左”思潮的有力控诉。《重逢》描写

“归来”人“归来”时思绪万千，欣喜若狂的特殊心理。“一阵敲门一阵风/一声姓名想旧容/一番迟疑一番懵/一番握手一番疯”，没有亲身感受是很难写出如此深厚而真实的诗篇的。《太阳》和《一个知识分子赞美你》是一个被“误伤”的知识分子“归来”之后献给党的颂歌。前者以丰富的天文学知识、历史唯物主义的观点批判了现代迷信对我们党的危害，后者把个人的坎坷的悲剧命运和党的曲折前进的道路联系起来，饱含热泪地叙述了一位被“误伤”的知识分子回到党的身边复杂的思绪与悲喜的心情，倾诉了忠贞不渝的心声：“你该是一轮红日巡天/不须聆听万物的颂语/我该是一张黄叶在树/愿趁着离枝坠落以前/酬谢你的一线光德/用我叶缘上的露珠/折射出你无心观察的/你自己的美丽。”全诗真挚深沉，感人肺腑。

犀利的思想锋芒、鲜明的政治色彩与浓烈的真情实感融为一体，是邵燕祥“归来”后诗作的显著特征。这一特征在他的一系列抒情长诗中表现得尤为显著，如《不要废墟》《我是谁》《走遍大地》《北京与历史》《长城》《与英雄碑论英雄》《怀念篇》《荒原》《命运》《南京》《十四岁，什么是我的事业?》等。在这些诗里，诗人从宏观的角度，以高屋建瓴的气势抒写了他对历史、时代、民族、祖国、人生的独特感受和深刻思考，展现了一代人的思绪和命运，发出了振兴中华、奋斗不息的心声：“让每一寸国土/不再出现历史的废墟/让每一寸心灵/不再出现精神的废墟。”（《不要废墟》）他宣称：“路是无穷尽的/跋涉也将无穷”“未知永远多于已知/日月跟我携手同行”（《命运》），这些都是诗同政论的结合，诗的激情同哲理的统一。从这些诗里，人们看到的是一位肩负民族希望的热情的歌者的形象，听到的是一位追求真理的政论家的声音。

对现实的强烈关注、对历史的深沉反思和浓郁的思辨色彩融于一体，是公刘新时期诗歌的重要特色。“既然历史在这儿沉思，/我怎能不沉思这段历史?”(《沉思》)这句诗既说出了他新时期诗歌的鲜明个性，也概括了新时期诗歌思辨增强的特征。同许多诗人一样，公刘一方面沉思历史，一方面思索现实，把现实生活中的政治性问题，同历史联系起来，或隐或现地做出了剖析和评价。因此，他的诗显得深沉雄浑，给人以深刻的启示和有力的警策。在不少诗篇中，他既肯定领袖的重要作用，又批判个人迷信对人民的愚弄；既赞美旗帜的先导性，但更强调旗帜对风的依存关系：“无可置疑，他是一面大旗，/旗的概念是什么？是飘扬，是进击，/旗应该永远是风的朋友，/风，就是人民的呼吸。”(《十二月二十六日》)在《关于摩西十戒》中，对“四人帮”的“造神运动”给予了无情的讽刺；在《爆竹》中，他纵情欢呼第二个春天的到来，无情鞭挞“文化大革命”时期“四人帮”对“人性”的禁锢：“千万不能再有了，捆绑解放者的锁链，/千万不能再有了，囚禁革命者的牢监/……不能再像配给口粮似的，配给蒙昧、图腾和野蛮/已经是机器人的时代了，不能倒退为猿!”在《上访者及其家属》《车过山海关》《乾陵秋风歌》《假如这些秦俑突然活过来》《大森林》等诗中，提出了民主与法制、诗歌与政治、历史与现实等一系列人民关心的重要问题，这些诗作既有强烈的激情，又蕴含深刻的哲理。他善于把历史的审视、现实的忧患与未来的警示交融起来，加大了诗的内涵与深度。

艾青，在归来的诗人群体中影响最大。创作有诗集《彩色的诗》《域外集》，其中《鱼化石》《盆景》等一批短诗表达了艾青长期受到压抑的人生体验。《光的赞歌》《古罗马的大斗技场》等长诗则力求建立史诗或者诗体哲学的品格，显示了艾青试图从纵深的历史时间和开阔的宇宙空间来理解世界、人类、民族、生命、人生的努力。

艾青的诗歌不乏对当代中国现实政治的严肃思考，如《在浪尖上》和《迎接一个迷人的春天》等。此外，这一时期诗人的诗作视野开阔，有着浓郁哲理倾向，流露出诗人试图把握人类历史乃至大千世界运行规律的努力，如《光的赞歌》《古罗马的大斗技场》《面向海洋》等。艾青的这一类作品不直接表现社会政治事件，也很少表露作家个人在现实生活中的情感内涵，作者有意让诗歌和具体的历史事实保持一定距离，并借此来完成“将对个人遭遇的关注升华为对具有普遍性的人的心态的概括”。艾青这种处理题材的方法，使其诗歌从描述事实的层次上升到哲理的层次。在《光的赞歌》中，艾青成功地运用象征手法，通过光这个具体可感同时又凝聚哲思的亮丽雄奇的形象，诗化地反映了诗人对人生的广博深思，对人类文明发展历史的精微观察透视，对现实社会的富有胆识的剖析，表达了诗人对人类的前途、理想的确信，并借对光的赞颂而肯定和颂扬了一切美好的事物，既有感染力又有启迪意义。诗作《鱼化石》的前六节写得相当精彩，形象描述了一条鱼从富有生命力到无缘无故地遇难再变成为化石的演化过程。最后两节直接点明了诗的主旨，诗人将鱼化石形象的写照延伸到对于生存规则和斗争哲学的阐发上来。诗人告诉我们：生命来自运动，斗争显示生存，这是亘古不变的生命逻辑。诗评家谢冕说道：“《鱼化石》当然有诗人自传的性质，但它提供了典型的意义。这不是一个关于一条鱼死亡的故事，而是一个涉及不同的鱼而拥有一个共同的不幸和悲剧命运的故事，这就是前面说的‘联想到众多的鱼变成了化石’。这是个人遭际与时代风云的叠合。”[①] 这一时期艾青的诗作深化了诗人所提倡的“诗的散文美”，其中除了“形式的自由化”这一散文美特征外，最重要的就是语言的口语化，诗人说过，“我常常努力着使我的诗里尽量地采取口语”，因为，诗人坚信，“深厚博大的思

---

① 编选者序：《转型期的情绪记忆》，谢冕《鱼化石或悬崖边的树——归来者诗卷》，北京师范大学出版社 1993 年版，第 12 页。

想，通过最浅显的语言表现出来，才是最理想的诗”。① 当然，口语入诗并不意味着可以信手拈来，它也有自己的选择标准和审美特质。在艾青这一时期的诗作中，诗人不再沉迷于早年擅长和大量使用的“欧化的长句”，而选择简洁明白、丰富鲜活的日常语言。口语的运用使他的诗歌表现出朴素、淳厚、明朗、自然、生动、风趣的审美特征；而这种摒弃了矫情造作、故弄玄虚、辞藻堆砌之后的本真状态，更是这一时期诗人历尽沧桑、洞察世事的人生阅历的最好诠释。

由以上“归来作家”的创作概况及其所呈现出的文化心态还生动地揭示出新时期伊始现实主义思潮也在回归之途。新时期初有的评论界、创作界乃至媒体提出过现实主义“过时”的口号，但是仍有不少作家、评论家对“现实主义”做理性的思考和分析。如作家梁晓声说：“我确信，现实主义，至少在今后十年里，仍将继续它的复归实践，而不是在伤痕累累中彻底倒下。……在中国，文学必将补上‘现实主义’这一课，一切脱离‘现实主义’内容的形式上的‘现代主义’，实在是撑不起中国当代文学的巨大骨架。”② 但是从“归来的作家”的创作实践中，我们可以看到“归来作家”所奉行的“写真实”的艺术观念，同样开启了新时期文学恢复现实主义创作方法的先河。当然在恢复什么样的“现实主义”的问题上，理论界却发生了严重的分歧。一种观点认为，新时期文学应该走“十七年文学”的革命现实主义之路，即“社会现实主义”或“革命现实主义与革命浪漫主义相结合”的创作道路。另一种针锋相对的观点认为，必须对“十七年”的“社会主义现实主义”和“两结合”的创作方法，做批判性审视、思考，必须还原现实主义的本来面目。新时期初期的“现实主义”讨论，持续时间长，参与人数多，论争的主题在于现实主义的真实性、

① 艾青：《艾青选集》第3卷，四川文艺出版社1986年版，第365页。

② 梁晓声：《关于〈浮城〉的补白》，《光明日报》1994年3月2日。

关于生活和形式透明性等问题，应该说，这些问题并不是在新时期伊始确立的创作原则，而是在理论与创作的双向掘进中逐步得到明晰的，这充分显示了当时现实主义作为文学主潮的声势与气度。比如到了20世纪80年代中后期，现实主义作家在创作中吸收现代派表现手法为我所用，已经蔚然成风。从“多种创作方法”到“现代主义”，再到“新写实”，从表现手法的吸收，到现代意味的渗透，再到融多种因素于一体的浑然融合，新时期的现实主义文学一步步地拓宽疆界，一步步地丰实自身，终于走向了自己的成熟。现实主义呈现为一个动态的、开放的体系。

可以说，“归来作家”们的创作表明了新时期初期的现实主义文学必将以一种前所未有的创造热情和开拓精神，探索前进，深化发展。事实也正是如此，80年代中后期不断涌现出的各种创作潮流大大拓展了文学的思维空间和艺术空间，在艺术形式的内在结构——功能特征上，从客观的叙述故事向深邃地、立体化地表现人的主观、心灵世界方面伸展，文学创作出现了“内向化”“主观化”的艺术倾向。这不仅是因为受到外来文艺思潮的影响，而主要是新时期现实主义文学创作自身的要求。由“归来作家”开启的新时期现实主义文学，不仅要如实地再现人物的外部行为和客观形态，而且也要真实地反映人物的内心活动和主观心态，达到主客观的辩证统一。新时期文学“向内转”的倾向，是对过去的创作缺乏人的真实心灵表现的一种自觉纠正。

[原载《辽宁师范大学学报》(社会科学版) 2011年第4期]

20世纪90年代女作家的文化心态与创作

20世纪90年代初，中国提出以市场经济取代计划经济，围绕计划经济而设置的价值体系逐渐受到挑战，并悄悄地发生了嬗变。文学的眼光因此也变得更加迷离，文学机构的组织能力变得软弱无力，而当代文学的合目的性则几乎只剩下虚空的内容。一个多样性、复杂性远胜于80年代的文学新纪元开始了。

文学面对特殊而又复杂的文化景观必须做出自己的选择，特别是随着市场经济的日益放开，有中国特色的“市场经济”本身呈现的各种矛盾也相应地暴露出来：精神家园的丧失、文化荒诞感的蔓延、物质利益第一的现状，人们陷入深深的精神困倦，隶属于精神领域的文学将向何处去？人们的困惑催生了90年代初的“人文精神”大讨论。当人们目睹了实用主义、技术主义对现代中国的精神消解，并最终导致文学的游戏化、泡沫化与世俗化时，中国的一些学者及时地提出了关注人们自身的生命意义和存在价值，寻求自身发展前途和精神归宿的吁求——张扬现代人文精神和建立新理性，这一吁求又以论争的形式扩大了其影响。在文学创作中，对“人文精神”的支持主要体现为重建理想主义和文学崇高感。张承志、张炜、史铁生等作家就是通过树起理想主义的旗帜对抗当下物质与欲望极度膨胀的文坛。文学中的理想主义表现在对人生价值与意义的追问，表现为对平庸生活与平庸人生的永无止境的超越以及对生命极限的挑战，这种理想主义主要不是以其道德伦理内涵表现为“善”的特征，而是表现为求“真”、求“恒”的执着与坚定，是对精神与哲学命题的形而上学思索，其极致状态的美感特征是悲凉与悲壮。而像王安忆的《长恨歌》、林白的《一个人的战争》等女性写作，承续了现代文学以张爱玲为代表的日常生活叙事传统，关注人的命运和人生问题。20世纪90年代的女性写作，作为个人化写作的重要一支，同都市有着密切的关联。从某种程度上说，都市文化孕育了女性文学，女性写作彰显了都市的存在。而且从现代性的审美角度来看，她们的个人化情感与历史记忆的表达，更能够展示对虚假的、充满乌托邦色彩的宏大叙事的消解；都市女性的个人化书写，更体现出对当下商业都市中个体生命本真意义的关注。事实上，在20世纪90年代不到十年的时间内，女性叙事经历了三次浪潮，这三次浪潮都没有脱离都市的文化背景：第一次浪潮，是那些在80年代就已经走红的作家的“第二春”的兴起，王安忆、铁凝、迟子建、张洁、方方、池莉等人的写作有了自觉的都市意识，铁凝的《无雨之城》、王安忆的《我爱比尔》、方方的《定数》、池莉的《太阳出世》都能找到城市生活的新的兴奋点，但她们对城市的介入依然是旁观的，依然是情感的零度。第二阶段在1994年前后，陈染、林白、张梅、徐坤、斯妤等人以强烈的个人色彩写作都市，她们对都市的感受完全是个人经验和诗性的诉求。这股女性主义潮流一直持续到今天，还是社会和文学的热点。到了1997年后，另一股都市女性写作开始发端，并汇集成流，这就是一大批70年代出生的女作家开始出现在都市小说的舞台上，卫慧、棉棉、朱文颖、戴来等新生代作家的小说开始在一些刊物出现，《人民文学》《小说界》《山花》《作家》开始用专栏的形式来集中发表这些作家的作品，虽然这些作品的质量参差不齐，但它们的出现表示着一个新的信息，都市女性小说的创作又出现了新的更当下的写作方式。

如果从都市这个视角来看 20 世纪 90 年代女性写作，陈染等人的创作是相当有代表性的。陈染的《与往事干杯》《无处告别》《私人生活》等作品将女性的私人化写作特点做了充分的展现。陈染的小说以一个封闭的年轻女性为视角，将主人公的心理幽闭症表现得深切而真实，城市和白天一样在她的小说中是一个巨大的敌人，它的孤寂和沉郁都是城市的写照。林白与陈染的区别在于，她是以都市局外人的身份来展现都市的隔膜与冷酷，她并不是出生在大都市，因而她的小说大量出现一个南方小镇的意象，但她个人的情感记忆和生命体验又因为都市的种种表象而变得相当脆弱和敏感。张梅的叙述则有一份老城叙述者的气质。她放弃了那种梦幻式的诗性独白，而用一种亲历者的态度进行叙述，可以说张梅的小说在女性作家中都市意识和都市色彩是最为自觉的，她的一部《随风飘荡的日子》把都市女性的飘浮感和游走感表现得十分到位。徐坤是一个特例，她以女性主义作家自居，但是在写作中却是以非女性的态度来展现城市之中知识分子心态的。也就是说徐坤喜欢盗用男性的方式来对男性话语进行解构。城市当中的知识分子是城市中最特异的一群，而徐坤则通过对这个群落的反讽性的解构，来满足她的女性理想。如她的中篇小说《游行》将女性意识、都市意识和知识分子意识自然贴切地结合为一体。“七十年代生”的卫慧则擅长以诗意来展现语言的放纵和思想的放纵，她写得很“酷”，写了都市的伤痛和焦虑，但不是陈染、林白式的富有苦难的记忆，而是当下的、非意识形态的甚至是身体的、没有记忆的写作。棉棉由于自身经历的复杂，在写作中则有更多的资源和故事，她的小说不仅是表象化的城市，而是展现了另类人的生活方式，以一种非小说的方式，揭示城市的隐秘生活，并在她的具有旋律感的语言中，深化了都市的光怪陆离。

女性小说家小说中的女性意识，也是随着新时期文学观念的解放而不断拓展的。20世纪80年代女性写作最重要的意义在于重塑了女性的温柔、体贴、善良、无私的母性，结束了此前文学抒写的无性时代；但80年代女性作家笔下的母性往往与人性、主体性等混在一起当成启蒙话语使用，以致女性意识还是没有得到全面的觉醒。进入90年代，女性写作明显表现出对传统社会中男性充当女性代言人的历史尴尬的厌恶，女性作家开始确立了为女性代言的叙事立场。她们的突出特点是，从个人体验出发，对启蒙意义上的女性意识加以解构和弱化，而强调女性在社会体验、身体经验、文化构成、心理特征上皆有别于男性，肯定女性的独立性及其人文诉求。从这个角度来说，张洁的创作历程最为典型地体现了女性由希望而失望、再由绝望而痛恨的曲折的女性意识觉醒的历程。80年代的《爱，是不能忘记的》和《祖母绿》以纯情的笔调，为爱情和理想举行悲情的祭奠。张洁90年代最有代表性的作品是长篇纪实《世界上最爱我的那个人去了》和长篇小说《无字》，前者在表达对逝去的母亲的无限怀恋的同时，冷峻地戳穿男性世界的种种假面；后者通过作家吴为和母亲叶莲子、外祖母墨荷三代女人的故事，揭示跨越百年的女性在幽暗不明的历史境遇中的艰难挣扎，这一历程也是女性对男性神话从憧憬、寻找到幻灭的悲剧性循环。

铁凝小说创作关注和探索三大内容，就是女性的生命意义、困苦的生存命运和隐秘的内心世界。她的小说创作是从对纯情少女形象的刻画起步的。对这一类女性形象的表现主要集中在其80年代初的创作中。在这一时期的创作中，铁凝偏爱有着健美躯体的女性，她既正视她们的健美躯体，更注重倾听她们来自女性身体深处的正常欲望，并对其加以肯定性的书写。这种正视与倾听，显示出作者鲜明的女性意识。《哦，香雪》《没有纽扣的红衬衫》等就是这类作品的代表作。这些作品通过对天真烂漫、活泼向上的青春少女形象的生动描绘，营造出一种清新、优美、纯净、淡雅的艺术境界，抒发了作者对女性生命意义的讴歌与赞美。20 世纪 80 年代后期到 90 年代，铁凝的审美追求在时代文化语境的制约和作家主体审美意识自觉追求的互动作用下，实现了从对“少女时代”审美风格的向往到走向女性文学个性化追求的审美转变，转向了对女性内心隐秘世界的审“丑”探索。在这一时期，铁凝感觉到人的心理不仅具有理性意识世界，而且具有非理性的潜意识世界。她的小说的心理剖析便向无意识拓展，中篇小说《麦秸垛》、《棉花垛》及长篇小说《玫瑰门》等都是这个时期的代表作。《玫瑰门》通过北京响勺胡同半个世纪的历史变迁和人生际遇来写女性的生存方式、生存状态和生命过程，进而揭示人性中假丑恶的成分。《玫瑰门》的价值还在于，这是新时期以来第一部真正具有女性觉醒意识的长篇小说。铁凝站在“她们”的立场去拷问“她们”，从女性自身入手去追究社会的症结。小说中的司猗纹是一个富有独创性的文学典型，她在艰难的环境中确立了自己的分离灵与肉的生存原则：让“肉”无所顾忌地适应现实，以图达到“灵”的愿望。司猗纹这样做常常会有悖于现行的道德，被视为恶女人，但铁凝充分写出了司猗纹的被逼无奈，通过司猗纹的悲剧揭示了女性生存的根本性冲突就是女性个体生命的欲望诉求与社会利益的冲突。

迟子建的创作历程大致分为三个阶段：[①] 1989 年之前是迟子建创作的起步、成长期，以《北极村童话》为代表，还包括一些像《炉火依然》《遥渡相思》《关于家园发展历史的一次浪漫追踪》等具有探索、过渡性质的作品。此后迟子建日渐成熟，以 1991 年《旧时代的磨坊》的发表为标志，迟子建进入了她创作的第二阶段，出现了《秧歌》《香坊》《岸上的美奴》等一批类似于张爱玲“传奇”式的作品：故事的虚构意味很浓，一个暧昧的（历史）场景，进出的人物也亦古

① 参阅李丹梦《论迟子建的个体哲学》，《山花》2005 年第 9 期。

亦今，犹如一幅旧时的水墨画，缭绕着雾气与落寞之情；自 1994 年起，迟子建开始关注日常生活，尤其是普通人的情感世界，创作了一大批诸如《亲亲土豆》《雾月牛栏》《逆行精灵》《观彗记》《门镜外的楼道》《微风入林》等写实性较强的作品。笔法日趋朴素、致密，主体的情绪也更为内敛了。长篇小说《额尔古纳河右岸》，则看出迟子建从日常性走进高纬度历史的企图。她怀着素有的真挚澄澈的心，进入鄂温克族人的生活世界，以温情的抒情方式诗意地讲述了一个少数民族的顽强坚守和文化变迁。这部“家族式”的作品可以看作是作者与鄂温克族人的坦诚对话，在对话中她表达了对尊重生命、敬畏自然、坚持信仰、爱憎分明等被现代性所遮蔽的人类理想精神的彰显。小说具有史诗般的品格和文化人类学的思想厚度。总观迟子建的创作，其小说的魅力就来源于作者对待“生活”的人文向度和世俗情怀：对世俗生活充满热情，对日常生活的细节如数家珍，对日常生活的伦理与道德体味独特。

私人化，是探讨 20 世纪 90 年代女性写作的一个关键词，也是人们诟病 90 年代女性写作的重要原因。其实，私人化是女性作家精神自恋的表现方式，她们以这种方式来表达她们与男权中心社会的不合作。尽管 90 年代兴起的女性主义为女性作家提供了思想武器，然而女性主义的立场实质上就是一种政治意识形态的立场，因此到头来，掌握着政治特权的男性们发现可以堂而皇之地利用女性主义来达到自己的政治目的。在这种背景下，自恋就显出女性的纯粹和真正的独立性。正如林白所说：“集体记忆常常使我窒息，我希望将自己分离出来，将某种我自己感觉到的气味、某滴落在我手背的水滴、某一片刺痛我眼睛的亮光从集体的眼光中分离出来，回到我个人的生活中。”①

① 林白：《记忆与个人化写作》，《花城》1996 年第 5 期。

林白在《一个人的战争》中第一次公开地进行自恋的表达，她以自恋的方式拒绝社会，呵护自己的内心。林白的自恋是以一种身体自恋的叙述达到精神自恋的目的，小说从四岁的女童躲在蚊帐里进行自慰开始，而结束在一段诗意化的手淫描述中。这段诗意化的描述甚至成了一种经典性的描述。自恋，可以说是私人化叙述的主要意象。这种意象在林白的其他作品如长篇小说《守望空心岁月》、中篇小说《子弹穿过苹果》、短篇小说《回廊之椅》《致命的飞翔》，以及陈染的《私人生活》《与往事干杯》，徐小斌的《迷幻花园》《双鱼星座》《吉尔的微笑》，虹影的《饥饿的女儿》《K》等作品中都很突出。精神自恋的意象充分体现出女性的自我认同感。作者笔下的女性看重自己的容貌，疯狂地追逐时尚，骨子里是在意自己的女性形象。张梅小说《小宝的裙子》中的小宝就是一个为追逐时尚而几近癫狂的女性。她为得到一条标价为700元的性感流行吊带连衣裙，不惜出卖自己的身体。小说颇有意味的是，当男人出去为她买衣物的时候，小宝正在看一篇关于女权主义的文章，“读了以后，她就想，到底是裙子重要还是女权主义重要”？小宝明明知道拥有这些时尚物品是要付出代价的，但这一刻的满足感还是压倒了一切。对于卫慧、棉棉、周洁茹、魏微等女作家，她们的精神自恋具有更大的挑战性，因为她们干脆撩开了林白在《一个人的战争》中放下的蚊帐，旁若无人地展示着自慰行为。她们的创作往往采取准自传体，以第一人称貌似真实地讲述个人经历、经验，或虽采用第二人称，但仍努力将人物的体验与作家形象重叠。她们的小说总是伴随着她们前卫时尚的照片发表。这种自恋的姿态激怒了男权主义者。男权主义者乐于与女性玩对抗的游戏，他们知道在这种对抗中不会丧失什么，反而在这种对抗中他们会让自己的某种欲望得到满足和发泄。但女性的自恋却使他们无法容忍，因为自恋使男权主义者们去对象化。在一段时间内，女性的私人化写作成了众矢之的。至于以后人们又以平和的态度接纳了这些作品，并不是人们的宽容。这种接纳不过是证明了女性身体的脆弱性，以身体自恋来对抗社会，其杀伤力只能是短效应的，只能是伤其表皮。当人们适应了这种对抗以后，就发现这样的身体姿态同样可以用来进行消费，虽然你可以藏匿起自己的身体，但你挡不住人们撩开蚊帐，涉足你的私密空间，赏玩你的身体自恋。

在20世纪90年代的女性作家中，王安忆是较为特别的一位。从新时期以来的每一个文学潮流中，王安忆都有位居潮头的作品，所以很难从一个理论视角对王安忆的创作进行归纳。但无论如何作为一个女性作家，王安忆其写作中还是透露了较为鲜明的女性意识和女性视角。其中最具代表性的作品是完成于20世纪80年代的被称为“三恋”的《荒山之恋》《小城之恋》《锦绣谷之恋》和《岗上的世纪》，这些作品最重要的特点是体现了王安忆对两性关系的根本认知。《叔叔的故事》是王安忆90年代发表的一部重要作品，也被认为是王安忆的转型之作。在这部作品中，王安忆以叙述的方式写了“我”与“叔叔”两代知识分子不同的人生观。叔叔曾是右派作家，通过对他几十年人生历程的描述，写出了一个理想主义者向现实无奈认同的历程。“我”是知青作家，是彻底根除了浪漫主义的一代，“我”的警句是“我一直以为自己是快乐的孩子，却忽然明白其实不是”。在这部小说中，王安忆写出了两代人精神和情感的虚无，而在王安忆心目中，精神、情感、信仰都是人的生命中必须拥有的内涵，两代人这方面的空白造成了心灵世界的苍白。在这篇小说中，王安忆完成了对自我书写的一次有意义的挑战。《纪实与虚构》是王安忆90年代另一部重要作品。这是一个家族神话和自我成长的故事。王安忆从个人经验入手，通过虚构家族历史和追忆个人成长经历，从纵的历史和横的社会关系来探讨个人和世界的关系，书写自身与城市的关系、时代和个人的关系。在纵的历史向度上（第二、四、六、八章），王安忆从母亲茹志鹃的“茹”姓写起，将母姓家族起源上溯到塞北大漠的柔然部落，两千年的家族演变。在横的社会关系上（第一、三、五、七章），她以“纪实”的手法从个人生命的成长历程写起，使我们看到王安忆自己孤独的影子——正是这份孤独给予她的宁静，使她的思想插上了翅膀，在纪实与虚构的交叉中，构建着自我的根基。作者的“自我寻根”意味着作家对于自我身份认同的焦虑，在历史和现实的交叉关系中确立“个人”的存在，通过《纪实与虚构》王安忆呈现了自己对自身和世界的不懈探索。①

尽管我们把王安忆放在“女性写作”中论述，但纯粹以女性视角来描述王安忆是不够的。实际上，王安忆是一位对性别局限保持着高度警惕的作家，她在写作中力图超越性别的立场，这使得她的小说具有更为丰富的精神空间。王安忆是一个执着于对人性、对人的心灵世界进行探索的小说家，她曾对精神有过极其诗意又极其精辟的描述，她是这样说的：“当我们在地上行走的时候，能够援引我们，在黑夜来临时照耀我们的，只有精神的光芒。精神这东西有时候大约就像是宇宙中一个发亮的星体，光芒是穿越了凉冷的内核，火热的岩浆，坚硬的峭壳最后才喷薄而出。我不知道我如今是走到第几层了，我只感悟到光的存在，这是一种可喜的信任。现在，我好像又回到了我最初的时期，那是人生的古典主义时期。那是可以超脱真实可感的存在，去热情追求精神的无感无形的光芒的时期。再次接近这时期，我心潮澎湃。我有种回到家的亲切的心情，我想我其实是又找寻回来了我的初衷，这初衷是一个精神的果实，那就是文学。”② 20 世纪 90 年代的

① 温儒敏、赵祖谟主编：《中国现当代文学专题研究》，北京大学出版社 2002 年版，第 112 页。

② 王安忆：《〈乌托邦诗篇〉序》，《独语》，湖南文艺出版社 1998 年版，第 14 页。

女性写作风起云涌，蔚为大观，具有革命性的意义，因为它是女性意识完全成熟的反映。20世纪90年代的女性意识经受了现代性的洗礼，女性作家具有越来越确定的自我立场，对抗着男权中心社会，力图建立起真正属于女性的情感世界和价值系统。女性写作虽然成了当下文学的一道重要风景，但女性写作其实始终是在一片荆棘地里艰难地前进。

［原载《渤海大学学报》（哲学社会科学版）2010年第6期］

第五编

阅读散记

诗意印象之虹

——萧红散文创作艺术性的一种解读

在萧红的生命之旅中，刻着太多的倦影与伤悲，她的女性天空中始终是乌云低回、风暴肆虐，无论是肉体还是精神都沉潜于深渊，那颗向着“温暖”和“爱”，“怀着永久的憧憬和追求”的心，在生命的结点却只能哀叹“半生尽遭白眼冷遇……身先死，不甘，不甘”。萧红作为女性的悲剧命运和作为一个精神流浪者的境遇，使她的文学创作充满了令人动容和惊异的生命体验，正如葛浩文在他的《萧红评传》中所说的：萧红以她独特的艺术才华，加上她个人对世事的感应而产生了不朽的篇章。她的作品是超越时间和空间的。因此萧红的作品要比她同时代作家的作品更有人情味，且更引人入胜。由于萧红的作品没有时间性，所以她的作品也就产生了“持久力”和“亲切感”。[①] 在中国现代文学史上，能够“超越时间和空间的”作家与作品有多少?！萧红的创作之所以具有“持久力”或许正在于她率真的天性要求她听命于内心，听命于只属于她自己的生命感觉，她的作品就是她的生命之虹，是历经人生的凄风苦雨之后蓬勃而出的最炫目的华彩乐章。这些篇章除了为人称道的《生死场》《呼兰河传》《马伯乐》《小城三月》等小说作品外，不容忽视的还有倾诉了萧红心灵之语的大量散文作品。

① ［美］葛浩文：《萧红评传》，北方文艺出版社 1985 年版，第 184—185 页。

萧红的散文创作主要集中在单独编印的三部集子：《商市街》《萧红散文》和《回忆鲁迅先生》，[①] 以及与小说合编的三本集子：《跋涉》《桥》和《牛车上》。[②] 对于萧红散文创作方面的才能，鲁迅先生曾说："比谁都更有前途"，[③] 学者林非则说："萧红的小说写得有散文的韵味，散文就更有散文的风格。"[④] 这或许是因为萧红在日益注重社会性和政治性的30年代散文创作氛围中，显示出了某种特异性和距离感，具有那个时代鲜有的个性化、审美性与悲剧感。她的散文虽然多实录自身的生活琐事，但却处处凝聚着真性情、真歌哭，充满了未加雕琢的原始之力，又以诗意的印象的现代艺术方式呈现出来，无论是语言、结构方式还是作品的精神指向上都具有印象主义文学的特征，因而萧红的散文带有了一种内在的张力，既有传统散文所追求的求真求善的审美品性，又有现代散文理论话语所瞩目的艺术质地与审美感觉，两者的混融、交错、伸展，使得萧红的散文也具有了超越时间和空间的能量。

一　在光和色的自然之景中冥思

印象主义是从法国的绘画流派逐渐发展起来的，并给文学创作带来了深远的启示和影响。印象主义文学的主要表征是：以主观化、情

---

① 分别由上海文化生活出版社1936年8月出版、重庆大时代书局1940年6月出版和重庆生活书店1940年7月出版。

② 分别由哈尔滨五日画报社1933年10月出版、上海文化生活出版社1936年11月出版和上海文化生活出版社1937年5月出版。

③ 聂绀弩：《回忆我和萧红的一次谈话》，《高山仰止》，人民文学出版社1984年版，第102页。

④ 林非：《中国现代散文的借鉴与研究》，《写作论》，北京师范大学出版社1984年版，第139页。

绪化的心灵观照世界，着力映现处于某种状态下的感觉对外界光、色等的直觉，营造一种印象式的、情绪化的主观氛围，通过各种片断和印象的串联组合，达到主体与客体的融合，使表层显示出深度，以片断暗示出整体，从而通过这种有意味的形式达到一种超越印象之外的有机结构和主题核心。

萧红散文创作伊始，如《跋涉》中的《小黑狗》等作品，与众不同的感受生活的方式和独辟蹊径的再现生活的方式就初见端倪。在《小黑狗》中，萧红以散淡的笔触简写了刚刚生下的十三只小狗的“命运”，有的被老狗吃掉、有的被送走、有的失了踪……这些小狗的命运使作者“心情寞寞”，因为“这是平常的事，冻死，饿死，黑暗死，每天都有这样的事情……”萧红以信手拈来的日常生活中的一个个片段，显示的是生活本身的流动和变化，但在这变化中看到的却是生命的恒常不变的悲剧性。在她散文创作的成熟期，以《商市街》为代表，作者以其敏锐的目力捕捉生活中的细枝末节和转瞬即逝的印象，表现那些偶然引起她注意的人物、事件和场景，创作对象和题材具有很强的“随意性”。

风景描写对于作品的理解起到至关重要的作用。在风景描写上萧红与现实主义作家有着明显的不同：现实主义作家在大自然面前总是表现出整体性思维的特点，试图从整体上把握和再现大自然；而萧红则是基于对大自然的某一特性、某种元素的敏锐直觉，从大自然中萃取那些具有表现价值的、给人以深刻印象的要素（比如光、色、瞬间变化等）来构建画面。比如萧红笔下的天空常常这样被表现：“天色连日阴沉下去，一点光也没有，完全灰色，灰得怎样程度呢？那和墨汁混到水盆中一样”（《度日》）；“圆月从东边一小片林梢透过来，暗红色的圆月，很大很混浊的样子，好像老人昏花的眼睛，垂到天边区”（《借》）。这些富有印象性的自然之景在光和影的有效表现中，给人以视觉上的冲击，而且获得了某种象征性，灰色的天空、混浊的圆月寓意着“度日的艰难”，生活的艰辛，生命的悲苦。此外，在萧红其他散文篇章中，自然之景已经幻化成萧红内心世界的一面镜子，通过色彩的运用、光影的变化，透露出文本的情绪基调和作者的感情向度。比如，《家族以外的人》开篇有这样一段描写：“我蹲在树上，渐渐有点害怕，太阳也落下去了；树叶的声响也唰唰的了；墙外街道上走着的行人也都和影子似的黑丛丛的；院里房屋的门窗变成黑洞了，并且野猫在我旁边的墙头上跑着叫着。”作者的不安与惊恐在黑色街景与院景的渲染下铺展开来，一个孩童无爱的童年与落寞的情感也随之氤氲开来。在《失眠之夜》一文中作者写道：“窗子外面的天空高远了，和白棉一样绵软的云彩低近了，吹来的风好像带点草原的气味，这就是说已经是秋天了。在家乡那边，秋天最可爱。蓝天蓝得有点发黑，白云就像银子做成一样，就像白色的大花朵似的点缀在天上；就又像沉重得快要脱离开天空而坠下来似的，而那天空就越显得高了，高得再没有那么高的。”萧红用充满光、色、形的文字组合而成的，如同一幅印象派的绘画，以主观性极强的色彩和形象来描摹家乡的天空，画面高远、深邃，浸润着浓浓的怀乡之情，全文在这样一种亲切而充满追忆的画面中徐徐展开，“失眠之夜”的忧伤与故国家园的盼念纠结着、胶着着，构成了一个具有双重声音的文本。

虽然散文创作中“一切景语皆情语”是一种较为普遍的表现手法，但萧红散文中的自然风景描绘，重在将内心存储的记忆以富于情感色彩的散点意识结合起来，汇聚为真实的、可感的、超越于现实，又同现实相联系的印象式图景。她对色和光的选择与捕捉来源于直觉和想象，意在通过色和光的变化来反映心境、情绪的变化，使自然之景完全融汇在了作品的主题中，所以萧红散文中的印象式图景绝非一种单纯的表现手法、艺术手段，而是作家认知世界的一个组成部分，是创作过程中未加雕琢和整饬的“油然而生”，这与印象派绘画强调通过光、色、形的变化来发现世界、揭示本质有着异曲同工之妙。

二 在记忆与印象的断片中凝望

萧红的散文创作从《商市街》到《回忆鲁迅先生》，总是在散淡、琐碎的背后隐藏着一种震慑人心的真实感，这种真实感穿越了时间的隧道，盈盈走向每一个时代的读者面前，令人产生了与萧红一起去触摸“欧罗巴旅馆”的墙壁、品尝“黑列巴和白盐”、走进“夏夜”的“公园”、体味“孤独的生活”等的“幻觉”，我们惊讶地发现，我们在阅读萧红散文的同时已经悄悄走进了萧红的记忆之中，会那么清晰地听到萧红在祖父死去时的抽泣、感受到萧红经历的难忍的饥饿与刺骨的寒冷，甚至可以跟随萧红小坐在鲁迅先生的家中，吃一顿饺子、喝一杯清茶……

散文贵在真实。萧红散文的真实还存有一种迥异与他作的质感，一种朴拙的原始之美，这或许是因为她在记忆的内部世界翻找到的恰恰是一些似轻实重的人生零碎，倾诉的正是关于生之苦难、爱之意义、寻找身份和认同等一些根本性问题，这构成了萧红散文内在机理的厚重与结实。

萧红散文真实性的获得在于其文本的叙事性特征与作品中包含的大量细节，这些细节往往是一些看似偶然却是经过精心挑选的细节，体现出萧红创作时对某一细节本身丰富性的高度重视。同时，这一细节很有可能是作为有意味的图式来安排的，是运动着的，因而它会在时间上不断地伸展开来，成为散文的内在动力。例如在《初冬》一文中，有两个具有印象性的细节在文中多次出现，形成一个印象之流，进而带动着一种温热的情绪传递在姐弟之间，久久难以弥散。这两个细节一个是“我”或“我们”“搅着杯子”，一个是“弟弟的眼睛是深黑色的”，前者是亲情的“灯火”几近熄灭时，姐弟之间陌生之感的无意识外化，后者则是亲情复燃的情感支点，一直留在姐姐心中的是那不曾改变的弟弟的深黑色的眼睛中充满了关爱和血脉之情的温暖，“这在我散漫与孤独的流荡人的心板上，怎能不微温了一个时刻?”两个带有瞬间感受和印象性的细节，交叠在文本中，共同印证着人物感情的起伏流动和心理的细微变化，最终使全文成为一篇极具个人性、情绪化，又充满忧伤与温情的散文佳构。

在凝望记忆和印象之流时，萧红虽然会在叙事的过程中驻足停留，让文本清晰流畅，但是追求主体感受的写作动因，却使得她常常“忘记”叙事，转入印象式的冥想。例如在《饿》一文中，萧红写到从夜晚到天明因饿而想到偷，叙述了自己二次尝试“偷”的失败，之后文本出现了下面的文字。

> 窗子在墙壁中央，天窗似的，我从窗口升了出去，赤裸裸，完全和日光接近；市街临在我的脚下，直线的，错综着许多角度的楼房，大柱子一般工厂的烟囱，街道横顺交织着，秃光的街树。白云在天空作出各样的曲线，高空的风吹乱我的头发，飘荡我的衣襟。市街像一张繁繁杂杂颜色不清的地图，挂在我们眼前。楼顶和树梢都挂住一层稀薄的白霜，整个城市在阳光下闪闪烁烁撒了一层银片。我的衣襟被风拍着作响，我冷了，我孤孤独独的好像站在无人的山顶。每家楼顶的白霜，一刻不是银片了，而是些雪花、冰花，或是什么更严寒的东西在吸我，像全身浴在冰水里一般。

“饿”的感受，经由参差的错落与跳跃的意象表现，如窗口、日光、市街、烟囱，造成一种感官印象上的陌生化与突兀感，而白云、风、楼顶、树梢等意象所营造的飘忽感，以及白霜、雪花、冰花、冰水等意象负载的直观感受，又将那先前产生的突兀的、散落的感官印象通过阅读者自我感觉和意识流程的连缀，形成一个有机联系的整体，呈现于读者的意识屏幕上。事实上，萧红不仅仅在印象式的冥想中极为逼真地表现了肌体的“饿”“冷”，更重要的是将精神上的“孤独”“严寒”深深地烙印在读者心中，“繁繁杂杂”“闪闪烁烁”“孤孤独独”这些带有主观印象性词语的选用，也蕴藉着人生何等悲凉的哀叹！

如果从萧红散文创作的整体来看，《商市街》是唯一一部散文作品小集，集中的41个篇章取自萧红的41个人生片段，将它们拼接起来就是她在哈尔滨经历的悲喜人生的再现。小集中的旅馆、街道、店铺、公园等一组组变换的场景，衬托了一个弱女子在路上无所归依、苦苦挣扎，却并不忘记追寻意义、温暖的复杂情绪。需要说明的是，《商市街》中的作品基本是萧红逃离哈尔滨后，经过两年时间的过滤和感情的沉淀后才完成的，因而《商市街》这本散文小集不单纯是一本自传和生活的记录，它恰如流淌在真实世界中的一条记忆与印象之河，河中每惊起的一点波澜，河畔每游移而过的一个景物，就是萧红对人生过往的一次回望，而她真正要去追寻的是生命如河流伸向远方，永不止歇的秘密。从这个意义上说，《商市街》本身就构成了一个印象主义的乐章，以人生断片暗示生命整体，以瞬间感受传递恒久意义。

三　语言的直觉呈现

散文同其他文体不同之处，主要在于其取材之广、形式之多样，更在于其语言上的魅力。正如有研究者所说：散文应以“……自由自在的优美散体文句，以及富于形象性、情感性、想象性和趣味性的表达，诗性地表现人的个体生存状态和人类的文明程度”，并特别指出：“所有的散文必须具备文学性特别是诗性。这是散文能否成为美文，能否具有优美性的根本保证……”①

从某种程度上说，作家和语言基本上是捆绑在一起的，作家即语言，语言即作家。萧红散文的语言新颖别致，洗尽铅华，节奏明快，一气流注，而又峰回路转，曲尽其妙。她没有大多女性作家喜爱的低回缠绵的咏叹，也没有大多男性作家热衷的去而复来的滞重，她总是将语言视为自身的血肉或心声，看似随意为之的文字往往发自其内在的天性，而天性无疑最为恒久和稳定，所以萧红的语言就具有了唯一性。葛浩文曾说：萧红“那注册商标式的优美简洁的文笔，使《商市街》成了一部很受欢迎的作品”②。这里的注册商标式，揭示了萧红语言特有的直率和真诚，或者说直言不讳。在散文创作中，直言不讳是极为困难的事，因为越是想直言不讳，直率的言语越是会遁入黑暗的深处，同散文追求的优美与诗性相背离。但萧红散文的语言，却很好地弥合了直率与优美的“鸿沟”，形成了属于她自己的语言风格。

萧红之所以获得这样一种语言能力，恐怕在于她领悟到了直觉语

① 陈剑晖：《中国散文理论存在的问题及其跨越》，《新华文摘》2005 年第 9 期。

② ［美］葛浩文：《萧红评传》，郑继宗译，北方文艺出版社 1985 年版，第 64 页。

言的奥秘。所谓“直觉语言”，就是最直接地反映内心刹那间感觉的语言。这近似于人类语言的初始阶段，在这一阶段，“语言与世界尚未分离，将认识主体与世界分离，把语言从事物中分离出来，把能指与所指区分开来，以赋予理性认识以意义的情况，尚未发生”。[①] 但是，这并不意味着后退到语言的原始状态，而是希望通过凸显本能、欲望、直觉、想象等非理性因素，取消或淡化语言的指示功能，使语言由中介化为原材料。[②] 也就是说，通过直接展示语言的物质属性，突出语言的视听效果，让读者直接地感知和把握文本。总之，“直觉语言”首先要求的就是用尽量简练的语言创造出尽量丰富的形象，并让这些形象印入脑海。叔本华曾说：“每一个心灵优美而思想丰富的人，他一有任何可能就争取把自己的思想传达于别人，以便由此而减轻他在尘世中必然要感到的寂寞时，也会经常用最自然的、最不兜圈子的、最简易的方式来表达自己（的思想）。”[③]

萧红散文很好地体现了这一点，比如在《春意挂上了树梢》一文中，有这样一段描述：“天空打起朦胧的多有春意的云彩；暖风和轻纱一般浮动在街道上，院子里。……春是来了，街头的白杨树蹿着芽，托马车的马冒着气，马车夫们的大毡靴也不见了，行人道上外国女人的脚又从长筒套鞋里显现出来。笑声，见面打招呼声，又复活在行人道上。商店为着快快地传播春天的感觉，橱窗里的花已经开了，草也绿了，那是布置着公园的夏景。”在这百字左右的描述中，汇集了多种可以感知的春的形象：云彩、白杨、马车夫、外国女人、商店，并且每一形象都是生动而灵活的。萧红选取了读者熟悉的、直观

---

① 转引自王珏《语言的实体化——论狄兰·托马斯诗歌语言的现代主义特征》，《四川外语学院学报》2004 年第 2 期。

② 胡劲之、张首映：《二十世纪西方文论选》，中国社会科学出版社 1989 年版，第 302—303 页。

③ ［德］叔本华：《作为意志和表象的世界》，石冲白译，商务印书馆 1982 年版，第 318 页。

感受到的、具有原材料意味的语词来表现春意：暖风、芽、气、笑声，抓住了人们对“春天到来了”的瞬间感受，使文本直接唤起了读者的情绪体验，融入作者创设的情境中。现代散文语言因现代汉语的圆熟，日益抽象化、概念化，逐渐隔离了人与世界的直接关系，也割断了人与人的直接关系。语言遮蔽了真相，萧红的散文语言洗尽铅华，透着纯粹、朴拙的稚气，却拉近了人与世界的关系。

“直觉语言”追求语言的音乐性、节奏感。上面所引的语句就会让读者从中感受到一种节奏，是短促有力而又轻松愉悦的属于春的节奏，是度过严寒、迎来春天的人们心灵的节奏。在其他的一些文章中，萧红则表现出对语词音节、韵律的敏感、偏爱与擅用。如《雪天》一文中，作者写道：“睡得背很痛，肩也很痛，并且饿了。我下床开了灯，在床沿坐了坐，到椅子上坐了坐，扒一扒头发，揉擦两下眼睛，心中感到幽长和无底，好像把我放下一个煤洞去，并且没有灯笼，使我一个人走沉下去。屋子虽然小，在我觉得和一个荒凉的广场样，屋子墙壁离我比天还远，那是说一切不和我发生关系；那是说我的肚子太空了!”在这段富有音乐性和诗意的描述中，萧红的语言所具有的非凡表现力可见一斑。她频繁使用的助词“了”，不仅使语句接近口语，而且产生一定的韵律感。短句的连续使用仿佛使语言贯注了一股气流，悦耳、晓畅。“小”“样”“远”“系”等韵脚接近的词语的选用，看似无心，却恰恰说明了萧红语言运用的天赋，非常了解语言的质感和旋律。“幽长”“无底”“沉下去”“荒凉”等词语在文本中传达一种捉摸不定的，但却并非复杂的情感，反映了作者彼时不稳定的内心状态。正是以上这些要素形成了萧红散文特有的、具有抒情性质的“情绪”和语言气氛。

此外，萧红散文语言的直觉性，还特别明显地表现在她所有的比喻和借喻上，可以看出萧红遣词造句的别具一格，如《小六》中：

“娘在有月的夜里，和旷野上老树一般，一张叶子也没有，娘的灵魂里一颗眼泪也没有，娘没有灵魂！”《镀金的学说》中：“从那时起伯父同父亲是没有什么区别。变成严凉的石块。”《搬家》中：“多么无趣，多么寂寞的家呀！我好像落下井的鸭子一般寂寞并且隔绝。……什么家？简直是夜的广场，没有阳光，没有暖。”这些比喻句中的喻体生动贴切，意象鲜活灵动，寓意耐人寻味。最重要的是语句中反常态的非逻辑性的词语搭配，因超越了通常的语言规范，为语句增添了新的潜能和意境。那些平淡呆板的语汇在萧红反常的组合中闪现出灵光，获得更加丰富的审美外延。

总之，萧红散文语言的直觉性、感官性、想象性，迥异于现代散文日益形成的合逻辑的、抽象的语言，它同萧红散文追求表达主体独特经验与人生感悟有着内在的一致性。

四 “最深奥”与“最平凡”的精神诗性

散文的“精神诗性”，指的是作家内在生命的能动性和丰富性，是创作主体对万事万物的独特理解和感受，以及对于自由的追求，对人类命运、终极问题和日常生活的尖锐触及，以及对人的个体生存状况的垂询。[①] 可以说萧红散文从不同层面上都体现出富有精神诗性的整体追求，其最为鲜明的特征是以最平凡的生活细节、最平凡的底层人去表现最深奥、最抽象的问题——对于女性命运、人类自由与平等、个体生存的价值与意义的思考。“最深奥”与“最平凡”，看似矛

① 陈剑晖：《中国散文理论存在的问题及其跨越》，《新华文摘》2005年第9期。

盾，有的时候联系是异常紧密的。就像“无限大”与“无限小”二者之间的关系一样，无限的本质是不变的。

萧红曾说：“我开始也悲悯我的人物，他们都是自然的奴隶，一切主子的奴隶。但写来写去，我的感觉变了。我觉得自己不配悲悯他们，恐怕他们要悲悯我咧！悲悯只能从上到下，不能驳难过下到上，也不能施之于同辈之间，我的人物比我高。”[①] 她的所有散文篇章，都是以敏锐的目光直接追踪千姿百态的底层生活，以卑微生命的轻叹——儿童的眼光和女性的心灵，来审视和感受社会的冷漠与荒谬。她在对于个体生存状况的垂询和反顾中，发现了与自己的思想、情感相契合的人和事。《索菲亚的愁苦》《家族以外的人》《小六》《两个朋友》，以及《小黑狗》《同命运的小鱼》《花狗》等作品，表现了和自己一样承受着困窘的弱小者、可怜物，萧红惊异于他们生的顽强与坚忍，深深地认识到面对他们自己是多么无力和贫弱，因而她没有资格去悲悯他们，除了同情、恻隐、哀叹与自责。如《破落之街》之中，萧红写道：“这破落之街我们一年没有到过了，我们的生活技术比他们高，和他们不同，我们是从水泥中向外爬。可是他们永远留在那里，那里淹没着他们一生，也淹没着他们的子子孙孙，但是这淹没到什么时代呢？我们也是一条狗，和别的狗一样没有心肝。我们从水泥中自己向外爬，忘记别人，忘记别人。”而且萧红始终疑惑着个体生命存亡与社会、时代之间的矛盾性，她更看重个体生命的价值，即便是在战时，她的散文创作关注的也是战乱对个体造成的精神伤害，突出对生命存在的关爱，如《火线外（二章）》《记鹿地夫妇》等篇章。

在《广告员的梦想》《永远的憧憬和追求》《〈大地的女儿〉与〈动乱时代〉》等文中，萧红则以最平凡的生活细节或情感呼应，表达

① 聂绀弩：《萧红选集》序，见《萧红选集》，人民文学出版社 1981 年版，第 4 页。

了对女性命运的诘问，揭示了男性给女性带来的痛苦。在中国的历史中，女人都是出于被囚禁幽闭的状态中，这种幽闭的处境，意味着女性无语的精神死亡，萧红的这些文字就是以精神活动的方式，抗拒这种幽闭中的精神死亡，以极富个性的言说方式，传递出女性所共有的，普遍性的心理特征。如在《〈大地的女儿〉与〈动乱时代〉》中，萧红从美国女作家史沫特莱的两部作品中得出一个结论："不是我把女子看得过于了不起，不是我把女子看得过于卑下；只是在现社会中，以女子出现造成的这种斗争的记录，在我觉得她们是勇敢的、最强的，把一切都变成了痛苦出卖而后得来的。"萧红关于女性的告白从来不是低吟浅唱式的，也非控诉式的，而是以一个亲历者、洞察者的身份体认着女性的哀怨与悲苦。

萧红在文本中所贯注的"同情""恻隐"之心，事实上是人类最本源的一种情感，正如舍勒所说，同情是"本质上属感官和机体生命的强烈状态性情感的急速宣泄……并且伴随着在表达中强烈的逐渐上升的本能冲动和机体感觉"[①]。恻隐则是"浑然与物同体""与物无对"[②] 的情境，乃是"身不由己"、自然而然的事情。某种程度上来说，这两者情感从不同层面和程度上构成一切形而上学与形而下学，也包括伦理学建构的大本大源、源头活水。[③] 这或许可以说明萧红散文具有那种最平凡却最深奥的精神诗性的内在原因。

如果说，萧红的散文在意蕴上深深地触及了精神诗性的命题，那么其所采用的艺术视角——童心，则是使其散文创作彰显诗性风格的重要途径。其实，童心往往是通向真理最直接的道路，因为在童心视

---

① 舍勒：《爱的秩序》，林克译，见刘小枫选编《舍勒选集》，生活·读书·新知三联书店 1999 年版，第 771 页。

② 程颢：《识仁篇》，《二程集》卷二上，中华书局 1981 年版。

③ 黄玉顺：《论"恻隐"与"同情"——儒学与情感现象学比较研究》，《中国社会科学院研究生院学报》2007 年第 3 期。

角下，“繁杂的被层层注梳的世界变得十分简单。真实与真理，本就是简单的。黑的就是黑的，白的就是白的”。[①] 萧红散文的诗性品质，一方面得益于其从未曾脱掉的儿童天性，另一方面则得益于其始终保有的朴素直感，特别是对于童年生活场景与天真面容的再现能力，在《同命运的小鱼》《花狗》《家族以外的人》等篇章中，呈现出的来自时间的迁流不曾失去的儿童生动感觉，使得其文本中具有了真正美学意义上的童心世界。有研究者说：“萧红的儿童世界表现出具有普泛的人类学意义的生命原初体验，它构成了人类生存方式以及人类集体性大记忆的历史的一个缩影之一。”[②] 事实上，纵观萧红的散文创作，其独特魅力概源于对于生命原初体验的感受、把握和表现，无论是女性的、儿童的、底层的视角，她都遵从于内心对于生命的敬畏感和同情心，在一个充满时代精神制约的语境下，显示出了独立精神与艺术个性上的执着与抗争。

这个世界以近乎残忍的方式注解了萧红的命运，她则以文学的方式宣泄了自身的被放逐之感、苦难感与恐惧感，并最终在文艺女神的庇护下拯救了自我，证明了一个孤独个体的生命意义，从这个角度来说，萧红以其短暂的人生确证了文学的不朽价值。

（原载《南方文坛》2011 年第 4 期）

---

① 刘再复：《独语天涯》，上海文艺出版社 2001 年版，第 125 页。

② 黄晓娟：《雪中芭蕉——萧红创作论》，中央编译出版社 2003 年版，第 81 页。

执拗的爱美之心

——川端康成小说《雪国》与废名小说《桥》的比较阅读

这里所要谈到的两位作家，一位是享誉国际文坛的诺贝尔文学奖获得者川端康成，另一位是中国现代文学史上在文体领域有独特贡献的作家废名，而所列举的两部著作《雪国》与《桥》则分别是两位作家的代表作，且颇具文学史意义。比较研究他们的作品，将有助于我们对中、日美学传统及传统文化的现代意义有更深刻的认识。

川端康成一生著有中、短篇小说百余部，《雪国》作为其代表作之一，突现作者一生追求的以虚幻、哀愁和颓废三种基调展现出的富有浓郁日本传统的美感。《雪国》从第一、二部分发表（1935年），到最后完成定稿出版（1948年），历经十四个年头，因而它凝聚了作者深沉的情感以及他在文学、美学、艺术等各方面的才华。《雪国》的故事从岛村去雪国旅行始，主要情节围绕岛村同艺妓驹子的相识、驹子对岛村的挚爱、岛村对旅行途中巧遇的姑娘叶子的爱慕等情感片段展开。小说重在表现的并非三者之间的情感纠葛，而是通过人物寄寓作者的美的观念和认识。作品中的主人公只是虚幻的影像，具有隐喻作用，作者旨在创造出一个具有“纯真之美”的世界，与现实人生之间存在很大的距离。《雪国》中的岛村犹如灵敏的美的感性显示器，一方面他能从驹子和叶子身上看到无数美德火花。另一方面，他周遭世界的雪、房屋、风俗、昆虫等，几乎近于抽象化，目的仍是渲染作者对美的存在的发现以及一种虚幻的、颓然的人生态度。因而说《雪国》是一部体现“作者的敏锐感受、高超的小说技巧，同时表现了日本人深刻的内心世界”[①] 的作品。相比之下，废名的小说《桥》则凝聚着作者中国式趣味的美学观念和理想，也颇为耐读。有意思的是，《桥》从作者开始写作（1922 年）至其结集出版上部（1932 年）历经十年，而下部从创作至问世大约经历了五年，这样看来废名对于《桥》的用心也长达十四五年之久。《桥》的上篇主要写小林童年时代乡塾生活的种种乐事以及他同琴子青梅竹马、两小无猜的天真情怀。下篇写十年以后，小林从外地还乡，同未婚妻琴子以及他的堂妹细竹一块过着牧歌式的乡村岁月。下篇的空灵与超然显然超过了上篇，作者有意构筑了一个远离尘嚣的山水田园来衬托人物淡泊、无为的心境。此外，主人公小林对琴子的眷恋，对细竹天真烂漫的爱慕，也并非作者所要表现的中心，而是借此来表现人物各自的人生态度和审美态度：任远随缘、超尘脱俗。

从平行研究的角度来看，《雪国》与《桥》属于不同国别、不同作家在大体相当的历史阶段上、共同接受本国传统美学影响而创作的重在表现各自审美态度的文学作品。我们这里将试图探讨这种审美态度的共性因素与异质因素，分析为何在大体相当的历史阶段，中日两国都出现了张扬传统美学观念同时又具有某种超前质素的作品。

川端康成 1920 年就读于东京大学英文系，但一年之后则转读国文系并开始其小说创作，其早期代表作《伊豆的舞女》就显示了川端康成特有的审美观照方式、审美情趣和艺术剪裁角度。到《雪国》的发表问世，他的艺术事业到达顶峰，充分发掘和扩大了日本传统美的内涵。所谓日本传统美，从其古代名著《源氏物语》到和歌俳句的风

① 叶渭渠：《川端康成传》，新世界出版社 2003 年版，第 106 页。

兴，日本传统文学作品的风格基调在于“物哀”的美学风韵。这种“物哀”包含着“余韵余情”的况味，包蕴着“单纯取长、清淡制胜的原理”，或是从春花、夏萤、秋叶中感觉到人生的纤屑。川端康成创作《雪国》的十四年间，日本文学的主流已经重在写实，如白桦派、战旗派、私小说无不是倡导文学的现实主义或自然主义。即使川端康成所推崇的新感觉派，亦重在表现主观感受，而非回归日本传统文学审美方式，他们倡导的是借鉴西方现代主义的写作技巧。因此川端的美学追求具有特异性，这当然同他孤儿的情感（自幼父母双亡）有关，但是也同他淡泊世情、高蹈于超功利的“无用世界”的精神追求密切相关。特别是在《雪国》创作时期，日本军国主义者发动战争，并以战败告终，这些现实中的混乱、不安、无序更是极大触动了川端清高的心，而使其文章中弥漫着嗜美（日本传统美）的凄美情调。因为只有近似唯美的自然与人物才能同川端的精神世界相契合。由此可见，川端的美学选择既是自身趣味与心态的所向，同时亦是社会生活的推动。

就在川端升入大学英文系的两年后，远在中国的废名亦考入北大预科，巧的是，1924 年，废名也进入北大的英文系学习，只不过他并未放弃本学，而是边学习英文边从事文学创作。废名早期小说结集出版的《竹林的故事》(1925 年)，也可显见作者的审美趣味与艺术观照方式，那就是对归隐出世哲学的向往。作品中一系列清纯美貌的乡间少女、朴实善良的村妇、乡佬形象，同醇厚的民风、悠然的景色相交织，构筑了一幅幅远离现实的牧歌图。废名作品中所追求的美学风格——求意境、重自然——也正是中国几千年艺术传统的精华所在。废名艺术风格的形成，同他自幼生活在风光旖旎的华南乡间有很大关系，同时乡民重佛求禅的风俗也深深地感染着他，这是废名追求自然美、人情美的重要原因。此外，在他创作《桥》的十多年里，中国社会的动荡、工业文明的侵蚀、浮华贪鄙的市民风气，也使得废名的避世倾向更明显，并最终转入潜心研究佛学一途。

正如20世纪50年代废名曾回忆说："自己原来是很热心政治的人"，然而"终于是逃避于现实对历史上屈原、杜甫的传统却不看见了。我最后躲起来写小说乃很像古代陶潜、李商隐写诗。"[①] 而川端1947年在《哀愁》一文中曾写道："战败之后，我只有回归到日本古来的悲哀中去……我不相信战后的世相和风俗，抑或不相信现实。我仿佛要离开近代小说的基础的写实，也许本来就是这样的吧。"由此可见，两位作家经由相同的外在原因选择了古典文化的传统美，进而忘我地陶醉其中，共同创造了在本国文学中独树一帜的文学作品。

当然就《雪国》同《桥》相比较而言，前者所具有的艺术功底、美学价值、叙述技巧都超越了后者，但是如果通过细读，我们会发现从审美的观照方式以及审美趣味上两者都存在着一定的共性因素。这无疑可以从一个角度帮助我们认识和了解，传统美学观念是如何同现代美学观念相融合并创作出为现代读者所接受、认同的经典名作的。

首先，从作品的人物关系格局设计来看，《雪国》同《桥》下篇的主人公都是一个男人和两个女人，而且所要表现的均不是情感纠葛，而是通过人物不同的人生态度或生命存在来寄予作者的审美倾向，从而使人物之间构成互补的关系。川端自己解说《雪国》时说："对纯粹的声音听得入迷和对纯粹的肉体看得入迷的岛村，以及作为纯粹的声音的象征的叶子，都只是作为陪衬纯粹的肉体的驹子的道具加以描绘的。"这里所说的陪衬显然是作者为了凸显驹子的纯美的内心与身体，又设计了一个具有优美声音的叶子，从而使文章中充满了至美的感性表达。在《桥》的下篇中，小林虽然对于琴子与细竹都有

① 《废名小说选·序》，人民文学出版社1957年版。

真挚的感情，但是作者所要表现的是两种美丽女性：一是如琴子般聪明娴静、知书达理的女性；一是如细竹般天生丽质、浪漫清纯的女性。她们构成两类互相映衬、互相弥补的美。这种人物设计是展现作者追求的淡泊清静的美的需要，正如朱光潜曾经指出："废名的人物都沉没在作者的自我里面，处处都是通过作者而生活……"①

两位作家虽然都通过刻画至纯至美的女性来表达自身美的观念，但是她们所蕴含的美学风韵却不尽相同。如前述，川端继承日本传统"物哀"的美韵，因而《雪国》中的驹子虽然容貌姣好、苦练琴技、日记所思、深爱岛村、心地善良，但是这一切在岛村看来都是徒劳的、无用的，一种深深的虚无思想浸染纸背。所以作品中驹子忧悽的悲哀与短暂的幸福互隐互现。特别是作品结尾处，驹子与岛村共同目睹火中叶子时，更是表现出作者对于人世无常、生死相随的虚无思想的追求。作品中岛村认为，叶子的火中身影只是"非现实世界的幻影""她内在生命在变形，在转变成另一种东西"，而银河美景的出现更以"雪中火场"一景加以衬托，从而把叶子的死视作生命的开始，是美的最高表现。川端的至美无疑透露出虚幻、悲哀和颓废的色彩。但是有评论认为这正是川端的禅宗思想所在。"这种无，不是西方的虚无"，那是进入无思无念的境界，"灭我为无""是万有自在的空，是无边无涯无尽藏的心灵宇宙"。② 如果从川端自身对禅宗的理解来读《雪国》，那么驹子的徒劳，在岛村看来最终就是"无"，而叶子的死，则是"进入万有自在的空"，所以它引起的不是悲痛，而是入境。无疑，这同日本传统"物哀"的美学风韵是相一致的。

从《桥》来看，小林的童真年代到田园青青特别是细竹与琴子的

---

① 原载《文学杂志》1937 年 7 月第 1 卷第 3 期，《朱光潜全集》第 8 卷，安徽教育出版社 1987 年版。

② 川端康成：《我在美丽的日本》，《川端康成小说选》，叶渭渠等译，百花文艺出版社 1985 年版，第 703 页。

出现，无不张扬着返璞归真、自然优美的美学韵味。但是在下篇，小林、琴子的禅悟似乎成了作品的中心，这里的禅宗思想并未具有《雪国》中否定生命厌弃世界的倾向，而是留恋自然适意的日常生活、关注欣欣有生气的大自然。这种观念同禅宗的中国化过程不无关系，它所吸纳的老庄、玄学思想，使其具有了除“空”“寂”“闲”等境界之外的一种对宇宙生生不息的直观和体认。这样，《桥》中的人物既能在日常生活中出入，感悟生命之绿，又能言说“死”，是人生最好的装饰。保持生死平等的轮回观。

如前述，两位作家不同的禅宗思想反映到作品中，并未形成绝然分裂的两种美学倾向，因为他们所共有的避世思想、求美趣味依然充盈着两位作家的作品，特别是后者更是两位作家的共性追求。

首先，《雪国》与《桥》中对自然美的描摹都是形神兼备的。《雪国》在分章发表时，章节标题均是以自然景物命名的，如《夕暮之镜》《白昼之镜》《笆茅草》《血中火场》《银河》等。而文中对“雪国”之雪景的描写则是情意绵绵和温柔幽婉的，这不仅仅是指对驹子和叶子所倾注的审美情感，还是关于雪国的风物景观的描写。

> 村里的孩子正在田间滑雪。
>
> 一走进村里的街道，就听到从屋檐滴落下来的轻轻的水滴声。
>
> 檐下的小冰柱闪着可爱的亮光。①

这种情景交融的表现方法，贯穿着《雪国》的始终，无论是杉林、溪水、群山，还是民房、田野、温泉都透着“甜美圆润”“虚空缥缈”“迷离恍惚”等的人物的情绪和感觉。从景物描摹中透露出的

① 川端康成：《雪国·古都·千纸鹤》，叶渭渠译，译林出版社2001年版，第28页。

余韵余情，以及那种清清淡淡、疏疏落落的情致，正是川端所体味到的日本传统美。

再如一例："……她自己没有显露出落寞的样子，然而在岛村的眼里，却成了难以想象的哀愁。如果一味沉溺在这种思绪里，连岛村自己恐怕也要陷入缥缈的感伤之中，以为生存本身就是一种徒劳。"①这一段禅味颇浓，一种万物空寂的美同主人公静谧玄想的心态融为一体。此外，作品中大段对黄昏、星空、月夜的描述都有禅宗万物瞬息即逝、刹那生灭的意蕴。这主要体现在开篇"夕暮之镜"一节中。

就《桥》而言，自然景色的美景是小说最为过人之处。它就如同一个风景画薄，它写绿洲、沙滩、杨柳、春草、黄昏、花红山、桥、八丈亭、枫树、塔、桃林……使人如行山荫道上，目不暇接。应该说，《桥》的自然意象的侧重点不在"家"，不在对景物优美、精微的描绘，而在"意"，在于营造出幽静的意境，抒发恬淡的情思。

> 草是那么吞着阳光绿，疑心它在那里慢慢的闪跳，或者数也数不清的唧咕。仔细一看，这地方是那么圆，而且相信它是深的哩，越看越深，同平素里看姐姐眼里的瞳仁一样，他简直以为这是一口塘了……②

作者的笔墨时时在写景，又时时在写情、写人，风景是人人所见、所感、所思，而人也是风景。这同《雪国》景色描写真是异曲同工。

至于《桥》下篇，风景与人的契合则表现出静观与妙语的禅思。如《水上》一节写小林、琴子、细竹三人乘船到天绿山，路上是"茫茫秋水""野草如锦"，三人则谈着"隐士""参禅"等去语，可见自

---

① 川端康成：《雪国·古都·千纸鹤》，叶渭渠译，译林出版社2001年版，第24页。

② 艾以、曹度主编：《废名小说〈桥〉》，安徽文艺出版社1997年版，第12页。

然意象已不只是自然本身，也不仅是逃离现实的途径，它既是禅趣禅理的有机载体，又成为个体感性经验妙语的极好中介。

因此，《桥》同《雪国》比较起来，更加远离现实，以至完全沉潜到清静幽美的意境禅趣中去，这才使它有“奇文”之称。如果单从审美创造的角度来比较两部作品，品味其中蕴含的诗意美、风物美、民俗美的酿化与升华，两者确有异曲同工之妙。如果就阅读者的接受来看，《雪国》在承继日本传统美的基础上，又增添了现代小说的叙事质素：意识流手法，倒叙，心理时间的拉长、放慢，从而使得作品更为现代读者所认可。而《桥》则重在从唐诗绝句的美妙意象和简练文字中吸收美学营养，刻意追求诗化与雅致，反而失落了一些本色。此外，由于文中意象的闪跳、文字的省略皆为诗意服务，使得句与句、段与段、节与节之间常显突兀，这就需要读者反复地咀嚼、体会，增加了阅读难度，形成阅读接受上的距离。

最后，综观《雪国》与《桥》两部作品，我们会发现，两者都具有抒情色彩，在结构上也都表现为散文化。但如前述，《雪国》的抒情寓于景中，而景则衬托人物、象征性格，如以冬雪镜中人物的虚幻感觉，现出一幅象征的图景，以此寄托岛村哀愁的情绪，表现驹子、叶子的纯洁美感。作者典雅的文笔、统一的抒情使得《雪国》回旋着真挚而沉郁的情感，颇为动人。而《桥》中的抒情却如舞台上后置的背景，犹如透明的光束折射的是景与人的华彩。《桥》的主角是自然的美景与清雅的人物，情感对于单纯的人物来说表现得亦单纯，因此废名的抒情是静而淡的，《桥》抑或为个人化的、自我式的作品。重在绘景、抒情、写美的小说，当然在结构上也应透露出美感。因此采取散文化手法来构筑自己的艺术世界则成为两位作家共同的选择。

《雪国》同《桥》在发表之初都是按章节发表的，并各具题目，这表明各章节的独立性，因而成书后所显现出的松散亦在情理之中。

就这一点来说，《桥》的散文化更突出，除了其语言、意境、人物设置的散文化外，《桥》在结构上完全抛弃了小说外在叙事的逻辑性与连贯性，力求表达的是作者内心世界的自由与真实，因而小说愈见“自由”，则愈加散文化。这既是作者跳跃性思维的结果，也是作者过于追求诗化意境的必然结果。

相比之下，《雪国》在结集成书后，是经过作者整饰的，因此作品的内在逻辑、语言风格、情节线索是清晰的，而结构上的散文化则是川端的艺术追求所决定的，是作者特有的艺术剪裁方式。《雪国》的结构事实上是严谨的，是相当有技巧的，它所体现的是“形散而神不散”的散文精神。作者以自由联想和意识流动展开情节，但不是肆意驰骋，而是有秩序的展开。岛村的意识就是留有对驹子和叶子的回忆的一面面“镜子”，它时而反映梦幻世界（夕暮之镜、日暮之镜、雪中镜、雪中火场），时而反映现实世界（驹子的身世、雪园的景物）。这种时空的跃动配以纤细的感情、精微的语句，既凝聚了日本传统文学的美韵与精神，又富有现代小说的质素，因此说《雪国》是将“日本文学传统发扬到顶点的近代抒情小说”。[①]

以上，我们从平行研究的角度，对两部作品所产生的文学传统、社会背景及作家个人、作品创作等因素进行了对比，目的正是想寻求传统型抒情作品存在和发展的规律，以此帮助我们在多元共生的文学时代，更好地认识传统美的价值与意义，创作出具有民族传统的世界性文学作品来。

［原载《语言文学论丛》（五），香港汇文出版社 2011 年版］

① 叶渭渠：《川端康成传》，新世界出版社 2003 年版，第 105 页。

读以赛亚·柏林的《浪漫主义的根源》

一 《浪漫主义的根源》一书简介

作者以赛亚·柏林，英国哲学家和政治思想史家，20世纪最著名的自由主义知识分子。出生于俄国里加一个犹太人家庭，1920年随父母前往英国。1966年至1975年，担任牛津大学沃尔夫森学院院长。主要著作有《卡尔·马克思》《自由四论》《维柯尔与赫尔德》《俄国思想家》《概念与范畴》《反潮流》《个人印象》《扭曲的人性之材》《现实感》等。

《浪漫主义的根源》是根据柏林于1965年三四月间在华盛顿国家美术馆A. W. 梅隆系列讲座所做的关于浪漫主义的脱稿演讲整理出版的。这个演讲后又于1966年、1975年、1989年在英国、澳大利亚等国的电台重播。有一点是十分有意思的，编者亨利·哈代说："柏林本人坚决反对自己在世时出版这个讲稿，不只因为他在晚年还想完成一本浪漫主义的专著，或许还因为他觉得不经过任何修改和扩充就出版一些即兴讲演是一种虚荣的行为。……他描述自己的讲演是倾斜出巨大的语言洪流：六个多小时的狂热的、不时短路的、焦灼的、气喘吁吁的——在我听来，有时是歇斯底里的——讲话。”但是 1998 年该书出版后，获得了极大的好评，如著名批评家 Key Reporter 认为，“你能听到语言的洪流不断膨胀，相互撞击，一次次地汹涌澎湃……发人深省，激荡人心，充满自然的原始张力。这也正是浪漫主义的核心所在”。《时代周刊》则认为该书“阅读它，是一次令人兴奋不已的思想挑战”。国内出版时的简介写道：“结构了然、思维缜密，出处闪耀着天才洞见的火花，伴以柏林特有的雄浑酣畅的即兴风格，是一曲令人魂销神醉的思想咏叹调。”

事实上，这确实是一本阐释出浪漫主义精神内涵、本身又具有浪漫主义文风、很具有启示性的著作。先举一例，柏林认为，浪漫主义是“原始的、粗野的，它是青春、是自然的人对于生活丰富的感知，但它也是病弱苍白的，是热病、是疾病、是堕落、是世纪病，是死亡之舞，其实就是死亡本身。是雪莱描绘的彩色玻璃的圆屋顶，也是他永恒的白色光芒，是生活斑斓的丰富，是生活的丰盛，是不可穷尽的多样性，是骚动、暴力、冲突、混沌；它又是安详，是大写的‘我是’的合一，是自然秩序的和谐一致，是天穹的音乐，是融入永恒的无所不包”。此后作者又用了 18 个铺陈排比句来描绘浪漫主义，最终作者写道：简言之，浪漫主义是统一性和多样性。它是对独特细节的逼真再现，比如那些逼真的自然绘画；也是神秘模糊、令人悸动的勾勒。它是美，也是丑；它是为艺术而艺术，也是拯救社会的工具；它是有力的，也是软弱的；它是个人的，也是集体的；它是纯洁也是堕落，是革命也是反动，是和平也是战争，是对生命的爱也是对死亡的爱。

二 《浪漫主义的根源》的关键词

神秘主义：神话是人类用来表达他们对于不可言喻的大自然之神秘的感受的，他们无法用其他方法表达他们的感受。使用词语，总会言不及义。词语把事物分割成太多的碎片。词语把事物分类，过于理性了。令你不满的是，词语试图根据漂亮的分析模式，把纷繁万物分类包装，纳入一个个整严的范畴，如此一来，语词破坏了对象本身，也就是说，破坏了生命和世界的统一性、连续性和生机。神话使用艺术意象和艺术象征而非词语来传达生命和世界的神秘，把人同自然的神秘性连接起来。（哈曼的观点）

正如很多神秘主义者一样，布莱克所欲求的乃是重获对精神因素的控制。让人性的活力得到自由，这是所有受制于严整的科学秩序、快要闷死的人们发出的呼声。严整的科学秩序是毫不理会搅动人类灵魂深处的那些难题的。

三 中国当代文学的浪漫主义精神

中国现代浪漫主义的命运是跟个性主义思潮在历史进程中的地位相关的，与人们是否普遍地尊重艺术规律、允许作家充分地发挥创作个性密切联系在一起的。如果自我表现的、主情的艺术倾向能被时代接受，浪漫主义者的创作个性得以充分地发挥，浪漫主义思潮就会发展壮大。反之，它就会遇到重重阻力。中国现代浪漫主义思潮的高峰在“五四”，因为个性解放的思潮只有在“五四”才是占主导地位的社会思潮。浪漫主义在中国只有两条出路：一条是从社会的中心位置退向边缘，通过疏远时代，避免与环境的冲突来扩大作家个人心理自由的空间。当“边缘”也不复存在的时候，这种形态的浪漫主义就只能归于静寂。另一条便是让浪漫主义与政治联姻，这产生了政治化的浪漫主义。政治化的浪漫主义源于蒋光慈，后周扬联系社会主义现实主义提出“革命的浪漫主义”的概念，至“文化大革命”派生出的“三突出”理论，蜕变成伪浪漫主义。在这条浪漫主义之路中，浪漫主义的本质是表现理想，浪漫主义的根本特征是幻想性、抒情性、传奇性等。进入新时期，我们对浪漫主义的评价多是从以下几个方面入手的：如回归自然、追求神秘和神奇、寻找精神家园。同“五四”时期的浪漫主义思潮相比有了新的特点和命运：它加强了人道主义的内容，增加了沉重感，并且最终整体性地汇入了现代主义浪潮。这是因为浪漫主义包含了自由的精神需求。从思想自由、情感自由，到回头追问自由本身的意义，相应地制约着文学从启蒙主义、浪漫主义到现代主义的发展。20 世纪 80 年代中期在个人情感自由获得基本保证后，人们关于自由的提问方式也发生了变化——自由究竟有没有可能以及怎样可能，即“自由”的现代主义的一面的意义被凸显出来了，并逐渐为人们所关注。于是，有的研究者认为与情感宣泄相联系的浪漫主义方法虽然还会被一些作家采用，但作为一个思潮的浪漫主义，已经完成了它的历史使命，取而代之的会是新的文学思潮。“新时期的浪漫主义思潮在回归的同时开始了泛化的进程。它像一颗闪亮的流星划过美丽的夜空，给人们留下深刻的印象，然后便消失在新的文学潮流中了”。①

---

① 陈国恩：《浪漫主义与 20 世纪中国文学》，安徽教育出版社 2000 年版，第 297 页。

高尔基在他的《俄国文学史》中曾经说过："浪漫主义乃是一种情绪，它其实复杂地而且始终模糊地反映出笼罩在过渡社会的一切感觉和情绪色彩……它的（情绪）基调是：对新事物的期待，在新事物面前的惶惑，渴望认识新事物的那种烦躁不安的神经质的向往。"

在当代文学的前三十年里，"理想""理想主义"是带褒义色彩的词语，到了近些年，"理想主义"已成为不合时宜的代名词，成了人们嘲讽的对象。从 20 世纪 80 年代中后期开始，理想主义受到批判和否定不是偶然的，是有特定的历史背景的。社会经济转型带来务实的思想普遍弥漫，当下的实用主义与中国传统的"经世致用"以及"拜金主义"相互扭结在一起。理想主义成了不合时宜的代名词。对假理想假崇高的厌恶必然导致对理想主义的颠覆。

回顾 80 年代前期的文学，我们会发现那是一个作家高扬文学理想，文学高扬时代理想，显示出群体性或全民性理想的文学时期。那是因为在"文化大革命"结束后，国民的理想都是一个现实的可以实现的理想目标：追求现代化。现代化作为一个国家民族性的社会目标，在知识分子中获得广泛的认同，这必然意味着作家的创作理想、思想态势都要融进国家话语中，同思想解放的主流一起承接共同的国家理想。因此，无论是伤痕文学、反思文学还是寻根文学乃至早期的先锋文学，我们都会发现作品中对于民族、国家过往的批判，对于当下现实的理解和确证。另一方面，很显见地，这个时期作家的精神追求与作品中的理想信念大多隐藏了个体价值和个人的理想，常常是以宏大叙事或英雄人物的出场来完成对于国民理想的书写。所以我认为，20 世纪 80 年代的理想有其肤浅的一面，其主要原因在于，对"现代化"的完美想象，简单地认为现代化既可以使我们摆脱封建专制，又能给我们带来融合了东西方文明的合理性文化，还能让我们的社会呈现出全民性的积极乐观的精神面貌。总之，是没有看到这个完美理想的不真实性，这使20世纪80年代理想主义的光辉多少具有虚假性。但是我们又不能简单认定这一时期的文学理想就是伪饰的，因为没有80年代经历的文学主体性张扬、人道主义文艺思潮以及先锋精神的尝试，这个时代文学的理想之光将消失殆尽。

进入90年代，有的人说理想主义崩溃了，不如说90年代文学的理想转向了多元化，并与原先主流意识形态下的大众化时代理想产生了疏离。许多作家如王朔、刘震云、余华、方方等对原先所谓的理想进行了反思，他们用一种反讽的口气或个人化的历史书写，解构了主流意识形态所推崇的理想的神圣性，还原了普通人心中的理想的世俗性和多样性。作品中那些关于个人命运的故事中折射出民族和集体的命运，莫言、苏童、余华、王安忆等作家的笔下既有对民族伟大的赞赏，又有对民族劣根性的揭示，还有对庸常小人物的艰辛与悲怆的深刻理解与关怀。即使在个性飞扬与激烈叛逆的“晚生代”作家（邱华栋、韩东、朱文、毕飞宇、刁斗、徐坤）和“第三代”诗人们（欧阳江河、西川、于坚等）的作品中亦有浓郁的理想主义情调，对爱情、命运、信仰的探索保持了形而上的高蹈姿态，对找不到思想在生活中的切入点而深深地苦闷着。作家们在自己的生活中默默探索着属于自己的理想，而不是建构一个空洞的理想王国。寻找人类理想的精神家园，探索人类生存困境及其意义成为90年代文学的新的意义内涵。新生代作家为我们提供了一个重新反思理想主义的视角，就是以理性的、多元的目光正视和直面我们这个多姿多彩的世界，理想主义也具有人性化的内涵。

总之，20世纪90年代的理想主义从80年代那种群体性的理想模式中释放出来，呈现为对个体理想表达的认同，也就是说那种建立在统一的“现代化”国家理想基础上的“大同”理想主义被拆解，人们更愿意从本体出发来坚守具有个性化色彩的理想信念。因为由“非本我性”所显示出的理想主义，只能显示出个人全部生活中的群体性理想，而不能显示出个人生活中的个性理想。但是另一方面，当强调群体化理想的20世纪80年代被崇尚多元价值的90年代所替代后，在精神和心灵的选择全部交给个人去处理的情况下，正如批评家吴炫所说，个人凭着自己的力量无法站立起来的问题，便被凸显出来。面对此种状况，一些严肃作家不约而同地转向以“艺术精神”为核心的文学理想，与大众化、普泛化的文学相抗衡。

文学中的理想，指的是文本中所体现的一种高于现实的倾向，不管这个文本中所描绘的是过去世界、现在世界还是未来世界。因此，从普遍的意义上说，文学中的理想，不存在有无问题，只存在多少、显隐和高低的问题。

（辽宁理论家协会读书班发言稿）

试论张炜小说《古船》中的时间意识

张炜的《古船》被列为“百年百种优秀中国文学图书”之一，足见其文学价值与社会价值之重。该书以其厚重的历史感与使命描述了洼狸镇近百年来的沧桑变化，以家族史的形式寓意着对历史与命运的思考。而书中所凝聚的丰富的时间意识则是作品成功的重要因素之一。

一 内部时间与外部时间的融汇

中国长篇小说的传统的叙事手法多是一维、线性的“顺序”，即按照事件的因果关系以链条形式层层推进，这不仅符合人们对于自然现象的规律性认识，而且也符合传统物理学的时间观念。但是随着历史的发展，人类对生命的理解有了更趋全面的认识，对时间的认识也发生了深刻的变化，那就是主观“心理时间”的提出与认同。特别是在文学作品中，作家更加注重作品叙事的时间意识。

所谓外部时间、内部时间是指小说中时间与情节的关系。“前者是作者于情节之外专门记录的时间”，它将生活同作品联系起来，构成了时代背景与情节距离。而“内部时间就是作品中情节运动的顺序性与连贯性，它以心理时间为基础”。《古船》中拘束家族命运变迁的历史环境是作品的推动力，洼狸镇的隋家、李家、赵家三代人的命运在历史大潮中沉浮，正如作家所说：“我想写出这种声音（粉丝厂倒塌的轰隆隆声）后面潜下的所有故事，所有的历史、人物，所有的关于山川的变迁和人事沧桑……”因此作品中的外部时间重在构架现实社会与人物事件真实且复杂的关联，拓展作品的历史感。小说的叙事时间并非线性的因果链条，而是在隋抱朴、隋见素兄弟对粉丝厂落入赵多多手中所持不同的态度与观点的斗争中追述了家族父辈的遭遇，作品突现了土地改革时期、还乡团、大跃进、三年自然灾害以及“文化大革命”等不同历史期，洼狸镇人民苦难深重的历史命运，特别是在人性善与恶的较量、美与丑的对比中，复现了一幅幅历史画卷。作家以凝重而沉厚的笔墨，书写出对于历史、命运、人民的思考。

如果说作品的外部时间像大气层一样包围着情节与事件，而作品的内部时间则极大丰富了人物的心理世界。《古船》中的人物是蕴含着丰富历史感的人物，如隋不召，这个诵着、守着《海道针经》、自称乘过“郑和船”的老人，虽然看似癫狂，但正是这个癫狂的人才在一段段癫狂的历史中完整地活下来，他身上所具有的魔幻般的色彩，似乎隐喻了人与历史的呼应。而隋抱朴这个像石头一样沉默着、却在心里不停自语的汉子，则是一幕幕悲苦历史的见证人，他被沉重而多变的家族史重压得喘不过气来，但最终他一个人苦苦寻找的出路，不是个人的出路，是整个洼狸镇“怎么过生活”的出路。在这个人物的塑造中，作者所使用的叙事时间，更多的是心理时间，或者说内部时间。

作品在记述隋家父辈的遭际时，均是以隋抱朴的记忆或谈话为情节运动的引子，比如第四章、第十七章的开篇，作者分别写道：“隋抱朴记得从他十几岁的时候起，父亲就很少再按时去粉丝厂了”，“……我刚跟你说过，我刚刚记事父亲就整天算账，累得脸色焦黄……”通过抱朴的回忆，作品的第三人称叙事转化为“我”，并由此以父亲、后母（茴子）为主人公展开叙事，从而使得作品的历史空间感增大，情节运动顺畅，人物形象丰满。这种片段式回忆的穿插引用，从情节上贯通了隋家各个人物行动的因果联系，同时在包孕着心理时间的一个个事件中，才使得抱朴和见素的不同人生命运具有可信性。

应该说正是外部时间与内部时间的融汇，《古船》才表现出相当深厚的历史沧桑感。

二　时间的变形

20 世纪 80 年代初，中国的长篇小说多是直线式展开情节，章节间的因果关系很明显，这一方面受中国传统小说的影响，另一方面也是现实主义文学观念的影响。但是随着西方现代主义思潮及其文学作品的引入，作家们开始注重小说写作技巧的变化，对作品时间观念的再认识在中短篇小说创作已然可见，然而，由于长篇小说的结构布局庞大，人物事件繁杂，常常难于驾驭新型的叙事模式。

《古船》是作家张炜创作于 1984 年的作品，应该说，其作为长篇小说，在构思上是相当精巧的，特别是作家所构筑的洼狸镇，含有多重寓意，具有个人对于历史、社会、伦理等问题的再思考。在这种思考中，作家所表现出的时间意识，并不仅仅是直线式的叙事时序，而是坚持事态时序的逻辑关联，沿着空间的多重叙事时序创作。

小说的时序大体上有两种：一种是叙事时序，主要是指叙述者对内容各部分在交代时序先后次序上的安排。作家可以根据自己的需要，安排作品内容的先后顺序，甚至完全打乱叙事时序，比如美国作家福克纳的《喧哗与骚动》。另一种是事态时序，主要是指事物存在于客观世界中的固有状态的序列，它往往通过因果连接标识出来。也就是说，如果叙事时序混乱，那么事态时序在读者阅读时必须能够予以重建。因此说，适度地变化小说时序可以获取特殊的审美效果，这已为中外作家所共识。

小说《古船》的时序构思就十分别致，不仅增添了作品的审美意蕴，而且也扩大了作品的内涵。作者虽重在表现洼狸镇人民的苦难史，但主要的人物关系是通过隋、赵、李三大家族实现的，所以叙述者的事态时序是紧密围绕洼狸镇粉丝厂半个世纪的归属，并由此而形成的人物矛盾来展开的。但是作品的叙事时序的展开却并非链条式推进，而是打破时间发展变化的时空次序，形成曲线式的叙事时序。

小说的第一、二、三章勾勒了洼狸镇的简史，同时引出三大家族的纠葛以及如今粉丝厂异主的情节，这同第七、八、十一、十四、十五、二十一、二十二、二十四至二十七章的内容构成了当下的叙事线索：抱朴和见素兄弟同赵多多争夺粉丝厂承包权的不同斗争方式，围绕此线展开了隋、赵、李三家少辈的人生命运。在其余的五章内容里，作家则根据主人公的感觉、意识的流动以及联想的转移，追述或倒叙了洼狸镇三大家族的父辈命运。比如第九章作家对于时空的倒错是通过这样一段文字完成的。

> 不过李知常没有给精神失常的父亲安装电灯倒是真的，有人看见李其生悲哀地走上街头，手指一个路灯骂起儿子来……镇上人看着忙忙碌碌的李知常，不由得在心里对照当年的李其生。那时候李其生……

可见，叙述时间由“那时候”起，发生转移，进入到“叙述现在”之前的情境中。

与此相同的追述还出现在十二章、十八章、二十二章，作品都是从叙述现在的某一件事触发记忆联想，从而改变叙述时间，进入历史时段。作品在处理时间逆转时，即从过去回忆到现在，也十分精当。比如第十一章的开篇：“老磨呜隆隆地磨着时光”；第五章中间部分：“抱朴从那以后就没有睡过一夜好觉。他是怎样捱过了这近二十年的光阴哪。”通过这样的语段，叙述者将被颠倒、割裂的叙事时序予以扭转，从而到达到事态时序的完整、有序。

此外，《古船》除了颇具历史的容量外，还表现出对时间的立体感、共时性的注重。

我们知道，在同一时间里，世界上要发生许多事情，其中有许多事情是相互关联的。中国传统小说为表现共时性的生活，使读者获得立体的感受，常常是“花开两朵，各表一枝”。

但是这样也只能把几个齐头并进的时间段更换成一一轮流接替的次序。而现代小说，为了使读者获得立体的形象，常常借鉴电影手法，灵活运用多角度与多镜头对话或对白的手法，实现共时性展示的效果。

《古船》作为长篇小说，虽重在展现洼狸镇人民的历史，但是作者并没有局限于此，而是拓展了历史的空间，努力达到一个时态内时空最大限度的立体展示。

作品第六章、第十三章采用了分镜头的手法表现了隋家少辈隋大虎在中越战争中牺牲的过程及事件背景。比如第六章，镜头一：叙述者从抱朴听到的呜隆隆的磨声联想到炮声。镜头二：展现了大虎上战场后的一幕幕画面，主人公也变成了大虎。镜头三：在抱朴思念大虎的同时，隋不召、李知常、李技术员一老二少在大谈国际军备竞赛、星球大战以及古代战争。第十三章，镜头一：则是从磨声中切换至大虎战斗中陷入困境的画面。镜头二：仍是李知常等人大谈苏美军备竞赛。镜头三：大虎冲进敌营。镜头四：李知常等人谈中美之间军事力量对比。镜头五：大虎壮烈牺牲的场面。

叙述者在同一时间表现了同一事件不同的背景：中越战争是各国政治军事的对比，但导致的结果却是一致的：战争以及人的死亡。叙述者通过场景的转移与切换，形成三重空间（抱朴思索的空间、大虎经历的空间、李知常等人生活的空间）的共时性表达，从而丰富了作品的时空容量，并使读者产生富于立体感的阅读体验。这种时间意识和艺术表达的需要形成了一种契合，展示了作家观念化了的生活认识与态度，就是对自由、和平的世界，对生命、希望的深切向往。

最后，关于《古船》时间意识的表现，还体现在作家对人物的主观心理时间的把握。即通过人物意识流动，改变时值，拉长、放慢或缩短时间。在第十二章中，含章怀着极为复杂的心情去见洼狸镇权势最大又身为其干爹的赵四爷，在“含章整整地望着他”的瞬间，叙述者加入了心理时间，改变了时值，将二十年来含章同四爷间的积怨以及含章对四爷的仇恨、自身的耻辱感，一一回闪在含章的头脑里。接下来叙述者以“含章不由得又抖了一下”这个动作细节来捕捉含章异常痛苦的心理，从“怔”到“抖”本是短时间内相连接的两个动作，但由于心理时间的拉长，使读者感到这一刻是如此漫长与沉重，深为含章所背负的悲惨的、隐秘的心灵苦痛而扼腕叹息。再如隋不召为救李知常被绞到皮带轮上，叙述者运用了放慢的镜头，原是一瞬间惊心动魄的场面，从读者的心理时间来看，却被延长，犹如一个定格的画面，在读者眼前无法逝去。

《古船》是相当博大的一部作品，蕴含着作者个人对于国家、人民、历史命运的思考和认识。作为一部当代长篇小说，作者的时空意识在强烈的历史感的要求下，突破了传统长篇小说纵向延展的写作方法，而是有意识地丰富作品的时空关系，形成网状的时空背景，从而使人物、事件、情节获得强烈的立体感，这无疑扩大了阅读者的阅读视野，并且阅读者的情感会在这种全新的时空意识中升华，提升为个人对于生命、历史的思考，而非仅仅是审美愉悦。如果说，中国 20 世纪 80 年代初期小说在叙事时间上的变化，“只是在一般叙述技巧上的自觉意识，还缺乏从生命本体、社会存在等哲学方面认识到时间意义”，那么，随着《古船》等小说的出现，时间哲学层次上的意义，将为越来越多的作家认同，有学者所说：“对时间的把握向来标志着对世界的认识的深度。”

［原载《语言文学论丛》（六），吉林大学出版社 2012 年版］

历史叙事中的审美想象

——评迟子建长篇小说《伪满洲国》

在20世纪90年代新历史主义小说的漫漫潮流过后，读者们无疑在期待着更新的，或说更加别具“风味”的历史小说观念、叙述模式、审美形态的出现。毕竟读者们早已经品读过苏童式历史小说的恣肆、叶兆言式历史小说的丰腴，作家们也早已尝试过对历史进行神秘化、象征性“想象”的快乐。忽略历史的史实性存在，追求历史的审美特质，可以说正是新历史小说“解构”式历史书写的重要特征。但是，历史之为历史，又不仅仅是人类对自我过去的追忆与诘问、反思与探究，不仅是一种主观性的存在，它还具有不可规避的以“时间”形式记载下来的客观性内涵，是人类的全部过往与存在留下的无法抹去的痕迹。或者，简单如李泽厚所说，历史具有两层含义：一是相对性、独特性，即历史是指事物在特定的时空、环境、条件下的产物（发生或出现）；一是绝对性、积累性，指事物是人类实践经验及其意识、思维的不断的承继、生成。[①] 如果说新历史主义小说更多的是关注历史的主体性与相对性，那么它就忽略了历史的另一个层面，而事实上，正是这个层面（历史的积累性、绝对性）关乎人类的本体存在。因为人是历史地存在着，历史作为文化因子已深深地植入了人类

---

① 李泽厚：《历史本体论·己卯五说》，生活·读书·新知三联书店2003年版，第42页。

的根性。笔者并不想以偏概全地断然否定新历史主义小说在中国当代文坛的独特贡献，相反，新历史主义小说从观念到形式上对中国当代小说形式的巨大解放之功是任何人都不能抹杀的。然而，这并不意味着新历史主义小说“臆造”的历史叙事就是历史的全部，它在历史性上的缺失是不容回避的。因此，就笔者个人而言，特别期待一部能够兼具历史两重性的作品，那将使阅读成为一件十分有意义、有意趣、有意味的乐事。从这点上来说，当笔者细读完迟子建长达70万字的小说《伪满洲国》时，笔者想，笔者获得了期待已久的喜悦。因为《伪满洲国》不仅仅是一部厚重的、洋溢着作家创造力的长篇，而且是一部兼具历史性、民间立场与复式审美品质的力作。

一

《伪满洲国》这部作品首先显示出的是深厚的历史意识与历史精神，这或许是它区别于新历史主义小说的主要之处。我们知道，在后者的许多作品中，历史虽然是重要的，是他们所表现的文化、道德与人性内容的存在过程与载体，但也仅仅是载体或依托而已。但是在《伪满洲国》的历史叙述中，“过去时”的时间标识以及历史意象、历史人物既是叙述展开的依据，也具有本体意味，因为作家探求的正是人性、命运与历史存在的冲突。这样，《伪满洲国》呈现出的历史性就成了作品中一个重要的情境符号，承载着丰富的意义指向。

首先，文本以章节纪年的形式来标明历史的身份，从而构成作品饱含历史感的显形式。迟子建用伪满洲国成立的1932年到溥仪退位的1945年的十四个年头结构了小说的十四个章节，随后她又按照历史事件大体发生的顺序，以看似隐讳、折射的曲笔涉猎了诸多伪满洲国的历史事实：溥仪在长春就任伪满洲国的皇帝，平顶山惨案，东北山野的匪患，日本移民开拓团的生活，日本“七三一”细菌部队的罪恶行径，东北抗日联军的艰苦斗争，日本战争慰安妇的凄楚命运，中国劳工的非人处境，等等。在空间上，作品也基本覆盖了伪满洲国的各重要地区：长春、奉天、哈尔滨及其他周边的城市、乡村，此外如中苏边境、东北大兴安岭的山区以及鄂伦春族聚居地等都流淌在作家的笔端。文本以时间的纵向铺陈，配以空间的横向流动，使厚重的历史感、历史情怀展现在读者的面前。这样看来，作家显然没有悬置历史、隐藏时代感的意图，也没有遮蔽主体对这段历史倾诉的欲望，更没有那种嘲讽和调侃的意味。迟子建在《伪满洲国》中表达的历史意识，凸显了一种观念：历史是一门时间中的人的科学，人则是存在于历史的时间延续中的存在。或如兰德曼所说：“（人）作为一种文化的存在，也是一种历史的存在，这一点也具有双重意义：他对历史既有控制权，又依赖于历史；他决定历史，又为历史所决定。”[①] 这种兼顾历史主客体双重形态的主体自觉意识，可以说正是新历史主义小说所缺失的，因为后者注重的是文学文本对线性时间历史意识的深度弱化，强化的是在作家在自为的历史时空中行走，这样必然导致历史感与历史精神的流失。所谓历史感，它所要体现的就是由一定历史客观实事构筑的历史文化中的人类本质力量和精神，体现的是作家面对浩瀚的历史而发出的心灵的回声。在《伪满洲国》中，我们可以感受到这种由历史的客观史实的诗性描写所带来的强烈历史意识、历史感。日军的疯狂逼近、对中国老百姓的血腥屠杀；伪满政府的虚弱无力、对日军的矛盾心态；东北百姓的凋敝生活，对命运的挣扎反抗……这

① ［德］兰德曼：《哲学人类学》，张乐天译，上海译文出版社 1998 年版，第 221、225 页。

些来自于历史深处的沉重叹息与苦难往事，使读者的神思回到为历史、文化所笼罩的过去岁月，并从中感受和把握特定时空国民的普遍情感与生存本相。

此外，《伪满洲国》的历史性还体现在历史意象的复活与重铸，以及由此投射出的历史精神上。毋庸置疑，每一段历史，其表层的东西都会被时间冲刷掉，留在人们心灵底部的，则是那些深层的民族文化心理结构，这种文化心理制约了人们的行为方式、感受方式、思想方式。而历史意象的物质形式正是那些已成为过去的历史遗存物，它指向了由时间的流逝呈现出来的复层空间，特别是人类活动的自我空间，在这个"自我空间"中聚集的精神形式是民族的文化心理积淀、情感方式等历史精神遗存。《伪满洲国》中，作家从伪皇宫到民居杂院，从日军的监狱到极乐寺，从李香兰的电影到溥仪的京剧唱片，从哈尔滨的烟馆、妓院到奉天的当铺、杂货店，从城里的风气习俗到乡村的景象人情都给予了细致、绵密的重现，文本因这些历史的物质形式的逼真，而具有了历史的深邃质感，再加以其他历史情境的介入使作品的历史空间十分丰满。与此同时，作家并未忘记在历史的物质意象中投入民族情感与精神指向：对东村正南这样残害东北百姓的日本军国主义者的愤恨，对杨靖宇将军这样的抗日将士的敬仰，对东北乡土百姓艰苦挣扎的同情……就是说，作家没有完全偏离和淡化重大历史事件对国人的影响，没有完全回避所谓主流历史立场的历史态度，也没有完全背弃陈思和先生所说的"庙堂历史意识"。正是在这种历史意识支撑起的叙述中，使作品融会着历史的苍凉、悲壮、幽深感与作家尊重历史、珍视历史的心态。

然而，在这种看似构建"宏大历史叙事"的立场、意识、态度的背后，隐藏着作家对伪满洲国这段独特历史的复杂而强烈的意识冲突，因为在作品中，作家一方面用历史时间、历史史实、历史意象等一切具有历史感的具象框设了一个“正统”的历史情境，一方面又在这个特定的历史情境下书写了“基于民间立场的历史”，正是作家这种试图将主流历史意识与民间立场相互融合的努力，使得《伪满洲国》的历史叙述呈现了复杂性和丰富性。简言之，历史客观史实以及由此产生的历史感成了构筑作品的基点，托起作品的梁柱则是作家对历史的民间化书写，而完成历史叙述的总体构思则是对历史的审美叙述。这样一来，文本呈现出了多元建构的审美图式，是显形式、内形式、潜形式的立体交织，是历史的客观性、民间化、审美化相融会、重叠所形成的复式历史叙事。

二

在《伪满洲国》的历史显形式下，蕴藏着立足于民间的内在形态与精神立场，这也成为建构文本的内驱力。作品中民间立场的确立主要体现在以民间视角与世俗关怀来揭示人性和生存的意义。从《伪满洲国》这部作品来看，作家的民间指向是在知识分子的立场上，来表现特定历史时空下的民间生活状态，整部作品始终是知识分子话语和民间话语并存地展开情节：作家对主流历史意识的包容以及作家主体情感渗透的方式等方面，充满了知识分子诗性表达的意味，而作品的艺术世界，即对于人性和存在的书写则具有了强烈的民间意味。这主要表现在以下几个方面：其一，是作家对民间日常生活的审美表现。文本中展示的十二个主要人物的生活片断，都是基于衣食起居、爱情婚姻等平常琐事。例如王二这个人物，作家写他的命运，截取的是他的失恋、收粮、意外致残以及在烟馆做事谋生等普通的人生经历，没有什么异闻异事。作家对每一个人物在伪满洲国这个特定历史时空的人生经历的展现，都是同琐碎、感性的日常生活联系在一起的，是在民间的土壤与情境中发生着。即使像皇帝溥仪这样的人物，作家的视角也是投射在他的日常生活中，“一只苍蝇落在了溥仪心爱的留声机上，其时他正在如醉如痴地听《游园惊梦》”“生活除了服饰的变化之外，还有偶尔的饮食变化，能让他（溥仪）觉得日子正在吊儿郎当地向前晃着”。而对于像杨靖宇这样具有“革命”色彩的人物，作家也关注着他“饥饿”时的感受：“这时他特别想抽一支烟，可身边没有；他还想喝碗滚烫滚烫的热水暖暖身子，这也绝不可能。”这一切都说明了民间生活无法被割裂的恒长性，从这个角度来说，小说具备了在具体琐碎、丰沛感性中抵达生活内核、人性内质的审美效果。正如迟子建所说：“我越来越觉得一个优秀的作家最主要的特征不是发现人类的个性事物，而是体现那些共性甚至是循规蹈矩的生活，因为这里才包含了人类生活中永恒的魅力和不可避免的局限。我们只有在拥抱平庸的生活时才能产生批判的力量。”① 还需说明的是，作家在文本中对民间日常生活的揭示，并不是对一种人的衣食住行的基本物质生存状态的“冷面”摹写，而是倾注知识分子话语“修饰”的民间生活，是一种从单纯的民间生活体验上升为审美生活体验的过程。我们知道，审美体验的认知指向是指向主体的，是同人性、文化、存在等命题相联系的，是知识分子民间立场的一种表现方式，也正是基于此，文本才揭示出那些血肉丰满、卑微坚韧的个体生命在特定历史时空中的独特生命形式。

其二，《伪满洲国》的民间立场还体现为作家对世俗情怀的关切，即作家以民间的视角，对常态人生的存在予以了审美表现。在作品中

---

① 迟子建：《女人的手》，明天出版社 1998 年版，第 133 页。

作家着力描写的人物达十二个，他们中有皇帝、王妃，有小知识分子、手工匠，有商人、土匪，有乞丐、农民，也有厌战的日本士官、执迷于细菌试验的日本军医……作家将笔墨集中于他们在伪满洲国“建国”的十几年时间里的人生经历，书写了这些小人物在这个带有强烈的历史意识色彩的时空中的生命律动，解读了弱小生命的坚强、无助、挣扎、悲喜，这些个体存在所具有的普遍性的脆弱与飘摇，最终昭示了人与社会、人与历史之间无力的命定的关系。

首先，我们看到，作品中的小人物不是表现为对否定性力量的主动性的挑战或应战，而是被动地出乎意料地受伤害。王亭业莫名其妙地被抓进监狱、送进细菌医院；郑家晴违心地恋爱、从商；王金堂则因陪他人进货，被附带着抓作了劳工……但正是这种弱小者、被动者、无辜者被扭曲、颠倒的人生遭际，凸显了历史与命运的压抑与沉重。战争使这些小人物生命进程的确定性与稳定性被摧毁，但王金堂们常常会以生活的原速度惯性向前，他们并不确知无常即将到来，更不会对生与死做无端的揣测。但是作为历史的人，作为大千世界中生命的个体，他们却天然地依赖、应对着“历史”的进程，他们生命的存在就带有了必然性。也正是这一点，构成了作家知识分子视角下的世俗关怀。作品中最能体现这一点的是关于美莲一家的死，它所表现的是震惊中外的平顶山惨案发生之前，个体生命无助的茫然、无力的叹息。如果从审美效果来看，它使读者感受到强烈的阅读冲击和悲剧感，这震撼正是来自于常态人生的自然进程被暴行阻断后的愤慨。而作品在第一章中就强化这种冲突：常态—异态、自然—非自然、恒常—短暂，使作品对常态人生的审美表现具有了哲学思辨的意义。如果从民间的视角、民间的立场来看，它揭示了民间世界生存的辛酸与生命的苦难，而并非主流历史所张扬的那样，人可以掌控历史、生命、存在。

其次，《伪满洲国》在关注常态人生的自然状态、模糊状态、恒常状态的同时，还挖掘了埋藏在民间资源中的人性精神，或说汇聚了作家主体累积的全部民间理想与人性期待。作品中的芸芸众生，都是在“平庸的生活”中寻找生活下去的理由和力量，我们会发现民间的生命力并不表现在来自外界的“幸福”和拯救之中，恰恰是在常态人生中为抵抗苦难和绝望而生的忍耐力。最典型者是王金堂这个驼背老人的形象。王金堂是个地地道道的手艺人，靠弹棉花维持着自己与老伴的生计，但是日军将他抓去做了劳工之后，他唯一的、却是坚定的目的，就是活下去，哪怕卑微得像一条狗，也要活下去，因为这不仅仅是为了自己，更是为了孤苦无依的老伴儿。他以自己的方式反抗，似乎是绝望地反抗，却也充满了人性的智慧之光。作家在这里正是以平实而朴素的生命之力来阐释民间生活中某些永恒的精神魅力。

最后，作家善于捕捉富于民间情感的“集体无意识”，如亲情、和谐、温婉、善美等沉淀在民间心理的理想情愫，而那些与此相反的，文化因袭的滞闷、传统心理的负荷等，也是作家表现常态人生的切入点。例如，作家在文本中对拾粪的杨老汉一家、乞丐狗耳朵、孤妻寡女刘秋兰、婉云以及失去亲人的杨浩等人都投以温情的含有民间情感的慰藉，以具有民间色彩的善有善报、知恩必报等方式实现蕴藏在小人物心底的希望与祈愿。而作家对作品中吉来、郑家晴、王亭业等人物的描写，则具有了文化批判的意味，他们本是经济充裕、富有知识的人物，然而，或由于个性软弱，或由于陈习积念，或由于耽于白日梦，使他们成了“近于无事”的悲剧的牺牲者。换个角度说，作家在用民间的视角来展示他们，用知识分子的思想来透视他们。作品中的日本军人羽田少尉，倒是作家精心虚构的一个民间“理想”人物，从外表看，他寡言木讷、恪尽职守，然而他的内心深处却从未平静过，面对战争，他从茫然、失望到厌弃、痛恨，是因为他深深地眷恋着故土的温暖与宁静，怀念着爱情梦想的纯洁与执着，于是他将自己锁闭在现实之外，敞开于回忆之中……是否可以这样说，羽田是迟子建对于理想人性的又一种表达，他深刻、自足、丰满，同时也犹疑、孤独、痛苦，在他身上折射出了知识分子与民间相融合的理想的人格品质。

毋庸置疑，迟子建在《伪满洲国》中试图以民间的视角、立场重新理解历史，理解那些非主流的、非历史化的人物和生活事实，发掘那些在未被钦定的历史框架中，以偶发的方式存在于历史某个角落的民间精神与智慧。这应该是她设置庞大人物群落的初衷，但是由于作家在历史性与民间历史性、知识分子话语与民间话语之间的游移，使得《伪满洲国》这部小说出现了一些艺术问题。其一，人物命运的美学张力受到限制。小说中作家虽然试图避免先验判断，期望由人物本身来实现“零度情感”的历史表达，但是由于作家力求由“小人物”书写历史，就难免陷入芸芸众生相的静态描绘，人物命运的动态挖掘则因历史的断片式呈现而受到阻扼。例如，文本中这几个人物：杨路、于小书、孙小龙、山口川雄、麻枝子、李香兰、剃头师傅、陆天明、祝岩、祝梅等，他们的出场姿态都很强劲，似乎预示着他们的故事即将上演，在读者的期待视域中，小说好像也为这些人物留下了足够的展示空间，但是作家却好像遗忘了他们的存在，或是有意悬置了他们的存在，或是将他们的存在观念化了，结果这些人物的退场总是那么突兀，只留下了名字和一道无形轨迹。从这个角度来说，他们只是文本中单薄甚或是无意义的预设或“过客”，这无疑削弱了作品展示人物命运的美学张力。其二，作家作为知识者的身份有时也会同预设的民间文化、人物、情景发生背离，从而造成文本的民间色彩过度知识化。试举一例：乞丐狗耳朵再次踏上乞讨之路时，作家先以民间文化色彩浓厚的鬼节放灯来渲染、烘托，或者说设置狗耳朵孤苦无依的气氛。但是接下来作家却用诗一样的语言、童话般的意境为狗耳朵的流浪吟唱着。在这里作家显然疏忽了人物的民间身份，过度强化了主体知识者的感受，民间情愫也因此变得矫情、失真，同人物完全分离，造成了情境设置与情感表达的倒错。此外，或许由于迟子建是位情感型的、具有丰厚审美想象力的作家，这使得她在《伪满洲国》中，从未想过以零度距离、零度情感来写作，因此，我们看到文本中主要人物的形象都十分饱满、活脱、细腻、真实，但是，作家一旦用主体知识者的情感代替民间小人物的情感，将知识者的审美方式投射在民间小人物身上，就会造成人物情感的重叠，读者审美感受的单一。

三

正如前面所述，《伪满洲国》的复式构图还存在着一个潜层面：历史审美化。从某种程度上来讲，这十分贴近新历史主义的美学理想，在想象和虚构的历史形态中，呈现生命的哲学意义。当然，新历史主义小说更强调使历史成为纯粹的审美对象和超验想象的领域。这又显然同《伪满洲国》的历史观有所不同，但是注重审美想象无疑也是《伪满洲国》完成历史叙事的重要途径。小说作为虚构的文体，本身就是想象的产物，小说中的情节演进、细节描写都依赖于想象。而《伪满洲国》的创作过程正是迟子建艺术想象力最为蓬勃恣肆的一次宣泄过程。最为重要的是，作家必须将这些人物合情合理地安排在伪满洲国这样一个特定的历史时空之中，营造特定的历史环境、社会氛围，表现独有的历史文化色彩与民俗民风。这一切的一切都是虚构的力量、想象的力量。而这显然同新历史主义小说的想象方式有所分别，因为在后者那里，历史往往只是一个“框架”，作家对“历史的想象”可以不受任何约束。《伪满洲国》则是在历史史实下的遨游、在纪年体形式下的创造，这似乎有点儿像桎梏下的精神舞蹈，限制中的自由腾跃，作家的审美感觉与创作思维既空前活跃，又未与“史”相悖。

如果细致地解读《伪满洲国》，我们会发现，作品想象力的呈现方式是一种情感性的、审美性的想象方式，即审美想象。它强调的是在想象过程中，心与物的组合、变异、发展和孕育，都以情感为扭结。可以说，《伪满洲国》中，无论是表现日常生活、常态人生、民间风情，作家都是以审美想象的方式来书写的。而最能体现这种审美想象方式的则是文本中审美意象的创设，这不仅仅因为审美意象正是在情感和想象的渗透与契合中诞生的，而且也是《伪满洲国》这部小说美学的魅力所在。

在《伪满洲国》中，作家并没有因为历史的沉重而遗忘、压抑美。相反，美在“历史”的废墟上开出了异常鲜艳的花朵。迟子建对美的感悟有一种形而上的观念，这种形上色彩与“天人合一”的自然观以及神话—原型思维、泛神主义、唯美主义和神秘主义相结合，使她小说的审美意象拥有着多变的内涵和特殊的魅力。在《伪满洲国》中，自然景观、季节变迁更是作家迷醉和依赖的审美意象，可以说，作家借助它们透视了人物的心灵、寓意了世界与历史，完成了对“历史”的想象与叙述。分析起来，作品中的自然审美意象分为三个层次结构：独立意象、组合意象、系统意象。它们虽然各自指向不同的意义内涵，但最终还是统一在作品的民间精神之下，共同承载了叙述历史、想象历史的使命。

第一层，是以大海、山林等自然表象来应对人物主体情感的独立意象。这主要反映在郑家晴之于大海、胡二之于林莽的对应写照中。前者总是被围困：爱情、事业、信仰，郑家晴精神上的失落、彷徨、孤独、痛苦同大海的蓬勃、宽广、莫测多变形成了强烈的对照，他是一个在历史的缝隙中叹息、挣扎，最终走向精神消亡的个体，而大海这个意象则隐喻着汹涌澎湃的历史浪潮，它以不可摧毁的力量裹挟着人们的命运。海于人，如同上帝于信徒，可以使你获得灵魂的解放，也可以胁迫你遵从宿命的悲剧。与郑家晴等人物形成比照的，则是胡二。脱离匪行的胡二游走于山林、江海之间，深山老林、木屋皮衣是他赖以生活的一切。而作家为他创设的一系列山色风景就是要表达人性自由张扬时的丰满以及人性极度自由驰骋时的矫健与欢悦。在他身上作家灌注了一种逃离与回归、超越与依附的矛盾，虽然妻儿仍是他最终的归宿，最终的精神依托，除此以外别无他物可以俘获他的心灵。但是具有原始意味、蛮横野性的胡二在本质上还是最贴近人的自然本性的，这反而使他成为文本中陶然于历史之外，承载作家理想情怀的“这一个”。这一切，显然都源于人物与自然的亲和关系以及对自然意象的象征化处理。

第二层，作品中以特别能代表四季变迁的风霜雨雪等自然天象组合成了一个意象群，并将它辐射在溥仪等皇室成员身上。通过这个意象群，既概括地反映了外部的感觉世界，也表达了人物内心的复杂情绪。如婉容之于雪花；溥仪之于激越的风声、炎夏的酷热以及电闪雷鸣；祥贵人之于狂风暴雨；福贵人之于霜花。作品中的气候天象作为一个整体的意象群，同人物情节的语象形成了一种对应或冲突，直指人物的历史命运。似乎寓意了无论是福贵人、祥贵人，还是皇后、皇帝，他们的内心总是充满寒冷、孤寂、恐惧；他们的生命，就像来去无定的风霜雪雨，无法自控。最终，他们也只能成为历史的过客，懵懂、机械、盲目地完成抽象的命运。由此看来，这些自然意象的内在意味是与生命的存在、生命的精神相一致的，这些自然意象已将人物的命运同历史以及生存的世界相融合。

第三层是文本中的系统意象，它是由作品的章节设置构成的，并统摄了整部小说。《伪满洲国》共十四章，每章基本都由六节组成，而这六节几乎都遵循着冬、春、秋、夏的四季循环，这可以使我们感悟到神话—原型般的结构魅力。因为在神话—原型理论中，自然界的四季更替、往复循环会使人联想到生死繁衍，即由生到死的个体生命在由死到生的持续发展中得到延伸。从这点上说，这个意象系统构成了一个整体性的，指向文本结构，预言整部小说的象征，即它寓意着生存在伪满洲国的小人物，在历史的大喜大悲中看似无力，却隐藏着如季节更替般的强大生机，其生死轮回的固有内在规律和自在自为的生命方式是同自然时间一起向前流淌的，永不止息。这个意象系统不仅仅同作家在作品中寄托的民间理想相契合，而且加强了作品的审美效果：它使文本中的历史精神始终被一种驰骋着的艺术想象力围绕着，它也使文本中的历史客观性始终被一种历史情境下的审美之思引领着。总之，正是作家审美想象的极大张扬，才完成了对于伪满洲国这段国难史的民间化书写，才最终产生了《伪满洲国》这部具有复式历史意味的磅礴巨制。

以上对《伪满洲国》散点式的谈论，很可能回避了许多内在的困惑与焦虑，但是，这里的确包含了笔者对一位真诚写作、执着文学的女作家的尊敬。这个物欲化的世界已经让太多的作家迷失，文学的殿堂也缀满了蛛网，能看到一位怀着平常心的作家走进文学的殿堂，从容地沉醉于写作，实在是一件赏心悦目的乐事。

（原载《当代作家评论》2004 年第 3 期）

民族文化与当代叙事

——李亦长篇小说《药铺林》简论

李亦的长篇小说《药铺林》甫一推出即引起了极大反响，不但被视为“文学奇书”，而且还很快在台湾地区出版，并获得了“首届齐鲁文学奖”。在当今这个文学日益边缘化的时代，一部小说何以会产生如此巨大的社会反响呢？它的魅力和神奇之处究竟何在呢？这些问题正是本文所尝试探讨的。

捧读《药铺林》，最先打动笔者的就是作家对中国民族心理、民族历史和民族文化的成功挖掘以及在这种挖掘过程中作家所体现的个人化的写作立场、人文关怀的生生气息和独特的叙述方式。当然，《药铺林》在小说文体形式上的创新也是这部小说艺术魅力的一个重要方面。作品的章节以各种常见或罕见的病症为题目且贯穿了上下卷，并由此引入相关的人物和事件。在时间的纵向度上经历了民国初年的纷乱、日本入侵、“文化大革命”到新时期的国家复兴，表层看起来是病症牵引了文本的历史走向，但事实上，作家是从人们身体的顽疾切入人们精神的痛苦与民族的伤痕，从而寄予对健康、和谐的人类灵魂栖息地的向往。作品形式上的娴熟和独创一方面是作家文学想象力张扬的结果，另一方面则凸显了作品形式上的意味，比如，隐藏其间的文化意味、美学意味。可以说，《药铺林》既立足于传统叙事，又突破了传统叙事的诸种局限，从而形成了作品的内层与外层有机融合并高度一体化的艺术境界。在这方面，唐小兵的一段关于内容与形式关系的精彩论断，几乎可以说就是对《药铺林》艺术质地的形象注解。他说："内容是直接、具体的经验，是不可压抑的历史性实体，记录的是作为主体的人，对历史的把握和意识。形式同样是不可缩略的历史产物，往往结果于政治、经济、文化和性别诸种力量的对峙与冲突，展示出文化生产的演化推进，是文本的无意识层面。……所有文本无一不来源于人的运作，无一不在最根本的意义上象征人，作为具体历史环境下的主体，总是不懈地通过想象来解决现实存在的矛盾冲突。"[①] 事实上，这段论述也正可以用来作为我们解读《药铺林》的理论出发点。

一 民族文化的个人化立场

20 世纪 90 年代以来，随着经济全球化语境的迫近，新的民族意识的书写正在成为某些作品的共同主题。作家们往往从特定的文化焦虑和身份焦虑出发，通过在精神、意蕴、理念等层面上与西方文化的深层对比以及对于民族文化、民族心理的诘问，反思中华民族文化传统的独特性、合理性及深层价值和时代意义，以此寻求应对全球化带来的文化身份迷失时的基本策略。陈忠实的《白鹿原》中的白嘉轩身上集中体现了中国儒家传统的优良秉性：仁义为怀，自立为本，以德报怨，以正祛邪。《旧址》中的紫痕、《丰乳肥臀》中的上官鲁氏、徐坤《女娲》中的李玉儿，都是在家族发展中维系家族命运、有着伟大

① 唐小兵：《后现代主义与文化理论》，北京大学出版社 1997 年版，第 291—292 页。

牺牲奉献精神以及充分的生存耐性与韧性的女性形象。某种意义上，《药铺林》也正是这一文学谱系的延续和拓展。作家坚持个人化的文化视野与叙事立场，借助中医学的治病机理、学术思想、文化内涵对中国近百年的历史与人性奥秘进行了深刻透视。

首先，作家提炼的基本文化内核是“仁爱”。他以医德、医术俱佳的李氏家族中几个人物的传奇人生来阐发“仁爱”思想深邃的人文价值。主人公“我”——李纯有这样一段话：“所有中医都懂得先做人后做医的道理。‘医乃仁术’，仁在先，术在后。‘遍知万物而不知人道，不可谓智；遍爱群生而不爱人类，不可谓仁。’这些道理大都源于《黄帝内经》……”可以说这是支持李氏中医家族为医为人的灵魂。“我的爷爷”李兰英是一代名医，他以辨证施治的态度使很多看似得了顽症的病人起死回生，但是“爷爷”对“我”影响最大的还是他那颗普度众生的仁慈之心。当“我”可以行医治病时，从来都是心怀平等与博爱之情对待每一个身患疾病的人，即使是践踏我国国土的患有顽固性头痛的日军司令，甚或是遭瘟疫侵袭的日军普通士兵，“我”都要将他们视为“我的病人”。而“我”的妻子则是一个心地善良、热情而勇敢的日本随军医生——栗原小子，她一方面凭借她的父亲在军中的影响力，另一方面则完全出于对处在水深火热之中的中国人民的同情以及身为医生的职责，挽救了许多中国普通百姓的生命，并且终其一生留在“我”的身边，留在中国行医。

作家以纯净的情感和质朴的语言来讲述这些人物的故事，似乎是将中国古代哲人推崇的“仁爱”之思扩大为人类共通的社会性情感心理。这种人类所特有的、超越生物本能的社会性情感不同于各种肤浅的爱的说教，具有超时代的、永恒的、世界性的意义。这是“药铺林”绵延不尽、指向过去又走向未来的最重要的原因。无论是“我爷爷”“我奶奶”“我”、栗原小子，还是远渡重洋来学习中医的英国科学家纳尔逊，他们的情感心理都触及了“仁爱”这一社会性情感，而这种情感又在强调“仁术”的中医上表现得最为鲜明。从这个角度来说，《药铺林》对身处技术文明控制、陷入生存困境的当代人是有着启示意义的，它对闪烁着早期人类社会那种真诚质朴精神的“仁爱”思想的挖掘，可以说直指现代社会中人欲横流的利己主义潮流，它唤起的是人对自身社会性的深刻思考和肯定，并重新确证了个体存在的终极意义与价值。对李纯来说，其一生的意义就是通过行医、治病救人的社会性实践来履行“仁”，“不仁”即非人，只有行“仁”才是人，一切的功利欲望、权势地位对他来说都是无意义的，行“仁”带给他的情感上的欢乐和满足就是人生最高的境界，就是一种精神上的自我肯定和价值实现。

其次，在作品中，作家还设置了具有象征和结构意义的两个人物：“我的哥哥”——李诵和“我”儿时的伙伴金永亮。这是被不同的欲望所困的两个生命个体，他们无法进入象征着仁爱精神的“药铺林”，但又都是在“药铺林”那种绵延的可以跨越生死的精神感召下，获得对于生命、精神、肉体的最终体悟。李诵从投入社会始，就怀抱着报效国家，以民族大义为重的精神信念，并为此奋斗终生。在“文化大革命”时期，虽身居高位，但仍然全心为民，且敢说敢言，刚正不阿，因而备受排挤打击，几经沉浮，终因病重而不得施志。可以说，他的一生都在追求一种崇高的理想，从未甘于四平八稳的生活，正是他的大志大欲使他无法获得内心的平和，或如李纯所言，其生命的信息是阴阳失调而至离决，必要付出生命的代价。金永亮的欲望则是伤害他人的爱欲。在他生命历程中曾一度深爱着善良、纯洁、美丽的栗原小子，然而，他却以不可遏制的欲望践踏了信任他、关心他，并且身怀六甲的栗原小子的身体，由此导致了栗原小子腹中的孩子早产而死，栗原小子则因失望、悲痛、愤怒、羞愧自杀而死。金永亮在隐匿于森林的时候亲历了动物界原始的亲情之爱，内心巨大的隐痛化成了对于万物的爱，但是当他身染牛皮癣绝症并终获救治时，他认识到人生最大的恶即是欲望特别是色欲，于是他让自己走上一条特殊的归隐之路，作为一个无欲无念的“疯子”活在世上。

小说中，作家对这两个人物的塑造自始至终渗透着中医的哲学之思，即中国传统的太极哲学。太极是中国人对宇宙万物初始状态的描述，其中心思想则是阴阳观念。古代思想家看待宇宙间一切现象都有正反两面，他们用阴阳这个概念来解释自然界对立消长的物质和现象，认为阴阳的对立和消长是事物本身的特性决定的。因此，阴阳正是对自然界相互关联的事物和现象的对立统一的内涵的概括。而中医的辨证施治，其实就是调整生命的阴阳，使人身五脏六腑、四肢百骸、精神气血归于“阴平阳秘”、泰然无病之态。《药铺林》中诸多病症的起因概源于阴阳失调，但是作家并非就病论病，而是借中医治病之道寓意人类生存的方式，赋予其形而上的意义。他所推重的是一种自然而然、能屈能伸、游刃有余、和谐静谧、善美统一、阴阳平衡的人生状态。李诵和金永亮都是被外物限制、被自我逼迫的人，他们始终是在缺乏、不安、痛苦、矛盾中挣扎，违背了生命初始状态的和谐、完整，无法求得内心的自由和精神的自由，生命本体也因阴阳失调受到阻碍。同他们相比，李纯的人生追求是安详的而不是激荡的，他的人生有更多的不完满、更多的痛与泪，失去两个爱子，失去结发之爱妻，甚至可以说失去了“药铺林”，但是他总是能在每一次悲苦中升华出对他人更真挚更纯洁的爱，特别是对弱者。这并不是说李纯就没有欲望，他的欲望就是能用自己的医术为更多的人解除痛苦或者使他们重新获得生活的权利，正是因为此，他才能得到来自他人的真爱。作家在构筑《药铺林》这个医学的神话时，或许更多的是指向人性的不完满与人性的拯救这两者之间的对立与消长，然而，无论是疾病对于人类，抑或是生存对于人类其实都面临着同样的难题。

李亦从古人的阴阳观中体悟到了生命的秘密，并从而完成了对宇宙与人性的一种独特阐释。但作家并没有就此把人物神化，在作家笔下，李纯始终是一个凡人，一个以英雄姿态出现的真诚而平凡的医生。他不是教徒或圣徒，他只是在个人的历史中，持守着不变的家族式的传统精神理念，除此之外他仍然承担着一个普通而平常的人所承担的一切。作家要展现的是个人化的生存理念同公共话语或者说集体记忆中的现代生存理念的差异、抗衡、冲突，当然还有那么点屈从。这一方面可以从中医在近代的现实遭遇（不断被否定，又不断被肯定；中医现代化、中医科学化的历史性悖论的存在）中找到佐证，另一方面，又可以在我们民族从推崇现代化到反思现代化这一思维过程的转换中找到理论的支撑。比如，在小说的下卷作家设置了一个病例，“瞌睡病及瘟疫”，无人知道这种病毒是什么，在哪里。它似乎是一个悬念，但事实上却昭示了中医的局限乃至整个人类医学的局限。从这个角度来说，它其实也正是对现代技术文明笼罩下人类无助感与失落感的一种隐喻。

二　历史、现实与文本的互生

如上文所述，《药铺林》的艺术力量主要来自于其社会、历史、文化和人性承载的丰富性。但不可否认，小说独特的叙述定位以及语言、结构等方面的奇异品质也是其神秘风格和艺术魅力的源泉。小说上卷讲述“我”的家族史，充满了历史文化气息，下卷讲述“我”成年后的行医生涯，并由此折射现实社会生活的明与暗、冷与热，而统一并结构上、下卷各章繁复内容的则是形形色色的病症。

在《药铺林》中叙述人的主体定位有举足轻重的作用。叙述人作为有着特定文化内涵的主体，其秉持的政治、道德、文化立场以及人性的、历史的、哲学的观念无疑将决定文本的情感指向与对历史、现实的叙事态度。在这部小说中，叙述人“我”——李纯作为中医世家的最后一个传承者，它的主体身份内在地决定了文本在文化上的守成主义倾向和历史观上的伦理化倾向。在上卷中，“我”追述了“药铺林”作为李世民皇族后人的家族故事，并演绎了“祖爷爷”归隐“先人国”的家族传奇，这一情节既寄予了深厚的民族文化情感，又有着深厚的文化象征意义，它象征着在博大精深的传统文化中，“药铺林”的一代代传人获得了安身立命之本，寻找到了精神上的庇护与血脉之情般的温暖。而“我”所讲述的现代中国背景的家族故事，叙述视角也明显有别于“正史”中以阶级斗争话语贯穿始终的常规方式。占据叙述中心的只是“我”个人经验和体验的事情，超越“我”个人视野的人与事，则全部都无一例外地经过了叙述主体的心理过滤和话语转换。“哥哥”为党工作被叙述为“传传话，把山里的话传到城里，再把城里的话传到山里”。日本入侵，先被描述为“不得了啦，镇子叫人家占啦”。后来，即使叙述主体切身体验到了日本兵对国人的凌辱和践踏，但是叙述者还是从日本兵中发现了有良知甚至因讲人道而背负亲善敌国罪名的“另类”，像栗原武一郎和他的司令官，当然还有美轮美奂、纯真热情的日本少女栗原小子。可以说，随着叙述主体“个人性”“主体性”的强化，随着基于普遍人性的个人化、伦理化历史意识的确立，历史的“先验性”“必然性”和“宏大性”开始一步步被淡化和解体，历史的形象和历史感都被改写了。正如小说人物所说：“我们的每一天都正在变成历史，丰富多彩的和平淡无奇的都是构成我们历史的材料。历史总是在不停的花样翻新中前进，但对于我和我的同龄人来说，在我们经历了历史的大变革以后却也有幸经历一次我们熟悉的历史。这熟悉的感觉首先来自土地。……农民在土地上跟历史接上了头，他们又可以把沿袭了几千年的风俗习惯和道德观念一点点传下去。”

小说的下卷，则相对集中地表现了一个文化守成者的现代困惑。在生存环境日益恶化、生命科学日益受到重视的当下时代，以系统观点和系统方法见长并且直接面向生命本体的中国传统医学的价值自然不容否认，它能引起世界性的关注也是自然而然的事情。但是，作为一门原始而古老的医学，中医又确实面临着进一步走向现代化和科学化的问题。这也是叙述主体的一重困惑。另外，现代化过程中出现的形形色色的精神疾病与心理疾病以及生命在强权政治与法律面前的脆弱与无助，都已经远远超越了医学的范畴，再神奇的医学也无能为力。这是叙述主体面临的又一重困惑。因此，面对金花、陈淑华这样因情感失落、扭曲而致精神崩溃的女性以及杨大拿这样的富贵病患者，守持着传统文化与道德情操的叙述主体也不能不对医学和生命本身产生疑问，“对生命的主人来说生命到底是目的还是服务的手段?”这是一句终极之问，它使小说主人公的精神困惑具有了形而上的拷问意味。

而从形式层面来看，《药铺林》的艺术建构实现了历史、现实与文本的互生，“形式”本身也被赋予了深厚的文化意味。在近年的小说创作中，“第一人称”的叙述视角除了在女性小说和高扬自我道德理想的小说中呈现为夸张的主体形象外，大多数小说基本上都采取边缘性的第三人称叙事立场，“作为社会代言人和以自我、个性主义为本位的知识分子叙述人宣告缺席与退场，社会边缘身份的叙述人渐次登场，被十七年的政治性话语，也被新时期之初知识分子的人文话语遗漏的边缘性、民间性题材得以呈现，政治化、人文化的意识形态结论被重新改写”。[1] 而《药铺林》的第一人称叙事，既没有陷入传统写作的政治语话与文化模式之中，也没有导致叙事主体的过度膨胀和变态宣泄，而是具有内敛、节制、抒情的品质。这既与叙述主体的性格有关，也与他对社会关怀、民族关怀和终极关怀的主动担当密不可分。值得注意的是，在《药铺林》中，“第一人称”视角本身也是充满变化的，小说的推进常常得力于多重叙述视角的自由切换。叙述主体“我”作为主要的叙述视角承担着对家族历史与个体生命历程的历时呈现重任，他的存在构成了小说叙事的隐层面。与其相对，文本中的各种病症作为主体叙述的透视角度，不仅统摄着小说的结构线索，而且形成了以病症记录和救治药方为物质形态的小说叙事的静止和外显的层面。在这两个叙事层面中作者还同时设计了许多“他”视角，如“爷爷”“奶奶”“孙盛奎”“章太雷”“陈淑华”等，在有些章节这些人物甚至直接以第一人称出面叙述，这既强化了文本的历史感或现实感，又使小说叙述充满变幻之美，在动与静、实与虚、显与隐的变动关系中凸显了叙事的特殊美感，而这与中医强调辨证施治的思想也是相通的。

当然，《药铺林》作为一部语言朴素却闪烁着智慧之光的作品，其艺术成就无疑是令人称道的。但是就笔者个人的阅读体会而言，小说的“下卷”显然不及“上卷”精彩，“下卷”给人的感觉是结构比较松散，情节过于戏剧化，人物的对话多少有些“隔”，一些小场景的设置与描写略显粗糙、拖沓，而后出场的几个女性人物的性格刻画也过于简单。但瑕不掩瑜，《药铺林》毫无疑问仍然是一部具有独特风格和很强的可读性的优秀长篇小说。

（原载《当代作家评论》2003 年第 2 期）

---

① 孙先科：《颂祷与自诉》，上海文艺出版社 1998 年版，第 51 页。

民间神话的审美呈现

——简评田中禾的长篇小说《匪首》

通常，田中禾是作为一个现实主义作家被人们接纳的，这当然无可厚非。在其早期短篇小说如《五月》《南风》《明天的太阳》中，他善于营造一个个具有工笔画风格的感性生存空间，这个空间散漫而又精致地敞开着，与我们所看到的现实相应和，又显示着那么些外在于现实的细腻与柔和。例如，《五月》再现了农民在变革时代的生存处境和精神迷惘；《南风》和《明天的太阳》则是通过家庭来投影社会，揭示商品改革中人们的痛与思。总之，作家的这些小说没有损伤现实生活世界的刻骨铭心的实在感，相反，却是在现实中迷失。

在20世纪90年代中期，田中禾完成的笔记体小说《落叶溪》，以孩童的视角记述乡间小人物的生活，故乡南阳的民风，看似平凡、单纯，却与现实拉开了距离，体现了中国传统文学的虚化与轻灵风格。其后创作的具有一定神话色彩的长篇小说《匪首》，作家在叙事结构，叙事方法，话语模式方面都有所变化，对现实的超越，对人性及历史的思考成为其重要的趋向。但是那种坚硬的来自“生活本身”的实在性，作为田中禾叙事话语的背景，仍然凝滞在作品里，如“牌坊街”的商贾、店铺，县城内外的民风民俗，作家都是以逼真、生动的笔触点染或雕琢，使现实的情致透出灵秀而超拔的光来。像杨蒹之18岁进南山贩桐油、杨季之任县长、天虫军被围困等场面，都被写得流畅、自如、出神入化，语句、段落的张弛、短长显示出作家驾驭文学语言的能力，同时也表现出作家对经验事态、“典型”场景感受和把握的能力。读到这些文字，我们常常会想起中国古典小说中刻画人物时形神兼备的艺术手法。

此外，人物所处的社会历史生活，如匪情、匪患、商业活动、官商勾结等情节的具体、真实，对众多人物的个性特征以及性格形成、发展的历史则是准确而精当的，正是从这些画面中我们可以体会到民国初年豫西南乡土历史的情状和演变。田中禾曾经谈到自己创作《匪首》的思想动机是“把近代中国融入中原豫西南的切片”“使豫西南的乡土历史民俗民风成为人类文化的一个标本”。①

如果现在让我们跳出小说的现实背景，进入小说的情境空间，那些超越了现实的神幻质素以及叙述的诗性魅力则会悄然跳入我们的眼帘。一个源自民间沃土，生发为神话原型的艺术世界则会向我们展开。

一　诗化的民间

《匪首》中作家创制的虚幻气氛来源于大量的积存在乡间的神秘文化素材，“一是神话传说；二是地域的民俗和特定时代的民间信仰；三是积淀在民族集体无意识中的神秘主义；四是神谕式的语言”。② 这使得阅读《匪首》的过程，就好像在中国汉民族古老的乡镇风俗中游历，一年中大大小小的阴历节日被作家拈来作为一颗颗珍珠点缀在人物的生活历程中，成为作家书写历史、勾勒人物的坐标点。作家对

① 田中禾：《超级玛丽的历险——〈匪首〉创作札记》，《小说评论》1995 年第 1 期。
② 同上。

“鬼节放灯”“腊月年关”“祖师庙会”，以及卜卦、风水阴阳等形形色色的民俗与祭礼的描摹，都隐藏着神秘的灵蕴。而乡村生活的传奇与特异所包含的文化性因素，又为作家提供了更多样的选择。这使我们感受到作家追怀的先人们是在充满了神性教喻与宗教教喻的历史现实情境中生存与繁衍的一代，他们的精神世界连接着神、鬼、人的世界，个体命运常常应和着天地、自然的变迁。

与某些文化生态小说不同，作家田中禾不仅“呈现”而且“强调”，不仅不批判传统，而且对之似乎满怀眷恋之情，他用作品中人物的命运使读者回想起曾被人们摒弃的中国传统思维、观念和精神，即积淀在民族集体无意识中的神秘主义和民间信仰。如文中对鬼和神谕的虔敬，有相当丰富的表现。

在鬼节上坟那一天，“母亲把供香摆在墓前的石桌上，火池里点燃纸钱、银锭，一缕青烟袅袅升起。点燃一串爆竹，由大表兄用树棍挑着，噼噼啪啪，坟地的寂静被惊醒，沉睡的鬼魂被惊醒，先人的影子从坟墓里走出，纷纷乱乱”。这时申却打死了一条在草丛中经过的蛇，“母亲的脸色变得苍白。回去的路上大家都不说话，他们不知道哪位祖先被申举在空中甩过陵园的荒地，也不知道以后的岁月会有什么报应降临他们中间，可是，从那一刻起，他们知道，这群人一定会遭报应。这念头伴随他们，每当祸事降临，都让他们清晰地忆起这场面”。

接下来，作者又描写了极为壮观的鬼节祭祀仪式，这种近乎诗意的表现，凝聚着作家对中国传统文化观念的理解和体认：乡民素朴的生死观之一就是生命转换、死而复生的物化观念。正如黑格尔在谈到变形神话（人死后脱胎为物）时所说：“这类作品当然具有象征的神话的性质，但是把精神界事物和自然界事物明确对立起来，使一种现在的自然界事物，例如岩石、动物、花和泉水之类，具有一种特殊的意义，即精神界事物的堕落和所受的惩罚。”① 也就是说人们惧怕的是来生的惩罚，而非现时的痛苦，并由此演化为崇敬一切非人的生命体，乃至鬼魂。正是因为作品中的女性人物——母亲和荞麦，抱着生命是不可毁灭的认识和感情，并且到了否定和蔑视死亡的地步，才会如上所述般地敬祖先、敬鬼神，才会在杨家极盛的时期离家而去，以求得内心的平和与安宁。正如恩斯特·卡西尔所说：“在原始思维中，死亡绝没有被看成是服从一般法则的一种自然现象。它的发生并不是必然的而是偶然的，是取决于个体的和偶然的原因，是巫术、诱惑或其他人的不利影响所导致的。”② 所以，生死是可以跨越的，而且死亡可以被理解为是生命的一种物化形式，这常使处于特定历史时期的人们对生命寄寓着死而复生的期待，或者说，万事万物都可以在生命的循环往复中获得永生。《匪首》中的母亲，似乎正因为参悟了生与死的秘密，才具有着神性和预见性。作品开篇写到，母亲带着荞麦和申幸存于洪荒之后的龙王庙，是那么平和与安静，就如同没有经历过死亡的恐惧和痛苦，特别是对天性野蛮的申的教化，也是那么随意而素朴，看起来颇有远古传说中女娲止洪水、造先人时的从容与大气。总之，作家正是从这样的生死转化和因果报应观中，看到民间风俗中理想化的神性与人性的结合。

二 出走与返归

《匪首》的民间色彩不是完全由传统文化的积淀构成的，它的内在元素还包含着现代文明的“侵入”所激发的传统与现代的抗衡。这

① 黑格尔：《美学》第三卷（下），朱光潜译，商务印书馆 1979 年版，第 303 页。

② 恩斯特·卡西尔：《神话思维》，黄龙保、周振选译，中国社会科学出版社 1992 年版，第 42 页。

种抗衡的具体表现，就是以兼之为代表的封建官商、以申为代表的农民“集体无意识”和以季之为代表的理想但软弱的资本主义之间的斗争与纠葛。对于这段富有中国历史色彩的描述，作家在自己的创作札记中，予以了总结性的表述。而笔者想阐发的观点，来自于作品中人物的共性行为：出走与返归，以及由此所形成的文化意象在作品中的意义。如果说，《匪首》中的民风民俗构成了作品中民间的总体风貌，凸显了作品的民间神话色彩，那么，对于作家理想的民间精神层面的构建或呈现却是由“出走与返归”这两个具有符号性的文化意象来传达的，此外，这两个文化意象也强化了作品中如上所述的传统与现代文明之间的冲突。

细读《匪首》我们会发现，小说中的主要人物，都经历过出走与返归之旅。首先，母亲和荞麦，是作品中贯穿始终的两位女性，她们以精神向导的形象出现在小说的深处，而“母亲”又被作家描摹成具有神性色彩的预言者和隐遁者。母亲的出走，看似源于生命的行将灭亡，其实是隐喻着孕育在民间大地上的天、地、人、神合一的理想精神境界的隐逸，但并非是消亡，作家写道：“兼之和荞麦站在码头上给母亲送行，她头也不回，背影生气勃勃融入萌绿的山野。”正是由于有了这样的隐线和伏笔，才会有母亲幻化成“老干娘”的归来。

从母亲走而复归的神话性描写中，正是寄予了作家对中国民间文化的深层期待和完美理想。天人合一的至高生命境界在中华民族的历史演变中，总是如母亲的身影般投射到各个历史层面和文化情境中，具有救赎和信仰的意义。

如果从上面的角度来分析荞麦的“走与归”则容易许多。因为荞麦与母亲的血脉联系和精神继承始终没有离开过小说文本。虽然是一个偶然的原因使荞麦见到已成为土匪的申哥，但是做出离开兼之和杨家大院的决定却绝非偶然。这不是出于对兼之的另有所爱的恨，而是对杨家大院失去的过去的寻找，对母亲所带走的精神和气息的寻找，当然也有通过寻回申哥重结家庭纽带的期望。所以当她一投入申所处的山野，首先就获得了如童年时期一样的自由、平和的感受。“这一刻，她觉得就像洪水过后，一切被荡涤无存，跟着母亲，走过灾荒的田野，人被上天再造，岁月从头开始。日子是怎样如尘般在心底积聚起来，加厚变黑，成为拂不去的垢巴，使岁月在不知不觉中变得沉重污浊？现在割舍一切，抛去过往，坐在秋风秋阳的荒村小路上，突然觉得异样的轻松清爽，像一阵风，一片云，一湾流水”。这时的荞麦在乡野和城市的选择中，显然醉心于更富有人情味的乡野，这也预示着她无法彻底改变已经全然沉浸在山野情怀中的土匪——申哥。当她试图引领申哥走回牌坊街的时候，她必然要面对着申哥的再一次逃离。笔者认为，作家确立荞麦这一角色时，还是有意识地同母亲这一角色拉开距离的。因为荞麦身上的精神气质虽是来自于母亲，但是她又必须承担着在多种文化情境中进行选择的任务，因而荞麦这个人物形象更丰富、更具有人性色彩和精神深度。

《匪首》中的主人公申，是一个天性充满着“大地”情绪的人，他的出现就带有自然原生态的意味，虽然，童年时他被母亲教化为一个跟普通人一样生活的孩子，但很大程度上是因为生存的需要，而绝非是源于主动的选择。这主要体现在他成长过程中一次次地出走或是逃离。作品中历时性地表现了他的三次“消失”，三次“返归”，直至走向死亡。需要特别指出的是，申的人生历程，事实上，也正是《匪首》这部小说的结构方式：作品中共五个章节，它经历了一个从介绍、高潮到结局的过程，预示着申一生的盛与衰、生与死。而这中间的上升（第二章）和下降（第四章），具有“生命仪式”或者“过渡仪式”的意义。从这个意义上说，“这是一种具有神话—原型意义的结构”。[1] 举例来说，当申慢慢地理解杨家大院将完全同他的生活哲学相冲突时，那种隐藏许久的来自大地的召唤唤醒了他，他无目的却也有目的地“走出杨家宅院后角门，他连头也没回”。申的成人仪式就在离家的决定和行动中完成了。这次离开家虽然早已注定，但是作家把这样一个过程安排在第二部的开篇处却正寓意着申的生命意志的苏醒。第四部是作家唯一没有分节的一部，在这独立成章的完整叙述申的绿林生活的一部中，作家用诗一般的笔墨，极为充分地展示了一种与世俗道德社会相对立的生存状态、行为规范、生命理想与人格标准。在申身上的野性、蛮力、放纵都已成为生命力的一部分，那种用善和恶来界定人性的标尺，被人性本真的、未经驯化的原始强力所替代。虽然荞麦试图使他回归文明社会，但是当曾属于他的女人和家庭失去之后，再也没有任何可以挽留住他的东西，因此，在这部的结尾处，申又开始了他的生命和精神流浪之旅。作家也由此完成了主人公的壮年仪式。综上所述，笔者以为作家在这部小说的结构上所体现的神话—原型意义不仅深化了小说的民间精神，而且凸显了“出走与返归”这两个文化意象的文化心理层面的意义。

事实上，关于出走与返归的意象不仅具有文化内涵，而且也具有“神话—原型”批评所阐释的母题意义。所谓母题，在荣格看来是与神话相对应的概念。由于它一再出现于文学作品里，从而使得这个文学作品中的某一故事因素具有能在传统中延续下去的力量。也就是说，只有那些在一个民族中无论是祖先还是后代都认为最最重要的母题，才会经常得到复述。而这些有限的母题，也就是一个民族在神话上的遗传基因。这里笔者要说明的是由《匪首》中的“出走与返归”意象所映射的“追寻与希望”的神话母题，如《夸父追日》和《精卫填海》这两个神

① 胡志毅：《神话与仪式：戏剧的原型阐释》，学林出版社 2001 年版，第 173 页。

话故事从不同层面表现了人类执着于追求、寻找之途的精神。当然如果我们单单视此为《匪首》的唯一的文本内容，难免有失偏颇，因为《匪首》这部作品的丰富性和开放性给了人们相当自由的阐释余地，但是《匪首》的民间立场、对民族生存历史状态的抽象正符合了神话故事得以传承的最基本事实：置身于民间文化，立足于集体无意识。

三　语言的审美图式

阅读《匪首》，就无法回避作家在其间所运用的独特的文学语言。这是迥然不同于作家早期小说因讲求情韵而生的散文化语句，它展现的个人化风格是令读者怦然心动的。作家既没有单纯因袭中国古代文学形神兼备的语言传统，更没有在先锋性的语言旋涡中迷失，而是追求语言的个人化和现代意识。

田中禾同当代大多数乡土作家不同，他喜欢动用文言雅词，特别是《匪首》中，句子长短相间，多用四字语，充分展现汉语的音乐感和隐喻性。在描写自然和女性人物时，富有情感色彩、感觉色彩的文字更是为他所长，形成一种作家所独有的绵密、细致、精美并带有着神话般远古悠长的情调。这对当代小说语言日益滋长的直露、浅白、俗化倾向无疑是一种反拨。但是作家又并非在垄断语言，也绝对没有把语言的形式和权力强加给受众的意向，他仍然注重语言的公众性和交流性，努力在日常语言中注入或召回诗意，使语言也成为艺术的创造性之一，而不仅仅是流于生活的回声。正是从这一点上来说，《匪首》这部小说的语言是有着审美价值的，我们可以从下面这段文字体味一二。

对于荞麦，沉默的电话机常使她模模糊糊感觉到一种忧虑。……电话这个怪物每每将她带入不可捉摸的漫远无边的世界。在“沙沙”的风声里，像有意泄露扑朔迷离的幻境的奥秘，常常忽而捕捉到一两句话，不着边际，没头没尾；忽而有不知何人将铃声晃动成零零碎碎的耳语。这耳语富有魅力地为她撩动一道沉重的帷幕，使她如调皮孩子一样站在暗影中看两个全然不知的人的行动，既可笑又有趣。

阅读这样的文字，我们常常感到作家语言的魅力是很难抗拒的，它渗透出人物如此细微的心理体验和感受方式。同时我们发现，作家的语言从本质上说是超越的而非日常的，是诗性的而非散文的，是心灵的而非物质的。那么究竟是什么使作家以这样的语言写作，并努力地超越自己原有的文字方式？笔者认为这是因为作家对自我的定位、对作品的定位所形成的双重标准制约的结果。首先，田中禾试图将自己的作品推入到纯文学的领域，他认为一个“文学家应该明白自己的历史重担是民族的知识精英，他的任务是把民族的革新推入人类文化的殿廊”。① 基于此种认识，作家毫不讳言，“我是以危言高论为快感乐事的人，立志把《匪首》写得尽可能雅致些，艺术档次高些，文化与哲学包容量尽可能大些，这是毫无疑问的。……我想把《匪首》作为考验我虚构能力、张扬幻想的实验品”。② 如果说，语言作为作家存在和文化心理的缩略方式，作为穿透文学作品形式和思想的双刃剑，可以更清晰地揭示文本的价值与作家的深度，那么《匪首》中的语言已经承载了作家的期待和希望。

除此以外，从语言的实践层面来看，《匪首》中语言的特异性还表现在作家通过审美直觉构筑而成的自然、历史、民间融为一体的想

---

① 田中禾：《超级玛丽的历险——〈匪首〉创作札记》，《小说评论》1995年第1期。

② 同上。

象图式。虽然这三者不属于一个意义向度，但是小说中语言的选词、语式、时态和所指分别或两相结合地指向这个图式。自然风景是田中禾十分愿意去表现的图式之一，几乎贯穿其小说写作的始终，在《匪首》中也不例外。但是，他更加注重自然情致中人物的视角和位置，注重自然与人的对应和谐。相比较而言，作家在处理民间风俗场面时，显得有些失控，常常是忽略人物的存在而专注于民俗风情，造成语言流转的缓慢和停滞，使得某些想象图式趋于现实化、具象化。比如对于年节风俗的书写。《匪首》中另一个不可回避的审美图式，即是作品中凝聚的源于想象的历史情境。它似乎充分展示了田中禾驾驭语言、虚构故事的能力。对于历史的言说是当代小说家颇感兴趣的话题之一，让作品富于独具个人话语色彩的历史感更是作家们不断追求的目标，笔者认为田中禾也如此，但是他没有为了虚构个人化的历史而抛弃本民族的文化立场，也没有因此而悬置历史思维的顺时性，他是基于本民族的历史、乡土的历史来虚构个体生命的历程，以及不同生命选择和存在的历史意义。回到小说语言本身，作家则是通过悬疑的设置、隐喻的使用、语句的跳跃等现代手法使所谓“真实”的历史陌生化，从而突出人物的生命的历史。

（原载《小说评论》2004 年第 4 期）

都市女性的低吟浅唱

——简评小说《红酥手》

吴茱萸女士的《红酥手》这部小说，放在笔者的书桌上是那么“夺目”，封面上的一抹粉红同笔者白色的书桌形成鲜明的比照，也许正是这种比照引领了笔者的思维，让笔者看到了这部小说同当下都市女性写作潮流的一种不同，并最终促成笔者写下了以下的文字吧。

一　隐退的都市情结

纵观新世纪文坛，我们会发觉当代的女性作家透过都市这面镜子对都市女性灵魂的发现是优于男性作家的，她们更能够正视自我在当下商业都市生存的困境以及在现代性语境下获得自由的可能。事实上进入 20 世纪 90 年代以来，众多女性写作多是以都市为独特视角的写作，是她们在都市这个特定场景中对现实世界的感悟和思考，在她们的作品中，都市是背景，是实指，是内容，是形式，也是象征。不容置疑的事实是，当代女性写作展开于都市的现实境遇，是女人被抛入都市与女人寻找着城市的故事，在她们那里，都市不是被当作布景或前景而是话语呈现。商业社会的到来带来了现实世界和精神世界的变化，人们的情感追求，正与日渐物化的世界和世俗化的生存环境相融合，各种欲望致命地操纵着这个时代形形色色的都市女性人生及命运。所以都市与女性构成了互证的关系，女性作家似乎天然地成为都市写作中最重要的一支力量，而女作家去表现都市也成为重要的写作潮流。

吴茱萸的新作《红酥手》似乎没有像其他的女性作品那样关注现代都市，或者说那么热衷于关注现代都市的物质层面以及时尚和流行，品位和格调。作品中没有五星级酒店，没有世界品牌的化妆品和女装，没有令人心旌摇荡的酒吧和咖啡厅，没有星光灿烂的夜总会和桑拿城，都市的五光十色在小说中隐退了，都市回归了它应有的位置——人物生存的背景。但是有关都市的书写并没有因此而淡化，小说中，在每一个人物行走和停留的地方，在每一次相遇开始与告别的地方，都透露着都市的气息，“林无渔默默地走着，空气里弥漫着二氧化硫的气味，这就是一座重工业城市的味道”“林无渔在汹涌的人潮里，显得形单影只”“（林无渔）坐在大堂角落的沙发上，人来人往，小咖啡店厅里坐着不少人，她一个一个地看过去，茫茫人海，哪一个才是她父亲呢……”都市同人物真切地融为一体，不需要呼喊和关注它的存在，只要你驻足凝视它就在你的眼前。此外，对于物质和欲望这两个都市小说的重要主题，在《红酥手》中通通让位于人物的经历和生活，成长和感受。林无渔是一个本色的女性，她从没有奢望生活会赐予她什么，更是无求于金钱和地位，所以即便是身陷在大老板郑沧远的罗网中，她完全可以通过传宗接代来赢得一份家产和合法夫妻的身份的时候，她“逃跑”了，因为她内心中总是有一种更强大的力量冲击着她，那就是永不伤害他人，所以在这个充满利益、盈亏、交易的都市中，她的前半生似乎总在失去：失去父爱，失去母爱，失去友爱，失去爱人，失去金钱……但是在人生最困苦处，她又赢得了友爱、母爱和最珍贵的爱情。欲望的都市在作者的笔下悄然隐退，美好的女性情感在作品中轻轻奏响。

二　女性的沉潜低吟

在当下都市女性小说创作繁荣的态势下，我们常常会看到一张张熟悉的脸庞，她们有良好的文化教育背景，有较高的经济收入，有靓丽青春的形体和容貌，她们被称为“白领”，但是她们多是因为“爱”、因为艰难的“晋升”之路而背离自我的理想和信念，或身陷于追求爱而不得的痛苦中，或陷入金钱与男性的游戏中。当然也有始终坚持自我的女性，不屈服、不玩世、不沉沦，但是似乎也并不快乐，因为她们紧紧地守护着她们的梦，不容忍自己犯下一点错误，于是焦虑和猜疑总是伴随着她们。例如在张欣、张梅等都市女作家的创作中，都市女性的身影总是那么地形单影只、孤独忧郁。正如 1992 年，张欣在《记录生活而已》创作谈中说，都市真正的内核常常是火树银花地掩盖着的辛酸与悲苦，而最能揭示这辛酸和悲苦的，就是都市女性。

相比之下，吴茱萸的小说《红酥手》则透露出一种同其他都市女作家创作不同的气韵和情绪，那是一缕淡淡的、平静的，又充满了同情和无奈的女性情感，它贯注在作品中的女主人公林无渔及其母亲林玉卿和女友唐琳等人物形象上，这些女性人物构成了 20 世纪 90 年代以来都市女性长廊中的另一类，她们不是都市白领、更不是城市的中产阶级，总之，她们不是有钱人，她们过着极为普通的市民生活，她们一点点地迎着命运的风向前行，有时是那么地无力，有时又是那么地倔强，有时她们就是她们自己，有时她们又身不由己，随波逐流，在这样一个充满了冲突和矛盾、假面和真情的都市中，林无渔总是努力地做一个率性和本真的自我，但这一点点的奢求似乎因为天生的美貌、男性的追求而被损毁，然而她的人生步履也由匆匆、慌乱变得平稳。她的遭际，有些是她永远无法改变的，比如母亲的经历对于她是挥不去的一片阴影，甚至她的婚姻、生活、命运也最终因母亲而改变，她努力逃离母亲那样的人生，但最终恰恰陷入她想逃离的那个人生之网中，从这一点上说，作者的构思和人物塑造有些程式化的弱点。然而作者对于人物复杂心态的表现一定程度上弥补了这一不足，而且母女关系的设定也加强了林无渔略带悲剧性性格的可信度，因为普通都市女性的命运往往是在她身处的环境中酝酿而成的。林无渔在情感上的迷失是小说的中心部分，男性既是林无渔生活道路上的助力也是令她品尝人生悲凉滋味的制造者。秦晋给予她的爱的温暖和执着是对林无渔坚强、善良、自爱人格最甜美的回报，郑沧远的出现则是林无渔体味人生、走向成熟的催化剂，在同这两个男性的或爱或恨的情感波折中，林无渔遍尝了女性成长的百种滋味。由此，作者完成了对林无渔人生成长故事的描述，并以一种含而不露的叙述语调和情感投射贯穿其中，刻画了一个与当代主流都市女性不同的一面。

比照作品中的几位女性形象，林无渔的真挚、痛苦、扭曲、平静，林玉卿的简单、无奈，唐琳的善良、柔韧，作品中的几位男性形象略显单薄，特别是陈峰和张秋迟这两个人物的设置，多少有些为了增添故事容量而描写的嫌疑，他们来得有些突然，消失得又有些急促，在一定程度上削弱了作品的表现力。

三　说者的古典情结

如果说《红酥手》这部小说在人物塑造上着力追求的是对平凡的都市女性进行刻画，那么在艺术追求上，作者力求达到的是一种富于古典气质的现代书写。比如作品中设题：红酥手、秦晋之好、秦时明月汉时关、人空瘦；人名：林无渔、林玉卿、张秋迟、秦晋等；设境：沈园、敦煌、打猎等；再到家庭人物关系：比如郑沧远家中有老爷、太太、少奶奶、下人之分。但是，中肯地说，这些构思和设置恰恰显示了作者的局限，作家没能很好地将艺术手法与作品内容融汇，造成一种审美效果和阅读体验上的疏离与隔膜，因为作品中的人物虽然不是时尚人物，但是他们毕竟生活在当下，他们的气质和情感毕竟是属于现代都市人，所以作家如果仅仅从外在层面来强化人物的古典心性和品格，就远远不能将作品的古典气质凸显出来。

另外，通过作品中人物的遭际和命运，体现出作家对古典意义上的感情和氛围的偏爱。事实上，无论是主人公林无渔、秦晋，还是他们周遭的亲人、友人，在性格和处世方式上多显现出中国传统伦理道德的影响，比如林玉卿的一生之所以遭人非议、令女儿痛苦，就是人们无法接受她未婚先孕又身为第三者的情感经历，世俗的巨大压力使得她产生一种自我放逐的悲凉感。唐琳，作为林无渔生命中的挚友，作为小说中一个较完满的女性，是因为她身上总是流露出一份难得的真诚和友善。可见，作者对于女性的人格建构是颇具传统意识的，而这又同文本的整体风格是基本一致的。应该说，20世纪90年代以来女性的都市书写确实有趋同性的问题，《红酥手》这部小说能够在喧器的现代都市中展现一抹具有古典情绪的人生况味，可说是这部小说的一个亮点吧。然而，由此也产生了一个问题，就是作品中人物性格的简单化，正因为作者的笔墨过多地停留在对人物的遭际和一些富于戏剧性的故事场面的表现上，使得本应更深去挖掘的关于传统女性人格与现代都市女性人格建构的主题，被忽略了，人物也因而缺少变化，他们似乎被凝固在了某一时刻，性格没有发展，心态没有转变，这又构成了作品的缺憾之一。

（原载《辽宁日报》2011 年 8 月 12 日）

后　　记

这本集子里所选文章时间跨度很大，大概从1999年我读研究生开始一直到2015年，历经十多年的时间。我想它也多多少少呈现了我艰辛的求学、教书之路，以及一路上的点滴思考。选择这些文章的过程也是重读的过程，竟然偶有回到过去的感觉，每篇文章从构思到写作到发表的许多细节又重现脑海，有焦虑、有逃避、有喜悦也有感恩，甚至因一篇文章与学友的争论，与恩师的通信、对话都被重现，这些选文之外的“收获”，我是万万没有想到的。某种程度上，我倒以为这些“画外音”才是我人生之路上最美的、最珍贵的收获。我一直觉得自己是一个勤勉，但不够聪慧的学生，一个感性有余，理性不足的写作者，所幸的是我学生生涯、写作过程所遇到的恩师们多以鼓励和宽和之心包容我、提携我。这让我想起了贺绍俊教授在他获得“鲁迅文学理论评论奖”的大作——《建设性姿态下的精神重建》一书的后记中，有这样一段话：“这些年我还与同事巫晓燕一起写作了一本《中国当代文学图志》，这项工作虽然花去不少时间，但使我有了更强烈的史的意识，特别是巫晓燕以她年轻而充满活力的思维，润滑了我几近老化的思想机器。”每每想起这段话，我都倍感羞愧，因为贺绍俊教授所给予我的教诲影响太深远了，他的学术魅力和人格魅力都令人崇敬，应该是我向贺绍俊教授致以最真挚的谢意。这本小集让我怀想的人和事还有很多，我想只有努力、认真写作才不辜负这些美好的经历。

小集共分成五编，分别是：第一编：回望七十年代；第二编：工业文明与城市文学；第三编：文化与审美；第四编：作家情感与心态；第五编：阅读散记。这五编大体体现了我从事中国当代文学教学与研究以来关注的主要内容。显然这些论文都有着或多或少的不足，比如对现象整体把握有限，对问题深层梳理或文化意蕴的复杂性揭示有限，等等。但这些文章从不同角度反映了当代文学发展的态势和律动，凝聚了我的某些思考和个人关怀。其中第三编，文化与审美的标题有些“宏阔”，收录的是我对 20 世纪 90 年代后当代中国文化现象与审美现象进行分析和阐释的一些论文，这几篇论文篇幅都不长，但是写作难度却很大，这让我深感学术研究必须要脚踏实地，缜密严谨，不断探索，不断完善，同时还要怀有一份持久的热忱与敬畏之心。

中国社会科学出版社推出“历史与现场”书系，实在是对中国当代文学研究、高校研究者有力的支持。我能被邀请加入这套书系，真是深感荣幸。我期望自己能够以此为契机，继续从容而坚定地前行。